裴普賢
糜文開 著

詩經欣賞與研究 續集

三民書局印行

詩經欣賞與研究（二）
編號 S84003①
三民書局

中華民國五十八年八月初版
中華民國七十一年四月修正三版

詩經欣賞與研究 續集

基本定價伍元柒角捌分

著作者 裴普賢 糜文開

發行人 劉振強
出版者 三民書局股份有限公司
印刷所 三民書局股份有限公司
臺北市重慶南路一段六十一號
郵政劃撥九九九八號

行政院新聞局登記證局版臺業字第〇二〇〇號

自序

憑一股勁，只花我們夫婦倆十八個月的業餘之暇，便寫成了三十萬字的那本詩經欣賞與研究（初集）；而這本詩經欣賞與研究續集的寫成，卻花了我倆整整五年的工夫，仍不足三十萬字。這是因為初集出版後，不斷得到各方的讚揚和期許，在寫續集時，便加重了心理上的責任感，決心要寫得更加精密而扼要，至少希望能維持初集的水準，以不負衆望。所以下筆便比較鄭重，進度也就比較遲緩。加以從菲律賓回臺後，普賢有時從事其他論文的寫作，而文開兩度病倒（第二次就在去年八月），眼看着初集的再版而又三版，這本續集只是拖延着無法完成。直到今年二月，外交部又發表文開外放曼谷工作，才排除萬難，合力日夜趕工，在離台前的三月份勉強整理完成這本難以滿意的續集，交給三民書局出版應市。

這本續集所收論文六篇，仍偏重於用科學的方法，來研究有關詩經的問題，文開的「論語與詩經」、「孟子與詩經」、「齊詩學的五際六情」等幾篇，在大陸雜誌和文壇月刊等處發表時，特別受到重視，均以各該期第一篇的地位刊出；普賢的「荀子與詩經」，則發表於臺灣大學的文史哲學報。只有「學庸與詩經」一篇（四書與詩經的最後一題）答應三民書局的請求，保留着不先發表，直接輯入這續集之中。詩經欣賞部分的七十二篇，因每篇有類似學校課本的許多註釋，不太為一般刊物所願採用，但也只為三民書局保留了四分之一未先發表，其餘五十餘篇則仍在國內外報章雜誌先行刊登，而且獲得良好的反應。其中菲律賓的慈航雜誌（季刊），每期催稿，連載了二十八篇，從未間斷，讓我們雖在百忙中仍得維持着詩經欣賞的寫作，令人感激。

而商務的東方雜誌復刊後，從一卷六期至二卷十二期一年半之間，在每期篇幅不滿十面的藝文欄中，也連載了陳風東門之池、鄘風桑中、豳風伐柯、鄭風女曰鷄鳴、齊風東方未明、曹風候人、魯頌駉等十篇，尤為難得。這固由於最初東門之池，桑中兩篇一經東方刊出，卽被中國文選月刊等選用轉載，反應特別良好，同時也是王雲五先生提倡中華文化復興運動，對我們這種把詩經釋古譯今的方法特別奬勵的表現。

在台時我們在中國文化學院所開詩經專課，係採用詩經欣賞與研究初集為教本。我們離台時，這門課卽由潘教授琦君擔任，這次續集的校對，也承她答應代勞一次。她對詩經素有研究，現在對我們的詩經欣賞與研究初、續兩集，又均已仔細閱讀過，所以我們請求她寫一篇客觀的書評，作為這續集的跋文，讓我們以後寫三集時，能夠有所遵循，再求改進。

現在三民將這續集三校的校樣，陸續全部寄來曼谷清校，並要我們補寫一篇自序，我們無法推卻，只得再拉雜報告一些撰寫續集的經過，也藉此向潘教授致謝。並盼學術界的前輩，熱心中華文化復興運動的人士，以及高明的讀者，不吝指教。

中華民國五十八年六月二十二日

糜文開　裴普賢序於曼谷

詩經欣賞與研究續集目次

詩經欣賞

目　次

詩經研究

跋

詩經欣賞

裴普賢
糜文開 著

一、桃夭

這是一篇祝賀嫁女的詩。少女長成，艷如桃花；但外表的美是暫時的，更可貴的是內在的美德。如此才能建立美滿的家庭，而求子孫繁衍，家族昌大。

原詩	今譯
桃之夭夭，❶	新長成的桃樹眞茂盛，
灼灼其華，❷	花兒美麗又鮮明。
之子于歸，❸	這個姑娘出嫁了，
宜其室家。	組成幸福好家庭。
桃之夭夭，	新長成的桃樹眞好看，
有蕡其實。❹	大個的桃子枝頭滿。

之子于歸，　這個姑娘出嫁了，
宜其家室。　夫妻和樂子孫繁。

桃之夭夭，　美麗的桃樹新長成，
其葉蓁蓁。❺　桃樹葉子密層層。
之子于歸，　這個姑娘出嫁了，
宜其家人。　一族老少樂融融。

【註釋】❶夭夭：木少盛貌。❷灼：音酌ㄓㄨㄛˊ，灼灼：鮮明貌，嚴粲說；華：古花字。❸之：此也；子謂女子；歸：女子出嫁曰歸，于歸：「在嫁」也。屈萬里先生說。❹蕡：音墳ㄈㄣˊ：大也。馬瑞辰說；有：副詞。詩經中常以「有」字冠於形容詞或副詞之上，等於加「然」字於形容詞或副詞之下。「有蕡」猶「蕡然」。❺蓁：音臻ㄓㄣ，蓁蓁：茂盛貌。

【評　解】

桃夭是國風周南第六篇，共三章，章四句，句四字。爲全詩四十八字三章連環性的詩經基本形式之一。第一章以桃花的鮮艷比喻少女的美麗；二章以桃樹之實比喻女子內在之美，言此女子不只有外表美，更具有內在美。或以實喻子，謂此女子出嫁後能生子以繁衍後代，預祝她多子多孫的意思。這是我國自古以來就很重視的一點，因爲家庭是組成國家的基本單位，國家的盛衰，繫之於家庭的好壞；家庭的好壞，主婦具有極大的影響力。三章以桃葉的茂密，比喻家族的昌大和諧。全詩層次分明，比喻恰當。

二、四牡

勞役不息的征夫，無時不以歸家奉養父母爲念。但想到王事未已，自己負有更重大的任務，因而只好賦詩遣懷，這是人性的忠孝之德的自然流露。

原詩	今譯
四牡騑騑，❶	四匹公馬跑向前，
周道倭遲。❷	大路曲曲彎又彎。
豈不懷歸？	那個不想早歸還？
王事靡盬，❸	天王的事情還沒完，
我心傷悲。	心裡悲傷口裡歎。

四牡騑騑，　　四四公馬奔前程，
嘽嘽駱馬。❹　　黑鬃白馬兒響登登。
豈不懷歸？　　那個不做回家夢？
王事靡盬，　　天王的事情還沒停，
不遑啓處。❺　　歇歇脚兒都來不贏。

翩翩者鵻，❻　　鵓鳩鳥兒翩翩舞，
載飛載下，❼　　飛上飛下好自如，
集于苞栩。❽　　停到茂密橡櫟樹。
王事靡盬，　　天王的事情沒結束，
不遑將父。❾　　沒有空閒養老父。

翩翩者鵻，　　鵓鳩鳥兒翩翩舞，

載飛載止，　一會兒飛呀一會兒住，
集于苞杞。　停到茂密的枸杞樹。
王事靡盬，　天王的事情沒結束，
不遑將母。　沒有空閒養老母。

駕彼四駱，　四匹白馬齊向前，
載驟駸駸，⑩　狂奔疾馳跑不完。
豈不懷歸？　難道不想回家慶團圓？
是用作歌，　只有作支歌兒呀，
將母來諗。⑪　把我老母來思念。

【註釋】❶騑：音非ㄈㄟ，騑騑：行不止之貌。❷周道：大道；倭遲：釋文引韓詩作倭夷，疑即逶迤之義，言路斜曲也。屈萬里先生說。❸王，周代惟天子稱王，亦稱天王。靡盬：靡，沒；盬，音古ㄍㄨˇ，經義述聞云：「盬者，息也；王事靡盬者，王事靡可止息也。」❹嘽：音灘ㄊㄢ，馬奔跑時所發之聲；駱：白馬黑鬣。❺遑：暇。不遑，不暇，卽來不及，啓處：安居。❻翩翩：飛貌；鵻，音椎ㄓㄨㄟ，鵓鳩。❼載：則。

⑧苞栩：苞，茂；栩，音許ㄒㄩˇ，橡櫟樹。⑨將：養。⑩駸：疾馳。駸音侵ㄑㄧㄣ，駸駸：疾馳貌。⑪諗：音審ㄕㄣˇ，念。只言母者，承上文，言母以概父也。

〔評　解〕

四牡爲小雅鹿鳴之什的第二篇，共五章，章五句，句四字，共一百字。毛序謂此詩所以勞使臣之來。注云：「設言其情以勞之耳。」但細味詩意，應該是使臣自詠之作。後來才採爲「勞使臣」之用。這是由於左傳襄公四年：「四牡，君所以勞使臣也」，後世遂定爲是勞使臣之詩，於是儀禮燕禮，鄉飲酒禮等皆採而用之。故姚際恆云：「小序但據左傳謂『勞使臣』之來，後之解詩者，因作『君探其情而代之言。』試將此詩平心讀去，作使臣自咏極順；作代使臣咏極不順，解詩何不取順而偏取逆乎？若夫儀禮燕禮，鄉飲酒禮歌之，流而又流也。」

第一章「我心傷悲」是總綱，下三章分別說明傷悲之因是在於：「不遑啓處」「不遑將父」「不遑將母」。且三四兩章用鵻鳩鳥的飛停自由，以襯出自己的行止不得自專，是暗含無限怨情。最後一章點出作詩之意，說明自己爲公家服役，不能奉養父母承歡膝下，只好作歌以道出對父母的想念之情。這所表現的是人類正常的心理，而所詠乃爲王事奔波的辛勞，所以被天子採用爲勞使臣的樂章，而成爲小雅中的重要詩篇。

三、思文

這是一篇祭祀頌美周人始祖后稷的詩。民以食爲天，后稷教民播種，民得以生，所以若干年之後仍被稱頌不已。

原詩	**今譯**
思文后稷，❶	后稷的文德了不起，
克配彼天。❷	功業彪炳與天齊。
立我烝民，❸	爲了奠定萬民的生計，
莫匪爾極。❹	無不盡心又盡力。
貽我來牟，❺	上帝命你把麥賜給我，
帝命率育。❻	天下萬民得生活。
無此疆爾界，	不分疆界和地域，
陳常于時夏。❼	播種的常理佈邦國。

【註釋】❶思：語詞；文：文德。❷克：能。❸立：猶定；經義述聞，馬瑞辰並有說，或以「立」爲「粒」之省文

，亦通，意謂給我萬民以糧食也；烝民：萬民。❹匪：非；極：此字各家解釋不一，普賢按：「莫匪爾極」即「爾莫匪極」之意，是承上啓下的句子。極者，極盡其心力。所以下文說明萬民的生計是有麥可食，全民得以養育，所盡心盡力者是不分畛域，一視同仁，普天之下，均得其惠也。❺麥為牟來之合聲，牟來倒為來牟，合之即麥字，焦循說。又有以來為小麥，牟為大麥之說，此處採前說。❻帝：上帝。朱傳：「率，徧也」。育，養。謂后稷是遵奉上帝之命，教民播種，有麥可食，萬民遂得生活。❼陳：佈；常：常道，指播種五穀以育萬民之道理；時：是，即這個；夏：謂中國（中原地帶）。古代以天下即中國，中國即天下。此句承上文「無此疆爾界」句，既無疆域之分，故遍天下各邦國皆教之以播種之道，更見出后稷之偉大。

〔評 解〕

思文是周頌清廟之什的第十篇，一章八句，前六句句四字，後兩句句五字，共四十四字。姚際恆謂孝經「昔者周公郊祀后稷以配天」即指此。又因國語有「周文公之為頌曰『思文后稷，克配彼天』」之語，證明此詩為周公所作，係贊美后稷能播種五穀，養育萬民，而且不分疆界地域，均教之以播種之道，是其德業可以配天也。前四句虛寫，後四句實敘。全篇結構緊密，層次分明。

四、昊天有成命

祭祀成王，讚美他能敬承文武功業，發揚光大。

原詩	今譯
昊天有成命，❶	上天降下大命，
二后受之。❷	文王武王接承。
成王不敢康，❸	成王不敢懈怠，
夙夜基命宥密。❹	勤奮敬愼始命。
於緝熙，❺	啊！繼續發揚光大，
單厥心，❻	盡心努力從公，
肆其靖之。❼	以求國家康寧。

【注釋】❶昊：音浩ㄏㄠ丶，昊天即上天；成、明二字通義，成命，明命也。馬瑞辰說。❷賈誼新書曰：「后，王也。二后：文王、武王也。成王者，武王之子，文王之孫也。文王有大德而功未旣；武王有大功而治未成。及成王承嗣，仁以治民，故稱『昊天』焉。」❸康：安泰。❹夙夜：古人往往以夙夜二字作敬勤之義，屈萬里說。基：始；宥、有通，又也。密讀爲毖ㄅㄧ丶，愼。言夙夜敬勤其始受之命，而又謹愼也。❺於：音烏ㄨ，歎詞；緝熙：繼續不絕。❻單：厚；厥：其。❼肆：語詞；靖：安。

〔評解〕

四、昊天有成命

【評解】昊天有成命是周頌清朝之什的第六篇，一章七句。此詩甚短，句法卻很複雜。只七句三十二字，而每句由三字、四字、五字以至六字不等，可說是短詩中句法變化最多的一篇。此詩讚美成王能上承文武功業而繼續勤公。姚際恆評此篇謂：「通首密練。」

五、雲漢

雲漢詩所記是周宣王禳旱祈雨的自禱詞。從詩中我們體會到久旱不雨，民不聊生，宣王率羣臣救災用盡各種方法，各種祭物，祭遍天地諸神和祖先，祈求甘霖的一片憂國憂民，焦灼悲苦的心情來。

原詩	今譯
倬彼雲漢，❶	看那似雲的天河多光亮，
昭回于天。❷	燦爛地迴轉在天上。
王曰：「於乎！❸	天王說話發歎聲：
何辜今之人！	「今人何罪太不幸！
天降喪亂，	天上降下喪亂來，

饑饉薦臻。❹　飢饉連年沒個停。
靡神不舉，❺　沒有神靈不祭祀，
靡愛斯牲。❻　沒有犧牲不供奉。
圭璧既卒，❼　圭璧寶物既用盡，
寧莫我聽！❽　我的祭禱就是不聽從！

「旱既大甚，　「旱災已經很嚴重，
蘊隆蟲蟲。❾　暑氣熏蒸仍旺盛。
不殄禋祀，❿　祭天祀地從不斷，
自郊徂宮。⓫　從郊到廟祭個遍。
上下奠瘞，⓬　天神地祇都供奉，
靡神不宗。⓭　沒有神靈不尊崇。
后稷不克，⓮　后稷不來管，
上帝不臨。　上帝不來看。

耗斁下土，⑮　　殘害下土降災殃，
寧丁我躬！⑯　　竟然落在我身上！

「旱既大甚，　　「旱災已經很厲害，
則不可推。⑰　　趕不走也推不開。
兢兢業業，　　兢兢業業心裡怕，
如霆如雷。　　像怕那雷霆打下來。
周餘黎民，⑱　　周室所餘老百姓，
靡有孑遺。⑲　　已經沒有半個剩。
昊天上帝，　　老天上帝何殘忍，
則不我遺。　　使我人民沒留存。
胡不相畏，⑳　　怎不令人膽戰又驚心，
先祖于摧？㉑　　先祖的祭祀要絕盡？

「旱既大甚，
則不可沮。㉒
赫赫炎炎，㉓
云我無所。㉔
大命近止，㉕
靡瞻靡顧。
羣公先正，㉖
則不我助。
父母先祖，
胡寧忍予！

「旱既大甚，
滌滌山川。㉗
旱魃爲虐，㉘

「大旱的災情太狠，
任何阻擋都沒用。
赫赫炎炎暑氣蒸，
敎我無所逃避無所容。
眼看國運將終止，
諸神不睬也不理。
歷代先公和羣臣，
也不助我可憐人。
還有父母和先祖，
怎麼忍心看我陷絕路！

「旱災已然很嚴重，
山山光禿河底都裂縫。
旱魃肆虐施殘暴，

如惔如焚。㉙　　乾旱的天氣似火燒。
我心憚暑，　　我眞怕這炎熱天，
憂心如熏。　　心似火燻眞憂煩。
羣公先正，　　歷代先公和羣臣，
則不我聞。㉚　　對我不聞也不問。
昊天上帝，　　老天上帝把你問，
寧俾我遯？㉛　　怎樣使我得逃遁？

「旱既大甚，　　「旱災已然很厲害，
黽勉畏去。㉜　　爲怕旱災拼命快逃開。
胡寧瘨我以旱？　　旱災爲何來苦我？
憯不知其故。㉞　　原因實在無從說。
祈年孔夙，㉟　　老早就曾祈豐年，
方社不莫。㊱　　方祭社祭都沒遲延。

昊天上帝，
則不我虞。㊲
敬恭明神，
宜無悔怒。㊳

「旱既大甚，
散無友紀：㊴
鞫哉庶正，㊵
疚哉冢宰。㊶
趣馬師氏，㊷
膳夫左右；
靡人不周，㊸
無不能止，㊹
瞻卬昊天，㊺

我的老天啊上帝，
並不助我一臂力。
恭恭敬敬祀明神。
不宜生氣發怨恨！

「旱災已然很嚴重，
羣臣灰心亂閧閧：
衆官之長已技窮呀，
管事的冢宰也疲病啦。
還有掌馬和師氏，
以及膳夫和近侍；
人人出力去救濟，
仍然災情不能止，
仰首瞻望大青天，

云如何里？㊺　　我的心裡多麼憂煩？

「瞻卬昊天，　　「仰首瞻望大青天，
有嘒其星。㊻　　滿天星斗光閃閃。
大夫君子，㊼　　在朝大夫衆君子，
昭假無贏。㊽　　祈神降臨不遺餘力。
大命近止，　　國家大命雖將終止，
無棄爾成。㊾　　仍不放棄各人的職事。
何求為我？　　那裡是為我心憂煩？
以戾庶正。㊿　　只為安定衆官員。
瞻卬昊天，　　仰首請問大青天，
曷惠其寧？」(51)　　何時才肯賜平安？」

【註釋】❶倬：音卓ㄓㄨㄛ，明。說文通訓定聲：「倬當訓大，明者，焯字之訓。」是倬為焯之假借，焯：明貌。
雲漢：天河。曹粹中曰：漢之在天，似雲而非雲，故曰雲漢。❷昭：明，光。回：轉，言其光隨天而轉。

③於乎：音義均同嗚呼。④薦：重複；臻：至。⑤舉：舉辦，指祀神。⑥愛：吝惜。⑦圭、璧：皆朝聘祭祀所用之瑞玉。璧，平圓形中有孔，所以象天；圭，上尖下方，以法天地。圭璧合形，於六寸璧上琢出一五寸之圭者，亦曰圭璧。卒：盡。⑧經傳釋詞：寧，乃也。⑨蘊隆：馬瑞辰謂暑氣鬱積而隆盛。蟲：卽爾雅之爞，蟲蟲：熏熱。⑩殄：音忝ㄊㄧㄢˇ，絕。禋祀：祭祀。全句謂不斷地祭祀。⑪郊：祭天地。徂：往。宮：宗廟。⑫上謂祭天，下謂祭地。奠：置之地上。瘞：音亦ㄧˋ，埋，皆指祭品言。黃佐曰：「奠是方祭時事，瘞是祭畢時事。」⑬宗：尊。⑭克：肩，任。馬瑞辰說。不克卽不負責、不管之意。⑮斁：音妒ㄉㄨˋ，敗。⑯寧：乃。丁：當。⑰推：去。⑱周室所餘之衆民。⑲說文：孑，無右臂形。孓，無左臂形。靡有孑遺：沒有半個人的留存，極言災情慘重。⑳胡：何。㉑摧：折，斷絕。㉒沮：止。㉓赫赫：旱氣；炎炎：熱氣。㉔云：語詞。㉕大命：國運。止：終。㉖羣公：周之諸先公。正：官長。先正：指先公之諸臣。㉗滌滌：猶濯濯，淨淨之意。㉘魃：音跋ㄅㄚˊ，旱神。孔穎達曰：神異經曰：「南方有人長二三尺，袒身而目在頂上，走行如風，名曰魃，所見之國大旱，赤地千里。一名旱母。」蓋鬼魅之物。㉙惔：音談ㄊㄢˊ，燒。㉚聞：恤問，慰問。經義述聞有說。㉛寧：乃。遯：同遁，逃。㉜黽勉：又見邶風谷風及小雅十月之交二篇，均爲勉力意。畏去：畏旱而逃去。㉝瘨：音顚ㄉㄧㄢ，病苦。㉞憯音慘ㄘㄢˇ，曾。㉟祈年：春日祭上帝以求豐年之祭。夙：早。㊱方、社：皆祭名。方，祭四方之神；社，祭土神。莫：同暮，晚。㊲虞：助，經義述聞有說。㊳悔：恨。㊴鄭箋以「友」指王之羣臣。朱傳：友紀猶言綱紀。「友」疑作「有」，馬瑞辰證「友」「有」同聲通用。高本漢以爲仍以友指羣臣爲當。姚際恒曰：「君以臣爲友，今以旱故，將離散無紀矣。亦倒字句，謂『友散無紀』也。」㊵鞫：音局ㄐㄩˊ，窮。庶正：衆官之長。㊶疚：病。冢宰：宰夫，陳奐說。㊷趣馬：掌馬之官。師氏：集傳謂掌以兵守王門者。梁益曰：「朱子於小雅十月之交傳云：師氏掌司朝得失之事。此云掌以兵守王門者，各以職之所在而分言之。」㊸鄭箋：「周

，當作賙。」救濟意。㊹無：貧，馬瑞辰說。㊺云：語詞。里：憂。㊻嘒：明貌。有嘒：嘒然。㊼君子：指有官爵者。㊽昭假：昭，明。假，音格，至。昭假，謂神靈昭然降臨。神降臨曰昭假，祭祀以祈神降臨亦曰昭格，此謂祭祀。贏：餘。㊾成：成功，意謂勿棄爾之職事。㊿戾：定。二語謂所求何嘗爲我個人，而是爲安定衆官也。51曷：何時。惠：嘉惠。

〔評　解〕

雲漢是大雅蕩之什的第四篇，分八章，每章十句，八十句中七十七句都是四字，只有首章六章的第四句，皆多一字，六章的第三句多二字，所以全詩共三百二十四字，爲三百篇中第七長詩。（第一至第六長詩篇名字數見詩經欣賞與研究第三〇六頁）

這詩是一篇周天子禳旱祈雨的自禱詞，毛詩序：「雲漢，仍叔美宣王也。宣王承厲王之烈，內有撥亂之志，遇災而懼，側身修行，欲銷去之。天下喜於王化復行，百姓見憂，故作是詩也。」鄭箋指仍叔爲周大夫。孔疏曰：「仍氏，叔字。」雲漢詩的年代，毛序說：「宣王承厲王之烈，遇災而懼。」則詩中所記旱災，是在周宣王初年，這事有佐證，可以採信。司馬遷史記周本紀雖未載宣王時有旱災事，但西漢初年董仲舒的春秋繁露郊祀篇和東漢王充論衡須頌篇，均載周宣王時有大旱，宣王爲西周中興英主，本篇全詩寫旱災嚴重，天子仰天祈禱，一片憂國憂民的眞誠，與宣王初年作風符合，所以大家公認這詩即詠周宣王初年旱災事。至於雲漢詩作於那一年，據晉皇甫謐帝王世紀載宣王元年天下大旱，三年不雨，至六年乃雨。所以後來歷史家，遂推定雲漢詩作於周宣王六年，卽公元前八二二年。這一推算，是可以讓我們作爲一個假定的年份的。至於作者是否仍叔，姚際恆詩經通論譏其未有攷，應該存疑。方玉潤詩經原始指出篇中所言非美王意，乃王自禱詞。我們看全詩八十句，僅開頭兩句是以寫景代敍事，以下七十八句，都是天子禳旱祈雨的禱詞，所以方玉潤所定「雲漢，宣王爲民禳旱也」是對的。尙書是記言體的史書，雲漢則是記言體的史詩，在詩經的敍事詩中，別成一格。但如以此推想是當時史官所記，則也沒有例證可使人採信；若說記下宣王的禱詞，讓我們從禱詞中體會出宣王憂國憂民的一片眞誠來就是「美宣王」，這樣從推求作品的效果來獲得詩人言外之意，則是進一步深一層的看法，那是我們應該認可的。

雲漢是記言體的史詩，技巧相當高，所記也相當眞實，成爲周代文獻中一件最寶貴的史料。

先談開頭兩句「倬彼雲漢，昭回于天」，我們說是「以寫景代敍事」，其關鍵在第一句的「雲」字，和第二句的「回」字，天河通稱「天漢」，因其發白光，亦稱「銀漢」。第一句形容天河的光容，應該說「倬彼銀漢」，才能把天河的煥美表達出來，但詩中却說「倬彼雲漢」，爲什麼不用「銀」字而用「雲」字呢？這是寫出有人在向夜空搜索雲影，因爲有雲才會有雨。而現在只找到似雲之天漢，宣王求雨的心情，首句「倬彼雲漢」四字，便已表露出來。因此就摘取這首句中「雲漢」兩字作詩題，也有了特別的意義。第二句用一「回」字，表現了天河的廻轉移動。所以寫出宣王眺望夜空已有幾個時辰之久。這兩句所寫的景中隱藏着以周宣王爲主的一羣人久久地在搜索夜空，所以表面寫景，實際是敍事。景中之人，呼之欲出，寫得多麼眞切！多麼高超！

其次再談第三句「王曰於乎」以下七十八句禱詞，我們覺得宣王在這夜空底下所發一大篇漫長的禱詞，非但說得反覆累贅，而且有些零亂。但這正是如實地表現了一個人祈禱時那種焦灼與悲苦的心情來。而且我們分章來看，這詩却秩然有序，條理分明，仍可找出各章重點所在。

此詩全篇八章，中間六章都用「旱既大甚」四字作章首，而末章開頭「瞻卬昊天，有嘒其星」兩句，「瞻卬昊天」句既從前一章末尾承接而來，又與末章的末尾（第九句）成疊句，有前提後挈之效。「有嘒其星」句則與首章開頭兩句遙遙呼應，星漢相映，更顯出了結構的完整與優美。全篇八章，每章末句都用感歎或問句來表情，更把全篇風格貫穿到底。

全詩八章的重點：第一二兩章自禱詞的重點，都在二句中，那是「靡神不擧」和「靡神不宗」兩句。第一章的「靡神不擧」緊接於「天降喪亂，飢饉薦臻」兩句破題之後，接着是臚陳「犧牲」與「圭璧」等祭品來敍述。第二章則先列擧「禋」「祀」「郊」「宮」等祭祀的名稱和地點，然後再以「靡神不宗」總括之。兩章的重點都在「神」這方面。三四兩章的重點則在「人」。三章說「周餘黎民，靡有孑遺」，偏於「人民」；四章「羣公先正」「父母先祖」則偏於「祖先」，五六兩章的重點是「土」，五章寫「滌滌山川」，是山川的旱像；六章寫「方社不莫」是四方土地之神。七八兩章的重點是「羣臣」的救災，以第二句爲總提示，七章的「散無友紀」是灰心離散；八章的「大夫君子」是勗勉復合。所以用一個字來代表兩章重點的是「散無友紀」的「紀」字。七章「散無友紀」所接各句列擧「冢宰」「趣馬」「師氏」「膳夫」等官名以實之；八章「大夫君子」所接則述羣臣之繼續努力不懈。所以詩中雖只述天子一人的禱詞，在夜空底下，陪着宣王的，應該還有冢宰等一批大臣的身影。而貫串着八章重點的是宣王「如霆如雷」又急又怕的一片憂國憂民的赤忱。

經過這樣一番解析，我們可以整理出全詩的大意如下：

在一個晴朗的夜空底下，有一羣人——天子和衆官員——焦急地搜索着天上雲影的出現，久等之下，似乎見到了微雲的浮動。唉！那不是浮雲，只是似雲的天河之難於察覺的移轉。唉！大旱渴盼雲霓，却竟無一絲雨意！於是天子仰天長嘆一聲，傾吐出他一篇悲號呼天，惻怛哀矜的禳旱祈雨禱告詞來。他說：人民何辜，天降災殃，連年飢饉。我們戰戰兢兢地把所有的神靈都祭過，所有的祭品都供奉，然而祖先神祇，仍不顧念人民的苦痛，烈日炎炎，旱魃肆虐，山禿川涸，赤土千里，人民流散死亡，無有殘餘。在朝上下羣臣，都爲救災奔命，仍然無濟於事。雖然憂急萬分，但人事已盡，天不見憐，還是莫可奈何！仰首望天，看看光閃閃的滿天星斗，明知國運將絕，可是總望天意回轉，甘霖沛降！於是甘霖終於沛降，詩人記其事如此。

元人許謙評此詩曰：「宣王遇災憂懼，始祈於外神，次祈於宗廟。既而無驗，則自揆事神之誠或未至。誠既盡則又盡人事以聽天命也。其恐懼修省之意，仁愛惻怛之誠，反覆淫溢於言辭之間，宣王之所以賢可見矣。」明人朱善亦云：「讀是詩，見宣王有事天之敬，有事神之誠，有恤民之仁。敬畏以事天而天監之，虔恭以事神而神享之，惻怛以恤民而民懷之。蘊隆之氣消，豐禳之效著。內治既修，外攘斯舉。中興之業，皆自雲漢一念之烈而基之也。」他們的議論都很精闢，這就是代表讀者讀後讚美宣王的話了。

孟子萬章篇在孟子答弟子咸丘蒙的一段話中，曾提舉雲漢詩爲例來指示讀詩的方法說：「故說詩者，不以文害辭，不以辭害志，以意逆志，是爲得之，如以辭而已矣，雲漢之詩曰：『周餘黎民，靡有孑遺。』信斯言也，是周無遺民也。」照字面講，「孑」字是缺右臂，但「孑遺」不解爲缺右臂者的留存，要活用作「半個人的留存」講，這叫做「不以文害辭」。而「靡有孑遺」，只是形容災情的慘重，並非眞的「沒有半個人的留存」，這叫做「不以辭害志」。像本詩中「散無友紀」，也不是羣臣眞的離散，只是灰心而已。而全詩沒有一個「雨」字，連一個「災」字也未用，但我們玩味詩意，知道全篇禱詞，只在爲旱「災」求「雨」，這就叫做「以意逆志，是爲得之」。所以我們讀詩，重在玩味原詩字句，以推求詩意。至於前人成說，如詩序所提供的各篇時代與作者以及詩旨等，我們要小心求證，無證不信。沒有佐證，寧可闕疑。求證則要向鄭玄以前的古籍中去探尋，魏晉以來新發現的材料，可靠性較弱，不可輕易採信。這是我們研讀詩經所要遵守的方法。

六、十月之交

古人以爲天變是上天警告天子深自惕勵，促其棄邪歸正，勤政愛民。周幽王無道，其時適二年地震，六年十月初一又日蝕，故詩人作詩，諷刺幽王君臣。大聲疾呼，痛切陳詞，表露出詩人憂國憂民的赤忱。描寫天災人禍，極為生動。

原詩	今譯
十月之交，❶	十月初一這天到，
朔月辛卯，❷	干支算來是辛卯，
日有食之，❸	忽然天空有日蝕，
亦孔之醜。❹	這個徵兆眞不好。
彼月而微，❺	月亮過去有損虧，
此日而微。❻	如今太陽也沒了光輝。
今此下民，	身為今日小百姓，
亦孔之哀。❼	生活艱困又苦痛。
日月告凶，	日月在天顯凶兆，
不用其行。❽	運行就會失正道。

四國無政，⑨　天下到處沒善政，
不用其良。⑩　賢良人才不被用。
彼月而食，　月亮時而有虧蝕，
則維其常，⑪　事情自來不希奇，
此日而食，　如今日蝕也出現，
于何不臧？⑫　爲何還不快向善？

爗爗震電，⑬　電光閃閃雷聲隆隆，
不寧不令。⑭　地面到處不安不寧。
百川沸騰，　江水河水澎湃翻騰，
山冢崒崩，⑮　山頂突然破裂分崩。
高岸爲谷，　高高崖岸陷爲深谷，
深谷爲陵，⑯　深深山谷隆成丘陵。
哀今之人，　可憐今日在位之人。

胡憯莫懲？⑰　　怎麼還不懲戒警醒？

皇父卿士，⑱　　皇父是卿士，
番維司徒，⑲　　番氏是司徒，
家伯維宰，⑳　　家伯做冢宰，
仲允膳夫，㉑　　仲允掌御厨，
棸子內史，㉒　　內史委棸子，
蹶維趣馬，㉓　　管馬蹶氏負，
楀維師氏，㉔　　楀氏監百官，
豔妻煽方處。㉕　　噴火女郎伴起居。

抑此皇父，㉖　　然而皇父這卿士，
豈曰不時？㉗　　那能說他的不是？
胡爲我作，㉘　　爲何叫我服勞役，

不卽我謀，
徹我牆屋，㉙
田卒汙萊。㉚
曰：「予不戕，㉛
禮則然矣。」

皇父孔聖：㉜
作都于向，㉝
擇三有事，㉞
亶侯多藏；㉟
不憖遺一老，㊱
俾守我王；㊲
擇有車馬，
以居徂向。㊳

却不和我先商議，
拆毀我的牆和屋，
田地一片呈荒蕪。
却說：「我非把你害，
照禮如此是應該。」

皇父眞是很聖明：
向邑建設新都城；
挑選管事的三卿，
專挑有錢大富翁；
連一老臣也不留，
好把我王來護守；
有車有馬的他選取，
選取了遷往向城去。

黽勉從事，㊴
不敢告勞。
無罪無辜，
讒口囂囂。㊵
下民之孽，㊶
匪降自天，㊷
噂沓背憎，㊸
職競由人。㊹
悠悠我里，㊺
亦孔之痗。㊻
四方有羨，㊼
我獨居憂。

盡心盡力供你驅，
不敢訴說自身苦。
雖然沒罪也沒錯，
衆口紛紜陷害我。
下民遭逢此災禍，
災禍並非自天落，
見面嘵舌背後憎，
這事全由人撥弄。
我的憂愁沒個完，
憂愁極了病魔纏。
四方之人都滿足，
只我獨個在憂苦。

民莫不逸，　　　　人家沒有不安逸，
我獨不敢休。㊽　　只我老是躭心事。
天命不徹，㊾　　　天命既不按正道，
我不敢傚我友自逸。㊿　我就不敢傚尤自逍遙。

【註釋】❶交：謂日月相會，在每月初一日，故謂之交。❷朔月：卽月朔，月之初一。古以干支紀日，周幽王六年十月初一日，這天正是辛夘。❸食：卽蝕。❹孔：甚；醜：惡。古人以爲君王失道，則天變示儆，如日蝕地震等皆是。故云醜惡，謂非吉兆。❺彼謂彼時，卽過去；微：不明，指日月蝕。❻此日而微：指詩人當時的日蝕現象。❼孔：甚。❽行：道。不用其行，謂不由其常行之道。古人以爲日月失其常行之道，乃有日月蝕。❾四國：四方之國，猶言天下；無政：謂無善政。❿良：謂賢良人才。此句遙應第四章任用小人，更與上句互爲因果：因無善政，故不能任用賢才；因不任用賢才，故國無善政。可謂倒行逆施，亡無日矣。⓫月蝕是常見的現象故云。⓬于何：猶如何；臧：善。言今之日蝕是不常有的現象，認爲必將有大難降臨，如何還不戒惧改悔而向善耶？春秋經書日蝕三十有六而月蝕則不書，此古人重日蝕而輕月蝕之證。⓭爗：音業一ㄝˋ，爗爗：電光貌，猶今語閃閃；震：雷。⓮令：善。⓯冢：朱傳謂山頂曰冢；崒：音卒ㄗㄨˊ，說文通訓定聲：「崒，假借爲猝，按：詩：山冢崒崩：突忽也。」又經義述聞云：「崒，本又作卒，當讀爲猝（ㄘㄨˋ），急也。」馬瑞辰認爲「崒崩」二字應連讀與上「沸騰」相對成文，亦爲動詞，卽碎崩之假借。所以高本漢據此解釋這句詩是：「山頂破碎而崩潰。」亦通。但爲形容地震發生的突然與驚險，故採前說，描寫才顯得有聲有色。⓰以上四語，言地震之象。國語周語上：「幽王二年，西周三川皆震。

」又云：「是歲也，三川竭，岐山崩。」⑰憯：音慘ㄘㄢˇ：曾。言可憐今日在位之人，爲何不曾有所懲戒耶？⑱皇父：虢石父之字，胡承珙云：「此卿士當是六卿之長。」史記周本紀：「幽王以虢石父爲卿，用事，國人皆怨。石父爲人佞巧，善諛好利，王用之。」普賢按：各家解詩雖未說明詩中之皇父卽此虢石父，但觀此詩第五六兩章所寫皇父之蠻橫霸道，貪利害民，與史記所載虢石父之行徑頗類，應係一人。且幽王用虢石父之後始於五年廢申后，去太子宜臼，而此詩作於六年，於時間推算亦頗合。詩中列舉七位官員，下文只詳敘皇父者是用「以一概全法」，專權的皇父如此，其餘可知。⑲番：氏；維：語詞。司徒之官，掌天下土地之圖，人民之數。陳奐：「鄭語幽王八年鄭桓公友爲司徒，詩作於幽王六年，爲司徒者是番也。」⑳家伯：人名，宰夫之字，宰：宰夫。官名，掌諸臣萬民之復逆。㉑仲允：人名，膳夫之字，膳夫：官名，掌王之飲食膳羞。㉒棸子：人名，以棸爲氏。棸音鄒ㄗㄡ，內史：官名，掌爵祿廢置生殺予奪之法。㉓蹶：氏；趣馬：官名，掌王馬之政。㉔楀音矩ㄐㄩˇ：氏；師氏，官名，掌司朝廷得失之事。㉕豔妻：謂褒姒。因其美色故云。漢書谷永傳：「昔褒姒用，宗周以喪，閻妻驕扇，日以不臧。」顏注謂本魯詩，則魯詩「豔妻」作「閻妻」，而閻妻卽褒姒。孔疏引尚書緯「中候剡者配姬以放賢」，以剡爲姓，謂「豔妻」卽「剡妻」，係另一人，非幽王后褒姒，王國維亦以爲閻係姓，此詩，「豔妻」非褒姒。馬瑞辰曰：「今按閻剡皆豔字之同音假借，說詩者遂妄以爲姓耳。」煽：熾熱也。「豔妻煽」猶今言「噴火女郎」。俞樾謂方處猶竝處。屈萬里先生謂七人與勢力熾盛之褒姒竝處；竝處，蓋同黨之意。普賢按章前七句，均對幽王而言，謂皇父爲幽王卿士，番氏爲幽王司徒……等，則此句亦對幽王而言。且言妻，謂幽王之妻，則竝處者與幽王竝處。謂幽王小人用事於外，豔妻蠱惑王心於內，高本漢釋此句爲：美豔的妻子光輝的一同居處。㉖抑：發語詞，抑且。㉗毛傳：時：是，朱傳講作時令，馬瑞辰亦謂當讀爲使民以時之時，且謂「下言田卒汙萊，是奪其民時之證。豈曰不時，言其使民役作不自以爲不時也。」高本漢釋此句爲「他如何說他不合時會呢？」普賢按：應解作「是」。因皇父之胡作非爲，不只使民「田卒汙萊」，尙有「胡爲我作，不卽我謀，徹我牆屋」等仗勢欺人的蠻橫行爲。他却說「予不戕，禮則然矣」。「然」字正應「不時」（不是，卽不對），他認爲所作所爲，皆按禮行事，是對的，你如何說他不對呢？然而有「胡爲我作」四句，那末對與不對，不言而喩矣。㉘作：役使。㉙徹：同撤，毀。㉚卒：盡；汙：停水；萊：草穢。毛傳：「下則汙，高則萊。」韓詩（玉篇引）汙：穢也。全句意爲：田地長滿荒草。㉛戕：音槍ㄑㄧㄤ，害。㉜孔聖：甚聖明。此諷刺語。㉝都：城；向：邑名，在今河南濟源縣境。皇父此舉，蓋先作避亂之準備，故詩人諷之曰「孔聖」。㉞三有事：三有司，卽三卿，謂皇父自立三卿。㉟亶：音膽ㄉㄢˇ，誠；侯：維；多藏：財貨多。言三有司皆爲富有之人。㊱憖：音印ㄧㄣˋ，願，肯也。老：謂舊臣。言皇父率舊臣俱去。㊲俾：音必ㄅㄧˋ，使。㊳徂：音ㄘㄨˊ，往。姚際恒謂「以居徂向」本是「徂向以居」，取協韻也。㊴黽勉：努力。㊵謟卽囂字。囂囂：聲，謂進讒的嘴囂囂出聲。高本漢說。㊶孽：罪過。㊷匪：通非。㊸噂：音ㄗㄨㄣˇ左傳及說文並引作僔，聚。沓：合。馬瑞辰謂：噂，聚語也。又謂小人之情聚則相合，背卽相憎，亦通。㊹職：專主；競：競尙。言下民之遭罪孽，實由於人專意競尙噂沓背憎致之。㊺悠悠：漫長；里：或作瘇，作悝（ㄌㄧˇ）憂也，馬瑞辰說。朱傳謂里，居也。如此解釋則與下文詩意不合。因下文「我獨居憂」「我獨不敢休」，皆係指詩人自己，與居里無關。㊻痗：音昧ㄇㄟˋ病。亦孔之痗謂憂愁之極以致疾，所謂「憂能傷人」。㊼羨：餘。高本漢釋此句爲「四方有豐餘」。（而只有我在憂愁中）。㊽謂別人在醉生夢死，滿於現實，只有詩人高瞻遠矚，憂國憂民而不敢休息安逸。㊾徹：此字解說紛紜：朱傳訓爲「均」，謂天的裁定不（平均）公允，但這與上下文意不連貫。毛傳訓爲「道」，天命不道卽天命不按正道（指日蝕而言），遙應二章之「不用其行」，如此則前後互應，詩意完整，又此句承上啓下，卽我之所以不敢休乃由於「天命不徹」，因爲「天命不徹」所以就應該有所警惕。不敢像別人一般地痲木不仁苟且偷安了。㊿最後道出這位愛國詩人做詩本旨，更道出詩人的不同流合汚而有憂國憂民的偉大胸懷。詩人之所以多愁善感者正以此。朱傳分作兩句，按每章八句的章法，此八字應合爲一句。姚際恒以最後一章之「民莫不逸」「我友自逸」，皆指七子輩。

〔評　解〕

十月之交是小雅節南山之什的第三篇，共八章，章八句。除第四章第八句，第六章第五句、及第八章第六句爲五字，及第八章第八句八字外，其餘均爲四字句。全詩句法略有變化，共二六三字。

十月之交指十月之朔，卽十月初一日，毛傳以此詩爲刺幽王，鄭箋以爲刺厲王，以曆法推之，厲王二十五年十月朔辛夘，及幽王六年十月朔辛夘，皆有日蝕，而幽王二年西周三川皆震，與此詩所詠者合，且史書沒有厲王寵愛艷妻的記載。幽王之寵愛褒姒，史書記之甚詳，以此證之，則此詩當作於幽王之世。阮元揅經室文集，有「詩十月之交四篇屬幽王說」一文，論證甚詳。朱鬱儀曰：「向在東部去西都千里而遙，皇父恃寵請城，規避戎禍，土木繁興，徙世家巨族以實之，人情懷土重遷，傷其獨見搜括，故賦是詩。」按此詩刺皇父等當政之人，所以刺幽王之昏憒，用人不當，致民生困苦，天怒人怨也。

本篇爲三百篇中惟一可以推算確切年月日之作品，至足珍貴。

七、汝墳

婦人喜其丈夫出征歸來，而詩人描摹其心理作詩記其事。

原詩	今譯
遵彼汝墳，❶	沿着汝水邊兒走，
伐其條枚。❷	砍伐樹幹和枝條。
未見君子，❸	沒有見到良人面，
惄如調飢。❹	饑餓一般好心焦。
遵彼汝墳，	走路沿着汝水邊，
伐其條肄。❺	新長的枝條任意砍。
既見君子，	既已見到良人面，
不我遐棄。❻	才知沒把我嫌厭。

魴魚赬尾，❼　魴魚的尾巴發了紅，
王室如燬。❽　京城一片亂烘烘。
雖則如燬，　京城救亂雖有責，
父母孔邇。❾　至親父母也該侍奉。

【註釋】❶遵：循，即沿着；汝：水名，源出今河南嵩縣之老君山，東流至潢川縣入淮；墳：水涯。❷朱傳：枝曰條，榦曰枚。❸君子：此君子謂丈夫。❹惄：音溺ㄋㄧˋ，飢貌；調音周，一作輖，重。重飢，謂極餓。❺枝榦之斬而復生者曰肄。朱傳：「伐其枚而又伐其肄，則踰年矣。」❻遐：詩中凡「不遐」（遐或作瑕）兩字冠於句首，或云「不……遐……」者，遐字皆語詞無義。「不我遐棄」即不我棄。屈萬里說。❼魴音房，說文：「魴魚，赤尾魚也。」馬瑞辰謂即鯿魚。赬，音稱ㄔㄥ，赤也。❽王室：謂周朝。舊謂殷王室，非是；燬：焚，形容戰亂之狀。❾孔：甚；邇：近。謂父母為最近的人。

【評解】

汝墳是國風周南第十篇。共三章，章四句，句四字。為全詩四十八字前兩章連環性的詩經基本形式之一。

本詩把舊式女子對丈夫既惧又愛的心理描寫得入木三分。馬瑞辰說是：「幸君子從役而歸，而恐其復往之辭也。」首章言婦人在家勞作，沿河砍柴，雖在勞動之時，仍然要想起出征的丈夫：久不見面，思念之情，如飢似渴。次章言由伐枚而至伐肄，已是經年，而丈夫仍不見歸來，不知是否已變了心，致她忐忑不安。因爲「良人者所仰望而終身者也」。尤其古代女子所謂「出嫁從夫」，丈夫就是她的一切，如果一旦丈夫變了心，那她整個的人生也就完了。正在疑懼參半之際，丈夫翩然歸來，所以次章寫出見面之後，才知丈夫對她的愛情不渝，欣喜之情，溢於言表。但又恐其再次出征，不知又要害她苦守空房若干年月，所以末章就說出爲王服役固然重要，但父母至親，也不應該忽略，而應常在面前侍奉，其實是她自己希望丈夫能常相廝守，却託言父母，妙極！以魴魚的赤尾，喻京城如被火燒般的危急，姚際恆謂「喻民之勞苦」亦通。

詩曰：「王室如燬」，其時代大概在西周末年。

詩言：「汝墳」，則其地已在淮水流域。

八、相鼠

刺人而無禮，則連賤鼠不如。罵得非常痛快！

原詩	今譯
相鼠有皮，❶	瞧那耗子還有張皮，
人而無儀。❷	做人反而沒禮儀。
人而無儀，	做人要是沒禮儀，
不死何爲？	不死又能做啥子？
相鼠有齒，	瞧那耗子還有牙齒，
人而無止。❸	做人反而沒樣子。
人而無止，	做人要是沒樣子，
不死何俟？❹	不死還在等啥子？
相鼠有體，❺	瞧那耗子還有肢體，
人而無禮。	做人反而不懂禮。
人而無禮，	做人要是不懂禮，

胡不遄死？❻　　爲啥還不趕快死？

【註釋】❶相：視。❷儀：禮儀。❸止：容止。❹俟：音ㄙˋ，等。❺體：肢體。❻胡：何；遄：音傳ㄔㄨㄢˊ，速。

〔評　解〕

相鼠是國風鄘風的第八篇，共三章，章四句，句四字，共四十八字。這篇講禮之重要，可以說是一篇說教詩。荀子禮賦云：「……非日非月，爲天下明……城郭以固，三軍以强，粹而王，駁而伯，無一焉而亡。……性不得則若禽獸，性得之則甚雅似者與？匹夫隆之則爲聖人，諸侯隆之則一四海者與？」可見禮之於人於國是何等重要！一個不懂禮儀的人，活在世上所做所爲，小則損人，大則害國，所以本詩痛罵不懂禮者「不死何爲」「不死何俟」；最後簡直就是逼他趕快死掉，免得活着做個害羣之馬，擾亂社會。但所謂「禮」，是因時因地而異，有些在從前認爲是合乎禮的，在今日却成了「吃人的禮敎」；在今日認爲是合乎禮的，在從前簡直就是大逆不道。東西方的禮也有所不同，不過大家都應該按照「禮」去做，却是古今中外所公認的道理。

相鼠篇三章形式相似，非但有連環性，成爲詩經基本形式三十篇之一，各章第二句與第三句相疊，其疊句形式亦相同，關於詩經疊句形式與功用的研究，普賢已寫「詩詞曲疊句欣賞研究」一書，交三民書局列入三民文庫中出版，讀者可以參考。

九、鵲　巢

敍述貴族嫁女的詩。

原詩

維鵲有巢，❶
維鳩居之。❷
之子于歸，❸
百兩御之。❹

維鵲有巢，
維鳩方之，❺
之子于歸，

今譯

喜鵲啊把窩搭築，
布穀鳥呀搬進去住。
這位小姐有歸宿，
百輛花車開來迎娶。

喜鵲啊把窩造成，
布穀鳥呀進來享用。
這位小姐有了歸宿，

百兩將之。❻　　百輛花車一路護送。

維鵲有巢，　　喜鵲啊把窩造起，
維鳩盈之。❼　　住進呀布穀鳥兒。
之子于歸，　　這位小姐有了歸宿，
百兩成之。❽　　百輛花車完成大禮。

【註釋】❶維：發語詞，猶今語之「啊」，見胡適所著談談詩經。❷鳩：鳲鳩，即布穀。❸女子以出嫁爲歸，今言「得到歸宿」。❹兩：即輛；御：迎。❺方，當讀爲放，依也。經義述聞說。❻將：送。❼盈：滿，朱傳「衆媵姪娣之多」謂陪嫁過來的人員和妝奩把新居充滿。❽成：謂完成婚禮。

〔評　解〕

鵲巢是國風召南第一篇，共三章，章四句，句四字。爲四十八字的詩經基本形式之一，其用韻法與樛木篇同。

這是一篇敘述嫁女的詩。由「百輛車」迎娶，知道應屬貴族，據嚴粲、毛奇齡、焦循、馬瑞辰等說，鵲每歲十月後遷巢，其空巢則由鳩鳥居之。詩中引此意思是說別人把新房佈置好，迎娶新人來住。但姚際恆却有更精確的見解，他說：「按此詩之意，其言『鵲』、『鳩』者，以鳥之異類況人之異類也。其言『巢』與『居』者，以鳩之居鵲巢況女之居男室也。……『百兩』，百爲成數，極言其多；以爲天子嫁女可，以爲諸侯嫁女可，以爲大夫嫁女可。」是頗有見地的。此詩雖是敘述貴族嫁女，但並沒像衞風碩人篇一樣鋪張的描寫，只以「百輛」已說明一切，令人自然會想像到婚禮的熱鬧，這是擧一顯全的重點法。淸人蒲松齡寫聊齋誌異最善運用這種重點法，他敘張誠的富盛只寫了「人喧於堂，馬騰於槽」八個字，而已給人以富盛的深刻印象，眞是最經濟的手法了。

一〇、葛覃

婦女要歸寧了，把衣物澣洗整理妥當，從容舒緩，心情愉悅。

原詩	今譯
葛之覃兮，❶	葛藤拖拖拉拉地生喲，
施于中谷，❷	一直拖拉到山谷中，
維葉萋萋。❸	葉子長得很茂盛。

黃鳥于飛，❹　黃鶯鳥兒飛過來，
集于灌木，❺　飛上叢樹歌喉開，
其鳴喈喈。❻　聲音宛轉又和諧。

葛之覃兮，　葛藤拖拖拉拉地生哟，
施于中谷，　一直拖拉到山谷中，
維葉莫莫。❼　葉兒長得密層層。
是刈是濩，❽　把它割來把它煮，
爲絺爲綌，❾　織成細葛和粗布，
服之無斁。❿　穿在身上不厭惡。

言告師氏，⓫　告訴保姆把話講：
言告言歸。　準備回家去一趟。
薄汙我私，⓬　平常的衣服弄乾淨，

二、騶虞

薄澣我衣。⑬　正式的禮服也洗漂亮。
害澣害否，⑭　該洗該摺理妥當，
歸寧父母。⑮　回去問候我爹娘。

【注釋】①葛：草名，蔓生，莖細長，莖之纖維，可織葛布；覃：音譚ㄊㄢˊ，延長意。②施：古讀與拖字同，拖蔓也，屈萬里說，中谷：谷中。③萋萋：茂盛貌。④黃鳥：即黃鸝，亦即黃鶯；于飛：在飛。⑤灌木：叢木。⑥喈：古音讀如基ㄐㄧ，喈喈：鳥鳴和諧。⑦莫莫：茂密貌。⑧是：經傳釋詞云：「是，猶於是也。」刈：割。濩，音鑊ㄏㄨˋ，煮。⑨絺：音痴ㄔ，綌，音希ㄒㄧ，葛布細者曰絺，粗者曰綌。⑩斁：音亦ㄧˋ，厭。⑪言：語詞，下同；師氏：女師，古有教女之師，猶後世之保姆。⑫薄：語詞，下同。⑬汙：即汚字，洗衣而揉搓之以去其汚；私：謂平常穿之便服。⑭澣：音緩ㄏㄨㄢˇ，洗濯；衣：指禮服。⑮害：音曷ㄏㄜˊ，何。

【評　解】

葛覃爲國風周南第二篇，共三章，章六句，句四字，全詩共七十二字。朱傳稱係后妃所作。觀詩意，作者身分似在后妃與平民之間，蓋小康階級，士大夫之家出身之婦女也。故能見到葛覃生長情形，又能瞭解收割紡織道理。又有保姆相隨，而不失其勤儉樸素之風。故方玉潤曰：「取之以次關雎，欲爲萬世婦德立之範耳。」

二一、騶虞

這是歌詠國君田獵，讚美掌鳥獸之官騶虞能盡職的詩。

原詩

彼茁者葭，❶
壹發五豝；❷
于嗟乎，❸
騶虞！❹

彼茁者蓬，
壹發五豵；❺
于嗟乎，
騶虞！

今譯

那茁壯的蘆葦長得好，
獵車一出五隻母豬逃不掉；
啊呀啊呀齊稱讚，
騶虞的佈置眞周全！

那壯盛的蓬草長滿地，
獵車一出五隻小豬可射擊；
啊呀啊呀讚美聲，
騶虞的供應眞豐盛！

【註釋】❶茁：音拙ㄓㄨㄛˊ，草生壯盛貌。葭：音加ㄐㄧㄚ，蘆葦。❷壹發：方玉潤云：「周禮大司馬中冬教大閱曰：『鼓戒三闋，車三發，徒三刺，乃鼓退。』似一發之發，乃車一發而取獸五，非矢一發而中獸五。」是一發應指獵車之出發。豝：音巴ㄅㄚ，母豬。❸于：同吁，魯詩即作吁。于嗟：歎美之聲。❹騶：音鄒ㄗㄡ，騶虞：古時爲天子或國君掌管鳥獸之官。毛傳釋騶虞爲獸名，白虎黑文，不食生物。賈誼新書引魯詩謂：「騶者，天子之囿也；虞者，囿之司獸者也。」周禮賈公彥疏引韓詩，以騶虞爲天子掌鳥獸之官。高本漢謂毛傳以騶虞爲不食生物之義獸，與文義不合，而採韓詩之說。❺豵：音蹤ㄗㄨㄥ，豕生一歲曰豵。

〔評解〕

騶虞是召南十四篇的末一篇，共二十六字，分二章。舊日章句，章各三句，前兩句末字用韵，末句五字，不用韵。顧炎武詩本音，首章以葭、豝、虞三字爲韻，次章以蓬、豵二字爲韻，而末句之虞字則合前章。姚際恒則將兩章末句均析爲「于嗟乎，」「騶虞！」兩句，無韻。方玉潤採姚氏一篇二章，章各四句之章句，而標韻爲首章前兩句葭、豝爲韻，後兩句乎、虞爲韻；次章前兩句蓬、豵爲韻，後兩句亦乎、虞爲韻。並主「于嗟乎騶虞」亦可不分句，而成本句中乎虞二字爲韻。今採姚氏章句，方氏標韻。

詩序：「騶虞，鵲巢之應也。鵲巢之化行，人倫既正，朝廷既治，天下純被文王之化，則庶類蕃殖，蒐田以時，仁如騶虞，則王道成也。」毛傳以騶虞爲義獸，有至信之德，朱傳因之。魯詩以騶虞爲邵國之女所作，蓋追慕盛世不可見得，歎傷生不逢時，援琴而歌此詩。于嗟乎騶虞者，歎傷之詞也。邵女傷時之說係蔡邕琴操文，見文選李陵與蘇武詩李善注所引。毛詩以騶虞應鵲巢，魯詩以騶虞援琴寄慨，都是牽強附會，來提高詩經二南的教化作用，姚際恒氏已力斥毛序與毛傳之謬，而主張此爲美騶虞官之詩。我們採姚說而申其義曰：此歌詠國君春狩之詩，騶虞官克盡厥職，善驅囿中之獸，以供射獵，故詩中予以歎美耳！

一二、羔裘

讚美國家的俊賢，有其才，始能稱其位。

原詩	今譯
羔裘如濡，❶	滑潤的羔皮袍子，
洵直且侯。❷	毛兒柔順美麗。
彼其之子，	穿那衣的人兒，

舍命不渝。❸　　奉公盡忠到底。
羔裘豹飾，❹　　羔裘鑲着豹皮，
孔武有力。❺　　象徵勇武有力。
彼其之子，　　穿那衣的人兒，
邦之司直。❻　　專主國家正直。

羔裘晏兮，❼　　羔裘顏色鮮艷，
三英粲兮。❽　　絲英裝飾燦爛。
彼其之子，　　穿那衣的人兒，
邦之彥兮。❾　　眞正國家俊彥。

【注釋】❶羔裘：朱子以爲大夫之服；如濡：潤澤。❷洵：信，誠；直：正直；侯：美。❸舍命語金文中常見（命或作令，古通用），與敷命，布命同，傳達命令。王國維有說（見與友人論詩中成語書）；不渝：不變。❹豹飾：以豹皮緣袖，以象徵勇武。❺孔：甚。❻司：主，管；經義述聞云：「直，謂正人之過。」❼

晏：鮮盛貌。⑧英：以素絲英飾裘。三英或云卽羔羊之五紽、五緎、五總，馬瑞辰有說。粲：鮮明貌。⑨彥：士之美稱。

〔評　解〕

詩經以羔裘名篇者有三，一屬鄭風，一屬唐風，一屬檜風。本篇係鄭風第六篇，篇三章，章四句，句四字，共四十八字亦詩經基本形式三十篇之一。方玉潤評此詩甚爲恰當，玆將原文抄錄於下：「此詩非專美一人，必當時盈廷碩彥，濟美一時，或則順命以持躬，或則忠鯁而事上，或則儒雅以聲稱，皆能正己以正人，不媿朝服以章身。故詩人卽其服飾之盛，以想其德誼經濟文章之美，而咏歎之如此。曰『舍命不渝』者，君子安命，雖臨利害而不變也；曰『邦之司直』者，大臣剛毅有力，獨能主持國是而不搖也；曰『邦之彥兮』者，學士文采高標，足以黼黻猷爲而極一時之選也。有此數臣，國勢雖孱，人材實裕，故可以特立晉楚大國之間而不致敗，此鄭之所以爲鄭也。不然詩人縱極陳古以風今，亦何與於當時時務之要歟！」

一三、女日鷄鳴

在蜜月中的一對新婚夫婦，趕早起出門射雁，射得雁拿來做成美肴，一同飲酒，又彈琴鼓瑟一番，又唱贈佩定情之歌，花樣百出，看來也樂趣無窮。原來他倆沒有經過正式婚禮，正在用輕鬆愉快的方式，扮演那些委禽合巹等手續，作爲他倆婚禮的補償哩！

原詩	今譯
女曰：「鷄鳴」，	女的說：「公鷄已在喔喔啼。」
士曰：「昧旦」。❶	男的說：「天光還是黑漆漆。」
「子興視夜」，	「你且起來看一看」，
「明星有爛」。❷	「天上曉星光燦爛。」
將翶將翔，❸	趕早出門飛奔去，
弋鳧與雁。」❹	打野鴨呀打大雁。」
「弋言加之，❺	「打下野鴨打下雁，
與子宜之。❻	做成美肴同你飽一餐。
宜言飲酒，	邊吃美肴邊飲酒，

與子偕老。　同你偕老到白頭。
琴瑟在御，⑦　我鼓瑟來你彈琴，
莫不靜好。」　安靜和諧好氣氛。」

「知子之來之，⑧　「知道你對我情獨鍾，
雜佩以贈之；⑨　為表我心把雜佩送；
知子之順之，　知道你對我都依順，
雜佩以問之；⑩　贈送雜佩謝你恩；
知子之好之，　知道你對我樣樣好，
雜佩以報之。」　送你雜佩來相報。」

【註釋】①未婚夫謂之士，義見荀子，屈萬里云：「此士字，蓋猶今言情人也。」昧：晦。旦：日出。昧旦，猶昧爽，日出前東方既白將明未明之時，較黎明略早。蓋黎明作比明解，謂比至天明；而昧旦天尚未明，朱熹謂「昧晦未辨之際也。」②明星：啓明之星，先日而出者，即金星，俗稱曉星，參看東門之楊篇註。有爛：即爛然，曉星燦爛，則小星已不見。③此句朱傳解為「當翱翔而往」即飛馳而去意。或謂指禽鳥將翱翔。④弋：音異，繳射，以生絲繫矢而射。⑤言：語辭，本篇言字均作「而」字用。加：命中。朱熹、馬瑞辰、高本漢並有說。❻宜：肴也。此處作動詞用。❼凡物在手曰御。❽來：勑之假借，關愛體貼意，與下文「順」「好」義相近。❾雜佩：古時腰間佩玉，用「珩、璜、琚、瑀、衝牙等珠玉組成之。」戴震毛鄭詩考正曰：「以韵讀之，贈當作貽。」❿問：贈。

〔評解〕

女曰鷄鳴，鄭風廿一篇的第八篇，分三章，章六句，首次章均四字句，第三章皆五字句，全詩共七十八字。

這是以對話方式寫一對青年情侶的愛情生活的詩。毛序：「女曰鷄鳴，刺不德也。陳古義以刺今不說德而好色也。」孔疏並以爲鄭莊公時詩。易林豐之艮曰：「鷄鳴同興，思配无家，執佩持鳧，莫使致之。」漸之鼎同此无家而思配。這是齊詩遺說。朱熹詩序辯說：「此亦未有以見其陳古刺今之意。」而於詩集傳改定爲：「詩人述賢夫婦相警戒之詞。」姚際恆通論更删集傳「警戒」之意曰：「只是夫婦幃房之詩，然而見此士女之賢矣。」惟近人聞一多等以古時贈佩玉爲定情之事，其說詳本書木瓜篇。而上擧齊詩義亦云「思配无家，執佩持鳧」，蓋贈佩委禽，都是定情訂婚的手續，此詩中寫贈佩弋雁，故知朱熹集傳稱此詩爲「賢夫婦相警戒之詞」當推翻，卽姚說亦未妥。屈萬里詩經釋義說：「此男女相悅之詩。」庶幾近之。

現在我們試依齊詩遺說來解此詩。男旣無家，女亦思配，双方互相愛悅，便要完成委禽贈佩的婚姻手續，說好男的一早就去弋雁。於是首章女的一聽到鷄啼就報告男的，男的說天還沒亮，女的便催男的起來看個清楚。男的看清了，於是對女的說；「小星已隱沒，只見曉星獨明，已屆黎明時分，可以出門弋雁了。」

次章女的說：「等你打了雁來，非但可完成委禽手續，還可讓我做成美肴同你一起飲酒成禮，以期白頭偕老，琴瑟和鳴。」

末章是男子贈佩的特寫。男的將贈佩的話連說三遍，與前兩章風格大異，大概是採用了當時原已流行的三疊定情歌來唱了一下，作爲本詩的結束。

看詩中這對情人旣已同居，却零亂草率地補行贈佩委禽合巹等禮。這是什麼玩意兒呢？哦！有了，原來他們兩人都是已逾婚齡的未婚男女，在古禮「以時會男女，相奔不禁」的情形下已結合爲夫婦，本來可以不必再擧行訂婚結婚之禮的，但他們認爲這是缺陷，爲彌補這缺陷起見，還是要來補辦一下。可是佩玉呢，雁呢，都未準備，於是「鷄鳴同興，思配无家，執佩持鳧，莫使致之」的喜劇便上演了。他們一早起身，弋雁歸來，單獨由他們倆人自己扮演了委禽和合巹之禮，又彈琴鼓瑟地合奏一番。最後沒有佩玉，便把贈佩三疊的定情歌唱一下來意思意思。這種新婚夫婦在蜜月期間，扮演這套喜劇的點綴，倒也別有風味，格外增加了他們愛情生活的情趣，於是成爲社會新聞，於是詩人便用男女主角對話的方式寫成這篇別具風格的好詩，讓大家來歌唱了。

女曰鷄鳴是一篇交織着清新朝氣與濃情蜜意而讀來輕鬆愉快的詩，完全沒有警戒之意，更無一點道學氣。

一四、東之門墠

這是女子思念其男友的一篇眞情流露的好詩

原詩	今譯
東門之墠，❶	東門外面土墩高，
茹藘在阪。❷	土墩坡上長茜草。
其室則邇，	他的屋子在眼前，

其人甚遠。　他那人兒却像遠在天邊。

東門之栗，　東門外面栗樹林，
有踐家室。❸　小屋排成一字陣。
豈不爾思？　怎不日思又夜想？
子不我即！　你不來找我好心狠！

【註釋】❶墠：音善ㄕㄢˋ，土墩。❷藘：音閭ㄌㄩˇ，茹藘即茜草。❸有踐：即踐然，行列貌。

〔評　解〕

東門之墠是鄭風二十一篇的第十五篇。篇分二章，章四句，句四字，全詩共三十二字。

這是女戀男的情詩。毛詩序：「東門之墠，刺禮也。男女有不待禮而奔者也。」朱熹辯說：「此序得之。」並目爲淫詩。集傳云：「阪之上有草，所與淫者之居也。」但姚際恆則提出異議，並讚美此詩曰：「此詩自序、傳以來，無不目爲淫詩者，君以爲貞詩亦奚不可。男子欲求此女，此女貞潔自守，不肯苟從，故男子有『室邇人遠』之歎。下章『不我即』者，所以寫其人遠也。女子貞矣，然則男子雖萌其心而遂止，亦不得爲淫矣。『其室則邇，其人甚遠』，較論語所引『豈不爾思，室是遠而』所勝為多。彼言『室遠』，此偏言『室邇』，而以『遠』字屬人，靈心妙手。又八字中不露一『思』字，乃覺無非思，尤妙。『思』字于下章始露之。『子不我卽』，正釋『人遠』，又以見人遠之非果遠也。」只玩味詩本文，乃女戀男之詞，方玉潤遂改正姚氏曰：「就首章而觀曰『室邇人遠』者，男求女之詞也；就次章而論，曰『子不我卽』者，女望男之心也。」仍不如判此為女戀男之詩為直截，蓋鄭風多女戀男是其特點之一。此詩首章詩人寫女子因戀其男友，不自覺地走到男友居處去探望，但限於禮儀，徘徊不前，所以有「其室則邇，其人甚遠」的名句產生；次章女子又赴男友居處遙望，終於直陳其相思之苦，而責其男友的不來探望她，微露怨意，全詩一片眞情流露，不需斧鑿，而技巧上乘，並合於「哀而不傷，怨而不怒」的條件，實在是一篇不可多得的好詩。

一五、狡　童

詩人用女子的口吻，描寫一個個性倔强的女子，和男友嘔氣的情景。首章寫兩人共餐，因男友不說話，她就連飯也吃不下，並破口大罵；次章寫女子在餐桌上把男友罵走了，她更氣得不斷地喘息，而不肯檢點其自己行爲的過火。對鄭女任性鏡頭的特寫，頗爲成功。

原詩	今譯
彼狡童兮，❶	好個滑頭小傢伙，
不與我言兮！	竟然不和我說話！
維子之故，	爲了你嘔我的氣，
使我不能餐兮！	教我飯也吃不下！
彼狡童兮，	好個滑頭小伙子，
不與我食兮！	竟然不和我共食！
維子之故，	爲了你嘔我的氣，
使我不能息兮！❷	氣得我呼呼喘不息！

【註釋】❶狡童：狡獪的小子，罵人語。❷說文：「息，喘也。」此句說「使我喘不出氣來」，寫怒極的生理反應，不斷地喘息也。

〔評　解〕

狡童是鄭風二十一篇的第十二篇，篇分兩章，章各四句，一三兩句四字，二四兩句五字、六字，共三十八字。其字每章第一二四句句末用兮字，首章以兮字上一字的「言」「餐」爲韵；次章以兮字上一字的「食」「息」爲韵。

這篇我們撇開了舊說不談，玩味詩篇本文，也是詩人寫女戀男的詩，但所寫不如東門之墠的溫柔敦厚，男的不睬女的，女的便會出口罵人，雖說罵人也是熱愛的表現，正顯露了女子强烈的性格，究竟是修養不够的表現。所以這篇詩的評價便不如東門之墠的高。雖然客觀地反映了鄭女的特性，按今天寫實主義的眼光來看，寫作的技巧是成功的，甚至可以作爲一篇獨白式的短篇小說看。

一六、木　瓜

古時未婚的女子，可以向男子投擲瓜果以引起他的注意，那個被投瓜果的男子，如看中了她，便解下腰間的佩玉來贈送給她以定情，木瓜篇就是詩人歌詠這種古俗的風土詩。

原詩

投我以木瓜，❶
報之以瓊琚。❷
匪報也，❸
永以爲好也。

投我以木桃，❹
報之以瓊瑤。❺
匪報也，
永以爲好也。

投我以木李，
報之以瓊玖。❻
匪報也，

今譯

她把木瓜向我丟，
我用佩玉作報酬。
並不是報酬，
是表示愛情能持久。

她把桃子向我扔，
我用佩玉答人情。
並不是答人情，
是表示愛情能永恆。

她把李子丟過來，
我把佩玉送她戴。
並不是一定送她戴，

永以爲好也。　是表示愛情永不改。

【註釋】❶木瓜：楙木之實，狀如瓜，可食。❷瓊：戴震毛鄭詩考正謂：凡言玉色之美曰瓊；琚：佩玉之一種。❸匪：同非。❹木桃：呂氏詩紀引徐氏曰：「瓜有瓜瓞，桃有羊桃，李有雀李，此皆枝蔓也；故言木瓜木桃木李以別之。」❺瑤：美玉。❻玖：亦玉名。

〔評解〕

木瓜爲衞風十篇的最末一篇，以首句五字中四五兩字木瓜爲題名。分三章，章四句，每章第三句均爲「匪報也」三字，餘皆五字句，全詩五十四字。

毛詩序曰：「木瓜，美齊桓公也。衞國有狄人之敗，出處于漕，齊桓公救而封之，遺之車馬器服焉，衞人思之，欲厚報之，而作是詩也。」宋儒朱熹不以爲然，謂於經文無據，以爲尋常施報之言，其詩集傳，始以爲男女贈答之詞，清儒崔述姚際恆等則仍主爲尋常贈答之詞。近人聞一多風詩類鈔則採朱傳而更指爲定情之詞。今舉其證於下：周代男女婚姻，雖以父母之命媒妁之言爲主，仍流行「以時會男女，相奔不禁」之古俗。蓋會男女，所以任其自由擇配也。此時女以瓜果之類擲其所悅之男子，男子若解佩玉以報，即所以表示定情。故詩曰：「匪報也，永以爲好也。」故女曰鷄鳴篇之男亦曰：「知子之好之，雜佩以報之。」而丘中有麻之女則曰：「彼留之子，貽我佩玖。」我國以佩玉定情之俗，蓋由來甚古。而女以瓜果投男之俗，亦保存於周代禮制之中。左傳莊二十四年，御孫曰：「女贄不過栗棗脩。」禮記曲禮：「婦人之摯，椇、榛、脯、脩、棗、栗。」韓詩外傳七陳饒對宋燕曰：「果園梨栗，後宮婦人以相提擲，而士曾不得一嘗。」這是後宮婦人，不得擲果於士，故祇得相擲爲戲也。晉書潘岳傳：「岳美姿儀……少時常挾彈出洛陽道，婦人遇之者，皆連手縈繞，投之以果，遂滿載而歸。」此六朝時民間婦女尚有以瓜果投男子之遺俗也。其實解木瓜篇爲男女愛情詩者不自朱熹始，漢秦嘉留郡贈婦詩曰：「詩人感木瓜，乃欲答瑤瓊。」晉陸機爲陸思遠婦作詩曰：「敢忘桃李陋，側想瑤與瓊」，已覗木瓜爲男女贈答。而何承天（南朝宋人）木瓜賦曰：「願佳人之予投，想同歸以託好。顧衞風之攸珍，雖瓊瑤而匪報」，則且以木瓜篇爲定情詩矣。

一七、澤　陂

這是一篇動人的抒情詩。

原詩

彼澤之陂，❶
有蒲與荷。
有美一人，
傷如之何！❷
寤寐無爲，❸
涕泗滂沱。❹

彼澤之陂，
有蒲與蕑。❺
有美一人，
碩大且卷。❻
寤寐無爲，
中心悁悁。❼

今譯

水澤旁邊有堤岸，
蒲草荷花一大片。
有個美人兒眞好看，
想她想得多憂煩！
無心做事不成眠，
眼淚鼻涕淌不完。

堤岸築在水澤邊，
又有蒲草又有蓮。
有個美人兒眞好看，
臉兒漂亮體碩健。
無心做事不成眠，
想她想得似癡癲。

彼澤之陂，　堤岸築在水澤旁，
有蒲菡萏。❽　蒲草菡萏齊飄香。
有美一人，　有個美人兒眞漂亮，
碩大且儼。❾　個兒高大貌端莊。
寤寐無爲，　無心做事床上躺，
輾轉伏枕。❿　翻來覆去要發狂。

【注釋】❶陂：音坡ㄆㄛ，一音碑，俗讀如皮。澤畔障水之隄岸。❷鄭箋云：「傷，思也」。❸無爲：無所作爲，言無心做事。❹涕泗：淚曰涕，鼻液曰泗；滂沱：大雨貌，此形容涕泗之多。❺蕑：朱傳謂蘭也。魯詩（邢昺爾雅疏引）作「有蒲與蓮」。鄭箋亦云：「蕑當作蓮」。高本漢謂「用第一章的『荷』（或『茄』）以及第三章的『菡萏』比照，講做蓮是對的。❻卷：音權ㄑㄩㄢˊ好貌。釋文云：「卷，本又作婘。」。❼悁：音娟ㄐㄩㄢ，悁悁：憂思。❽菡萏：音汗旦ㄏㄢˋㄉㄢˋ：荷花之別稱。❾儼：矜莊貌。❿伏枕：伏在枕上即躺在床上。

【評解】

澤陂是陳風十篇的最末一篇，以首句四字中二四兩字澤陂爲題名。詩分三章，章六句，句四字，共七十二字。

這是一篇相思的情詩。但所謂美人或別有所指，所以這詩也可解作另有寄托的象徵詩。方玉潤曰：「序謂刺時男女相悅，集傳謂與月出相類。姚氏以爲傷逝作，均與意興不合。蓋起極幽艷，繼乃傷感，故知爲思存作，非悼亡篇也。大抵臣不得於其君，子不得於其父，皆可藉此以抒懷。詩人所言，或實有所指，或虛以寄興。興之所到，觸緒即來。後世江南曲、子夜歌，此類甚多，豈篇篇具有所爲而言耶！」總之，這是一篇動人的抒情詩。

一八、小　星

這是寫公務員晝夜奔忙，自歎勞碌命的詩。

原詩	今譯
嘒彼小星，❶	小小星兒發微光，
三五在東。	三顆五顆在東方。
肅肅宵征，❷	夜裡匆匆趕黑路，

夙夜在公：　　爲了公事早晚忙：
寔命不同！❸　　各人的命呀不一樣。

嘒彼小星，　　小小星兒發微光，
維參與昴。❹　　參星昴星在天上。
肅肅宵征，　　夜裡匆匆趕黑路，
抱衾與裯：❺　　還得抱着內衣和被褥：
寔命不猶。❻　　我的命呀比人家總不如。

【注釋】❶嘒：音彗ㄏㄨㄟˋ明貌，馬瑞辰說。❷肅肅：疾貌。❸寔：同實。❹參：音申ㄕㄣ，昴：音卯ㄇㄠˇ，皆星名，二十八宿之一。❺衾：音琴ㄑㄧㄣˊ被；裯：音綢ㄔㄡˊ，馬瑞辰以爲裯是「祇裯」。說文以祇裯爲短衣。「祇裯」在西漢時還通行，見於方言。高本漢則說是一種短的內衣。❻猶：若。不猶卽不若，不如。

〔評　解〕

小星是召南十四篇中的第十篇，卽以首句四字的三四兩字爲題。全詩四十字，分兩章，章各五句，句各四字。舊稱妾曰小星，本毛詩義。毛詩序曰：「小星，惠及下也。夫人無妬忌之行，惠及賤妾，進御於君，知命有貴賤，能盡其心矣。」朱熹集傳從其說。韓詩則以小星喩小人在朝。韓詩外傳引此詩，以爲勞於仕宦者之作。姚際恆詩經通論亦引章俊卿之言以爲小臣行役之作。方玉潤詩經原始更進一步說是「小臣行役自甘也。」其言曰：「……夫肅肅宵征者，遠行不逮繼之以夜也。夙夜在公者，勤勞王事也。命之不同則大小臣工之不一，而朝野勞逸之懸殊也。既知命不同而仍克盡其心，各安其分，不敢有怨天心，不敢有怨王事，此何如器識乎？藉非文王平日用人無方，使之各盡所長，烏能令趨承奉公之士勤勞而無怨？蜀漢諸葛武侯亦稱得人，嘗罷李平廢廖立爲民，及亮卒，立垂泣曰：吾終爲左衽矣。平聞之亦發憤死，度後人之不能復用已也。嗟嗟！用人而苟得其平，則雖廢棄終身猶不敢怨，況于役乎？此詩雖以命自委，而循分自安，毫無怨懟詞，不失敦厚遺旨，故可風也。」但我們細味詩意，實不能說一點也沒有怨意。若眞能自甘勞碌，那便是戰鬬文學的作品了。

一九、東方未明

這是一篇諷刺國君沒有法度，隨便發佈命令，弄得臣子慌慌張張，手忙腳亂的詩。寫得很風趣。

原詩

東方未明，
顛倒衣裳。❶
顛之倒之，
自公召之。❷

東方未晞，❸
顛倒裳衣。
倒之顛之，
自公令之。❹

折柳樊圃，
狂夫瞿瞿。❺

今譯

東方還沒現曙光，
顛顛倒倒穿衣裳。
匆匆忙忙弄顛倒，
只因君命來相召。

東方曙光還沒現，
顛顛倒倒衣裳穿。
顛來倒去忙匆匆，
只因國君有命令。

柳枝折斷籬笆倒，
像狂夫般慌慌張張往外跑。

不能辰夜，❻　司夜官時光不分辨，
不夙則莫。❼　不是太早就太晚。

【註釋】❶因天未亮急忙起身，致將衣裳穿顛倒。❷所以將衣裳穿顛倒，乃由於公召喚之故。❸晞：音希ㄒㄧ，日將出之時。❹令：命。金文令命二字通用。❺樊：藩。圃：菜園。瞿：音句ㄐㄩ，瞿瞿：驚慌四顧之貌。朱傳云：「折柳樊圃，雖不足恃，然狂夫見之猶驚顧而不敢越；以比辰夜之限甚明，人所易知，今乃不能知。」而 Waley 以為瞿瞿即「慌亂」之意。高本漢謂折柳樊圃「他折斷了園籬的楊柳，狂夫手忙腳亂。」又謂：「全篇描寫一個官員早晨匆匆忙忙的起床上朝廷去，慌亂之中，穿倒了衣服，闖出了園子，以至折斷了園籬。」今採高說。❻辰夜即時夜，亦即司夜。古有司夜之官曰挈壺氏掌漏刻；不能辰夜，謂挈壺氏不善管理夜間之漏刻。❼夙：早。莫：同暮，晚。此句謂不太早即太晚。詩人不便直斥國君，故歸咎於挈壺氏。

評　解

東方未明是齊風十一篇之第六篇，全詩分三章，章四句，句四字，共四十八字。其形式與汝墳篇同。

毛序：「東方未明，刺無節也，朝廷興居無節，號令不時，挈壺氏不能掌其職焉。」三家無異義。一二章言君令之無常，致使臣下疲於應付，以衣裳之顛倒，形容天時之黑暗及急於應命之慌張情狀，異常逼眞，如現眼前。天時黑暗，正寫君上之出命無時；顚倒衣裳，正寫爲臣者之不敢稍有怠慢。末章以「折柳樊圃，狂夫瞿瞿」再推進一層，不只屋內黑暗，戶外亦黯然無光，致將柳枝籬笆折斷，行徑如同狂夫。而所以然者，正因司時之挈壺氏不能克盡職守，致君令無常。明爲刺司夜之官，而實則刺君上之法令無度也。這是詩人溫柔敦厚之旨，同時也是說話的技巧。詩言「不夙則莫」，詩中但寫太早，透露有時又太晚，但又略去太晚不寫，欲言又止，句盡而意不盡，令人讀來有餘味。

齊國人很有幹勁，衝勁尤其大，常有「不飛則已，一飛沖天」的那股勁兒，東方未明當然是篇諷刺詩，但我們試作深一層的觀察，從這詩裏也正可體認出齊人的幹勁來。

孔子傳詩於子夏，子夏教授於西河，魏文侯師事之，所以當時魏國上下都熟讀詩經，且有魏文侯父子用詩謎傳遞消息，得以通情達意，獲致良好效果的故事發生。韓詩外傳和劉向的說苑都有記載，文字大同小異，茲錄說苑原文如下：

魏文侯封太子擊於中山，三年使不往來。舍人趙倉唐進稱曰：「爲人子，三年不問父，不可謂孝；爲人父，三年不問子，不可謂慈。君何不遣人使大國乎？」太子曰：「願之久矣，未得可使者。」倉唐曰：「臣願奉使。」問係何嗜好，太子曰：「侯嗜晨鳧北犬。」於是乃遣倉唐緤北犬，奉晨鳧，獻於文侯。

倉唐至，上謁曰：「孽子擊之使者不敢當大夫之朝，請以燕閒奉晨鳧敬獻庖廚，緤北犬敬上涓人。」文侯大悅，曰：「擊愛我，知吾所嗜，知吾所好。」召倉唐而見之，曰：「擊無恙乎？」倉唐曰：「唯唯！」如是者三，乃曰：「君出太子而封之國君，名之，非禮也。」文侯怵然爲之變容，問曰：「子之君無恙乎？」倉唐曰：「臣來時拜送書於庭。」文侯顧指左右曰：「子之君長，孰與是？」倉唐曰：「禮，擬人必於其倫，諸侯無偶，無所擬之。」曰：「長大孰與寡人？」倉唐曰：「君賜之外府裘，則能勝之；賜之斥帶，則不更其造。」文侯曰：「子之君何業？」倉唐曰：「業詩。」文侯曰：「於詩何好？」倉唐曰：「好晨風黍離。」文侯自讀晨風曰：「鴥彼晨風，鬱彼北林；未見君子，憂心欽欽。——如何，如何，忘我實多？」文侯曰：「子之君以我忘之乎？」倉唐曰：「不敢；時思耳。」文侯復讀黍離曰：「彼黍離離，彼稷之苗，行邁靡靡，中心搖搖。知我者謂我心憂；不知我者，謂我何求。悠悠蒼天！此何人哉？」文侯曰：「子之君怨乎？」倉唐曰：「不敢；時思耳。」

文侯於是遣倉唐賜太子衣一襲，敕倉唐以鷄鳴時至。太子起拜受賜，發篋視衣，盡裏顚倒。太子曰：「趣早駕！君侯召擊也！」倉唐曰：「臣來時不受命。」太子曰：「君侯賜擊衣，不以爲寒也；欲召擊，無誰與謀，故敕子以鷄鳴時至。詩曰：『東方未明，顚倒衣裳；顚之倒之，自公召之。』」

遂西至謁。文侯大喜，乃置酒而稱曰：「夫遠賢而近所愛，非社稷之長策也。」乃出少子摯，封中山，而復太子擊。」

孔子認爲「不學詩，無以言。」又說：「誦詩三百，授之以政，不達；使於四方，不能專對，雖多，亦奚以爲？」所以習於詩，則可以言；使於四方，則可以專對。看了這則故事，詩經簡直可以用來代替密電碼；可見到戰國時詩經代言的功用已經發揮到了極點。而倉唐也眞是有專對之能而不辱使命了。

二十、還

齊國人民好田獵，這詩等於一幅齊人田獵的風情畫，描摹齊人驅馳追逐互相稱譽，情景如繪，寫出了齊俗的風尚，齊人的性格，比盧令篇寫得更活！更絕！

原詩

子之還兮，❶
遭我乎狧之閒兮。❷
竝驅從兩肩兮，❸
揖我謂我儇兮！❹

子之茂兮，❺
遭我乎狧之道兮。
竝驅從兩牡兮，
揖我謂我好兮！

子之昌兮，❻
遭我乎狧之陽兮。❼
竝驅從兩狼兮，

今譯

你的身手好輕便喲，
碰到我在狧山間喲。
並肩追踪兩隻豜喲，
拱手說我多矯健喲！

你的身手好美妙喲，
碰到我在狧山道喲。
並肩追踪兩雄羔喲，
拱手說我眞正好喲！

你的身手好强壯喲，
碰到我在狧山陽喲。
並肩追踪兩隻狼喲，

揖我謂我臧兮！❽　拱手說我眞正棒喲！

【註釋】❶還：音旋ㄒㄩㄢˊ，便捷貌，馬瑞辰曰：「還、旋古通用。」齊詩還字作營，顏師古訓爲地名，卽營丘，馬瑞辰、高本漢均不予採取。❷峱：音撓ㄋㄠˊ，齊國山名，在今臨淄南十五里。❸從：蹤省，毛傳：「從，逐也；獸三歲曰肩。」馬瑞辰謂肩爲豜之假借。豳風七月：「獻豜于公」，豜爲三歲大豕，並通用於其他獸類。廣雅曰：「獸一歲爲豵，二歲爲豝，三歲爲肩，四歲爲特。」❹儇：音旋，亦便捷意，毛傳訓利，則爲輕利或利落意。❺毛傳：茂，美也。❻毛傳：昌，盛也。呂氏讀詩記引崔靈恩集注云：茂、昌俱齊地。蓋齊詩以營爲地名，則茂、昌自應訓爲齊地。茂爲考，而昌地有二：其一，漢琅邪郡有昌縣，在今諸城縣東南；其一，齊郡有昌國縣，卽戰國齊昌城，在今淄川縣東。未知孰是，可備一說。❼山南曰陽。❽毛傳：臧，善也。

〔評　解〕

還是齊風十一篇的第二篇，分連環式三章，各章均爲四句二十三字，第一句四字，第二句七字，第三第四句六字。各句均以兮字殿句末，而以兮字上一字押韻。全詩六十九字。

毛詩序：「還，刺荒也。哀公好田獵，從禽獸而無厭，國人化之，遂成風俗，田獵謂之賢，閑於馳逐謂之好焉。」

朱熹集傳：「獵者交錯於道路，且以便捷輕利相稱譽如此，而不知其非也，則其俗之不美可見，而其來亦必有自矣。」

姚際恆通論：「序謂刺哀公，無據。按田獵亦男子所有事，豳風之『于貉』『爲裘』，秦風之『奉時辰牡』，安在其爲『荒』哉！且此無『君』『公』字，乃民庶耳，則尤不當刺。第詩之贈答處若有矜誇之意，以爲齊俗之尙功利則可，若必曰『不自知其非』，曰『其俗不美』，無乃矮人觀場之見乎！」

方玉潤原始：「還，刺齊俗以弋獵相矜尙也。序謂刺哀公，然詩無『君』『公』字，胡以知其然耶？此不過獵者互相稱譽，詩人從旁微哂，因直述其詩，不加一語，自成篇章，而齊俗急功利，喜夸詐之風自在言外，亦不刺之刺也。至其用筆之妙，則章氏潢云：『「子之還兮」，己譽人也；「謂我儇兮」，人譽己也；並驅則人己皆與有能也。』寥寥數語，自具分合變化之妙，獵固便捷，詩亦輕利，神乎技矣！」

呂祖謙曰：「當是時，齊以游畋成俗，馳驅相遇，意氣飛動，鬱鬱見於眉睫之間，染其神者深矣。」還詩寫出了齊國民風的特色。

黃佐曰：「還字與儇字意義相照應，輕利由便捷故也。茂字與好意義相照應，技好由才美也。昌字與臧意義相照應，藝善由盛壯也。」

范處義曰：「謂便捷之子，茂美而昌盛，相值於山之間、山之道、山之陽，並馬驅獸，有肩、有牡、有狼，從之曰兩，言非一也，揖我謂我馳驟之，輕利便好而盡善，曰遭、曰竝、曰揖，以見從禽者衆，更相稱譽也。」姚際恆評此詩「多以我字見姿」。普賢曰：「此詩以白描勝，寫來如見其人，如聞其聲，如電影的放映，而且成功地把典型的一群齊人活畫了出來。是詩，是畫，也是一部風格別具的影片。」

二一、十畝之間

這是賢者不樂仕途，夫婦偕隱之詩。寥寥數語頗爲親切有味。

原詩	今譯
十畝之閒兮，	十畝大的桑園裡喲，
桑者閑閑兮，❶	採桑的人兒好閒逸喲，
行，	走吧，
與子還兮！	陪你回去多寫意喲！

十畝之外兮，　　十畝大的桑園外喲，
桑者泄泄兮；❷　採桑的人兒好自在喲；
行，　　走吧，
與子逝兮！　　陪你回去多愉快喲！

【註釋】❶閑閑，猶閒散。朱傳：「閑閑，往來者自得之貌。」❷泄，音異，朱傳：「泄泄，猶閑閑也」。

〔評　解〕

十畝之間是魏風七篇的第五篇，分兩章，爲國風中兩環的短詩。舊分每章爲三句，每句五字；今以「行」爲一字句，則每章可成四句。全篇共三十字。

朱熹詩集傳曰：「政亂國危，賢者不樂仕於其朝，而思與其友歸於農圃，故其詞如此。」方玉潤詩經原始曰：「十畝之間，夫婦偕隱也。自來解此詩者，皆謂賢者不樂仕於其朝而思與其友歸於農圃，惟姚氏際恆以爲類刺淫之詩。蓋以桑者爲婦人，古稱採桑皆婦人，無稱男子者；若爲君子思隱，則何爲及于婦人耶？姚氏最惡集傳指美詩爲淫詩，此詩絕無淫意，而乃以爲淫，則何異惡人之狂，而反自蹈狂疾者哉！後又曰：『不然，則夫之呼其妻，亦未可知也。』此語庶幾得之。蓋隱者必挈眷偕往，不必定招朋類也。」文開曰：「此詩若解作諷勸其夫歸隱，則更覺親切有味，可與鄭風緇衣比美。」

二二、候　人

曹國詩人看到荷戈守候在路邊枵腹從公的候人，像守在魚梁上無魚得食的鵜鶘般可憐，想到朝中無功受祿的大臣多至三百人，不知所為何事，不禁感慨地編出了下面這支歌兒：

原詩	今譯
彼候人兮，❶	那個守在路邊的候人，
何戈與祋。❷	抗着金戈和殳棍。
彼其之子，	那些狗黨和狐群，
三百赤芾。❸	身穿朝服三百人。
維鵜在梁，❹	他像鵜鶘守在魚梁上，
不濡其翼。	不曾沾濕兩翅膀。
彼其之子，	那些狗黨和狐羣，

不稱其服。　穿着朝服不相稱。

維鵜在梁，　他像鵜鶘守在捉魚堤，
不濡其咮。❺　不曾沾濕長嘴巴。
彼其之子，　那些狐群和狗黨，
不遂其媾。❻　高官厚祿難久享。

薈兮蔚兮，❼　紫黑變化成五彩，
南山朝隮。❽　眼看南山朝雲升起來。
婉兮孌兮，❾　家中么女美麗似朝雲，
季女斯飢。❿　小小年紀受飢困。

【註釋】❶候人：掌道路迎送賓客者的官吏。孔穎達曰：「夏官（周禮）序云：候人上士六人，下士十有二人，史六人，徒百有二十人。此詩身荷戈殳，謂候人之徒屬，非候人之長官也。」❷何：古通荷，肩上承物曰一。祋：音掇，ㄉㄨㄛ，即殳，長一丈二尺而無刃之兵器。❸芾：音弗ㄈㄨ，冕服之韠，大夫以上朝服之荷部分，用熟皮製成，上狹下寬，正蔽兩膝，故又名蔽膝。毛傳云：「大夫以上，赤芾乘軒。」曹共公之臣，乘軒者三百人，事見左傳僖公二十八年。❹鵜卽鵜鶘，音啼胡，食魚之一種水鳥。❺咮：音晝，鳥嘴。❻不遂其媾：高本漢詩經註釋：「A、毛傳：媾，厚也；鄭箋：遂，久也。所以這句是『他們不能長久處於厚愛之中』。B、朱熹訓媾爲寵。C、馬瑞辰以媾爲講字之假借，是皮製的臂衣。D、Waley 訓媾爲幽會。四說中以A說由來很古，講得非常好，並有佐證：國語晉語引此詩句，卽作如此解釋。」❼毛傳：薈蔚：雲興貌。薈音穢，魯詩作嬒。說文嬒：女黑色也。引詩作「嬒兮蔚兮」。蔚音畏，文采盛貌。此句描寫黎明時朝雲由紫黑色變化成五色燦爛也。❽南山：一統志：曹南山在曹州濟陰縣東二十里，詩南山朝隮是也。隮：音躋ㄐ一，霽之假借，承上句彩雲上升知爲晴天。毛傳：隮，升雲也。❾婉：少貌；孌：好貌。❿季女：最小的么女，指候人的幼女。

〔評解〕

詩經十五國風中以檜、曹二國詩篇最少，都只有短短的四篇。左傳載季札觀樂，對二南、三衞、王、鄭、齊、豳、魏十風，都曾加以「美哉」的讚許；對秦、唐二風，不說「美哉」，而稱秦爲夏聲，曰：「夫能夏則大，大之至也，其周之舊乎？」稱唐爲陶唐氏遺民，曰：「思深哉！何憂之遠也？非令德之後，誰能若是？」稱二國有周唐遺風，同樣是讚美；只有對陳風予以譏評，說：「國無主，其能久乎？」而予以譏評，還是看得起呢！他對檜、曹二風，則不放在眼裏，竟不評一字，而有「自鄶（卽檜）以下，無譏焉」的記載。季札的批評是偏重政治與道德的。其實檜、曹雖國小詩少，但若從純藝術的立場來看，八篇之中，同樣有值得我們特別欣賞的詩的。檜風的隰有萇楚，曹風的候人，便是顯著的例子。檜風隰有萇楚的欣賞，我們已輯入詩經欣賞與研究初集中，現在再讓我們試對曹風候人篇，來特別欣賞一下。

候人是曹風四篇的第二篇，分四章，章四句，句四字，共六十四字。

毛詩序：「候人，刺近小人也。共公遠君子而好近小人焉。」君子指候人，小人指三百赤芾。朱熹詩集傳只說：「此刺其君遠君子而近小人之辭。」不提其君是誰。但又說：「晉文公入曹，數其不用僖負羈，而乘軒者三百人，其謂是歟?」晉文公入曹事載春秋僖公二十八年。（公元前六三二年）經曰：「春晉侯侵曹，三月丙午，晉侯入曹執曹伯。」曹伯即共公。晉文公爲什麼要侵曹逮捕曹共公?左傳記其事曰：「三月丙午入曹，數之，以其不用僖負羈，而乘軒者三百人也。令無入僖負羈之宮，而免其族，報施也。」原來晉文公是獻公的公子，名重耳。前數年曾以出亡公子的身分途經曹國，曹共公非但不予禮遇，而且聽說他是「駢脅」，（腋下肋骨不分開，生得像一整塊似的。）就趁他脫光衣裳洗澡時去看個究竟。及至公子重耳既立爲晉國國君，欲圖繼齊桓公而成霸業，所以先伐曹國來懲罰曹共公。但從前曹共公雖對晉文公不禮貌，曹國的臣子僖負羈却曾私下送他一盤食物，內藏玉璧，晉文公很感激他，所以這時報答他，不准將士闖進他的住宅去，也不准傷害他的家族，並責問曹共公朝中乘軒車的大夫以上官員多至三百人，何以反不重用僖負羈。候人遠在邊境的道路上迎送賓客，此詩中候人，又只是候人的徒屬，決非指僖負羈。所以此詩所刺不一定是共公。但左傳說曹共公手下乘軒者三百人，此詩亦曰「三百赤芾」，身穿朝服者三百人，正與曹共公之世合，所以朱子又說：「其謂是歟？」

曹詩四篇，毛序定蜉蝣在昭公時，候人、下泉在共公時，朱子於四詩均不定其時世。但元人許謙已肯定候人爲共公時詩。其言曰：「曹叔振鐸至共公十五世，而有候人詩，其言與左氏傳合，餘三詩莫知其世。」近人對候人詩的時代，也都同意在共公之世。細加推算，則應在曹共公十一年（公元前六四二）至二十一年（公元前六三二）的十年之間。

至於這詩的主題，毛序朱傳，雖都主張是刺曹國國君之遠君子近小人，但毛傳指候人爲賢者，「三百赤芾」爲小人，所以首章是賦，而朱子以爲候人荷戈是應盡之責，未見其賢，所以改首章爲興。以下次章三章均爲興，僅指這三章中的「之子」爲小人。而以末章爲比，以薈蔚朝隮比小人衆多與氣燄之盛，以季女之婉孌飢困，比君子之守道而反貧賤，姚際恆從之。我們覺得朱子不以候人爲賢者是對的；可是四章的比興都錯了。因爲候人雖非讚美的對象，詩中却明顯地對他表示着同情。首章寫其勞苦盡責，以反襯三百赤芾的無功受祿，所以首章仍是賦。而次章三章則是比而賦，以鵜鶘的未濡咮翼，無魚得食，喻候人的枵腹從公；以「不稱其服」「不遂其媾」刺「三百赤芾」者。末章是賦，也可說是聯想式的興。這裡點出古人「鷄鳴早看天」的習慣，旅客四五更就起身上路，所以迎送賓客的候人也早枵腹守在路邊。這時候人眼望南山在黎明中美麗的朝雲升起，想到他家中美麗的幼女也一定已醒來，爲難捱飢餓而啼哭了。這樣，此詩描畫出荷戈盡職守候在路邊的候人之可憐的落寞景象，一面寫候人內心的痛苦；一面寫詩人自已的有所見而有所感。見的是候人的荷戈，南山的朝隮，感的是滿朝顯貴，都是腦滿腸肥徒具衣冠的草苞，他們只知道結黨營私，爭寵倖進，却把國計民生置諸腦後，以致連那些盡忠職守的小公務員都不得溫飽。這樣解釋，讀到兩句「維鵜在梁」，就讓我們想像出鵜鶘縮頸守在魚梁上無魚可食的樣子，而體會到天沒亮就荷戈守候在路邊枵腹從公的候人的難耐情況來了。候人寫活了，詩也就寫活了。周制，公侯之國，大夫只有五人，曹國是伯爵之國，共公之朝，赤芾乘軒者竟多至三百人，詩中只輕描淡寫，着墨無幾，而曹共公的政績如何，也已經清楚地反映出來了。

二三、竹竿

自己喜愛的女子，已離別家人遠適他鄉，他惦念着她，便去淇水舊遊之地追尋舊夢。這時，她的音容笑貌縈繞腦際，無法拂除。他自己說是乘船出遊以遣憂煩的，但憂煩是否能遣去，得讓讀者來玩味了。

原詩	今譯
籊籊竹竿，❶	竹竿長呀竹竿尖，
以釣于淇。	釣魚釣到淇水岸。
豈不爾思？	那會不把你思念？
遠莫致之。❷	路遠沒法來相見。
泉源在左，	泉水的源頭在左方，
淇水在右。	淇河的水流右邊淌。

女子有行，❸	女子嫁到人家去，
遠兄弟父母。	遠離了兄弟和爹娘。
淇水在右，	淇河的水呀右邊流，
泉源在左。	左邊也有泉源頭。
巧笑之瑳，❹	嫣然一笑白齒露，
佩玉之儺❺	佩玉玎璫有節奏。
淇水滺滺，❻	淇水嘩嘩淌不完，
檜楫松舟。❼	檜木槳呀松木船。
駕言出遊，	駕着船呀出去玩，
以寫我憂。❽	藉此消除我憂煩。

【注釋】❶翟：音狄ㄉㄧˊ，籊籊：長而銳。❷致：招致（使來）之。❸有行：嫁。❹瑳：ㄘㄨㄛˇ，馬瑞辰：「瑳與此雙聲，瑳當爲齜之假借，說文齜字注曰：『一曰：開口見齒之貌，讀若柴。』笑而見齒，故以齜狀之。

－❺儺：音偌ㄋㄨㄛˇ，說文云：行有節也。徐鍇云：佩玉所以節步。❻滺：音悠ㄧㄡ，滺滺：水流貌。❼檜：木名；楫ㄐㄧˊ划舟之槳。❽寫：發散。

〔評解〕

竹竿爲國風衞風第五篇。共四章，章四句，句四字，僅第二章末五字句，共六十五字。

詩序說是「衞女思歸不見答」之詩，朱子集傳從之，謂「衞女嫁於諸侯，思歸寧而不可得，故作此詩」。何楷、魏源更將泉水及此篇皆歸之穆姬（許穆夫人）。姚際恆則以二詩中語多重複，認泉水爲許穆夫人作，此篇或許穆夫人之媵——亦衞女——亦思歸，和其嫡夫人之作。但方玉潤則曰：「……均未嘗細味詩辭也。載馳、泉水與此篇，雖皆思衞之作，而一則遭亂以思歸；一則無端而念舊，詞意迥乎不同。此不惟非許夫人作，亦無所謂不見答意。蓋其局度雍容，音節圓暢，而造語之工，風致嫣然，自足以擅美一時，不必定求其人實之也。詩固有以無心求工而自工者，迨至工時自不能磨，此類是已。俗儒說詩務求確解，則三百詩詞不過一本記事珠，欲求一陶情寄興之作，豈可得哉？」

我們細玩詩意，知道這是一篇失戀男子懷念舊好（女子）的詩。第一章言觸景思人；次章言其人已遠嫁；三章是懷念其容止；最後一章則以寫憂作結。全詩結構完密，層次分明，

二四、北門

寫來情思眞摯，風味雋永。

本篇「泉源在左，淇水在右」等句係對句，而「檜楫松舟」句以「檜楫」對「松舟」，更爲句內對。關於詩經中句內對的輯錄，請參閱普賢著「駢儷體句內對研究」一文，該文爲商務人人文庫「中印文學研究」書中一篇。

二四、北門

忠誠的公務員，勤勤懇懇，工作繁重，生活艱苦，正是今日所需要的廉正而勤公的人才！

原詩	今譯
出自北門，	我從北門走出來，
憂心殷殷。❶	憂愁的情緒滿心懷。
終窶且貧，❷	食住粗陋日難度，
莫知我艱。	沒人知道我艱苦。
已焉哉！❸	算了吧，算了吧！

天實爲之，	實在是上天的安排，
謂之何哉？	教我還能說甚麼？
王事適我，❹	公家的事情找到我，
政事一埤益我。❺	職份上的事情都歸我做。
我入自外，	我從外面回到家，
室人交徧讁我。❻	家人個個把我罵。
已焉哉！	算了吧，算了吧！
天實爲之，	實在是上天的安排，
謂之何哉？	教我還能說什麼？
王事敦我，❼	公事堆得層層高，
政事一埤遺我。❽	職務上的事情我一手包。
我入自外，	我從外面回到家，
室人交徧摧我。❾	家人都笑我大傻瓜。

已焉哉！　　算了吧，算了吧！
天實爲之，　　實在是上天的安排，
謂之何哉？　　教我還能說什麼？

【注釋】❶殷殷：憂貌。❷終：既也；窶：音ㄐㄩˋ，謂居處狹陋。❸意即「算了吧。」❹王事：猶今言公事，所命之事也；適：當讀爲擿ㄓˊ，投擲也，馬瑞辰說。❺政事：職所治之事；一，猶今言一古腦兒，一切；埤：音皮ㄆㄧˊ，增。❻室人：家人；交：交互；讁：音謫ㄓㄜˊ，責。❼敦：毛傳：敦，厚。高本漢解此句曰：「王的事厚厚的在我身上。（堆在我身上）或解爲迫，謂王事逼迫我，亦通。❽遺：此處讀爲畏ㄨㄟˋ，加。❾摧：鄭箋謂刺譏之言。

〔評　解〕

北門爲國風邶風第十五篇。共三章，章七句，四字句外，有四個六字句，三個三字句共八十九字。每章末三句相同。

詩序：「北門，刺仕不得志也。」國家賢輔不但盡忠職守，而且還做份外的公事。生活却清苦艱難，得不到家人的諒解，而被責罵、譏笑。自己毫無怨言，只謂天意安排，夫復何言？眞可稱得上是「忠誠勤公，鞠躬盡瘁」了。今日一般未做事而先爭利者，讀此當有何感？方玉潤曰：「北門，賢者安於貧仕也。此賢人仕衞而不見知於上者之所作。觀其王事之重，政務之煩，而能以一身肩之，則其才可想矣。而衞之君上乃不能體恤周至，使其終窶且貧，內不足以畜妻子，而有交謫之憂；外不足以謝勤勞，而有敦迫之苦。重祿勸士之謂何？乃置若罔聞焉。此詩所以作也。然則衞之政事不從可知哉！夫以國士遇我者，以國士報之；以庸衆遇我者，以庸衆報之，亦屬事所當然。而詩乃隨遇安之，盡心竭力，爲所當爲，行所得行而已。迨至無可奈何則歸之於天，不敢怨懟於人，而可不謂之爲賢乎？若使朱買臣、蘇季子二人處此，不知如何揣摩時勢，以求一售？必力爭夫世之所謂勢位富厚者以誇耀於妻嫂，不洩其憤焉不止，詎肯終受室人交謫哉？以彼方此，則品誼之懸殊爲何如也……。」

二五、有　狐

丈夫遠行在外，婦人在家爲他衣着的匱之而擔憂。

原詩	今譯
有狐綏綏，❶	有隻狐狸慢騰騰，
在彼淇梁。❷	在那淇水壩上行。

心之憂矣，　無限憂愁塡滿心，
之子無裳。❸　爲那沒有褲穿的出征人。

有狐綏綏，　有隻狐狸慢悠悠，
在彼淇厲。❹　在那淇水淺灘走。
心之憂矣，　我的內心眞憂慼，
之子無帶。　憂慼他衣服沒有帶子繫。

有狐綏綏，　狐狸走得慢又慢，
在彼淇側。　在那淇水水涯岸。
心之憂矣，　我的內心眞憂煩，
之子無服。　憂煩那征人沒有衣服穿。

【注釋】❶綏綏：行緩貌，馬瑞辰說。❷梁：以石絕水曰梁，今所謂攔河壩是也。二句言淇水已淺而狐覓食，以明時序已寒也。屈萬里說。❸之子：謂征夫。裳：下身之衣曰裳。❹厲賴古同音，厲爲瀨之假借字，水淺之處也，胡承珙、兪樾並有說。

〔評解〕

有狐爲國風衞風第九篇。共三章，章四句，句四字，爲詩經四十八字三連環式基本形式之一。

此丈夫行役，其婦憂念之詩。清儒崔述、姚際恆、方玉潤等均持此說。崔述讀風偶識曰：「天下有訓明意顯，無待於解，而說者患其易知，必欲紆曲牽合，以爲別有意在。此釋經者之通病也，而於說詩尤甚。有狐豈非顯明易解者乎！狐在淇梁，寒將至矣；衣裳未具，何以禦多？其爲丈夫行役，婦人憂念之詩顯然。而箋云：『婦人喪其妃耦，欲與人爲室家。』夫他人無裳，與己何涉，婦人如此之無耻乎？且何所見『之子』之必爲他人而非其夫也？漢周亞夫之子爲父治葬具，買甲楯五百被，廷尉責曰：『君侯欲反邪？』亞夫曰：『臣所買器，乃葬器也，何謂反？』吏曰：『君侯縱不反地上，卽欲反地下耳。』世之說詩者何以異此！蓋漢時風氣最尚鍛鍊，無論治經治學皆然，故曰『漢廷鍛鍊之獄。』獄之鍛鍊，含怨於當日者已不可勝數矣，經之鍛鍊，後人何爲而皆信之？朱子最不信序，然於有狐亦謂『寡婦見鰥夫而欲嫁之』，是朱子亦不以鍛鍊爲非矣。」近人聞一多以爲有狐乃女子述其情人褰裳涉淇來與已會之詩，他說：「言無裳無帶而不曰無衣，明腰以下在水中，不可見。」也是曲解。

二六、采蘩

這是一篇讚美貴婦祭祀的詩。

原詩	今譯
于以采蘩？❶	那兒去採白色蒿？
于沼于沚。❷	到那小洲和池沼。
于以用之？	採了白蒿做什麼？
公侯之事。❸	公侯祭祀需用它。
于以采蘩？	那兒去採白色蒿？
于澗之中。❹	到那山澗去尋找。
于以用之？	採了白蒿做啥用？

公侯之宮。　　公侯廟裏祭祖宗。
被之僮僮，❻　　首飾滿頭容端正，
夙夜在公；❼　　早晚廟裡去致敬。
被之祁祁，❽　　環佩豐盛緩緩行，
薄言還歸。❾　　祭罷還歸意從容。

【註釋】❶于以：猶言於何，即在何處。蘩：音繁ㄈㄢˊ，白蒿。陸璣曰：「凡艾，白色為皤蒿，春始生，及秋香美，可生食，又可蒸。」所以生蠶者，見拙著「詩經欣賞與研究」七月篇註⓯。❷沼：池。沚：渚，小洲。❸事：祭祀之事。古謂祭祀之事曰「有事」，甲骨文，周易爻辭，皆常用此語。❹澗：音見ㄐㄧㄢˋ，山夾水曰澗。❺宮：廟。❻被：首飾。僮僮：竦敬貌。經義述聞謂形容首飾之盛。❼夙：早。朱傳：「公，公所也。」鄭箋：「公事也。早夜在事，謂視濯溉饎爨之事。」❽祁祁：朱傳：「舒遲貌。」謂去事有儀也。又衆多貌，見「詩經欣賞與研究」七月篇註⓯。

【評解】采蘩是召南十四篇的第二篇，共三章，章四句，句四字，共四十八字。亦詩經基本形式中前兩章有連環性也。

二六、采蘩

此詩於平淡的敘述中，見出貴婦們的勤於公事。其容止端莊，態度敬愼，如見眼前。

二七、簡　兮

文武兼備的舞師，魁偉的體格，熟練的舞姿，深獲衞君的讚賞，更邀得貴族仕女的愛慕，而生出無限的愛戀之情。

原詩	今譯
簡兮！簡兮！❶	偉大呀，盛壯呀！
方將萬舞。❷	萬舞就要開場啦！
日之方中，	正午的太陽高高照，
在前上處。❸	站在前排做領導。
碩人俁俁，❹	個兒高高體力壯，
公庭萬舞。❺	公庭起舞供人賞。

有力如虎，　力大如虎氣勢猛，
執轡如組。❻　繮繩柔滑握手中。
左手執籥，❼　左手握着竹笛吹，
右手秉翟。❽　右手拿着雉羽揮。
赫如渥赭，❾　紅紅的臉色似塗染，
公言：「賜爵。」❿　衛公命令酒斟滿。

山有榛，⓫　榛栗山上長，
隰有苓。⓬　低地甘草香。
云誰之思？　誰個人兒我最想？
西方美人。⓭　想念的美人在西方。
彼美人兮，　那個美人我最想呀喲！
西方之人兮！　西方的人兒數他強呀喲！

【註釋】❶毛傳：簡，大也。高本漢謂魁偉意。參看周頌執競：降福簡簡；大戴禮文王：智氣簡備。❷方將：且將。萬舞：文武綜合舞之名。武用干戚，文用羽籥。❸在前上處：在前列上頭。❹俁：音禹ㄩˇ，俁俁：大貌。❺公庭：廟庭。❻轡：繮繩。組：織絲而成之繩組，此處形容其柔滑如絲組。❼籥：音樂ㄩㄝˋ，樂器，以竹為之，似笛，六孔。或云：籥有二種：一為吹籥，三孔；一為舞籥，六孔。❽翟：音狄ㄉㄧˊ，山雉，此謂雉羽。❾赫：音賀ㄏㄜˋ，赤貌。渥：音握ㄨㄛˋ，浸染。赭：音者ㄓㄜˇ，赤色。此言其面色之紅潤。❿公：衛君，邶風衛風故云。錫：賜。爵：酒器，此謂賜之以酒。⓫榛：音臻ㄓㄣ，樹名，其實似栗而小。⓬隰：音習ㄒㄧˊ，下濕處。⓭苓：音零ㄌㄧㄥˊ，即今之甘草。⓮「西方美人」，謂舞師來自西方。朱傳謂託言以指西周之盛王。

【評解】

簡兮是邶風十九篇的第十三篇。共四章。三章章四句，均四字句；一章六句，其中兩個三字句，一個五字句，全詩共七十一字。

這是一篇讚美善舞者的詩，應該是發自一女子之口。首章敍明舞名，舞時和舞地。「簡兮簡兮」總括了萬舞的場面，開頭就覺氣派不凡。二章敍明舞師的雄姿，而且是在公庭起舞，更提高了舞師的身分。第三句「有力如虎」簡單四字，却充滿了力的美。第四句以手握繮繩，操縱自如，說明舞法的熟練。此句謂武舞。三章雖係文舞，仍有無限力量，以至面色紅潤似染，博得衞公的欣賞而賜酒。讀了二三章，頗似觀賞現代之芭蕾舞，時而雄壯，時而柔宛，然均充滿了「力」和「美」，充分表現了舞蹈的最高藝術，令人激賞。如此的一位舞師，怎不令仕女發生愛慕之情？於是有了第四章以「山有榛，隰有苓」以喻魁偉的男士應配柔弱的美女，率直地說出對這位舞師的私心戀情。最後兩句，反覆詠歎，更饒無限情致。

二八、東門之池

陳國民間歌舞之風很盛，以跳舞出名的有子仲家的姑娘（東門之枌）；以唱歌出名的，當推姬家漂亮的三小姐。請看，下面就是青年男子慕戀姬三姐貌美擅歌的歌詞：

原詩	今譯
東門之池，❶	東門外頭護城河，
可以漚麻。❷	可以用來泡蔴科。
彼美叔姬，❸	那位姬家漂亮三姑娘，
可與晤歌。❹	可以和她對答唱山歌。
東門之池，	東門城河河水滑，

可以漚紵。❺　　可以用來泡苧蔴。
彼美叔姬，　　那位姬家漂亮三姑娘，
可與晤語。　　可以和她面對說情話。

東門之池，　　東門城河河水深，
可以漚菅。❻　　可把菅草泡又浸。
彼美叔姬，　　那位姬家漂亮三姑娘，
可與晤言。　　可以和她促膝來談心。

【註釋】❶池：毛傳：「城池也」。即城外護城河。水經注穎水注言陳城之東門內有池，水中有故臺處，詩所謂東門之池也。馬瑞辰曰：「此蓋後人見詩詠東門之池，因於陳之東門內鑿池以附合之，非毛傳城池之謂矣。」❷漚：歐去聲，久漬。❸叔姬：姬姓第三女。今本叔作淑。陸德明釋文：叔音淑，是陸氏所據本作叔。陳奐據以訂正爲叔。或以爲叔是淑的假借字，高本漢以「彼美孟姜」句例，定爲：「彼美叔姬。」❹晤歌：相對唱歌，或即今日一倡一和對答式的對口山歌之類。鄭玄箋：「晤猶對也。」朱傳：「晤猶解也。」高本漢採鄭說，以晤作面對面講。❺紵：即苧，蔴屬。❻菅：音姦，草名，似茅而滑澤，可作繩索。

【評解】

東門之池，是陳風十篇的第四篇。這詩的形式，正是一篇三章，每章四句，每句四字的詩經基本形式四十八字詩。內容是對美女叔姬才華風度的讚許。叔姬的特點是能言語擅唱歌。言語而曰「晤言」「晤語」，就不是演講，發表議論，應該是和人應酬時的對答如流，周旋中節。唱歌而曰「晤歌」，就不是獨唱，應該是與人面對而唱，唱的是一倡一和對答式的對口歌。那非但要嗓子好，而且要出口成章，隨機應變的本領。可是這詩以漚麻爲興，以晤語續晤歌，就不是單純地讚許一個人的能言擅歌了。漚麻的目的在織成布，和一位美女由對口唱歌，進而面對私語，那便是戀愛進程的懸想了。所以我們推斷這篇東門之池，是青年男子慕戀貌美擅歌的叔姬之詩。全詩重心只在慕戀叔姬的貌美擅歌，不在叔姬的能言善辯，而在可與晤語晤言。晤語晤言是談情說愛之謂，情調就完全不同了。

因爲東門之池剛編在衡門的下一篇，所以姚際恒以爲是衡門的續篇。他說：「玩『可以』『可與』字法，疑即上篇之意，娶妻不必齊姜、宋子，即此淑姬，可與晤對咏歌耳。」衡門貧士說：「豈其取妻，必齊之姜！」「豈其取妻，必宋之子！」當然濶氣的貴族女子，未必是貧士理想的配偶。在當時陳國的社會風氣，我們可以說：「要像貌美擅歌的叔姬，才是衆所慕戀的對象。」但此詩作者，未必就是衡門貧士，不過因爲兩詩都詠婚姻之事，所以編在一起而已。

二九、桑中

桑中、上宮、淇水之上，都是衞國仕女郊遊娛樂之地。這一篇衞國的民謠，就是以郊遊爲背景的有和聲的男女對答山歌。

原詩	今譯
爰采唐矣？❶	（女聲問）你到那兒去採蒙菜啊？
沬之鄉矣。❷	（男聲答）我到沬邦的鄉下採啊。
云誰之思？❸	（女聲問）你想追的是誰家姑娘啊？
美孟姜矣。❹	（男聲答）漂亮大姐她姓姜呀。
期我乎桑中，❺	（衆聲合唱）她約我在桑中，
要我乎上宮，❻	她邀我去上宮，
送我乎淇之上矣。	她送我送到淇水上啊。

爰采麥矣？⑦　（女聲問）你到那兒把小麥採啊？
沬之北矣。　（男聲答）我到那沬邦北門外啊。
云誰之思？　（女聲問）你想追的是誰家姑娘啊？
美孟弋矣。⑧　（男聲答）弋家大姐頂漂亮啦。
期我乎桑中，　（衆聲和唱）她約我在桑中，
要我乎上宮，　她邀我去上宮，
送我乎淇之上矣。　她送我送到淇水上啊。

爰采葑矣？⑨　（女聲問）你到那兒採蕪菁啊？
沬之東矣。　（男聲答）我到沬邦東門東啊。
云誰之思？　（女聲問）你想追的是誰家姑娘啊？
美孟庸矣。⑩　（男聲答）庸家大姐我看上啦。
期我乎桑中，」　（衆聲和唱）她約我在桑中，

要我乎上宮，　　她邀我去上宮，
送我乎淇之上矣。　　她送我送到淇水上啊。

【註釋】❶爰：舊訓於，或於是。古今民歌多問答式，此詩第三句問，第四句答，爰若訓為「在何處」，則第一二句亦為一問一答。證以國風邶風擊鼓：「爰居？爰處？爰喪其馬？」凱風：「爰有寒泉？在浚之下。」四個爰字均可訓為「在何處」，則國風爰字可另得一新解。蓋爰乃「於焉」之合音也。唐：蒙菜，或以為即女蘿，一名菟絲。孫炎曰：「菟絲不可為菜。」按二三章所採麥葑皆可食之物，則唐非菟絲矣。❷沬：衛邑名，即妹邦，在衛都朝歌南七十里地，今屬河南淇縣境。❸之：是。❹孟姜：姜姓之長女。❺桑中：地名。❻要：音邀，約；上宮：地名，或稱上宮臺，或以為樓，蓋有建築之名勝地。❼采麥：麥葉初盛時，採之搗成青汁，注入米粉，用以製青色餅糰。❽孟弋：弋姓之長女。❾葑：蕪菁。❿孟庸：庸姓之長女。

【評解】

桑中是鄘風十篇的第四篇，共九十九。字。篇三章，章四句，句四字，這是詩經的基本形式。每章章尾附以相同的「期我乎桑中，要我乎上宮，送我乎淇之上矣」三句。剛是顧炎武所稱的章餘。這詩每章四句，都是一問一答，再問再答的句法，正是小放牛一類民歌對答風格的代表。就是朱熹所說：「凡詩所謂風者，多出於里巷歌謠之作，所謂男女相與詠歌，各言其情者也。」而顧炎武所稱章餘之句，則是歌謠的和聲。最足代表民間歌謠的一種風格是女聲問一句，男聲答一句，男女對答之際，間以衆聲之齊唱相和。我們推求桑中一篇的風格，就是國風中男女對答又有和聲的一個榜樣。

周代社會的禮俗，男女婚姻，固然要經過媒妁之言的一套手續，但未婚男女，並不禁止交往，男女可以一同郊遊（鄭風溱洧），一同唱歌談天（陳風東門之池），所謂吉士也可公然追求懷春的少女（召南野有死麕），也不妨到戀愛成熟，再請媒人來議婚（衞風氓），男子年逾三十，女子年逾二十，更可免除媒妁的俗套，逕自同居（召南摽有梅）。這篇鄘風桑中，只是朱熹所說「男女相與歌詠」的一支歌謠，而以約女友郊遊爲其背景。

邶鄘衞都是衞國地區的詩，桑中、上宮、淇上，都是衞人郊遊之地。衞人自朝歌到桑中、上宮、淇水之上去郊遊，等於現在臺北的人去玩野柳、金山、淡水。今天有一個男青年可以誇口說：「中國小姐她住基隆，約我在野柳相見。玩過野柳，邀我一起去金山游泳，我取道淡水回臺北；她答應送我到淡水河邊才分手。」而事實上約會却落了空。明天他又可誇口說：「這回是和商展小姐約好了去玩野柳金山淡水。」結果又是落了空。於是旁人取笑他說：「還有毛衣公主也會陪你去玩呢！」如果有人用此題材，仿照男女對唱的「大拜年」，編一支時代歌曲「野柳去」，那末，把桑中詩做藍本，戲謔的情調也就活現了。

桑中詩先扮演男女一問一答，再以大家的合唱來取笑作樂，詩中孟姜、孟弋、孟庸，正等於今日的中國小姐、商展小姐、毛衣公主，是當時衆所矚目的美女。桑中詩就是這樣帶有戲謔情調的一支道地民謠。

漢儒以詩經爲諫書，把詩經當作政治課本讀，篇篇要附會上史事或政事，這篇桑中無史事可指，毛詩序便說：「桑中，刺奔也。衞之公室淫亂，男女相奔，至於世族在位，相竊妻妾，期於幽遠，政散民流而不可止。」朱熹雖反對毛序並知國風只是里巷歌謠，男女相與詠歌言其情者，這篇正是這樣的代表作，但他對這篇仍襲用序意，而且更指桑中即桑間，因附會桑中爲亡國之音。他說：「樂記曰：『鄭衞之音，亂世之音也。比於慢矣。桑間濮上之音，亡國之音也。其政散，其民流，誣上行私而不可止也。』按桑間卽此篇，故小序亦用樂記之語。」朱傳並以此詩爲奔者所自作。姚際恆詩經通論，始指出毛序和朱傳附會的不當。他說：「小序（毛詩每篇篇首的序，朱熹稱之爲小序，姚際恆則將每篇之序第一句稱爲小序，第二句以下稱大序）謂刺奔是，大序謂『男女相奔，至於世族在位相竊妻妾，期於幽遠，政散民流而不可止。』按左傳成二年『巫臣盡室以行，申叔跪遇之曰：「夫子有三軍之懼而又有桑中之喜，宜將竊妻以逃者也。」』大序本之爲說。左傳所言桑中固是此詩，然傳因巫臣之事而引此詩，豈可反據竊妻之事以說此詩，大是可笑。其曰『政散、民流而不可止』，亦本樂記語。按樂記云：『鄭衞之音，亂世之音也，比于慢矣。桑間濮上之音，亡國之音也，其政散，其民流，誣上、行私而不可止也。』桑間亦卽指此詩。濮上用史記衞靈公至濮水，聞琴聲，師曠謂紂亡國之音事，故以爲亡國之音。其實此詩在宣惠之世，國未嘗亡也，故曰『其政散』云云。樂記之文紐合二者爲一處，本屬亂拈，不可爲據。今大序又用樂記，尤不可據。朱仲晦但知執序用樂記之說，便謂桑間卽此詩，並不詳其源委若何，故及之。」又說：「集傳謂此詩其人自言，必欲實其爲淫詩而非刺淫。夫旣有三人，必歷三地，豈此一人者于一時而歷三地，要三人乎？大不可通。」

姚氏揭發詩序之係雜湊左傳樂記而成，不足採信。但他還是承認了詩序的「刺奔」（卽刺淫）和「桑中」之卽「桑間」。鄭玄注樂記「桑間濮上」云：「濮水之上，地有桑間者，亡國之音，於此水出也。昔殷紂使師延作靡靡之樂，已而自沉於濮水。後師涓過焉，夜聞而寫之，爲晉平公鼓之。是之謂也。」則「桑間濮上」，指桑間地方的濮水之上，並非「桑間」與「濮上」爲二地或二事，與桑中詩無關。故劉瑾以朱熹指桑間卽此桑中詩爲非，嚴粲亦曰：「詩記謂詩皆正樂，此桑中，非桑間濮上之音。」桑間與桑中實係異地異事，一爲師延爲殷紂作靡靡之樂之地，在濮水之上；一爲詩中所詠男女約會之地，在淇水附近。

我們以爲「刺奔」或「刺淫」之說均不可取。我們前面已說過，周代社會對未婚男女的交往是許可的，先戀後媒，既屬平常，逾齡未婚男女的相奔，亦禮所不禁，所以男女郊遊，實在不用譏刺，方玉潤詩經原始雖襲姚際恆桑中刺淫之說，但若干處亦有可取者，其言曰：「集傳以爲奔者所自作，蓋其意以爲刺人之詩，不應曰期我要我送我，又自陷其身於所刺之中。」又曰：「詩人不過代詩中人爲之辭耳，詩中人亦非眞有其人，眞有其事，特賦詩人虛想。所思之人，亦不外此姜之孟、弋之孟、與庸之孟耳。而此姜與弋與庸，則尙在神靈恍惚，夢想依稀之際。卽所謂期我要我送我，又豈眞姍姍其來，冉冉而逝乎？」總之，此不過造此歌謠者，憑當時風俗，借追求美女者之口吻，對其失戀，加以戲謔，譏笑其痴心妄想，癩蝦蟆想吃天鵝肉耳。故此詩非刺奔刺淫，乃刺自誇美女期我要我送我者之妄想耳。試觀焦氏易林（據胡適先生考定此書係崔篆所著成於漢建武初年，非焦延壽作），可得佐證。蠱之謙曰：「采唐沬鄉，期於桑中，失期不會，憂思忡忡。」師之噬嗑曰：「采唐沬鄉，要我桑中，失信不會，憂思約帶。」臨之大過，旡妄之恆，巽之乾同。可證詩中期我要我送我之語，實屬夢想。而艮之解曰：「三十旡室，寄宿桑中，上宮長女，不得來同，使我失期。」則更可證桑中所賦係逾齡未婚者之事，禮不禁其奔，詩序之言「刺奔」爲不當也。

我們引用姚際恆方玉潤的話來否定桑中篇的毛序朱傳，更由易林的文庫中，找到了桑中篇可靠的釋義。我們從「爰」字的新訓，「期我」「要我」「送我」的新解，恢復了桑中篇「里巷歌謠」「男女相與歌詠」的風詩本來面目，因此得以一掃「刺奔」「刺淫」以及「淫詩」「亡國之音」等舊說，讓我們對桑中詩，採用了新的觀點來作新的欣賞，得到了比較圓滿的結果。雖然我們多花了一些工夫，多費了一些篇幅，也是值得的了。

三〇、伐　柯

伐柯是詠周代婚姻禮俗的一首詩，首章說要娶妻得先請媒人來撮合；次章則描寫得見新娘進門，喜筵盛開，喜氣洋溢的景象。

原詩	今譯
伐柯如何？❶	怎樣伐木作斧柄？
匪斧不克。❷	非用斧頭砍不成。

取妻如何？❷　　怎樣娶妻結婚姻？
匪媒不得。　　非有媒人不成親。
伐柯伐柯，　　砍斧柄啊斧柄砍，
其則不遠。❸　　斧柄的樣子在眼前。
我覯之子，❹　　喜見新娘進門來，
籩豆有踐❺　　大盤小盤喜筵開。

【註釋】❶柯：指木製之斧柄。伐柯，伐樹枝以爲斧柄。❷克：能。❸則：法則，榜樣。❹覯：看見。之子：這個人，指新娘。❺籩：音邊，形如豆之竹器，用以盛棗、栗、桃、梅、脯（醃肉乾）、脩（加薑桂等作料之乾肉條）等食物者。豆：形如豆字之木器，用以盛菹（鹽菜）醢（肉醬）等食物者。有踐：猶踐然，行列之貌。

〔評　解〕

伐柯是豳風七篇的第五篇，分兩章，章四句，句四字，共三十二字。

我國舊時男女婚姻，要憑「父母之命，媒妁之言」來結合，是本之周代的禮俗，此二語初見於孟子滕文公篇。我們試查考詳載婚禮儀式各種細節的儀禮士昏禮篇，和闡明婚禮意義的禮記昏義篇，所記婚禮自「納采」（男家送雁於女家）開始，經過「問名」（問女之名）「納吉」（占卜吉則納之，非排八字）「納徵」（納幣以爲婚姻之證）等議婚訂婚的階段，然後「請期」而「親迎」，親迎新娘入門「共牢而食，合巹而酳」（夫婦共食一牲，合飲一瓠——上細長下圓大的壺盧——所分兩瓢之酒器）完成婚禮，以及其他拜見翁姑等儀式，並無一言提及憑媒說合。只有士婚禮第一句「婚禮下達納采用雁」句下，東漢鄭玄注云：「將欲與彼合昏姻，必先使媒氏下通其言，女氏許之乃後使人納其采擇之禮，用雁爲摯。詩云：『取妻如之何？匪媒不得。』昏必由媒交接，設紹介，皆所以養廉恥。」唐賈公彥疏並指鄭注之「媒氏」卽周禮地官掌婚姻之「媒氏」，並推想諸侯各國也有媒氏之設。鄭玄所引詩句，兩見齊風南山篇和這篇豳風伐柯篇。只是這篇「取妻如何」句，較南山篇「取妻如之何」少一「之」字而已。姚際恆詩經通論伐柯篇曰：「齊風曰：『析薪如之何？匪斧不克。取妻如之何？匪媒不得。』與此同。蓋必當時習語。」禮記坊記篇稱「男女無媒不交」也引詩經「匪媒不得」之語爲證。

照以上所述，我們可以知道，憑媒說合的禮俗，實最初見之於詩經，其禮俗東起黃河下游濱海的齊國，西至黃河上游陝西的邠州，一致採用，所以「取妻如何？匪媒不得」會成爲當時流行的習語。而且鄭衞等黃河中游的富庶地區，男女戀愛之風雖盛行一時，戀愛成熟，仍挽請媒人說親，所以衞風氓篇仍說：「匪我愆期，子無良媒。」所以我們可以說舊時男女婚嫁的須憑「媒妁之言」，實出於詩經所記當時禮俗的傳統，並非周禮所硬性規定。而我們要研究周代婚姻禮俗的實際情況，詩經的價值是不輸於儀禮、禮記、周官三禮的。詩經的十五國風，實在是研究周代民俗最寶貴的原始資料。豳風這伐柯篇，便是詠周代婚姻禮俗的一首詩。

但是古來舊說，都將這篇伐柯解作「美周公」之詩。這是因爲豳風七篇中有好幾篇與周公有關，所以都推測這篇也一定與周公有關，硬要拉上周公的關係。直到方玉潤的詩經原始，始直認「未詳」，寧可闕之以俟識者。方玉潤以前的三種舊解是：㊀毛序：「伐柯，美周公也。周大夫刺朝廷之不知也。」鄭箋：「成王既得雷雨大風之變，欲迎周公，而朝廷群臣，猶惑於管蔡之言，不知周公之聖德，疑於王迎之禮，是以刺之。」這是說：武王死後成王年幼，周公攝政，管叔蔡叔散布流言說周公將不利於孺子，來挑撥成王與周公間的感情，於是周公居東。其後雷雨大風作而發現金滕之匱，原來武王有病時周公曾作策書告神請代死，不欲人知，自納其書於金滕之匱。這時成王見策書而悟周公之忠貞，欲迎周公歸，而群臣猶豫，所以周大夫作此詩刺之。❷朱熹詩集傳：「首章，比也。周公居東之時，東人言此以比平日欲見周公之難。二章，比也。東人言此，以比今日得見周公之易，深喜之辭也。」指「之子」爲新娘，「籩豆有踐」爲新婚同牢之禮。❸姚際恆詩經通論曰：「舊解太支離。集傳分首章爲欲見周公之難，次章爲得見周公之易，亦臆解。且以末二句皆爲比體，承上『取妻』而言。按下篇『我覯之子』（九罭首章第三句），明指周公，則此當不異；而『籩豆有踐』亦不似同牢語也。」所以他斷定伐柯是「周人喜見周公還歸之詩」。首章是比，次章是「比而賦也。」「『之子』指周公也。『籩豆有踐』，言周公歸，其待之之禮如此也。通篇正旨在此二句。」

我們知道毛序之說，固牽強無據，朱子以全詩爲象徵之比喻，詠周公事，也是無稽之言。而「籩豆有踐」是描寫滿列籩豆之盛宴，全無新婚夫婦共分一牲的同牢而食的跡象。姚際恆既以次章爲比而賦，而首章仍爲比，兩章失却平衡，解得很是支離。我們若將首次兩章都解作「比而賦」，則可確定這是詠婚姻之詩，「我覯之子，籩豆有踐」，正是描寫新娘進門，賀客盈庭，喜筵盛開之一片喜氣洋溢的景象啊！

照着詩句本文來講，不去牽涉周公，伐柯篇實在是明白易解的。

三一、子衿

一個獨自登上城樓的驕矜女子，不自責失約遲到，却責怪她男友的不夠體貼。但她徘徊不能去，終於自覺愛她男友之深，已經到不能一日不看見他的程度了。子衿詩的主題，就是這種戀愛中女子心理的描寫。

原詩	今譯
青青子衿，❶	喜歡你青色的長領襟，
悠悠我心。❷	我的情意啊長又深。
縱我不往，	縱使我不曾前往等待你，
子寧不嗣音？❸	難道你就不該給我留個信？
青青子佩，❹	喜歡你青色的佩玉帶，
悠悠我思。	我的相思啊長滿懷。

縱我不往，　　縱使我不曾前往等待你，
子寧不來？　　難道你不會就到此地來？
挑兮達兮，❺　來去徘徊啊又徜徉，
在城闕兮。❻　在這城頭的望樓上！
一日不見，　　一天工夫不見你啊，
如三月兮！　　就像分別了三個月長！

【註釋】❶衿，晉金，亦作襟。爾雅釋器：「衣眥謂之襟。」郭注：「交領。」李巡曰：「交眥，衣領之襟」。說文作裣：「交衽也」。交衽卽領下之前襟。毛傳：「青衿，青領也。」顏氏家訓云：「古有斜領下連於襟，故謂領爲衿也。」❷悠悠，謂思之長。❸嗣，續也；韓詩嗣作詒，遺也。❹佩，佩玉；青青，指佩玉之綬帶言。❺挑達（A）毛傳：往來貌。（B）朱傳：挑，輕儇跳躍之貌；達，放恣。高本漢以朱傳達訓放恣無佐證，初學記引作「佻兮達兮」，亦爲往來貌，故採毛傳「往來貌」之說。❻城闕：毛傳：「乘城而見闕。」孔疏引釋宮，「觀謂之闕。」闕是人君宮門觀闕，不宜乘之候望。此言「在城闕兮」，謂城上別有高闕，非宮闕也。馬瑞辰云：闕者，𩫖之假借。說文，𩫖，缺也。古者，城闕其南方謂之𩫖。象重兩亭相對。兩亭卽內外城臺也。後世城門望樓，卽其遺制。

【評　解】

子衿是鄭風二十一篇的第十七篇。全詩共四十九字，此一篇三章，一章四句，一句四字的詩經基本形式僅第一章末句多了一個字。首章衿、心、音三字爲韵，次章換佩、思、來三字爲韵，成連環式。末章變化，用闕、月兩字膝韵。

本篇詩旨，毛詩以爲刺學校之不修。序曰：「子衿，刺學校廢也。亂世則學校不修也。」毛傳以青衿爲學子之服。朱傳以子衿爲淫奔之詩。姚際恒謂刺學校廢無據，疑亦思友之詩。屈萬里曰：「此女子思其所愛之詩。」謂此詩爲刺學校廢，以詩本文衡之，殊不類，朱傳以爲淫奔之詩，當得詩之本意。」文開按：禮記深衣篇云：「具父母，衣純以青；如孤子，衣純以素。」注：「純，衣之緣也。」則孤子之衣鑲以白邊；父母在堂，則鑲以青邊，因此自衣領連到胸前相交的衣襟，都是青色的，這就是青衿。青衿並非特指學子之服。但朱子指爲淫奔亦不當。將姚說思友，改爲屈說女子思其男友之詩，則得之矣。

首先，我們確定青衿爲男子父母健在者之服，則詩中所思者大概是一個年青的男子了。而詩中最後兩句說：「一日不見，如三月兮」，感情如此熱烈，則可推斷爲男女間的戀情，非同性朋友間的懷念，而詩中第一人稱該是一個女子了。所以說，這一篇是女子思其男友之詩。

其次，一般朋友的交往，應該是你來我往，互相拜訪。而這裡詩中說我不往，你也應該來，這是女子對男友說話的口吻無疑。

但現在詩中實際是說：「縱我不往」，那末女子實在已經去過了。女子去過而未見面，却說「子寧不嗣音？」意思是你應該「給我留一個信的」，那末，這是女子去時，男友已去過沒有留話就又走了，所以責怪他不能久等而離開，也該留一個話，告訴她到那兒去找他。這說明是女子失約遲到，女子不責自己遲到，而專責男友不體貼她，不給她留話，這也是女子常有的驕矜，頗合情理。

接着女子又說：「縱我不往，子寧不來？」我不去，你也應該來。來到那兒？從底下「挑兮達兮，在城闕兮」，兩句去判斷，她是說他應該到城樓上來。

於是前後的情節我們可以弄清楚了。那是男女相約在某處見面後，一同到城樓上來遊覽。但女子遲到了，到達相約會面處，男友已去過又走了，沒有給她留個話，照她的推想，男友已先去城樓等她，但等她趕上城樓，竟無男友踪影。於是她獨自徘徊城頭，既責怪她男友不該不在相約會面處留話，又責怪他不該不到城樓上來。那末，徘徊移時，便該廢然而返了。但她徘徊又徘徊，還是不能離去。最後終於覺察到她自己已不能一天不看見他。現在一天不看見他，便像分別了三個月那樣不能忍受。口上說的「悠悠我思」的苦味，是實際體會到了。

這是女子戀愛心理的描寫。子衿篇能把這種心理表現出來，就成爲一篇好詩。但好詩不一定把前後情節全部寫出，往往要留下多少讓讀者自己去體會，去想像。用想像和推斷去補足作品所沒有表現的部份，去理解文外之情，言外之意，是我們欣賞作品所要培養的能力，也是我們欣賞作品時所可享受的樂趣之一。

「一日不見，如三月兮」兩句，同時見於王風採葛篇。採葛詩是男思女，這裡是女思男，用法雖不同，所表現的情思却一般無二，在詩經時代，好句子不妨互相襲用。而且在這裡一日三月用在第三章是推向高潮，一轉折間，戛然而止；在採葛篇，則一日三月還是第一高峯，接着是三秋三歲的第二第三高峯，奇峯迭起，一峯高於一峯，兩詩章法各極其妙，可以比較得之。

三二、苕之華

周衰世亂，百物凋殘，人民飢饉，詩人見凌霄花獨盛，因慨歎而作此詩。此詩運用的技巧，是摸彩領獎法，形成的方式，是水落石出、圖窮見七式。

三二、苕之華

原詩	今譯
苕之華，❶	凌霄花呀凌霄花，
芸其黃矣；❷	花兒開放一片黃；
心之憂矣，	一片黃呀心憂傷，
維其傷矣！❸	心憂傷呀好悽惶！
苕之華，	凌霄花呀凌霄花，
其葉青青。	花謝只剩葉青青。
知我如此，	早知我命這樣苦，
不如無生。	倒不如不投娘胎不出生。
牂羊墳首，❹	母羊瘦得剩大頭，
三星在罶；❺	三顆星兒空照着竹魚簍；

人可以食，　　人們縱然可以沾沾口，
鮮可以飽。　　要想吃飽那能够。

【註釋】❶苕：音條，陵苕也，即凌霄花，蔓生植物，攀附於喬木而凌霄，其花黃赤色。華，與花字通。❷芸：音云，孔疏謂極黃之貌。經義述聞云：「芸其黃矣，言其盛，非言其衰。」❸維：猶何。❹牂：音臧，牂羊，牝羊。墳：大。朱傳：「羊瘠則首大。」❺三星：參宿。罶：音柳，魚笱，俗名曲籠。朱傳：「罶中無魚而水靜，但見三星之光而已。」

〔評解〕

苕之華是小雅魚藻之什十四篇的第十三篇，朱熹集傳則列為都人士之什十篇的第九篇，篇分三章，章四句，除首次兩章第一句三字外，餘均四字句，全詩共四十六字。

這詩是傷時憂世之作。毛序：「苕之華，大夫閔時也。幽王之時，西戎東夷，交侵中國，師旅並起，因之以饑饉，君子閔周室之將亡，傷己逢之，故作是詩。」三家義不傳。朱傳曰：「詩人自以身逢周室之衰，如苕附物而生，雖榮不久，故以為比，而自言其心之憂傷也。」姚際恆通論曰：「此遭時飢亂之作，深悲其不幸而生此時也，與兎爰略同。」朱子不言「幽王之時」，但言「周室之衰」，不言「大夫閔時」，而言「詩人憂傷」，較序穩妥。

毛傳姚論以首次兩章為興，而朱傳以為比，似不如興義為長。蓋詩人既以周室比喬木，自比附木而生之凌霄，喬木已腐朽，故雖榮不久，不致沉痛到有「不如無生」之歎。況三章又言「人可以食，鮮可以飽」，則已不「榮」而「枯萎」了。我們可改解兩章爲「苕」與「人」對比者。詩人見「人」皆憔悴，而「苕」獨榮盛，故觸景生情，慨乎言之。但這樣又得成爲興而比了，比「苕」爲什麼呢？是朝中獨榮的大官啊！

三章姚際恆評曰：「牂羊二句，但覺其奇妙，然不能深得其解。毛傳曰：『牂羊墳首』，言無是道也。『三星在罶』，言不可久也。集傳曰：『羊瘠則首大，罶中無魚而水靜，但言三星之光而已。言飢饉之餘，百物彫耗如此。』按二說似皆非確義，然集傳較近。」方玉潤引姚評而作研判曰：「愚案集傳是也；何云難解？姚氏說詩雖多穎悟，要亦有推求過深之處，故既信而復疑耳。」第三章我們仍採朱子之說。

此詩首章先說憂傷，次章更憂傷得沉痛地說「不如無生」，最後三章才實寫人民飢饉，百物凋殘的慘狀。至此水落石出，讓你明白憂傷的是什麼，這方法有如摸彩領獎，先見摸彩的箱子，然後伸手到箱中將紙條取出，最後打開紙條，才憑紙條所寫去領獎。其方式可稱爲水落石出，圖窮見匕式，這方式運用得巧妙，最能得到讀者的愛好。唐人金昌緒的春怨詩曰：「打起黃鶯兒，莫敎枝上啼，啼時驚妾夢，不得到遼西！」就是用摸彩領獎法做成的水落石出出圖窮見七式的好詩。

三三、公劉

公劉篇爲大雅中有名史詩之一，詳述周室祖先公劉遷徙豳地經過。擧凡開國宏規，遷居瑣務，無不備具，不啻一幅絕妙的遷徙圖。句調整齊而流暢，讀起來也使人有循序前進的感覺。

原詩	今譯
篤公劉，❶	篤厚的公劉愛民如子，
匪居匪康，❷	爲他人民不安逸，
迺場迺疆，❸	劃分疆域理田地，
迺積迺倉。❹	建造穀倉聚糧米。
迺裹餱糧，❺	就把乾糧裹在一起，
于橐于囊，❻	裝進大大小小米袋裏，
思輯用光。❼	米糧積得滿滿的。

弓矢斯張，⑧
干戈戚揚，⑨
爰方啓行。⑩

篤公劉，
于胥斯原，⑪
既庶既繁，⑫
既順迺宣，⑬
而無永歎。⑭
陟則在巘，⑮
復降在原。
何以舟之？⑯
維玉及瑤，
鞞琫容刀。⑰

再把弓箭也備齊，
還有干戈斧鉞等武器，
於是就往豳地移。

篤厚的公劉盡心力，
考察了這片平原地，
物產富庶人口密，
既合心意就告知，
人民沒有長歎息。
登上小山看仔細，
步下平原勘地勢。
什麼用來做佩飾？
是用琼瑤和玉石，
鑲嵌的刀鞘眞神氣。

篤公劉，
逝彼百泉，⑱
瞻彼溥原。⑲
迺陟南岡，
乃覯于京，⑳
京師之野，㉑
于時處處，㉒
于時廬旅。㉓
于時言言，
于時語語。㉔

篤公劉，
于京斯依。㉕

篤厚的公劉眞週詳，
百泉地方也去一趟，
把那溥原細觀望。
然後登上南山崗，
看看京地是什樣？
京師原野够寬廣，
就在這裡定了居，
就在這裡把屋造。
就在這裡有說笑，
說說笑笑眞熱鬧。

篤厚的公劉有主意，
就靠這京邑定國基。

蹌蹌濟濟，㉖　文武百官都來齊，
俾筵俾几。㉗　設了筵席擺桌几。
旣登乃依，㉘　登上席位把桌几靠，
乃造其曹，㉙　打發僕役們去豬牢，
執豕于牢。㉚　捉了豬來做佳餚。
酌之用匏，㉛　又用匏瓜當酒勺，
食之飲之，　就着佳餚飲美酒，
君之宗之。㉜　一致擁護君主公劉。

篤公劉，　篤厚的公劉爲民想，
旣溥旣長。㉝　選擇的土地廣又長。
旣景迺岡，㉞　根據日影看山崗，
相其陰陽，㉟　觀察方位定陰陽，
觀其流泉。㊱　再看水流旺不旺。

三三、公劉

其軍三單。㊲
度其隰原，㊳
徹田爲糧。㊴
度其夕陽，㊵
豳居允荒。㊶

篤公劉，
于豳斯館。㊷
涉渭爲亂，㊸
取厲取鍛，㊹
止基迺理，㊺
爰衆爰有。㊻
夾其皇澗，㊼
遡其過澗，㊽

三支隊伍輪流替換工作忙。
測看底濕和高廣，
按照田畝好壞定稅糧。
山的西邊也度量，
豳地實在很空曠。

篤厚的公劉胸中有主，
就在豳地營造定居。
橫渡過渭水去，
磨石槌石來撿取，
打好地基就蓋屋，
大夥兒都來這裡住。
夾着皇澗蓋房屋，
對着過澗也把宮室築，

止旅乃密，㊾　居住的人兒密又繁，
芮鞫之卽。㊿　水灣的裡外也住滿。

【注釋】❶篤：厚，卽詩序云「厚於民也」，由下文所敘公劉作爲可證。公劉：王肅云：「公號名劉」，尙書傳云：「公爵劉名」是后稷裔孫。當在夏少康之時（張其昀先生著中華五千年史）。❷上一匪字爲彼義，全句謂他們住在那兒不安康，如此解釋，較「公劉自己不安逸」的講法更合詩意。毛傳：「公劉辟於部（在今陝西武功縣境）而遭夏人亂，迫逐公劉，公劉乃辟中國之難，遂平西戎而遷其民邑於豳（同邠，在今陝西栒邑縣西邠縣）焉。」姚際恆否定此說，他認爲「不窋（史記謂不窋爲后稷子，瀧川龜太郎則謂后稷不應只傳一世卽失其官，斷定不窋非后稷親子，只其後代而已）以失官而犇于戎、狄之間；公劉爲不窋之孫，乃自戎狄處遷，非自部遷也。」❸迺：卽乃。場：音易ㄧˋ，田畔。疆謂田間疆界。此處埸疆作動詞用，意思是修治田地（以便增產糧食，準備遷豳之用）。❹田地治理好了才有糧食的堆積和穀倉的儲藏。❺裹：包裹起來。餱：音ㄏㄡˊ，乾食曰餱。糧：出行所携之糧。因將遠行，乾糧携帶較方便。❻于：放進。橐：音沱ㄊㄨㄛˊ橐、囊，皆用以裹糧之具。毛傳：「小曰橐，大曰囊。」朱傳：「無底曰橐，有底曰囊。」無底者裝糧後則須將兩端紮緊，不如毛傳之說爲長。孟子引詩而釋之曰：「故居者有積倉，行者有裹糧也。然後可以爰方啓行。」胡承珙曰：「孟子以居者與行者竝言，是公劉初遷之時，未嘗全棄其故都也。欲爲行者之利，先謀居者之安，所以爲厚。」❼思：發語詞，經傳釋詞說。輯：集。用：以。光：廣，猶言多，謂集聚餱糧够多。❽斯：則，卽。張：說文謂施弓弦也。此處意爲把弓箭準備妥當。❾干戈戚揚：四種武器。戚是斧，揚是鉞，鉞大斧小。謂公劉遷徙時除携帶乾糧，尙須整備武器以開路去豳。❿爰：於是。方：開始。行：音杭ㄏㄤˊ，啓行卽啓程。⓫胥：相，看。斯：此。⓬庶：衆，多。庶繁舊說都解作人口衆多繁密。普賢按：考察土地遷徙，當然應注意該地物產是否富庶，故「庶」應指物產之富庶，「繁」始指人口之衆多。（高本漢即如此主張，請參閱下註。）⑬馬瑞辰謂：「宣之言通也，暢也。言民心既順其情乃宣暢也」意不明。普賢按：順非謂順民心，當是順公劉之意，即合意。公劉觀察此地物產既富，人口又多，認為合意之後，遂宣告人民，將定居於此。人民聽後都很贊成，反應良好，而無歎息後悔者，高本漢解「既庶既繁，既順迺宣」謂「……它富庶而繁盛，它很合宜，所以他就宣告（在此居住）」可謂實獲我心。高本漢謂庶字參看天保篇之「以莫不庶」。按庶：衆也。鄭箋：「莫，無也，使女每物益多，以是故無不衆也。」是知「人衆」「物衆」均可謂庶。⑭新地使人民滿意，不再思舊地，故無永歎。永歎：長歎。⑮巘：音演ㄧㄢˇ，毛傳：「小山別於大山也。」⑯舟：毛傳：「舟，帶也。」汪中經義知新記云：「舟無佩義，必是服字，傳寫者脫其半耳。」服字小篆作服，古文作𠬝，左偏旁是舟字，書寫者偶然漏掉右半邊，遂為一舟字。服有佩帶意。⑰鞞：音俾ㄅㄧˇ，琫：音菶ㄅㄥˇ，釋名云：「刀室曰削（俗作鞘），室口之飾曰琫，下末之飾曰珌。」容：飾。容刀：佩刀。佩刀所以為容飾。連上句謂以玉及瑤作為佩刀之裝飾。⑱逝：往。百泉：嚴粲曰：「泉，水也。今地理家言衆水所聚為得水也。」或曰百泉地名，未詳其處。⑲溥：大，廣。溥原謂廣大之原野。屈萬里先生根據王國維克鐘克鼎跋謂係地名，即克鼎「錫女田于溥原」之溥原。⑳京：地名，馬瑞辰說。㉑師：都邑之稱。京師：京之邑，猶洛邑亦稱洛師，馬瑞辰引吳斗南說。方玉潤謂：「京，高邱也。師，衆也。京師：高邱而衆居也。」㉒時：是，此。處處即居處。㉓馬瑞辰引證國語齊語：「衛人出廬于漕」，管子小甲篇作：「衛人出旅于漕」謂「廬旅古同聲，通用，旅亦寄也。」于時廬旅，即「在此寄居」。㉔朱傳謂直言曰言，論難曰語。故上句可講作「在此發佈命令」。命令只有服從，陳奐曰：「直言者，徒言之，不待辯也。」故曰言言。下句為「在此討論商量」對於決策計謀則可集思廣益，互相討論，故曰語語。但高本漢認為「言和語連用，當用平常的講法。」詩三家義集疏引黃山云：「言語以通情愫，詩謂民安其所，賓至如歸，歡然相親，樂其情話，視『而無永歎』又進也。」故言言語語，卽可講作談論說笑。㉕依：依之以居。㉖濟濟：衆貌。蹌：音槍ㄑ一ㄤ，蹌蹌：趨進之貌。㉗俾：音ㄅ一ˋ，使。俾筵俾几謂使人擺下筵席，使人放好桌几。㉘登謂登筵，依謂依几。㉙高本漢謂「曹指一羣人，尤其是地位低的人，僕役、平民。漢代文獻中『諸曹』指低級官吏……『造』字在本句是及物的使令動詞。」所以他解釋此句是「他打發他的（一羣）僕役（在圈裏捉一隻猪）。」毛傳訓「曹」爲羣。造，往。「乃造其曹」卽「往猪羣之處」亦通。㉚牢：猪圈。以上「既登乃依，乃造其曹，執豕于牢」三句，各家解說互異，玆將主要者列述於下，以資參考：㈠姚際恆引何玄子曰：「……人旣依乎此，則宗廟之禮亦依乎此矣。故營建甫畢，卽是舉遷廟之禮。蹌，動也。濟濟，言齊也。筵、几乃供神者。登謂登進神之衣服于坐也。依，神所依也。祭統云：『鋪筵，設同几，爲依神也』正此詩義。」㈡馬瑞辰亦曰：「此節于京斯依至既登乃依四句，何楷詩世本古義、錢澄之田間詩學，竝以爲宗廟始成之禮是也。禮：君子將營宮室，宗廟爲先。公劉依京築室，宜莫先於宗廟。大戴禮：諸侯遷廟。禮曰：至於新廟筵於戶牖間。又曰：祝奠幣於几東。正與詩『俾筵俾几』合。祭統曰『鋪筵設同几，爲依神也。』與詩『既登乃依』合。」㈢詩三家義集疏：「馬瑞辰云：大祝掌六祈。二曰造，杜子春謂造祭於祖也。造者祰之叚借。說文：祰，告祭也。蓋凡告祭通曰造也。造亦通作告。阮氏積古齋鐘鼎款識載有衛公孫呂之告戈，告卽造也。三家之告亦造之渻字耳。曹者褿之渻借，藝文類聚引說文祭豕先曰褿。廣雅：褿，祭也。玉篇，褿，豕祭也。廣韻禮祭豕先。據下云執豕于牢，知詩乃造其曹謂將用豕而先告祭于豕先，猶將差馬而先祭馬祖也。」㈣高本漢亦引馬瑞辰的說法，並謂「換言之，他在殺猪之前，先祭猪的祖先，以求赦罪。」㉛謂以匏瓜所製之勺盛酒以飲。㉜方玉潤曰：「君之宗之，謂公劉以一身爲羣臣之君宗也。以異姓之臣言稱君，以同姓之臣言稱宗。」㉝溥：廣，謂所居之地廣而長。㉞景：同影，以日影度山崗之方向。迺猶其，經傳釋詞說。㉟相：看。按此句與上句意相連，謂既根據日影觀察山崗，於是就定其陰（山之北），陽（山之南），以爲居室方位。周語仲山甫曰：「國必依山川」即此義。故下文云「觀其流泉」。㊱水利對民生甚爲重要，故須觀其流泉之水量是否充沛暢通。㊲毛傳：「三單，相襲也」。俞樾曰：「傳讀單爲禪，禪有禪代之義，故云相襲也。公劉當日疑用計口出軍之法，三分其民以爲三軍而用其一軍，使之更番相代，故曰三單也。」馬瑞辰曰：「按周書大明武篇『隳城湮溪，老弱單處。』孔晁注單處謂無保障，是單即單處之謂。此詩徹田爲糧，承上度其隰原言；豳居永（允）荒，承上度其夕陽言，則知其軍三單亦承上相其陰陽、觀其流泉言之；謂分其軍或居山之陰，或居山之陽，或居流泉之旁，故爲三。公劉遷豳之始，無城郭保障之固，故謂其軍爲三單耳。」此說亦通。即高本漢引孔疏釋作「他的軍隊是三個單行」之義，亦即三支軍隊分別在三處也。分爲三處，輪流操作以更相休息，亦是寓兵於農的意思。㊳度：量。隰：音ㄒ一ˊ，低濕之地。原：廣而平坦之地。㊴徹：取稅之稱。孟子滕文公：「周人百畝而徹」。趙注：「耕百畝者徹取十畝以爲賦，徹猶取也。」此處爲觀其田畝地勢之低濕高平以爲取稅標準，以求公允，亦見公劉爲民用心之苦。㊵夕陽：山西曰夕陽。㊶豳居：猶言豳地。允：信。荒：大。㊷斯：此。館：舍，居。㊸亂：毛傳謂正絕曰亂。孔穎達曰：「水以流爲順，橫渡則絕其流故爲亂。」㊹厲即礪，用以磨擦之石。鍛：本作段，用以搥打之石。毛傳：「鍛，石也。」陳奐曰：「厲與礪同，鍛乃碫之假借字。傳訓鍛爲石，則厲亦石也。」鄭箋則以鍛石爲鍛質，即砧石之義。朱熹詩集傳訓鍛爲鐵，近人且附會唯物史觀之說，以爲周先人用鐵爲農具，因而農業發達，終於取商而代之者。據高本漢考證除闕朱傳外，並遍查尚書費誓、周禮函人與考工記、莊子列禦寇篇、韓非子外儲說、孫子勢篇、廣雅及蒼頡篇等下結論說：「鍛的初文是段，指搥打的工具。初時搥打工具用石做，所以又加石旁作碫；（左傳人名公孫段即字子石）後來石頭爲金屬所代，故又改作鍛。」普賢按：說文：「段，椎物也，从殳耑聲。」而殳字說文釋爲「以杖殊人」。金文作𠭊形（季良父壺），小篆始作𠭊形，爲手持物扑擊之狀，所以段乃耑聲殳義的形聲會意字。訓椎物，遂亦有截成幾「段」的另一義，以至於引申爲鍛鍊之鍛。㊺止基卽址基。理：治，言始建宮室。屈萬里先生說。㊻謂人民衆多。㊼皇澗：澗名。㊽溯：向。過澗：亦澗名。㊾止：居。旅：寄。此句謂居住之人繁密。㊿芮：音瑞ㄖㄨㄟˋ，汭之假借，水灣之內。鞫：音鞠ㄐㄩˊ，水灣之外。卽：就，言就水灣內外而居。

〔評解〕

公劉是大雅生民之什的第六篇，共六章，章十句。每章第一句都是「篤公劉」三字，其餘均四字，共二三四字，句調整齊而有韻致。小序謂此詩是召康公所作以戒成王者，馬其昶毛詩學：「成王將涖政，戒以民事，美公劉之厚於民而獻是詩也。」但詩中並無戒辭。毛傳只謂係敘述公劉避夏亂由邰遷豳的詩，姚際恆則說係避狄之侵擾由戎狄之間遷豳，當以姚說是。至於公劉的年代，張其昀中華五千年史所敘爲夏少康時。我們從原詩中可看出公劉之盡忠職守，爲民設想的用心之苦及做事之週詳。因爲是大規模的遷徙，而路途又相當遙遠，這在那時的確是一件非常艱鉅的工作，所以必須事先有充分的準備。第一章就是敘寫未遷徙前的準備工作，既須預儲足够的食糧，又要顧到人民的安全，可謂用心良苦。第二章寫對於所遷之地的考察工夫，一會兒登上小山，一會兒步下平原，忙碌之情可知。並由公劉所佩帶鑲嵌美麗的刀鞘，反映出公劉儀表的英俊，在詩人的筆下寫出了人民對公劉的敬愛之情。三章承二章而言，經過更進一步的觀察，於是決定在此定居，人民都因得其所還，不但不後悔長歎，更因對新地的滿意而歡樂談笑。四章叙寫君臣宴飲以慶祝遷地的成功，表明對公劉的一致擁護。我們好像看到了那盛宴的情況，也好像聽到了大家舉杯齊向公劉高呼「萬歲」的聲音，充滿一片歡樂融洽的氣氛。但公劉並不就此安逸享受，他還有許多公務待理。於是有五章的觀察陰陽方位，觀察流泉水利。訂定兵制，制定賦稅。末章叙寫渡過渭水，取得材料開始營建房屋。由於公劉的仁政，使得更多的人民願意在他的統治之下而來到此地，於是人口越來越密，以致水灣裡外也都住滿了。方玉潤評曰：「開國宏規，遷居瑣務，無不備具。」全詩可說是一幅絕妙的遷徙圖。

此詩記事的翔實，可比尙書各篇。其著作年代，也可與夏商書各篇取同一看法。卽史事發生當時，卽有史官或詩人牢記其事，以後口口相傳，雖有多少出入，仍可視作信史。但到周代用文字記錄下來時，所用已是周代語文。詩中段字寫作鍛卽其一例。

三四、維天之命

這是康王以來祭祀文王之詩。

原詩	今譯
維天之命，	皇天降大命，
於穆不已。❶	啊！休美無盡窮。
於乎不顯！❷	偉大呀！顯赫呦！
文王之德之純。❸	文王盛德多純精！
假以溢我，	對我的好處眞正大，
我其收之。❹	我應把它來繼承，
駿惠我文王，❺	文王給我們大德惠，
曾孫篤之。❻	子孫敬守到永恆。

【註釋】❶於：音烏，感歎詞；穆：美；不已：無窮意。❷於乎：即嗚呼；不：讀爲丕，大。❸純：純粹。❹假：大；溢：益；收：受。❺駿：大；惠：德惠。此句言文王之德惠盛大。❻曾孫：自孫之子而下事先祖，皆稱曾孫。篤：厚，此謂虔誠守持不變意。高本漢解此二句爲：「大大的給我們好處的是文王，子孫們要穩重地保持它。」

〔評　解〕

維天之命是周頌清廟之什的第二篇。一章八句，第四句六字，第七句五字，餘六句均四字，全篇共三十五字，無韻。

這篇也是祭祀文王的樂歌。毛序三家詩相同，朱傳亦採此說。明人季本詩說解頤，合清廟、維天之命、維清共三章爲一篇，何楷世本古義從之。清人魏源詩古微，且定三詩均爲周公營洛攝祭文王廟之作。日人林泰輔著「周公」一書，亦引仁井田好古之毛詩補傳曰：「清廟之宗祀於文王，周公之特制，則清廟之詩，周公之所作，與維天之命、維清三篇相連，則亦同時之作，其出於一手，可類推矣。」而定此三詩均係周公之作。其實三詩雖相連，都是祭文王之詩，但並非「同時之作」此詩本文明言「曾孫篤之」，則此詩卽係康王以來祀文王的新詩，此時周公已卒，決非周公所作可知。

禮記中庸篇引此篇詩句而解之曰：「詩云：『維天之命，於穆不已。』蓋曰天之所以爲『天』也。『於乎不顯，文王之德之純。』蓋曰文王之所以爲『文』也，純亦不已。」而中庸的開頭兩句，就是「天命之謂性，率性之謂道。」所以鄭玄箋云：「命，猶道也。」朱熹詩集傳也就說：「天命，卽天道也。」並引程子語釋之。姚際恆詩經通論指出，三百篇中「天命」係指受天命而爲王，與中庸談理的「天命」不同，中庸引詩，乃斷章取義，不可據以解詩，他慨乎言之曰：「自鄭氏依中庸解詩，『天命』乃訓爲『道』，嗟乎！詩之言『天命』

者多矣，何以彼皆不訓『道』，而此獨訓『道』乎！歐（陽修）蘇（轍）爲前宋之儒，故尙能闢鄭，不從其說，猶見詩之眞面目；後此之人，陷溺理障，卽微鄭亦如是釋矣，況又有鄭以先得我心，于是毅然直解，更不復疑。至今天下人從之，乃盡沒詩之眞面目，可嘆哉！」姚氏反朱最烈，找到一點毛病，就大做其文章，雖不免文人習氣太深，但我們仍得體認，釋詩之難，重要關頭是一字之辨，也馬虎不得的。

三五、維清

這是周朝後代天子祭祀文王的樂歌。

原詩	今譯
維清，❶	政治清明萬民頌，
緝熙文王之典。❷	文王法則永光明。
肇禋，❸	自從祭典初擧行，
迄用有成，	至今萬事都有成，
維周之禎。❹	眞是我周的大吉慶。

【註釋】❶清：清明。❷緝：續；熙：明；典：法則。❸肇：開始；禋：音因，說文：「禋，潔祀也。」此句謂始祀文王。❹禎，三家詩作祺，均吉祥義。作禎，則與禋成等字押韵。

〔評　解〕

維清是周頌清廟之什的第三篇，只有五句十八字，不分章，是詩經三〇五篇中最短的一篇。朱熹疑其有闕文。舊章句一句二字，四句四字，姚際恆以「維清」二字爲句，改定爲兩句二字，兩句四字，一句六字，重訂後句調長短有致，除後三句原來押韻外，更增第一句清字爲韻。

維清篇內容是周朝後代天子祭祀文王的詩歌。毛序：「維清，奏象舞也。」朱熹辯說：「詩中未見奏象舞之意」。姚際恆曰：「小序謂『奏象舞』，妄也。朱仲晦不從，以爲詩中無此意，是已。」對此姚氏有詳論，奏維清詩，未嘗配有舞蹈。

三家詩魯說曰：「維清一章五句，奏象武之所歌也。」昔人以爲象武即「象舞」，象用兵刺伐之舞，或指卽「大武」之舞。然齊說僅曰：「武王受命作象樂，繼文以奉天」，其說與詩本文相符，則可證魯說之「象武」卽「象樂」，亦僅謂象武王受命之樂歌，而不及舞容，並可校正毛序之「奏象舞」之訛也。

三六、駉

周代各國國君都重視牧馬，所以問國君之富，數馬以對。本篇就是讚美魯侯牧馬之盛的詩。但詩中一字不提馬匹的數目，却列舉十六種毛色不同的馬來稱許一番以代之，這就是詩人的技巧。因爲這樣寫來，就活潑而生動，而且特別顯得熱鬧，牧馬之盛，已不言而喻了。

原詩	**今譯**
駉駉牡馬，❶	成羣的公馬肥又壯，
在坰之野。❷	放牧在荒郊草原上。
薄言駉者：	說起這馬羣可眞强：
有驈有皇，❸	有黑身白腿的驈，有黃白二色的皇，
有驪有黃；❹	有全身墨黑的驪，有黃裡帶赤的黃；
以車彭彭，❺	駕起車來彭彭響，
思無疆，	跑起路來忘路長，
思馬斯臧。❻	這樣的馬兒眞正棒。

駉駉牡馬，　　成群的公馬眞神氣，
在坰之野。　　放牧在荒郊野草地。
薄言駉者：　　說起這馬羣眞希奇：
有騅有駓，❼　　有蒼白雜毛的騅，有黃白雜毛的駓，
有騂有騏；❽　　有紅裡帶黃的騂，有青黑如綦的騏；
以車伾伾，　　駕起車來聲丕丕，
思無期，　　跑起路來有長力，
思馬斯才。　　這樣的馬兒了不起。

駉駉牡馬，　　成羣的公馬眞肥碩，
在坰之野。　　放牧在荒郊大原野。
薄言駉者：　　說起這馬羣眞不錯：
有驒有駱，❾　　有黑地白鱗連錢驄，有白毛黑鬃的駱，

有騂有雒；⑩　有紅毛黑鬃的騂騮，有黑毛白鬃的雒；
以車繹繹，　駕起車來眞靈活，
思無斁，　跑起路來不停歇，
思馬斯作。　這樣的馬兒眞活潑。

駉駉牡馬，　成群的公馬高又大，
在坰之野。　放牧在荒郊蒼穹下。
薄言駉者：　說起這馬羣好驚訝：
有駰有騢，　有黑白雜毛泥驄馬，有赤白雜毛的騢，
有驔有魚；⑪　有黑身黃背飛毛腿，有兩眼白毛的馬；
以車祛祛，　駕起車來響騰騰，
思無邪，　疾如飛箭直線衝，
思馬斯徂。　一心一意奔前程。

【註釋】①駉，音扃ㄐㄩㄥˇ。駉駉，良馬肥大貌。牡一作牧。②坰，音扃ㄐㄩㄥˇ，遠野也。邑外謂之郊，郊外謂之

牧，牧外謂之野，野外謂之林，林外謂之坰。❸驈，音聿ㄩˋ，馬純黑曰驪，驪馬白跨曰驈。跨通胯，股也；或謂白跨作跨白解，即指白腹而言。馬黃白曰皇。❹馬赤黃曰騂，黃騂曰黃。❺毛傳：彭彭，有力有容也。馬瑞辰謂一章彭彭，二章伾伾（音丕），三章繹繹，四章袪袪（音區），均形容馬之盛。或謂均係摹擬馬蹄聲。❻全詩八思字均語助詞。高本漢謂四章最後兩句，都是緊接着前一句馬在車前有力地奔跑的描寫。一章「無疆」「斯臧」是馬無遠弗屆，都很好；二章「無期」「斯才」，馬無盡期地跑，都有才力；三章「無斁」「斯作」，馬不厭倦，都很振作活躍；四章「無邪」「斯徂」，馬不偏邪，直往前跑。全詩只是讚揚魯侯的好馬而已。❼馬蒼白雜毛曰騅（音錐），黃白雜毛曰駓（音丕）。❽馬赤黃曰騂（音辛），疏：「騂為純赤色，言黃者謂赤而微黃。」❾驒，音駝，馬之青黑色而有白鱗文者。朱傳：「色有深淺，斑駁如魚鱗，今之連錢驄也。」駱，白馬而黑鬣者。❿騮，音留，亦作駵，赤身黑鬣之馬。雒，音洛，黑身白鬣之馬。雒字或作駱，騮白曰駁，說文訓駁為馬色不純。⓫駰，音因，陰白雜毛之馬。陰，淺黑色，今泥驄也。騢，音遐，赤白雜毛之馬。⓬驔，音簟，馬之黑色而黃脊者。說文：「驔，驪馬黃脊。」又毛傳：「豪骭曰驔」，一作「豪骭白驔」。豪，長毛，膝以下脛以上為骭。所以驔又指骭有白色長毛之馬。馬二目白曰魚。白謂目邊毛白，非謂馬目似魚目也。

〔評　解〕

駉是魯頌四篇的第一篇。全篇共一百二十四字，分四章，每章八句，每句四字，只有各章第七句都是三字句。四章都成連環式。連環式本是風謠的特徵之一，所以駉篇可說是頌詩而採用風詩形式的作品，與周頌的風格不同，其成詩年代當甚晚。

毛詩序曰：「駉，頌僖公也。僖公能遵伯禽之法，儉以足用，寬以愛民，務農重穀，牧于坰野，魯人尊之，於是季孫行父請命于周而史克作是頌。」史克爲魯史官。史克作頌，惟見毛序，他無可證。齊魯韓三家詩皆謂魯頌奚斯作，此蓋讀閟宮篇：「新廟奕奕，奚斯所作」句，誤解奚斯之作新廟爲作頌也。朱熹集傳但言：「此詩言僖公牧馬之盛，由其立心之遠，故美之。」未言作者。他批評毛序說：「此序事實皆無可考，詩中亦未見務農重穀之意，序說鑿矣。」姚際恆通論曰：「小序（毛序第一句）謂頌僖公，黃東發力辨僖公非賢君；而季明德本之，以此詩爲美伯禽牧馬之盛，然亦無所據也。若大序（毛序第二句以下部分）謂『季孫行父請命于周而史克作頌』，更無稽。」我們覺得元人朱公遷的話最爲確當。他說：「問國君之富，數馬以對，故詩人以之頌美其君耳。」這與高本漢所說：「全詩只是讚揚魯侯的好馬而已」，意正相符。至於方玉潤謂此詩「以牧馬之盛，喻魯育賢之衆，借馬以比賢人君子。」則應視爲引伸義。

論語爲政篇：「子曰：『詩三百，一言以蔽之曰，思無邪。』」孔子引此詩中一句以評三百篇，因而後儒對此詩特別重視。但姚際恆說得對：「思無邪，本與無疆、無期、無斁同爲一例，語自聖人，心眼迥別，斷章取義，以該全詩，千古遂不可磨滅。然與此詩之旨則無涉也。學者于此篇輒張皇言之。試思聖人言「詩三百，一言蔽之」，不言駉篇也，蓋可知矣。」

我國古代對於馬的重視，讀此詩卽可見一斑。詩中十六種不同顏色的馬，就有十六個字來代表牠們。孔穎達更以此十六種馬分屬於四類。說首章所言爲良馬，朝祀所乘，尙德；次章所言爲戎馬，戰爭所用，尙力；三章所言爲田馬，田獵所用，尙疾；末章所言爲駑馬，勞役所用，尙健。故以「彭彭」爲有容，「伾伾」爲有力，「繹繹」爲善走，「祛祛」爲强健。强爲分類，似可不必。范處義釋每章首句稱「牡馬」，爲「馬以牡爲善」。但鄘風定之方中曰「騋牝三千」，則七尺以上高大的騋馬，又似以牝爲善。劉瑾曰：「美（衞）文公之馬，則言其騋而牝者有三千之衆，美（魯）僖公之馬，則言其駉而牡者有十六種之毛色，蓋各極其盛而言，皆以見國之殷富也。」實則駉篇之馬非全牡，騋馬三千非全牝，言「牝」者着眼於蕃殖，言「牡」者標榜其强壯，其爲讚美馬盛以顯國富則一也。

三七、長發

這是一篇宋國祭祀成湯的詩。

原詩

濬哲維商，❶
長發其祥：❷
洪水芒芒，❸
禹敷下土方。❹
外大國是疆，❺
幅隕既長。❻
有娀方將，❼
帝立子生商。❽

玄王桓撥，❾
受小國是達，
受大國是達。❿

今譯

明智賢哲是我大商，
大商的發祥既久且長：
自從天下洪水茫茫，
大禹平治萬民四方。
畿外的大國歸入封疆，
使得國土既寬又廣。
有娀氏的簡狄迎娶過房，
天命叫她生契開商。

契王爲人勇武賢明，
治理小國既很融通，
治理大國也很成功。

率履不越，⑪　　一切循禮不敢越度，
遂視既發。⑫　　人民感化一致擁護。
相土烈烈，⑬　　契孫相土武功威盛，
海外有截。⑭　　海外萬邦一致服從。

帝命不違，　　上帝之命不曾移動，
至於湯齊。⑮　　到了湯王大功告成。
湯降不遲，　　湯王降生正是時辰，
聖敬日躋。⑯　　聖明敬謹德業日進。
昭假遲遲，　　祈神降臨日久不懈，
上帝是祗。⑰　　專心誠意地把上帝是拜。
帝命式於九圍。⑱　　上帝命他做九州的表率。

受小球大球，　　接受大大小小的法則。

為下國綴旒，⑲	作為諸侯下國的楷模，
何天之休，⑳	承荷天賜的福庥。
不競不絿，㉑	不競爭不急求，
不剛不柔，	不剛强不纖柔，
敷政優優，㉒	施政溫和又寬厚，
百祿是遒。㉓	各種福祿齊來湊。
受小共大共，㉔	接受大大小小的法度，
為下國駿厖，㉕	諸侯小國都受庇護，
何天之龍，㉖	承受上天的寵幸，
敷奏其勇。㉗	盡量表現他的武勇。
不震不動，	沒有任何騷擾驚動。
不戁不竦，㉘	人民也就不惶不恐，
百祿是總。	各種福祿齊來聚攏。

三七、長發

武王載旆，㉙　湯王的大旗飄蕩蕩，
有虔秉鉞，㉚　恭執斧鉞除暴強。
如火烈烈，　威烈如火氣勢壯，
則莫我敢曷。㉛　沒人敢把我阻擋。
苞有三蘖，㉜　夏的附庸有三個，
莫遂莫達，㉝　個個都被我阻遏。
九有有截。㉞　天下九州都服貼，
韋顧既伐，　韋國顧國被消滅，
昆吾夏桀。㉟　連同昆吾和夏桀。
昔在中葉，㊱　從前商王中葉的時代，
有震且業。㊲　國勢也曾驚恐而危殆。
允也天子，㊳　湯王眞乃上天之子，

降予卿士：　　上天賜給賢材卿士：

實維阿衡，㊴　　賢材卿士就是阿衡，

實左右商王。㊵　　輔佐湯王成就大功。

【註釋】❶濬哲：依說文當作「睿日ㄨㄟˋ哲」，馬瑞辰謂濬乃睿之假借。睿哲：明智；商：古國名。即今陝西商縣地，唐堯封帝嚳之子契於此，傳十四世至成湯滅夏而有天下，是爲商朝。此處商字是指商之君而言。❷長：久。長發其祥謂商之發祥已久，（卽下文自禹治水時商卽有國。）❸芒芒：卽茫茫，廣大貌。❹敷音夫：ㄈㄨ，敷、鋪，音近義通，鋪猶平也。下土方：猶言下國。❺外謂王畿之外，外大國謂王畿外之諸侯。❻幅：寬度；隕：圓之假借字，幅指面積，隕指圓周。幅隕既長謂國土面積既廣周遭又長。❼娀：音嵩ㄙㄨㄥ，有娀，國名，故地約在今山西永濟縣附近，契母簡狄，爲有娀氏之女，此言有娀，卽指簡狄。將，猶「百兩將之」之將，謂迎娶。屈萬里先生說。❽上帝命燕遺卵使簡狄呑之而生契，爲商之始，故云。❾玄王：契。或以爲契乃玄鳥（燕）降而生故名。桓撥：剛勇，馬瑞辰說。❿相傳堯始封契爲小國，至舜末年始益其地爲大國。⓫率：循；履：禮；越：踰。謂遵循禮法無所踰越也。⓬遂：高本漢釋作就；視：觀察；發：高本漢釋爲應發，普賢按此發字當爲感發意，謂觀察人民都能爲契所感發。此句與下文「海外有截」意相對：一指疆內人民因契之循禮而感發一致擁護；一指域外之國因契孫相土武功之威盛而一致服從。或解「遂視既發」爲「遍視其行皆合乎法度」（發，法也）如此則與上句「率履不越」意重，未若前解之有意義。⓭相土：契之孫。烈烈：威盛貌。⓮截：截然整齊，謂一致服從也。⓯齊：俞樾讀「齊」爲濟，成也。言至湯而成功。⓰屈萬里先生謂「降，生也。不遲，適逢時會也。躋：升也，言其聖明敬謹之德，日有升進也。」⓱昭假：謂祈神之降臨。朱傳：「遲遲，久也。」祗音支ㄓ，敬也。⓲式：法式。圍：

馬瑞辰云：「圍、域、有，皆一聲之轉，聲同則義同。」⑲受：謂受之於天，經義述聞云：「球，共、皆法也。球讀爲捄，共讀爲拱。廣雅曰：『拱、捄，法也。』」下國，謂畿外諸侯之國。綴：表，旒：章。表章猶表率。⑳何：荷。休，讀爲庥：福祥也。㉑競：爭。絿：音求，急也。㉒敷：施。優優：溫和貌。㉓遒：音酋ㄑㄧㄡ聚也。㉔小共大共：見註⑲。㉕駿：大。駿厖，荀子榮辱篇引作「駿蒙」，大戴禮衛將軍文子篇引作「恂蒙」。馬瑞辰釋：「駿與恂，厖與蒙，古並聲近通用，此詩當以『恂蒙』爲正。恂，讀爲徇。呂覽忠廉高注：『徇，猶衛也。』是徇有庇衛之義。蒙通作幪，說文：『幪，蓋衣也。』廣雅釋詁：『幪，覆也。』爲下國恂蒙，猶云爲下國覆庇耳。」厖音龐ㄆㄤ。㉖何：荷；龍：寵也。㉗敷：布，奏：告。敷奏猶言佈陳。㉘戁：音難ㄋㄢ恐也；竦：懼也。㉙武王：指商湯。載：設；旆：旗。設旗將用兵也。㉚有虔：虔敬；秉：持；鉞：斧類兵器。㉛曷：荀子議兵篇，漢書刑法志，俱引作遏，阻止。㉜苞：根，以喻夏。蘖：音孽ㄋㄧㄝ，樹木斬伐後復生之芽。三蘖：喻韋、顧、昆吾，夏之三與國。㉝遂、達：皆謂順利生長。莫遂莫達卽不能順利生長，意謂被湯所滅，故下文云「九有有截。」㉞九有有截：見註⑭及⑱。㉟韋、顧、昆吾，皆夏桀之與國，韋在今河南滑縣；顧在今山東范縣；昆吾在今河北濮陽縣。㊱中葉：中世，謂湯未興時。㊲震：驚動；業：危。㊳允也天子：謂名符其實之天子，謂湯也。㊴阿衡：官名，謂伊尹。鄭箋：「阿：倚，衡：平也。伊尹，湯所倚而取平，故以爲官名。」㊵左右：卽佐佑之本字，謂輔助。

〔評　解〕

長發是商頌五篇的第四篇。共七章，一章八句，四章章七句，一章九句，一章六句。其中十一個五字句，一個六字句，全詩共二一七字。

本篇是宋國祭祀商湯的詩。周武王滅商，封紂王兒子武庚於宋，成王時，武庚叛，被誅，乃以其地封紂兄啓（卽微子），爵爲宋公，以奉湯祀。據國語，商頌有十二篇，但自漢以來所傳之詩經，只載有五篇，其餘七篇不知何時亡佚，以孔子屢稱詩三百而推斷，知孔子時詩卽爲三百篇，可證該七篇當亡於孔子以前。五篇商頌，字句多抄襲周頌及大雅。殷武一篇，顯然是頌美宋襄公而作，所以五篇可能皆爲宋襄公時作品。本篇長發，首章由商之發祥敍起，有娀氏女簡狄呑鳦（燕）卵而生契（鄭箋載此說，而陳奐疏則謂簡狄配帝嚳而生契）佐禹治水有功，堯封之於商。次章形容契王的勇武賢明，治績輝煌，循禮守法，致獲得域內人民一致的擁戴。到契之孫相土，更以威盛的武功使域外各邦一致服從。三章敍上帝一直對商眷顧，所以至湯而大功告成。湯王乃應運而生者，他能進德修業，維上帝是敬。於是奉天命做了九州的表率。四、五兩章繼續稱美湯王政績和德業，致使各種福祿齊聚於商。六章言時機成熟，湯王就奉天命建立鼓旗，爲民除暴，滅夏而有天下。末章敍商之有天下，並非一帆風順，國勢也曾動盪不安。幸有湯王的降生，是乃眞命天子，上帝賜以賢佐，而成就了功業。全詩雖由商之發祥敍起，而主要在頌美湯王的偉大，是祭祀之正格。

三八、蟋蟀

晉人勤儉耐勞，已成習性。雖亦知韶光易逝，人生幾何，歲暮閒暇理當及時行樂；但不敢放懷痛飲，更未歌舞狂歡，已覺享樂過度，就戰戰兢兢的以「好樂無荒」警戒自己。這是晉人的述懷詩所反映的晉人性格。

原詩	今譯
蟋蟀在堂，❶	蟋蟀進屋來唱歌，
歲聿其莫。❷	一年的時光快度過。
今我不樂，	如今我們不行樂，
日月其除。❸——	日月消逝空蹉跎。——
無已大康？❹	不是已經太享樂？
職思其居。❺	也該想想各人的職責。
好樂無荒，	爲歡作樂漫無度，
良士瞿瞿。❻	那是良士所戒懼。

蟋蟀在堂，	蟋蟀在屋裏聲瞿瞿，
歲聿其逝。	眼看一年到歲除。
今我不樂，	如今我們不行樂，
日月其邁。❼——	日月如梭轉眼過。——
無已大康？	不是已經太享樂？
職思其外。❽	也該想想什麼事情還沒做。
好樂無荒，	爲歡作樂漫無度，
良士蹶蹶。❾	那是良士所戒懼。
蟋蟀在堂，	蟋蟀在屋裡聲唧唧，
役車其休。❿	行役的車馬都已休息。
今我不樂，	如今我們不行樂，
日月其慆。⓫——	日月如飛轉眼過。——

三八、蟋蟀

無已大康？⓫　　不是已經太享樂？

職思其憂。　　也該想想什麼憂愁着我。

好樂無荒，　　爲歡作樂不荒淫，

良士休休。⓬　　那是良士所安心。

【註釋】❶蟋蟀：一種好鬪、振翅而鳴、形似蝗而小的背黑色有光澤之蟲。或謂蟋蟀又名促織，誤。促織即絡緯，鳴聲如織，與蟋蟀的鳴聲瞿瞿大異。豳風七月篇：「七月在野，八月在宇，九月在戶，十月蟋蟀入我床下。」蟋蟀在堂，言其九、十月在屋內也。❷聿：音玉ㄩˋ，語助詞。莫：讀作暮ㄇㄨˋ，暮本字。❸除：去。❹大：古與太字通用，康：樂。❺職：毛傳訓「主」，專門之意。王念孫據爾雅訓「常」，經常之意。馬瑞辰訓「尙」，願望之意。高本漢謂職作副詞用，其用法和意義與孟子「直不百步耳」句的「直」字相同，「僅只」意，並舉①小雅十月之交「職競由人」，②小雅巧言「職爲亂階」，③小雅大東「職勞不來」，④大雅抑「亦職維疾」，⑤大雅桑柔「職盜爲寇」，⑥大雅召旻「職兄斯引」，以及⑦左傳襄公八年：「職競作羅」，⑧又十四年「言語洩漏則職女之由」，⑨尙書秦誓「黎民亦職有利」等句，所用「職」字，都可作「僅只」講爲證。董同龢以爲訓「主」作「主要的，專門的」講，和「只」意義正相同。居，所居地位與責任。❻良士：賢士。瞿：音句，瞿瞿：驚顧貌。❼邁：往。❽其外：其他其餘意。❾蹶：音貴ㄍㄨㄟˋ，蹶蹶：驚起貌，與禮記：「子夏蹶然而起」之「蹶然」同義。❿役車：行役之車，馬瑞辰說。⓫慆：音滔ㄊㄠ，過也。韓詩慆作陶，跑也。⓬毛傳：「休休，樂道之心。」張其昀先生謂：「乃先憂後樂貌。」

【評解】

蟋蟀是唐風十二篇的首篇，分三章，章八句，句四字，全詩共九十六字。是詩經基本形式的双料，卽由每章四句，加倍爲八句，爲三環式，次章末章形式與意義均與首章重叠，僅略改數字，換韻叠唱，意亦略改耳。首章「莫」「除」「居」「瞿」，以平、去通爲一韻，次章僅用韻字改爲「逝」「邁」「外」「蹶」。末章除用韻字改爲「休」「慆」「憂」「休」外，第二句另改「歲聿」兩字爲「役車」而已。顧炎武詩本音更每章另以「堂」「康」「荒」爲韻。

這是晉人歲暮述懷之作。詩序：「蟋蟀，刺晉僖公也。儉不中禮，故作是詩以閔之。欲其及時以禮自虞樂也。此晉也謂之唐，本其風俗憂深思遠，儉而用禮，乃有堯之遺風焉。」案僖公卽釐侯，其在位時爲共和宣王年間。周初叔虞被封於唐堯故都晉陽，是爲唐侯。唐有晉水，叔虞子燮，改稱晉侯。至曾孫成侯，南徙居曲沃，近平陽。晉陽、平陽皆堯舊都。漢書地理志云：「其民有先王遺敎，君子深思，小人儉陋。」故序稱有堯之遺風焉。而其詩亦仍其始封之舊號，謂之唐風。左傳載季札觀周樂，爲之歌唐，曰：「思深哉！其有陶唐氏之遺風乎？不然，何其憂之遠也！」此爲序之所本。蘇轍以爲此詩每章前後四句不類，乃晉君臣相與告語之辭。

朱熹詩序辯說則曰：「河東地瘠民貧，風俗勤儉，乃其風土氣習，有以使之。至今猶然，則在三代之時可知矣。序所謂儉不中禮，固當有之。但所謂刺僖公者，蓋特以謚得之。而所謂欲其及時以禮自娛樂者，又與詩意正相反耳。況古今風俗之變，常必由儉以入奢。而其變之漸，又必由上以及下。今謂君之儉反過於初，而民之俗猶知用禮，則尤恐其無是理也。獨其憂深思遠，有堯之遺風者爲得之。然其所以不謂之晋而謂之唐者，又初不爲此也。」故其詩集傳不襲序而謂：「唐俗勤儉，故其民間終歲勞苦，不敢少休，及其歲晚務閑之時，乃敢相與燕飮爲樂。而言今蟋蟀在堂，而歲忽已晚矣。當此之時而不爲樂，則日月將舍我而去矣。然其憂深而思遠也，故方燕樂，而又遽相戒曰：『今雖不可以不爲樂，然不已過於樂乎？』蓋亦顧念其職之所居者，使其雖好樂而無荒，若彼良士之長慮而卻顧焉，則可以不至於危亡也。蓋其民俗之厚，而前聖遺風之遠如此。」

姚際恆詩經通論曰：「小序謂『刺晋僖公』，集傳謂『民間終歲勞苦之詩』，觀詩中『良士』二字，旣非君上，亦不必盡是細民，乃士大夫之詩也。每章八句，上四句一意，下四句一意。上四句言及時行樂，下四句又戒無過甚也。蘇氏以其前後不類，作君、臣告語之辭，鑿矣。」

方玉潤詩經原始曰：「蟋蟀，唐人歲暮述懷也，此眞唐風。其人素本勤儉，強作曠達而又不敢過放其懷，恐躭逸樂，致荒本業，故方以日月之舍我而逝，不復回者，爲樂不可緩；又更以職業之當修，勿忘其本業者，爲志不可荒，無已，則必如彼瞿瞿良士，好樂而無荒焉可也。此亦謹守見道之人所作。序以爲刺晉僖公儉不中禮，今觀詩意無所謂刺，亦無所謂儉不中禮，安見其必爲僖公發哉？序好附會而又無理往往如是，斷不可從。」

綜觀以上諸說，以方玉潤最能體會詩意。此詩可代表我國古代農業社會生活以勤儉爲本的觀念，其詩旨「好樂無荒」是對的，但「職思其憂」是「樂不忘憂」，與孔子的「樂以忘憂」就有了差別。詩中一字未提及如何行樂，只反映出終歲以勤儉自律的晉人，一旦試圖稍稍作樂，未見放懷痛飲，不及歌舞狂歡，已戰戰兢兢地一心一意惟不可放縱之是念。這種晉人性格，差不多已形成我民族性的一部分，與歐美民族之工作時專心工作，玩樂時只管玩樂，略有不同。實則西俗之工作玩樂兩不牽掛，才完全符合「一張一弛，文武之道」！我們不贊同西人以追求工作效率爲目標的生活，但我們今日工作效率的提高，正當休閒生活的提倡，是還得特別注意的。

三九、山有樞

國家禍亂頻仍，覆巢之下，將無完卵，百姓憂急，以至門庭無心洒掃，一切人生享受，都在被棄之列。詩人因此故作達觀說話，勸人及時行樂，以發洩其內心的悲痛。

原詩	今譯
山有樞，❶	刺楡長在山區裡，
隰有楡。	大楡長在低濕地。
子有衣裳，	你有衣裳太珍惜，
弗曳弗婁；❷	捨不得拖曳和手提；
子有車馬，	你的車兒大啊馬兒好，
弗馳弗驅。	捨不得趕着來奔跑。
宛其死矣，❸	一旦閉眼兩脚伸，
他人是愉。❹	却讓別人享受好開心。

山有栲，❺　長在山區有栲樹，
隰有杻。❻　長在濕地有杻樹。
子有廷內，❼　你有庭院和住屋，
弗洒弗埽；❽　不洒水啊不掃除；
子有鐘鼓，　你有鐘有鼓樂器好，
弗鼓弗考。❾　不敲不打靜悄悄。
宛其死矣，　一旦閉眼兩腳伸，
他人是保。　這些都成了別人的份。

山有漆，　長在山區有漆樹，
隰有栗。　長在濕地有栗樹。
子有酒食，　你有美酒和佳肴，
何不日鼓瑟？　爲什麼不天天把瑟敲？
且以喜樂，　能歡樂時且歡樂，
三九、山有樞

且以永日。⑩　漫長的白晝好消磨。
宛其死矣，　一旦眼閉兩腳伸，
他人入室。　別人就來做主人。

【註釋】❶樞，即刺楡。其針刺如柘，而葉如楡。楡即大楡，枌乃白楡，皮色白。樞枌均楡之一種，葉形皆似錢。❷婁，音屢，摟之省借。馬融訓婁爲牽。曳狀其拖於地，婁狀其牽於手。❸毛傳：宛，死貌。宛爲苑之假借字，淮南子俶眞篇：形苑，高誘註：苑，枯病。是其證。馬瑞辰、高本漢均採此說。屈萬里則採吳昌瑩經詞衍釋說，訓宛爲若。❹愉，樂，享樂。❺栲，古音讀如朽，山樗。❻杻，音紐，梓屬。❼廷與庭通，謂中庭。內謂堂與室。❽洒，灑字之假借。❾考，擊。❿永，長。姚際恒曰：「且以永日，猶之盡此一日也。」屈萬里曰：「永終二字古爲聯緜字，永猶終也。永日，終日也。」

【評解】

山有樞是唐風十二篇的第二篇。分三章，每章八句的開頭兩句三字，餘均四字，只有第三章第四句「何不日鼓瑟」是五字句。全篇共九十一字。

毛序說這是刺晉昭公節儉的詩。崔述已辨其非，姚際恒則說：「刺晉昭公，無據。集傳謂答前篇（指蟋蟀）之意而解其憂，亦謬。前篇先言及時行樂，後言無過甚，此篇惟言樂而已，何謂答之乎！季明德謂刺儉不中禮之詩，差可通。然未有以見其必然也。若直依詩詞作及時行樂解，（案王質則以此爲勸友人及時行樂之詩，屈萬里詩經釋義卽採此說。）則類曠達者流，未可爲訓。且其人無子耶？若有之，則以子孫爲「他人」，是莊子之「委蛻」，佛家之「本空」矣。故諸家謂刺時君之敗亡者，意本近是，然無所考，焉得鑿然以爲刺某公乎？」古來解此詩無令人滿意者，近閱高葆光新著詩經新評價一書，對此篇解釋最爲透澈。他著眼於詩中「弗洒弗掃」四字，蓋弗洒弗掃非節儉，而是無心洒掃，推求無心洒掃的原因，則如晉國曲沃之亂，五世而止，想是當時人民，見國之將傾，强敵壓境，大禍臨頭，憂急萬分，因而門庭無心洒掃，一切人生的享受，都沒有了興趣。詩人因作此詩，以表悲痛，所謂正言若反的筆法是也。

玆介紹高氏的話如下：「詩人當國家將要滅亡的時候，乃竟憂愁怨恨驚恐，無心穿戴游觀，無心灑掃門庭；甚至無心果腹。但也有人愁到極點，怕到極點；反而看開一切，將生死置在腦後，猖狂罔顧，肆意享受，以消磨暴風雨將來的前夕。一方面也省得自己辛苦的所得，白白地便宜了敵人；自己反落個寃死鬼兒，他不但自己看破一切，又轉勸他人說道：『你有庭堂，不去灑掃，你有鐘鼓也無心拍奏，將來死亡的時候，白白地讓別人保有了！』（詩裏的他人二字，不指自己子孫而言。因爲儉者積財，多半爲子孫打算；而好享受者也未必視子孫如他人。）他表面似乎曠達，似乎頹靡，似乎享樂；其實他有無限的傷心，欲哭無淚，所以要在未死之前，痛快一下。說他是傻子也可，說他是瘋子也可，反正他不管了！狡獪的詩人洞破這般人的心理；却因爲愁啦，怨啦，是人們慣用的字眼，時常不能引起人們格外的注意；所以在這首詩內將這些字眼藏起。只就這般人的瘋狂話頭，來描寫他們內心的痛苦。會讀詩的人，自能體會到這群人的悲鳴，而令人掏出一把酸辛的淚水！這首詩也全在衣裳、車馬、廷內、鐘鼓、酒食、琴瑟等外物上，來抒內心的情感。話似樂天，而實在是悲憤，也就是用反面語氣表達沉痛的情感。」

四〇、鴇羽

國風所表達的是人民的生活，是人民的呼聲。這篇鴇羽，樸實而簡短，但已足够表達了人民的生活，人民的呼聲。

原詩	今譯
肅肅鴇羽，❶	胡雁振羽肅肅響，
集于苞栩；❷	停息茂密皂角樹上；

王事靡盬，❸　天王的差事忙不贏，
不能蓺稷黍，❹　黃米高粱種不成，
父母何怙？❺　爸媽生活有誰管？
悠悠蒼天，　我問悠悠大青天，
曷其有所？❻　何時才得有安閒？

肅肅鴇翼，　胡雁振翅肅肅響，
集于苞棘；❼　停息茂密棗樹上；
王事靡盬，　天王的差事忙不迭，
不能蓺黍稷，　高粱黃米誰耕作？
父母何食？　爸媽餓肚吃什麼？
悠悠蒼天，　悠悠蒼天告訴我，
曷其有極？❽　何時才會有終結？

肅肅鴇行，❾　　胡雁成行肅肅響，
集于苞桑；　　停息茂密桑樹上；
王事靡盬，　　天王的差事忙不完，
不能蓺稻粱，　　耕種稻粱沒人管，
父母何嘗？　　爸媽餓肚誰供養？
悠悠蒼天，　　悠悠蒼天請你講，
曷其有常？❿　　何時生活才正常？

【註釋】肅肅：鳥羽聲。鴇：音保，鳥名，似雁而大，有胡雁之稱。鴇無後趾，性不止樹。❷苞：茂密。栩：音許，櫟樹，其實卽皂角。❸王事：王室之事。盬：音古，止息。❹蓺：種植。稷：高粱。黍：小米，亦稱黃米。❺怙：音戶，恃也。❻曷：何日。所：安身之所。❼棘：酸棗。❽極：盡頭。❾行：音杭，行列。❿常：正常，平常。

〔評　解〕

鴇羽是唐風十二篇的第八篇，篇分三章，章七句，句四字，僅各章第四句爲五字句。全詩共八十七字。三章三疊成連環式。

詩序：「鴇羽，刺時也。昭公之後大亂五世，君子下從征役，不得養其父母，而作是詩也。」朱子辯說：「序意得之，但其時世，則未可知耳。」故集傳僅云：「民從征役而不得養其父母，故作此詩。」

此詩三章毛傳姚論均標爲興，而朱傳則標爲比。哀怨之作，大多觸景生情，而以「興」開頭。但觸景而所以生情者，往往有「比」在焉。朱子釋此詩之「比」云：鴇之性不樹止，而今乃飛集于苞栩之上，如民之性本不便於勞苦，今乃久從征役，而不得耕田以供子職也。」此以人之勞役，比鴇之止息，總覺還隔着什麼，未見貼切。蓋觸景生情，有時很難分析其心理狀態，必欲深究，往往成爲隔靴搔癢。所以此詩毛傳原標「興」，朱子改爲「比」，而姚際恆仍改爲「興」。今見王靜芝的解釋說：「肅肅鴇羽，集于苞栩者，征人自爲比也。征人終日勞苦，日暮途遠，夕陽在山，隨地紮營，棲止非其所安，故因以興歎，以肅肅群鴇自比。蓋鴇爲雁類，本不木棲，今集於木之枝上，其所棲難安也。」這樣解說就比較合於情理。即此一例，我們便可知道比興的難於說明，比興的難於分清。

鴇羽詩是人民痛苦的呼聲，因爲它報導的是眞實生活，表露的是眞實情感，所以雖樸實無華，也無特殊技巧，而感人却很深。

四一、揚之水

東周初年，楚國日見強大，漸有北侵中原，問鼎周室之野心。申、甫、許三國爲東都洛陽南方之屏障，桓王莊王時，發王畿之民，遠戍三國，久不得歸，戍人思念家室，見流水而感歎如此：

原詩	今譯
揚之水，❶	激盪的水呀濺起來，
不流束薪。	不能漂送一捆木柴。
彼其之子，❷	我的那個人兒喲，
不與我戍申。❸	不能和我戍守申地在一塊。
懷哉懷哉！	想念好想念啊！
曷月予還歸哉！❹	啥時我才能回家！
揚之水，	激盪的水呀濺四處，

不流束楚。❺　　不能漂送一捆楚木。
彼其之子，　　我的那個人兒喲，
不與我戍甫。❻　　不能和我戍守甫地一同住。
懷哉懷哉！　　想念好想念啊！
曷月予還歸哉！　　啥時我才能回家！

揚之水，　　飛濺的水呀四處流，
不流束蒲。❼　　一捆蒲草都漂不走。
彼其之子，　　我的那個人兒喲，
不與我戍許。❽　　不能和我同到許地來戍守。
懷哉懷哉！　　想念好想念啊！
曷月予還歸哉！　　啥時我才能回家！

【註釋】❶揚：毛傳訓激揚，水飛濺貌。朱傳訓悠揚，水緩流貌。高本漢採毛義古書有證。❷其：音記，語助詞。之子：戍人謂其妻。❸申：姜姓之國，平王之母家，在今河南信陽境。戍：屯兵以守曰戍。❹曷：何。還

：音旋。❺楚：木名。荊棘之類。楚國即以產此木得名，故楚國亦稱荊，或二字連稱荊楚。❻甫：亦姜姓之國，即呂。唐世系表云：「宣王世改呂爲甫。」地在今河南南陽境。屈萬里先生說。❼蒲：毛傳謂草名。鄭箋謂指蒲柳，則木本矣。❽許：亦姜姓之國，在今河南許昌境。

〔評　解〕

詩經揚之水有三篇，一在王風，一在鄭風，一在唐風。這篇是王風十篇的第四篇。分三章，章六句，每章末句六字，全詩共七十八字。

這是東周王畿之民，久戍南國，思念家室之詩。

姚際恆曰：「據序謂『刺平王使民戍母家，其民怨之，而作此詩。』集傳因謂『申侯爲王法必誅』，及謂『平王與申侯爲不共戴天之仇。』（按指申侯與犬戎攻宗周弒幽王事）此等語與詩旨絕無涉，何嘵嘵爲？然據二、三章言『戍甫』、『戍許』，則序亦恐臆說。申侯爲平王母舅，甫、許則非，安得實指爲平王及謂母家乎？孔氏解之曰：『言甫、許者，以其同出四岳，俱爲姜姓；既重章以變文，因借甫、許以言申，其實不戍甫、許也。』按詩于閒文自多變換；戍甫、戍申乃實事也，亦可變換，然耶？否耶？吾不得而知之也！」方玉潤更申姚義曰：「經文明明言戍申戍甫戍許，而序偏云戍于母家，致啓集傳亡讐逆理之論，是皆未嘗卽當日形勢而一思之耳。夫周轍旣東，楚實强盛，京洛形勢，左據成皋，右控崤函，背枕黃河，面俯嵩高，則申甫許實爲南服屏蔽，而三國又非楚敵，不得不戍重兵以相保守，然後東都可以立國。觀於三國吳魏相持，兩家重兵，必屯襄、樊，則往事可知。平王此時不申、甫、許之是戍，而何戍耶？其所以致民怨嗟，見諸歌詠而不已者，以徵調不均，瓜代又難必耳。若沾沾謂其篤於母家致令久戍不歸，則何異小兒夢囈，不識時務之甚？吾恐平王君臣，竊相笑於地下也。」姚、方持論可取，然其年代，則不在平王之世。傅斯年先生云：「此桓、莊時詩。桓莊以前，申甫未被迫；桓、莊以後，申甫已滅於楚。」桓王爲平王子，在位二十三年（公元前七一九至六九七年）莊王爲桓王子，在位十五年（公元前六九六至六八二年）則此蓋公元前七一九至六八二年三十餘年間詩也。

詩中三章，每章只換用韵的兩字。另每章末二句均以「懷」字與「歸」字爲韵。不流束薪、束楚、束蒲者，以見水湍激不通舟楫。所以觸發戍卒困守戍地，不得還歸，其家室亦不得前來的直感。

四二、大車

丈夫久征不歸，妻子疑其移情別戀，丈夫乃指日爲誓，表明心迹，並自訴其在外勞役之苦如此：

原詩	今譯
大車檻檻，❶	牛拖大車響轔轔，
毳衣如菼。❷	氈毛雨衣青色新。
豈不爾思？	我怎能一刻不想你？
畏子不敢。	爲怕這押車人不敢逃奔。
大車哼哼，❸	牛拖大車慢騰騰，
毳衣如璊。❹	氈毛雨衣紅赬赬。
豈不爾思？	我怎能一刻不把你想？
畏子不奔。	爲怕這押車人不敢逃亡。
穀則異室，❺	縱使生時不能再同房，

死則同穴。　死後夫婦當合葬。
謂予不信，　若說不信我的心專一，
有如皦日！❻　證我誓言頭頂有太陽！

【註釋】❶大車，舊解大夫之車，姚際恆謂牛車。檻檻，車行聲。❷毳，音脆ㄘㄨㄟˋ，獸細毛。毳衣，馬瑞辰謂績毛爲衣，織染異色，取其可以禦雨。高本漢明指爲氈毛。菼，音毯ㄊㄢˇ荻也。如菼，如菼之色靑。❸啍，音吞ㄊㄨㄣ毛傳：啍啍，重遲之貌。馬瑞辰謂亦車行聲。❹璊，音門，毛傳：赬也。此句說文引作「毳衣如璊」，高本漢解作毳衣色如赤苗，與上章「如菼」均爲以植物顏色作比。❺穀，生也。❻皦，音皎ㄐㄧㄠˇ白也，明也。

【評解】

大車是王風十篇的第九篇。全詩四十八字分爲三章十二句，是詩經基本形式三十篇之一。首次兩章連環，末章非環，屬前兩環式。

姚際恆詩經通論大車篇曰：「小序謂『刺周大夫』，大序謂『男女淫奔，故陳古以刺今大夫不能聽男女之訟焉。』頗爲迂折。且夫婦有別，豈「異室」之謂乎？古大夫何謂使夫婦異室也？集傳謂『周衰，大夫猶能以刑政治其私邑者，故淫奔者畏而歌之。』然于「同穴」之言不可通。淫奔苟合之人，死後何人爲之同穴哉？此目睫之論也。季明德謂『棄婦誓死不嫁之詩。』然以「爾」與「子」皆指其夫。思夫自可，何云『畏而不敢』乎？僞傳說，皆以爲周人從軍，訊其室家之詩，似可通。「爾」指主之者，「奔」，逃亡也。」並評此詩爲「誓辭之始」。方玉潤詩經原始從之，定爲「大車，征夫歎也。」並申論之曰：「此雖出於僞說，而詩意眞切，詎得以其僞而少之歟？周衰世亂，征伐不一，周人從軍，迄無寧歲，恐此生永無團聚之期，故念其室家而與之訣絕如此。然其情亦可慘矣！」

此詩寫東周王畿人民長期被迫出征，從事於勞役之苦。但不從正面描寫，不作正式的申訴，却從側面簡略地寫家中妻室疑其夫久征不歸，係在外別有所戀，丈夫受到妻子的責難，急得直跺脚，指日爲誓，以明其愛情的專一。並帶信告訴妻子，我無時無刻不想你，想回家和你團聚，但軍令如此森嚴，押車人如此可怕，我不敢以生命來嘗試，企圖逃亡。可是長此下去，恐怕將死在這勞役的磨難中，生不能再同室共床，只好等死後收尸回鄉，將來和你同穴合葬了。語極悽慘，正反映出了久征之悲苦也。這是表現了久征之苦的典型故事，詩人採之，用最經濟的手段寫成這短短的三章，却給人以最深刻的印象。他不將全部情節告訴讀者，讓讀者自己逐步地仔細推想，一旦把整個故事推想清楚，於是恍然大悟，原來有這樣的奇妙！

譯文依據註釋，「大車」譯爲「牛拖的大車」，「毳衣」譯爲「氈毛雨衣」，或可增加讀者對勞役之苦的具體印象。第一章「如菼」的譯爲「青色新」，以見第一章毳衣尚新，但久經日晒雨淋，青色漸褪，故第二章青色已失，只露出了赤紅的底色。至於第二章「啍啍」譯爲「慢騰騰」，亦以見牛困人乏，日行日遲也。

最後應該一提的，劉向列女傳以爲此詩是息夫人所作。傳曰：「夫人者，息君之夫人也。楚伐息破之，虜其君，使守門，將妻其夫人而納之於宮。楚王出遊，夫人遂出見息君，謂之曰：『人生要一死而已，何至自苦！妾無須臾而忘君也，終不以身更貳醮，生離於地上，豈如死歸於地下哉！』乃作詩曰：『穀則異室，死則同穴，謂予不信，有如皦日！』息君止之，夫人不聽，遂自殺。息君自殺，同日俱死。楚王賢其夫人守節有義，乃以諸侯之禮合而葬之。」其事與左傳所記大異。左傳莊公十四年載：「楚文王滅息，以息嬀（卽息夫人）歸，生堵敖及成王焉，未言，楚王問之。對曰：『吾一婦人而事二夫，縱弗能死，其又奚言？於」這裏左傳所記是正史，而列女傳只是漢時所記的傳說，所記情節雖極爲節烈感人，但難』信賴。而且我們知道，息夫人事發生於南方，與東周王畿無關，息夫人所作詩不應編入王風。換言之，王風十篇，都是與王城畿內有關的詩，息夫人只可能引此詩，而無從推斷她可以成爲此詩的作者。所以列女傳以息夫人爲此詩的作者，我們只得否定了，不予採納。

四三、羔裘

這詩是檜人對國君不自振作表示失望的憂時之作。

原詩	今譯
羔裘逍遙，	穿上羔裘的朝服去遊樂逍遙，
狐裘以朝。❶	穿上狐裘的褻衣來公堂上朝。
豈不爾思？	那裏是不想望你啊？
勞心忉忉！❷	是想望得我心裏憂勞！
羔裘翱翔，❸	穿上羔裘的朝服去遊樂徜徉，
狐裘在堂。	穿上狐裘的褻衣來坐公堂。
豈不爾思？	那裏是不想望你啊？
我心憂傷！	是想望得我心裡憂傷！

羔裘如膏，❹　　羔裘像上了油一般發光，
日出有曜。❺　　太陽出來照得雪亮。
豈不爾思？　　那裏是不想望你啊？
中心是悼！　　是想望得我心裏悽愴！

【註釋】❶鄭箋：「諸侯之朝服，緇衣羔裘；大蜡而息民，則黃衣狐裘。今以朝服燕，祭服朝，是其好絜衣服也。」馬瑞辰考證，狐裘之用不一，燕居亦服之。故詩言「羔裘逍遙」者，謂其以朝服燕，是好絜其衣服逍遙遊燕也；言「狐裘以朝」者，謂其以燕服朝，以見不能自強於政治也。並採錢澄之的話爲佐證曰：『逍遙而以羔裘，是法服爲嬉遊之具；視朝而以狐裘，是臨御爲褻媟之場』是也。❷忉，音刀。忉忉，憂勞貌。❸翱翔，猶逍遙。❹膏，脂膏。如膏，謂好像上過油的一般。❺曜，音耀，本作燿，照也。

〔評　解〕

這篇羔裘是檜風四篇的第一篇。全詩四十八字，分成連環式的三章，是詩經基本形式三十篇之一。

檜風羔裘篇是寫檜君不自振作，檜人表示對他失望的詩。一二兩章寫檜君的不得體，遊樂時穿着朝服，上朝時却穿着褻衣。第三章更點出日出時分的上朝時間，國君穿着朝服，光彩奪目，非常神氣！可惜他穿着朝服不是上朝，而是一早便去從事遊樂，棄朝政於不顧。於是不禁使人失望得只有悲悼的份了。

四四、皇皇者華

黽勉從公的使臣，誠惶誠恐，到處奔波請教，以匡不逮。忠勤之情，令人感動。

原詩	今譯
皇皇者華，❶	花兒開得燦爛，
于彼原隰。❷	原野上下開遍。
駪駪征夫，❸	征夫來往頻繁，
每懷靡及。❹	怕落人後快趕。
我馬維駒，❺	我的馬兒少壯，
六轡如濡。❻	六條繮繩漂亮。
載馳載驅，	車馬一齊奔馳，

周爰咨諏。❼　到處訪問商量。

我馬維騏，❽　我馬毛色青黑，
六轡如絲。　繮繩柔軟如絲。
載馳載驅，　車馬一齊奔馳，
周爰咨謀。　到處討教主意。

我馬維駱，❾　我有黑鬃白馬，
六轡沃若。❿　繮繩柔潤光滑。
載馳載驅，　車馬一齊奔馳。
周爰咨度。⓫　到處商量計劃。

我馬維駰，⓬　我的花馬眞駿，
六轡既均，　繮繩整齊勻稱，

載馳載驅，　車馬一齊奔馳，

周爰咨詢。⓭　到處拜訪詢問。

【注釋】 ❶皇皇：猶煌煌，燦爛之貌；華：花古字。❷高平之地曰原，下濕之地曰隰。隰：音昔ㄒㄧˊ。❸駪：音莘ㄒㄧㄣ，駪駪：衆多貌。❹此句據上下文意，應釋作「每每擔心趕不及。」高本漢引 Waley 的譯述是：「要個人都想着謹守他的地位，換言之，（使者很多）每個人都怕落後（擔心不能到達）。」朱傳謂：「此駪駪然之征夫，則其所懷思，常若有所不及矣。」普賢合以上二義，釋爲：「這些來往頻繁的征夫們，常怕落人之後，不能儘速趕到致誤公事，故原野雖花開遍地，也無暇欣賞。」❺駒：馬少壯也。❻濡：音儒ㄖㄨˊ，鮮澤也。❼朱傳：「周，徧也，爰，於也；咨諏，訪問也。」諏，音ㄗㄡ，方玉潤釋爲「聚議也。」❽騏：馬之青黑者。❾駱：黑鬣白馬。❿沃若：潤澤貌。⓫咨度：咨商也。⓬駰：音因ㄧㄣ，馬之陰（淺黑色）白雜毛者。⓭咨詢：詢問也。「諏、謀、度、詢」姚際恆曰：「大抵諏爲聚議之意；謀爲計劃之意；度爲酌量之意；詢爲究問之意。」

【評　解】

皇皇者華是小雅鹿鳴之什的第三篇，共五章，章四句，全詩八十字。這是一篇使臣勤公的詩。本係使臣自作，後被君王採用以勉使臣。首章言使臣奔馳野外，雖到處開滿燦爛的花，也無暇細加欣賞。因爲怕落人後，有誤公事，以引起下四章的馳驅咨詢商討，因爲個人所見有限，要集思廣議，博採衆說，以求完美周詳，庶幾無負君命。方玉潤曰：「……夫天下遠，民間疾苦，何由周知？惟賴使者悉心訪察以告天子，故膺玆選者，凡修廢擧墜之在所當議、邊防水利之在所當籌、興利除害之在所當酌、遺逸耆舊之在所當詢者，莫不殷殷致意。上之德欲其宣，下之情欲其達，故不可以不重也。詩曰咨諏、又曰咨謀、曰咨度、曰咨詢者，意固各有所在，非徒叶韻而已……。」

四五、常　棣

兄弟之間能和樂，全家才有眞正的快樂，周公强調兄弟之重要，更見其討伐管、蔡之出於萬不得已。蓋公益重於私情，周公當日東征，其心情之沉痛可知。

原詩	今譯
常棣之華，❶	常棣花兒開滿枝，
鄂不韡韡。❷	花兒鮮明又美麗。
凡今之人，	如今世上一切人，
莫如兄弟。	沒誰能够像兄弟。

死喪之威，❸	大家都怕看死人，
兄弟孔懷。❹	兄弟之情特別深。
原隰裒矣，❺	縱然積屍滿原野，
兄弟求矣。❻	也把兄弟去找尋。
脊令在原，❼	脊令鳥兒在高原，
兄弟急難。	兄弟突遭大災難。
每有良朋，❽	好的朋友雖也有，
況也永歎。❾	只能在旁長聲歎。
兄弟鬩于牆，❿	兄弟鬭狠不相讓，
外禦其務。⓫	外侮來了齊抵抗。
每有良朋，	好的朋友雖也有，
烝也無戎。⓬	有心幫忙幫不上。

喪亂旣平，　　既已平定喪亂事，
旣安且寧。　　生活平靜又安逸。
雖有兄弟，　　雖然我也有兄弟，
不如友生。⑬　不如朋友尚在世。

儐爾籩豆，⑭　杯盤碗碟齊陳列，
飲酒之飫。⑮　香甜美酒盡量喝，
兄弟旣具，⑯　兄弟團聚在一起，
和樂且孺。⑰　才能久享天倫樂。

妻子好合，　　妻子好合情相親，
如鼓瑟琴。　　情感和諧如瑟琴。
兄弟旣翕，⑱　但須兄弟情融洽，

和樂且湛。⑲　才能和樂感情深。

宜爾室家，⑳　一家兄弟都和氣，

樂爾妻帑。㉑　妻子之樂才歡喜。

是究是圖，㉒　細細推究細思量，

亶其然乎？㉓　豈不眞正是如此？

【注釋】❶常：讀如ㄔㄤˊ，蓋棠之假借，棣讀如弟ㄉㄧˋ，常棣卽棠棣，亦卽唐棣也。果如櫻桃可食；華：花古字。❷韓詩鄂作萼，韡作煒，鄭箋：「承華者曰鄂，『不』，當作柎，柎：鄂足也。鄂不得華之光明則韡韡然盛，古聲不柎同。」毛鄭詩考正云：「鄂不，今字爲萼跗。」姚際恆曰：「鄂：萼同，花苞也；不：跗同，花蒂也，集傳以鄂爲鄂然，本毛傳之謬。又云：不猶豈不也，並謬」；韡：音偉ㄨㄟˇ，韡韡：光明貌。❸威：畏也。朱傳謂「死喪之禍」，他人所畏惡，惟兄弟爲相恤耳；至於積屍裒聚於原野之間，亦惟兄弟爲相求也。」普賢按：本詩各章四句，詩意都屬連貫性，如照朱傳所解，本章則前後二句意義成並列式，似與其他各章章法不合，故「死喪」，非指死喪之事或死喪之禍，應釋作死喪之人。馬瑞辰云：「死於兵之屍，古謂之畏。」是可證。❹孔：甚；懷：念也。孔懷謂懷念之情甚深也。❺原隰：見皇皇者華註❷；裒：音ㄆㄡˊ，聚也。周禮：「死于兵者不入兆域」此言屍體裒聚於原隰也。❻謂求屍也。❼脊令：鳥名，大如鷃雀，長脚，長尾，尖喙，背上青灰色，腹下白，頸下黑如連錢，飛則鳴，行則搖尾，今寫作鶺鴒。❽每：雖也。❾朱傳：「況，發語詞」；永：長也。❿鬩：音系ㄒㄧˋ，鬪狠也；牆：指家牆之內。⓫務：

侮也。⑫朱傳：「烝，發語詞。」戎：助也。⑬生：馬端辰謂「語詞也」。⑭儐：音賓ㄅㄧㄣ，又讀去聲ㄅㄧㄣˋ，陳列也；籩豆：食器。⑮飫：音育ㄩˋ，饜足也。⑯朱傳：「具，俱也」，言俱在也。⑰孺：疑為濡之假借，滯久也，屈萬里說。⑱翕：音系ㄒㄧˋ，合也。⑲湛：音沈ㄔㄣˊ，深也。⑳宜爾家室：小雅蓼蕭：宜兄宜弟，朱傳：「猶曰宜其家人」是宜爾家室即宜其家人，亦即宜兄宜弟。蓋謂兄弟相處和諧得宜也。㉑帑：音奴ㄋㄨˊ，子也。陳奐云：「爾，爾兄弟也，由燕兄弟而推及兄弟之室家妻子，至於室家宜，妻子樂，則合族之道盡矣。」㉒究：推究也；圖：謀也，考慮也。㉓亶：音膽ㄉㄢˇ，誠也。

〔評解〕

常棣為小雅鹿鳴之什的第四篇，共八章，章四句。全詩一二九字、毛詩序：「常棣，燕兄弟也。閔管蔡之失道，故作常棣焉。」韓詩「常棣」作「夫栘」栘即棣。序亦曰：「夫栘，燕兄弟也，閔管蔡之失道也。」（見藝文類聚）。此詩作者，證之國語周語為周文公旦作。周襄王以狄伐鄭，富辰諫曰：「不可！人有言：『兄弟讒鬩，侮人百里。』周文公之詩曰：『兄弟鬩于牆，外禦其侮。』」左傳僖公二十四年記此事，則以為召穆公作。三國時韋昭注國語釋之云：「召康之後，穆公虎也，去周公歷九王矣。周公作常棣之篇，以閔管蔡而親兄弟。其後周室既衰，厲王無道，骨肉恩缺，親親禮廢，宴兄弟之樂絕。故召穆公思周德之不類，而合其宗族于成周，復作棠棣之歌以親之。」左傳之注者杜預亦曰：「周公作詩，召公歌之也。」鄭玄箋毛詩，據左傳以此詩爲召公作，又以常棣列正小雅，應爲成康時詩，故再以召穆公誤作周文公同時之召康公。唐孔穎達作疏已不從鄭箋，而曰：「周公述其事而作此詩焉。」「言周公閔傷此管蔡二叔之不和睦而流言作亂，用兵誅之，致令兄弟之恩疏，恐其天下見其如此，亦疏兄弟，故作此詩以燕兄弟，取其相親也。」並詳論其後召穆公復誦棠棣之事，於是此詩爲周公作乃成定論。此後宋儒朱熹作詩集傳固從之，清儒姚際恆、陳奐、王先謙等亦均無異議，所以我們採取姚際恆的說法曰：「此周公旣誅管蔡而作，後因以爲燕兄弟之樂歌。」

首章用常棣花開之繁盛以興起世上任何人之感情，均不如兄弟情親之意，總提全詩旨意。鄭箋謂「興者喩弟以敬事兄，兄以榮覆弟，恩義之顯亦韡韡然」；次章特舉死於兵之屍者，蓋因兵禍而死者成千累萬，常人都怕看死屍，更何況到危險萬分的戰場？所以無人肯去尋屍；且周禮云：「死于兵者，不入兆域」。兆域，墓地也。因而戰場上堆滿死人，不易認屍；更由於戰場遙遠，不能認屍抬埋，所謂「古來白骨無人收」也。但唯兄弟情深，縱然積屍滿野，冒萬分危險，也要去尋找兄弟之屍也；三章，朱傳云：「脊令飛則鳴，行則搖，有急難之意，故以起興。」兄弟遇有急難，雖有良朋，恐鞭長莫及，只有自已兄弟，才能及時相救；四章言兄弟總是兄弟，雖在家內打鬭激烈，但一有外侮，則激發手足之情，齊心抵抗。

朋友雖好，至此時却礙難置喙或臂助；第五章姚際恆釋之曰：「三章至此章，皆反覆明其『莫如兄弟』之意也。三章四章言『每有良朋』亦不如兄弟，此章言喪亂既平而安寧矣，乃雖有兄弟反不如友生，何哉？蓋此時兄弟已亡，所與周旋者唯友生而已，故爲深痛，皆反覆明其『莫如兄弟』之意。上『莫如』，此『不如』正相應。舊解謂安寧之後，乃有視兄弟不如友生者，汎駡世情，殊無謂。觀『喪亂既平』之語，酷似周公當日情事，故主爲周公作」；以下第六、七、八三章各家解說均未得本詩眞意。普賢按：第五章應爲全詩前後詩意轉變關鍵：前四章敍寫兄弟在世時之深情；第五章傷痛兄弟已亡，尙不如朋友能常見面，因而引起下三章詩意，敍寫人生手足之情最重。如無兄弟，雖有美酒佳餚，亦不知其美味；雖有妻子之親情，然兄弟不和，亦不獲家庭眞正快樂。故第六章強調，有兄弟同享飲食才能有長久之樂；七章謂夫妻和諧雖好，但必有兄弟之和樂始更佳；末章首二句加重上章意，謂一家之中必須兄弟和樂，才能享受妻子之和樂。蓋一家以兄弟之和樂爲主，夫妻、父子之和樂次之。周公胸襟之寬大渾厚，於此可見，世上有不顧兄弟恩情剝奪兄弟利益以增厚妻帑之享受者，讀此當有何感？方玉潤曰：「……總之，良朋妻帑未嘗無助於己，然終不若兄弟之情親而相愛也，蓋良朋妻帑皆以人合，而兄弟則以天合。以天合者雖離而實合；以人合者雖親而實疏，故曰『凡今之人，莫如兄弟』豈不益信然哉。周公深有悔於管蔡之禍，恐兄弟情由此疏，故不厭委曲詳盡，極言異形同氣之恩以申告之，使其反覆窮究而驗其信然，不得以管蔡故，遂自損其天倫之樂，其用心亦可謂苦矣。」

四六、渭陽

晉公子重耳是秦穆公夫人的弟弟。他流亡國外，在狄居留十二年後投奔齊桓公。不久，齊桓公卒，即經衞、曹、宋、楚諸國而又投奔秦國。終於得秦穆公的援助返晉為國君。他自秦返國時秦穆公的太子罃送他到渭陽地方，依依不捨，作詩送別。詩雖只有八句，但讀來卻情意纏綿，非常動人。

原詩	今譯
我送舅氏，	我給舅舅送行，
曰至渭陽。❶	送到渭陽才停。
何以贈之？	禮品送些什麼？
路車乘黃。❷	路車和四匹黃馬。

我送舅氏，　　我給舅舅送行，
悠悠我思。　　我的思念無窮。
何以贈之？　　送他些什麼禮品？
瓊瑰玉佩。❸　　瓊瑰的玉佩表我心。

【註釋】❶渭陽：渭水爲自甘肅東流經陝西入黃河的名川。山以南爲陽，北爲陰；水則以南爲陰，北爲陽。故渭陽指渭水北岸。春秋時秦都於雍，在今鳳翔縣境，後遷都咸陽，在雍之東，二都均在渭水之北，毛詩：「曰至渭陽」，魯詩作「至於渭陽」，蓋自雍送到咸陽一帶地方。孔疏謂「雍在渭南，晉在秦東，行必渡渭」，與地理不符。❷路車：諸侯之車。乘黃：一車四馬皆黃色。❸瓊、瑰：都是玉名。

〔評解〕

渭陽是秦風十篇的第九篇，爲兩章連環式。章各四句，句各四字，全詩共三十二字。

此詩歷來都說是晉文公重耳自秦歸國，時其甥秦康公罃爲太子，送之於渭陽之作，無異說。朱熹集傳曰：「按春秋傳晉獻公烝於齊姜，生秦穆夫人、太子申生；娶犬戎胡姬，生重耳；小戎子生夷吾；驪姬生奚齊；其娣生卓子。驪姬譖申生，申生自殺；又譖二公子，二公子皆出奔。獻公卒，奚齊、卓子繼立，皆爲大夫里克所弒。秦穆公納夷吾，是爲惠公。卒，子圉立，是爲懷公。立之明年，秦穆公又召重耳而納之，是爲文公。時康公爲太子，送之渭陽而作此。」則此詩作者爲秦康公，作於周襄王十六年，卽公元前六三六年。朱子所據爲毛詩序。毛序並謂「康公念母也」，又曰：「及其卽位思而作是詩」。朱子云：「序以爲時康公之母穆姬（秦穆夫人）已卒，故康公送其舅而念母之不見也。或曰，穆姬之卒不可考，此但別其舅而懷思耳！」今案劉向列女傳秦穆姬篇，及後漢書馬援傳注引韓詩，均有類似之記載，故王先謙詩三家義集疏曰：「魯傳韓序並與毛合，惟毛以爲康公卽位後方作詩，案贈送文公乃康公爲太子時事，似不必卽位後方作。」姚際恆通論則曰：「秦康公爲太子，送母舅晉重耳歸國之詩。小序謂『念母』，以『悠悠我思』句也，未知果然否？大序謂『卽位後思而作』，尤迂。」又曰：「『悠悠我思句情意悱惻動人，往復尋味，非惟思母，兼有諸舅存亡之感。」方玉潤詩經原始亦曰：「蓋悠悠我思句情眞意摯，往復讀之，悱惻動人，故知其有無限情懷也。然此種深情，觸景卽生，稍移易焉，已不能及，大序謂及其卽位乃思作，豈眞知詩情者哉！」

渭陽篇詩雖很短，讀來情味却很深長。方玉潤眉批曰：「詩格老當，情致纏綿，爲後世送別之祖，令人想見攜手河梁時也。」

四七、權　輿

這是沒落貴族貧困到食不果腹的地步，自歎其往日豪華，難以爲繼的詩。可說是一篇反映春秋時代社會變遷的作品。

原詩

於！我乎！❶
夏屋渠渠；❷
今也，每食無餘。
于嗟乎，❸
不承權輿！❹

於！我乎！
每食四簋；❺
今也，每食不飽。

今譯

唉！想起我從前那些時候，
住的是大厦高樓；……
如今呀，每頓飯吃光了還覺不够。
哎喲喲，
不能一直像當年那麼享受！

唉！想起我從前那段日子，
一頓飯四大盤美食；
如今呀，每頓飯都不能充飢。

于嗟乎，　哎喲喲，

不承權輿！　不能一直像當年那麼濶氣！

【註釋】❶於：音烏，感歎詞。❷夏：大。渠渠：高。❸于嗟：同吁嗟。❹承：繼。權輿：毛傳據爾雅訓始。元胡一桂謂造衡始權，造車始輿，故權輿爲始。清馬瑞辰則謂權輿本爲草之萌芽，引伸爲事物之起始。舉大戴禮孟春「百草權輿」爲證。高本漢支持馬說。❺簋：音軌，古音讀如考，扁圓形食器。

【評解】

權輿是秦風十篇的最後一篇。篇分兩章，章五句，均作三四六三四字之長短句次序，全詩共四十字。顧炎武詩本音每章斷爲三句，首章渠、餘、輿三字爲韻；次章簋、飽二字爲韻。末句與字合首章爲韻，與騶虞用韻法同。斷爲五句者則主「乎」字亦爲韻，故主次章用兩韻，第四五句以「乎」「輿」爲韻。

此詩舊解爲賢者嘆君禮意寖衰之意。詩序云：「權輿，刺康公也，忘先君之舊臣，與賢者有始而無終也。」朱熹以刺康公無據，但云：「此言其君始有渠渠之夏屋，以待賢者。而其後禮意寖衰，供意寖薄，至於賢者每食而無餘。於是歎之，言不能繼其始也。」按春秋爲貴族沒落的時代，禮遇食客，已是戰國時代的風尙，此詩解爲貴族自歎沒落，更爲適切。末句只是慨歎其當年的生活難以爲繼而已。

詩中首章以居與食對擧，次章換韻疊唱，但略居而不提，均爲詩文的簡省法。鄭玄不解此意，「夏屋渠渠」句，以箋改傳意，訓「屋」爲「具」，訓「渠渠」爲「勤勤」，釋此句爲勤殷多具備食物。姚際恆駁之曰：「其上一言居，下皆言食者，以食可減而居不移故也。又「夏屋渠渠」句，卽藏「食有餘」在內，故是妙筆。自鄭氏不喻此意，以「夏屋」爲食具；近世楊用修力證之，謬也。然卽知夏屋之非食具，而知此詩意之妙者鮮矣。」但我們玩味詩意，則「食無餘」「食不飽」，也卽藏居已移在內了。

四八　考　槃

這是一篇隱士之歌，讀此詩，隱士安貧，嘯傲山林，扣槃而歌，自得其樂的情景，活現眼前。

原詩	今譯
考槃在澗，❶	扣盤嘯傲在山澗，
碩人之寬；	大丈夫心大度量寬；

獨寐寤言，❷　獨自睡醒了獨自語，
永矢弗諼。❸　永遠不忘這樂趣。

考槃在阿，　扣盤嘯傲在山坡，
碩人之薖；❹　大丈夫忍飢又挨餓；
獨寐寤歌，　獨自睡醒了獨自歌，
永矢弗過。　永遠不偏也不頗。

考槃在陸，❺　扣盤嘯傲在高原，
碩人之軸；❻　大丈夫散步來消閒；
獨寐寤宿，　獨自醒了又獨自宿，
永矢弗告。❼　此中樂趣永不對人語。

【註釋】❶朱傳引陳傅良云：「考，扣也；槃，器名；扣之以節歌。」❷謂獨寐（睡）、獨寤（醒）、獨言也。❸矢：誓；諼：音喧，忘。❹薖：音科，鄭箋：飢意。❺高平之地曰陸。❻朱傳：「軸，盤桓不行之意。」

⑦朱傳：「弗告者，不以此樂告人也。」

〔評　解〕

考槃是衛風十篇的第二篇。篇三章，章四句，句四字，全詩四十八字。爲詩經三環式的基本形式。每章逐句末字用韻，二三章僅各換用韻之四字。文開所撰「詩經的基本形式及其變化」一文中舉爲九例之四。

這是一篇隱士之歌，詩序：「考槃，刺莊公也，不能繼先公之業，使賢者退而窮處。」朱熹辯說：「此爲美賢者窮處而能安其樂之詩，文章甚明。然詩文未有見棄於君之意，則亦不得爲刺莊公矣。序蓋失之，而未有害於義也。至於鄭氏遂有誓不忘君之惡，誓不過君之朝，誓不告君以善之說，則其害義，又有甚焉。」姚際恆通論：「此詩人贊賢者隱居自矢，不求世用之詩。小序謂『刺莊公』，無謂；集傳不從，是。」蓋此詩無刺意，亦無怨望，乃顏子之流，隱士安貧樂道之歌也。莊子書中屢稱顏子，故或謂此詩是後來老莊一派思想的先驅，蓋老莊思想亦醞釀于春秋中葉社會變遷，沒落貴族的生活觀念之所反應也。此詩與秦風權輿篇卽爲沒落貴族的兩種不同之反應。而莊子鼓盆而歌亦卽此詩扣槃而歌之遺風。

四九、抑

別人年老了，要倚老賣老，可是衞武公年紀九十五歲，還要教人朝晚儆戒他，並做了這篇自警詩，要臣下跟在他身邊向他誦讀。下面就是他的自警詩：

原詩	今譯
抑抑威儀，❶	外貌整飭有威儀，
維德之隅。❷	品德嚴正相表裏。
人亦有言：	有人曾說這樣的話：
「靡哲不愚。」❸	「沒有哲人不傻瓜。」
庶人之愚，	常人的愚昧不稀奇，
亦職維疾。❹	那是天賦不相及。
哲人之愚，	明哲之人而愚昧，
亦維斯戾。❺	那才眞和常情背。

無競維人，❻
四方其訓之；❼
有覺德行，❽
四國順之。
訏謨定命，❾
遠猶辰告。❿
敬慎威儀，
維民之則。

其在于今，
興迷亂于政。⓫
顛覆厥德，⓬
荒湛于酒，⓭

美德無人可以比，
四方之人效法你；
偉大的德行天下聞，
四面鄰國都服順。
鴻圖大略國運安，
深遠的決策適時頒。
威儀謹愼而恭敬，
是爲人民好典型。

看看今日怎麼樣？
政治混亂無紀綱。
敗壞了善良好德行，
只知飲酒不理政，

女雖湛樂從。⑭　　你只把享樂去追蹤。
弗念厥紹，⑮　　不思努力承先以啓後，
罔敷求先王，⑯　　先王之道不普求，
克共明刑。⑰　　也不恭謹明法而政修。

肆皇天弗尚，⑱　　因此老天不幫忙，
如彼泉流，　　會像那流水滔滔向下淌，
無淪胥以亡。⑲　　不論好壞一起沖走都淪亡。
夙興夜寐，　　早起晚睡勤工作，
洒埽廷內，⑳　　洒掃庭院不怠惰，
維民之章。㉑　　是爲人民好楷模。
脩爾車馬，　　修整你兵車和戰馬，
弓矢戎兵：㉒　　弓箭戈矛勤練習；
用戒戎作，㉓　　用以防備戰爭隨時起，

用逷蠻方。㉔	用以懲治夷狄來侵襲。
質爾人民，㉕	安定你全國的人民，
謹爾侯度，㉖	謹守你諸侯的法度，
用戒不虞。	以備有意外的事故。
愼爾出話，	謹愼你出口的言語，
敬爾威儀，	敬肅你外表的容貌，
無不柔嘉。㉗	就樣樣做得都美好。
白圭之玷，㉘	白圭有瑕成缺點，
尚可磨也；	還可磨去使完善。
斯言之玷，	錯話一經說出口，
不可爲也。㉙	就此沒法可補救。
無易由言，㉚	不要輕易亂發言，

無曰苟矣。㉛
莫捫朕舌，㉜
言不可逝矣。㉝
無言不讎，
無德不報。㉞
惠于朋友，
庶民小子。
子孫繩繩，㉟
萬民靡不承。㊱

視爾友君子，
輯柔爾顏，㊲
不遐有愆。㊳
相在爾室，㊴

不要以爲可隨便；
我的舌頭抓不牢，
話一出口追不還。
沒有言語無反應，
沒有美德不獲報。
加惠你的朋友們，
衆民小子也受恩。
子孫綿延無窮已，
萬民也都愛戴你。

你和君子相親善，
和顏悅色才好看，
不可對人有輕慢。
注意獨處屋裡邊，

尚不愧于屋漏。㊵
無曰：「不顯，
莫予云覯。」㊶
神之格思，㊷
不可度思，㊸
矧可射思？㊹

辟爾爲德，㊺
俾臧俾嘉。㊻
淑愼爾止，
不愆于儀。
不僭不賊，㊼
鮮不爲則。
投我以桃，

就在室內暗處也心不慚。
別說：「反正很黑暗，
人家把我看不見。」
神靈隨時會來到，
神靈的事情不可料，
怎可厭倦不修好？

人民把你做楷模，
你要修行又修德。
行爲謹愼容止端，
一舉一動無缺愆。
不做錯事不傷理，
就讓人樣樣可學你。
人家贈送我以桃，

四九、抑

報之以李。　　我就報答人以李。
彼童而角，[48]　　謊說那童牛童羊而有角，
實虹小子。[49]　　簡直是存心搗亂騙人的把戲。

荏染柔木，[50]　　柔軔的軟木彎又彎，
言緡之絲。[51]　　可以張弓來繫弦。
溫溫恭人，　　溫良君子行恭謹，
維德之基。　　是爲立德之根本。
其維哲人，　　只有賢哲明理人，
告之話言，　　告訴他善言和正論，
順德之行；[52]　　就把這善言去遵循：
其維愚人，　　只有愚昧無知人，
覆謂我僭，[53]　　反而說我話不眞，
民各有心。　　眞是人各有其心。

於乎小子！	啊呀你這個小子，
未知臧否。	是好是壞都不知。
匪手攜之，	不但用手來提攜你，
言示之事；[54]	更舉事例詳分析；
匪面命之，	不但當面下命令，
言提其耳。[55]	而且提耳教細聽。
借曰未知，	若說你年幼還無知，
亦既抱子。[56]	你也早已抱兒子。
民之靡盈，[57]	人能受教不自滿，
誰夙知而莫成？[58]	又誰能開竅得早而成熟得晚？
昊天孔昭，	上天的道理很顯明，
我生靡樂。	我不敢逸樂混此生。

視爾夢夢，[59]　看着你渾渾又噩噩，
我心慘慘。[60]　我心中憂悶不快樂。
誨爾諄諄，[61]　誠誠懇懇教誨你，
聽我藐藐。[62]　你却聽來不愛理。
匪用爲教，　不把我話當教條，
覆用爲虐。[63]　反而當作開玩笑。
借曰未知，　若說你年幼無知，
亦聿既耄。[64]　你也已經七老八九十。

於乎小子！　啊呀你這小子！
告爾舊止。[65]　告訴你舊章舊制。
聽用我謀，　聽取我的謀畫，
庶無大悔。　才不至悔恨交加。
天方艱難，　天意正萬分艱難，

曰喪厥國？⑥⑥　難道要把國亡掉才算？
取譬不遠，　要找事例並不遙遠，
昊天不忒。⑥⑦　上天的報施沒有差忒。
回遹其德，⑥⑧　德行若是一味邪辟狷狂，
俾民大棘。⑥⑨　會使人民大大遭殃。

【註釋】❶抑抑：愼密之貌。❷毛傳：隅：廉也。廉隅：方正有稜角意。高本漢以隅乃偶之假借字，偶爲配偶。謂威儀是品德的配偶，那就是說：內在的品德和外在的儀表相配合。❸靡哲不愚：即老子「大智若愚」意，亦論語「邦無道則愚」明哲保身之方，蓋亂世保持緘默如愚人，正是智者。惟此詩之「靡哲不愚」則爲譏評之語。❹職：實；疾：猶今語所謂毛病。二句謂一般人之愚昧，實在是毛病。❺戾：乖違，謂乖違常度。哲人本不愚，因身處亂世，不得不裝愚，故謂違反常態。❻無競維人：謂其人之善，無人可與之競爭，即勝過一般人。❼訓：古訓順通用。哀公二十六年左傳即引作順。❽廣雅：「覺，大也。」❾訏：音吁ㄒㄩ，大。謨：謀。定命：安定國運。❿猶：謀；辰：時。言遠大之計謀，能適時提出。⓫興：舉，皆也。言皆迷亂於政。俞樾說。⓬顚覆：傾敗。厥：其。⓭荒：荒於政。湛：音耽ㄉㄢ，耽樂於酒。⓮雖：與惟通，獨也。經傳釋詞有說。言汝惟湛樂是從。⓯紹：繼。謂繼承先人之業。⓰⓱敷：普；共讀爲恭。刑：法。罔字通貫二句，言不普求先王之道，遂不能恭謹從事於賢明之法度。⓲肆：語助詞，此處是「所以」之意。尚：爾雅：「尚，右」右即佑助意。經義述聞有說。⓳淪：率。胥：相。淪胥以亡，謂相率敗亡，同歸於盡。因泉流挾泥沙俱下，以喻善惡同歸於盡。⓴廷內：庭院及宮室之內。㉑章：表，今語所謂表率。㉒戎兵：兵器。㉓戒：備。戎：兵事。作：起。㉔逷：音剔ㄊㄧ，毛傳作逖解，遠也；韓詩及鄭箋作剔解，治也。高本漢謂與魯頌泮水「狄彼東南」之狄字通。兩處講「遠離」或「懲治」都有證實，也都很順適。蠻方：猶言夷狄之國。㉕質：定。㉖侯：君，卽諸侯。侯度：侯君之法度。㉗柔、嘉，皆釋爲善，馬瑞辰有說。㉘圭：瑞玉，上圓下方。玷：音點ㄉㄧㄢˇ，玉之缺點，卽瑕。㉙不可爲：謂其事已去，無可挽救。㉚由：於。言勿輕易於出言。㉛苟：且。勿曰可苟且如此。㉜捫：執持。朕：我。言無人執持我之舌，我固可隨意發言也。㉝逝：去。此句接上句，言「然而言語不可隨意放其去，言既出，則不能追及；不可不謹愼也。」㉞讎：對答。報亦答，二句言無有出言而無反應對答者，無有施惠而不獲答報者，此乃事之常理。㉟繩繩：不絕貌。㊱承：奉。以上四句言：如能惠愛朋友，以及衆民小子，則家國必昌，必致子孫繁盛，萬民承奉擁戴也。㊲輯、柔，皆和意。㊳遐：語詞。愆：過。謂不可有過錯。㊴相：看，注視。如鄘風相鼠篇，小雅伐木篇、四月篇之相，高本漢謂此句詩爲「注意你在你的室內。」㊵尙：庶幾，希冀之詞。屋漏：屋之西北角，隱暗之處。言雖無人處，亦必恭謹，庶幾乎能不愧於暗室也。㊶顯：明；覯：見。㊷格：至，神降臨曰格。思：語詞，下同。㊸度：音墮ㄉㄨㄛˋ，揣知。㊹矧：音審ㄕㄣ，那得。射：音亦ㄧˋ，厭倦意。㊺辟：法，謂效法爾之德。㊻俾：使。臧、嘉，皆美善意。㊼僭：差錯。賊：傷害。㊽童：牛羊之無角者。㊾虹：訌之假借，潰亂。以上四句謂能修德則人效法之。㊿荏染：荏音忍ㄖㄣˇ，荏染：柔貌。(51)緍：覆被，卽加於其上，此謂以絲作成弦加之於柔木之上而成之，馬瑞辰謂以桐梓等爲柔木，可做成琴瑟。(52)順德之行：謂行爲遵循美德。(53)覆：反。僭：不誠實。(54)二句謂不但以手攜之，而且指示以事之是非。(55)不但當面命令，且恐其聽之不淸，故以手提其耳以告之。(56)旣抱子卽已爲人之父，非無知幼童。(57)盈：滿；靡盈：不自滿。(58)夙：早晨。夙知：早知。莫：古暮字，晚也。(59)夢夢：同懜懜，爾雅：「懜懜，惛也。」(60)慘慘：憂悶不樂。(61)諄：音ㄓㄨㄣ，諄諄：懇切勸告之貌。(62)藐藐：忽視不在意之貌。(63)覆：反。虐：讀爲謔ㄋㄩㄝˋ，謔爲戲謔。(64)聿：音玉ㄩˋ，語詞。耄：音冒ㄇㄠˋ，老，八十九十曰耄。(65)舊：舊章。止：語詞。(66)曰：語詞。(67)忒：音特ㄊㄜˋ，差錯。言天之報施無差錯。(68)遹：音玉ㄩˋ，回遹，邪惡。(69)俾：使。棘：困急。

〔評解〕

抑是大雅蕩之什的第二篇，詩分十二章，前三章章八句，後九章章十句，一一四句中有九個五字句，二個六字句，其餘都是四字句，共計四六九字，其字數僅次於魯頌閟宮篇的四九二字，爲全詩經的第二長詩。

這詩的作者是衞武公，詩序：「抑，衞武公刺厲王，亦以自警也。」唐孔穎達疏曰：「案史記衞世家，武公者，僖侯之子，共伯之弟，以周宣王三十六年卽位，則厲王之世，武公時爲諸侯之庶子耳，未爲國君，未有職事，善惡無豫於物，不應作詩刺王，必是後世乃作追刺之耳。」但清儒陳奐詩毛氏傳疏，校正孔疏曰：「史記十二諸侯年表，武公和元年，宣王之十六年（公元前八一二年）至平王十三年（公元前七五八年）而卒。」並判斷衞武公作此詩年代爲入相於周之時，卽在幽王被弒，武公將兵往佐周平戎有功，平王始命武公爲公之後。此與原詩「亦聿既耄」句合。而國語楚語亦載武公年九十五作抑詩（卽懿戒），我們可假定此詩作於周平王三年，卽衞武公四十五年，公元前七六八年，而衞武公年壽也可推算爲一百零五歲。出生於周厲王十七年，即公元前八六二年。

抑詩的作者與作詩年代，三家詩無異說。毛詩孔疏引侯包語曰：「侯包亦云：『衞武公刺王室，亦以自戒，行年九十有五，猶使臣日誦是詩而不離於其側。』」案隋書經籍志載韓詩翼要十卷侯苞撰，則侯苞爲韓詩學者，包亦作苞。此韓詩之說與毛詩同，但魯詩學者只說此詩爲自儆，不說刺王室。申論虛道篇曰：「昔衞武公年過九十，猶夙夜不怠，思聞訓道，命其群臣曰：『無謂我老耋而舍我，必朝夕交戒。』又作抑詩以自儆。」至於明白提出此篇只是衞武公自警之辭，而非刺詩的，則自宋儒朱熹始。

他提出國語楚語所載以爲證據，並在詩集傳中說：「楚語：左史倚相曰：『昔衞武公年數九十五矣，猶箴儆於國曰：「自卿以下，至於師長士，苟在朝者，無謂我老耄而舍我，必恭恪於朝，朝夕以交戒我。在輿有旅賁之規，位宁有官師之典，倚几有誦訓之諫，居寢有暬御之箴，臨事有瞽史之道，宴居有師工之誦，史不失書，矇不失誦，以訓御之。」於是作懿戒以自儆。及其沒也，謂之睿聖武公。』韋昭曰：『懿讀爲抑』，即此篇也。董氏（蓋指宋人董彥遠）曰：『侯包言武公行年九十有五，猶使人日誦是詩而不離於其側。』然則序說爲刺厲王者，誤矣。」

其實毛、韓、魯之說，均與楚語所載有關，毛、韓之所以於楚語自警之外，又增刺王之說，不過以爲要這樣解釋，諸侯之詩才配列入大雅。而此詩按排列先後，應在宣王之前，故毛序直以爲刺厲王耳。

其後淸儒姚際恆作詩經通論，持反朱傳兼反毛序之論，謂：「此刺厲王之詩，不知何人所作。」說：「懿、抑不相通，懿戒非抑詩，抑詩中無一語自警。」但方玉潤詩經原始仍採朱傳衞武公自儆之說，而指出姚說爲門戶之見，曰：「愚非佞序，更不宗朱，然平心而論，此詩之解，實以集傳爲得，而姚序並失焉。」馬瑞辰等亦以朱傳駁序爲是。今人屈萬里先生詩經釋義亦曰：「國語無刺王之說，而詩中有『謹爾侯度』之語，則所謂自儆之詩，大致可信。」至於懿抑通用，蓋取聲近字爲訓。

此詩首章自警檢點其威儀。言德行必須與威儀配合，而今之所謂哲人，未嘗有威儀，甚或不知修德，故有「無哲不愚」之歎。衞武公以爲哲人而愚，乃反常現象，非國家之福。宋呂祖謙曰：「此詩以威儀爲主，乃自古論修身者之所同。」

次章則以做到四方鄰國順從來自勵，其中「訏謨定命，遠猶辰告」兩句，最爲東晉謝安石所欣賞，蓋謀國之士，自當有此抱負也。

第三章以勿「荒湛于酒」自我警戒，以「克共明刑」自勉，衞武公作此詩，使人日誦於其側以自警，詩中凡「女」（汝）「爾」「小子」均自命之辭。

第四章警告「無淪胥以亡」。要不淪亡，則內而庭除之近，外而蠻方之遠，細而寢興灑掃之常，大而車馬戎兵之變，無一不當整飭。

第五章自己告戒「謹爾侯度」，更叮嚀於「愼爾出話，敬爾威儀」二語。論語先進篇載南容三復白圭之詩，孔子便將哥哥的女兒嫁給他。「白圭之玷，尙可磨也；斯言之玷，不可爲也。」只是「愼爾出話」四字的申述。南容以愼言自惕，孔子便斷定他可以「邦有道不廢，邦無道免於刑戮」（公冶長）所以放心把姪女嫁給他。

第六章提出「無言不讎，無德不報」二語，蓋重申前章的愼言之意，而並述德惠及於朋友，以至庶民，則子孫萬民，無不承福了。

第七章更自愼言進一層注意愼獨，要做到自省而「不愧于屋漏」的地步。這正是中庸不睹不聞而戒懼之事。所以朱子讚美道：「此正心誠意之極功，而武公及之，則亦聖賢之徒矣。」方玉潤曰：「承容止順推入微，聖學存養工夫，數語括盡，大學誠意，中庸愼獨，從此而出，却無半點理障氣，所以爲高。」

第八章言修德而人法之，猶投桃報李之合於常情；謂不修德而可以服人，則猶言童牛童羊而有角，只是騙人的話而已。此以修德自勉，以不修德自戒也。

第九章言柔韌之木，可以繫弦爲弓，寬柔之人，溫良而恭謹，可以入德，聞善言卽能遵循。而愚昧之人，不信我言，蓋人各有心，愚智不同也。宋人輔廣曰：「武公三以溫柔爲言：『無不柔嘉』也，『輯柔爾顏』也，至此又明言溫柔爲進德之基。蓋人纔溫柔，則便消磨了客氣，消磨得客氣，則其德方可進。故明道（程顥）謂：義理與客氣常相勝，只看消長分數，爲君子小人之別，消盡者爲大賢。而橫渠（張載）亦言：學者先須去其客氣，惟溫柔則可以進學。」明人鄒泉曰：「上數章皆言德之當修，此章言聽言又爲修德之要機。此章以下，皆欲其聽言以修德也。」

第十章言既已手携示事，又耳提面命，所以喻之者詳且切矣。人若不自滿而能受教戒，則早晨有知，不待日暮卽有成矣。輔廣曰：「武公老而使人謂其小子，可謂不自盈滿矣。只此便見其溫柔之意。」明人唐汝諤曰：「上言哲人惟不自滿，故能進德。今告以臧否而不自知者，非由於知識之未開，正以滿假之爲累也。」

第十一章方玉潤曰：「十、十一兩章皆欲其聽言以修德。前章耳提面命，是正說；後章諄諄藐藐是反說。一層深似一層。」輔廣曰：「此章又言其不能聽受人言者以自警，其意尤切。「我」，使誦詩之人自我也，武公豈有是哉？惟無是而自以爲有是，此聖賢兢業之心也。」

「誨爾諄諄，聽我藐藐」，爲人父母師長者苦口婆心，明知白費唇舌，還是不能放棄責任。後人應用爲「言者諄諄，聽者藐藐」則又活畫出一般不受教子弟的形態來。詩經給我們創造出不少辭彙。「耳提面命」「諄諄藐藐」，便是大家所習用的成語。

末章最後結以前所言均據舊事之已驗者，「聽用我言，庶無大悔」；但看天之禍福不忒，自有懍然不可怠者也。方玉潤曰：「末用危言自警，愈見修省之功。」

抑詩反覆告誡以自警，對後人修身進德，影響極大。第七章「屋漏」「不顯」之句，又爲大學誠意、中庸愼獨之所出，實在是詩經中重要的一篇章。許謙曰：「武公晚年，自爲箴戒之詞，惓惓於威儀言語，而其工夫所及於聖賢者，乃受教聽言之功。十章之言，是成德所自乎？其次第先後，味詩可見。」嚴粲曰：「抑詩多自警之意，所言修身治國平天下之道，與中庸大學相表裏。」汪應蛟曰：「抑戒聖學也。近而威儀言語，遠而謨令政刑，細而寢興洒掃，大而車馬戎兵，顯而賓友臣庶，微而暗室屋漏，凜凜乎若師保在前，天威在上。既耄如此，敬義之功，於是爲至矣。」都是簡要的批評。張其昀先生則在他所著中華五千年史中列擧抑篇的許多詩句總評說：「均爲極有意義之座右銘。」

五〇、淇　奧

這是衞人讚美衞武公的詩。衞武公自律極嚴而又和易近人。詩三章，第一章虛寫其修身進德，第二章實寫其服飾之尊嚴，末章轉而描摹其和易近人的輕鬆神態，以見其嚴而能泰，修養已到家。而衞人對他的愛戴，也不言而喩了。方玉潤評此詩極道學，而篇中無半點塵腐氣，可見其技巧的高超。

原詩	今譯
瞻彼淇奧，❶	看那淇河河水灣，
綠竹猗猗。❷	綠竹茂密眞好看。
有匪君子，❸	君子修德光燦爛，
如切如磋，	像治骨器般切磋完善，
如琢如磨。❹	像雕玉器般琢磨美滿。

瑟兮僩兮！　　多鮮潔呀多雅嫻！
赫兮咺兮！⑤　　多顯明呀多光煥！
有匪君子，　　斐然文采眞君子，
終不可諼兮！⑥　　讓人永遠永遠不忘記！

瞻彼淇奧，　　看那淇河河水灣，
綠竹青青。⑦　　綠竹茂密多好看。
有匪君子，　　君子修德光燦爛，
充耳琇瑩，⑧　　玲瓏晶瑩的玉耳瑱，
會弁如星。⑨　　束髮皮弁似星閃。
瑟兮僩兮！　　多鮮潔呀多雅嫻！
赫兮咺兮！　　多顯明呀多光煥！
有匪君子，　　斐然文采眞君子，
終不可諼兮！　　讓人永遠永遠不忘記！

瞻彼淇奧，　看那淇河河灣裏，
綠竹如簀。⑩　綠竹茂密似涼席。
有匪君子，　文采斐然眞君子，
如金如錫，　鍛鍊精純像金錫，
如圭如璧。⑪　玉質溫潤像圭璧。
寬兮綽兮！⑫　多寬宏呀多閒逸！
猗重較兮！⑬　車廂的雙較他靠倚！
善戲謔兮！　喜歡說笑來逗趣呀！
不爲虐兮！⑭　適可而止不過度呀！

【註釋】❶毛傳：奧：隈也。所以淇奧就是淇河岸的小灣。齊詩奧作澳，又作隩，義均同，其語源爲隱藏。另一說奧亦水名，是淇水的支流，高本漢以後說無佐證，採用毛傳。❷毛傳：綠訓王芻，植物名，竹訓萹竹，一種藤草。魯詩綠作菉，卽王芻。韓詩竹作藩，卽萹竹。胡承珙以爲王芻爲可食之水草，萹竹亦可食之菜。朱傳以淇上多竹，漢世猶然，訓綠竹爲綠色竹子。另一說以爲菉竹非兩物，爲一種類似竹子的草。屈萬里詩經選注，定朱熹一說較合理。猗：音依一，猗猗，美盛貌。❸匪：斐的假借。魯詩齊詩皆作斐。有斐卽斐然，有光彩的樣子。❹瑳：音搓ㄘㄨㄛ，一作磋，用錯刀錯治。琢：雕琢。治骨角，既切復磋；治玉石則先琢後磨。這兩句，言精益求精，以喻進德之不已。❺瑟：鮮潔。僩：音限ㄒㄧㄢˋ嫻雅，高本漢有說。咺：音選ㄒㄩㄢˇ，魯作烜，齊作喧，韓作宣。赫咺，皆指威儀容止的昭明顯著。❻終：永遠；諼：音宣ㄒㄩㄢ，忘記。❼青：菁的假借字。菁菁：茂盛貌。❽充耳：玉飾，即瑱（音田去聲ㄊㄧㄢˋ），古人用玉塞耳。琇：音秀ㄒㄧㄡˋ，琇瑩：美石。❾會：音怪ㄍㄨㄞˋ，縫。弁：音卞ㄅㄧㄢˋ，皮帽。會弁：弁之縫以玉綴之，閃耀如星。高本漢以為「會弁如星」句，應解為束髮的皮帽像星般光亮。❿簀：音責ㄗㄜˊ，竹席。⓫金錫鍛鍊而精純，圭璧皆美玉，其質溫潤。姚際恆以為錫即銀，古人銀錫不分，可備一說。⓬高本漢說：「寬綽是同義複詞。」毛傳：寬，能容眾；綽，緩也。寬兮綽兮分開講是多寬宏，多從容。⓭三家猗作倚。較作較。較是車兩旁的木板，板之高兩層者稱重較。高本漢謂毛詩猗為倚之誤，朱傳訓猗為歎詞，不取。⓮戲謔：開玩笑。虐：劇烈。馬瑞辰曰：「虐之言劇，謂甚也。」謔則和易近人，饒有風趣，謔而虐則傷人矣。

〔評　解〕

淇奧是衛風十篇的第一篇。分三章，章九句。首次兩章的末句都是五字句，全詩共一百十字。

這是衛國詩人讚美衛武公的詩。詩序曰：「淇奧，美武公之德也。有文章又能聽其規諫，以禮自守，故能入相于周，美而作是詩也。」朱熹詩集傳從之。王先謙詩三家義集疏曰：

「左昭二年傳，北宮文子賦淇奧。杜注：淇奧詩衞風美武公也。據詩『終不可諼兮』及『猗重較兮』，是公入爲卿士時國人思慕而作。徐幹中論修本篇：『衞武公年過九十，猶夙夜不怠，思聞訓道。衞人誦其德，爲賦淇澳。』徐用魯詩，明魯與毛同。齊韓無異義。」衞武公名和，釐侯之子，共伯餘之弟。釐侯卒，太子共伯餘立，弟和襲攻共伯於墓上，共伯入釐侯墓道自殺。和立爲衞侯，是爲武公。武公卽位修康叔之政，百姓和集。四十二年，犬戎殺周幽王，武公將兵佐周平戎，甚有功，周平王命武公爲公。事見史記衞康叔世家。國語稱武公耄而咨儆於朝，受戒不怠。蓋雖以簒弒得位，而修德立功，晚成聖德，故國人頌之。姚際恆詩經通論曰：「小序謂美武公之德，未有據，姑依之。學者于此每疑武公簒位，不足當此，予以爲不然。殺兄簒國得爲美者，美其逆取順守，德流于民。齊桓晉文皆簒弒而立，終建大功，亦此類也。」方玉潤詩經原始曰：「淇奧美武公之德也。史稱武公修康叔之政，百姓和集，佐周平戎有勳王室。國語又稱其耄而咨儆於朝，受戒不怠，今觀詩詞，寧不信然。然則初年簒弒晚成聖德，英雄聖賢，固一轉念間哉！」朱熹並稱武公作懿戒之詩以自警，而指小雅賓之初筵，亦武公悔過之作，說：「衞之他君，無足以及此者」來讚美武公。

此詩三章均興體。首章朱傳：「以綠竹始生之美盛，興其學問自修之進益也。大學傳曰

：『如切如磋者，道學也；如琢如磨者，自脩也；瑟兮僩兮者，威儀也；有斐君子，終不可諼兮者，道盛德至善，民之不能忘也。』」次章：「以竹之堅剛茂盛，興其服飾之尊嚴，而見其德之稱也。」末章：「以竹之至盛，興其德之成就，而又言其寬廣而自如，和易而中節也。蓋寬綽無斂束之意，戲謔非莊厲之時，皆常情所忽，而易致過差之地也。然猶可觀而必有節焉，則其動容周旋之間無適而非禮，亦可見矣。禮曰：『張而不弛，文武不能也；弛而不張，文武不爲也；一張一弛，文武之道也。』此之謂也。」蓋中庸之道，在感情的中節，不趨極端，這就是儒家的詩教。孔子稱關雎「樂而不淫，哀而不傷。」劉安總評詩經「好色而不淫，怨悱而不亂」，季札觀周樂，讚美衞風「憂而不困」。這裏淇奧描寫武公「嚴而能泰」，詩中又提供了「謔而不虐」的成語。而林語堂先生提倡幽默，以孔子爲標榜，直從五經裏找到依據，幽默須得謔而不虐。毛傳：「寬緩宏大，則雖戲謔，不爲虐矣。」鄭箋：「君子之德，有張有弛，故不常矜莊而時戲謔。」淇奧篇極爲嚴肅，結尾四句變化得極爲生動，便覺全詩都靈活了。「猗重較」見其儀容之妙，「善戲謔」見其言語之妙。傳神之筆，不啻顧虎頭畫像的頰上添三毛，才達最高造詣的「神采奕奕。」

五一、新台

美麗的齊國女兒，嫁給衞國的年輕太子，花車來到黃河岸上，新郎迎於新建的樓台中。新娘大失所望，因爲眼前的新郎，竟是一個臃腫不堪的醜老公。原來貪色無恥的衞宣公聽說給兒子娶來的媳婦很漂亮，在半路上把新娘攔截下來，自己去充新郎了。衞國百姓，便把這椿新聞編支歌兒來唱。你聽！他們唱的是：

原詩	今譯
新台有泚，❶	黃河岸邊水盈盈，
河水瀰瀰。❷	新台倒影照眼明。
燕婉之求，❸	只說嫁個俊俏郎，
籧篨不鮮。❹	那知臃腫像隻大水缸。
新台有洒，❺	黃河岸邊河水平，
河水浼浼。❻	築座新台耀眼睛。

燕婉之求，　只說嫁個美少年，
籧篨不殄。❼　那知大肚竹簍討人嫌。

魚網之設，　爲了捕魚把魚網撒，
鴻則離之。❽　蝦蟆却向網中爬。
燕婉之求，　只說嫁個美男子，
得此戚施。❾　那知嫁了個癩蝦蟆。

【註釋】❶新台：衛宣公於黃河岸上迎宣姜之處。水經河水注：「河水又東逕鄄城縣北，故城在河南十八里。河之北岸有新台，鴻基層，廣高數丈，衛宣公所築新台矣。」太平寰宇記：「新台在濮州鄄城縣東北十七里。」泚，音此，鮮明貌，說文引作玼，馬瑞辰謂係玼之假借，玼，玉色鮮也。劉彝謂指水中台影鮮明之貌。❷瀰瀰：水滿盛貌。❸燕婉：美好。❹籧篨：音渠除，形如大水缸之竹簍。朱熹集傳：「不能俯，疾之醜者也。蓋籧篨本竹席之名，人或編以爲囷，其狀如人之臃腫而不能俯者，故又因以名此疾也。」高本漢證以淮南子禮記採此說。鮮：善。❺洒：音洗，毛傳謂高峻貌。馬瑞辰謂洒洗古通用，白虎通洗者鮮也，呂氏春秋高注洗，新也。高本漢謂洒之本義爲洗淨。❻浼：音免，浼浼，平也，水盛貌。❼殄：音忝，鄭玄曰殄當作腆，腆，善也。❽鴻：爲苦蠪之合聲，苦蠪即蟾蜍，俗名癩蝦蟆。聞一多說。離，猶罹也。❾戚施：韓詩章句以爲即蟾蜍，喻醜惡。高本漢採此說。毛傳謂不能仰。

〔評解〕

新台是邶風十九篇的第十八篇，篇三章，章四句，句四字，是詩經基本形式三十篇之一。

左傳桓公十六年：「衞宣公（桓公子，名晉）烝於夷姜，生伋子，爲之娶於齊而美，公取之，是爲宣姜。」史記衞世家：「初宣公愛夷姜生子伋（卽急子）以爲太子，爲取齊女，未入室而宣公見所欲爲太子婦者好，說而自取之，更爲太子取他女。」毛詩序：「新台，刺衞宣公也。納伋之妻，作新台于河上而要之，國人惡之，而作是詩也。」孔疏：「此詩蓋伋妻自齊始來未至，衞公聞其美，恐不從己，故使於河上爲新台，待其至於河而因台以要之耳。」朱熹集傳採毛序並云：「國人惡之而作此詩以刺之。言齊女本求與伋爲燕婉之好，而反得宣公醜惡之人也。」三家詩無異義，今人亦從之。或以爲此不過歌詠舊式婚姻所造成之騙局，亦卽流傳歐亞的民間故事新郞變蟾的中國資料，這故事的發源地或卽中國。但詩中特言河上新台，則此詩非一般的諷刺，諷刺有特定的對象，左傳史記簡略，未明言新台，但水經注等書有古蹟作證，亦已可以採信。我們可以這樣假設由於宣姜的騙局而有此新台之詩，新台詩原是民間歌謠，因其摹擬的動人，因而演生新郞變蟾的故事流傳於民間，年久而播遠，新郎變蟾的民間故事由中國流傳遍於歐亞。

這是中國古代民間歌謠「國風」對後世民間文學的影響可以試加發掘的線索之一。普賢曰：「可能是春秋初年先有新郎變蟾故事的流傳，新台篇採之入詩，故有此畫龍點睛之妙。」

新台是詩經中有上乘技巧的諷刺詩。對宣公不加責罵，從新娘心理出發，描寫英俊新郎忽然變成癩蝦蟆，癩蝦蟆形容宣公，印象新鮮而生動，前兩章畫龍，此下點睛，便把宣公寫活了。新台確實是三百篇中的好詩，建立了民間文學諷刺詩的完美風格，冷言冷語，輕描淡寫，却表現得活龍活現，爲後世打油詩所宗。

五二、君子偕老

宣姜這位齊國的女兒，是出名的美女，許嫁給衞國的太子伋，可是送親的車子在半途便給人攔住。原來太子伋的父親衞宣公已在黃河岸上築了一座新台等候她，把她——兒子的老婆——據爲已有，成爲自己的夫人了。於是原來嫁給少年郎的美女，却變成了陪伴醜老公。衞國的詩人同情宣姜的不幸，便做了篇新台詩來諷刺宣公的醜行。夫妻本應該白首偕老的，但是現在宣公死了，宣姜第一次不幸的延續，又造成了她第二次的不幸，盛年便變成了寡婦。同時宣姜的美貌也實在動人，她不自檢點，做了寡婦，還處處炫耀她的美麗。於是詩人又做了這篇詩，表示對她的不幸同情，對她的美貌讚揚。而骨子裏却是諷刺她「冶容誨淫」，對她提出了自我檢討的警告。這是篇膾炙人口的諷刺詩。詩的第一句「君子偕老」很突出，使人玩味無窮。

原詩	**今譯**
君子偕老，❶——	跟丈夫白首偕老——
副笄六珈。❷	她髮髻上面戴着六種玉飾的珠寶。
委委佗佗，❸	走起路來雍容華貴，
如山如河。❹	像高山大河般氣象好。
象服是宜。❺	彩畫的禮服很稱身。
子之不淑，❻	只是你不幸的命運啊，
云如之何？	教人怎麼來評論？

玼兮玼兮，❼　　鮮艷喲華麗，
其之翟也。❽　　華麗的衣服繡雉鷄。
鬒髮如雲，❾　　烏絲如雲又稠密，
不屑髢也。❿　　不必假髮來頂替。
玉之瑱也，⓫　　垂着嵌玉耳環，
象之揥也，⓬　　揷着象牙頭簪，
揚且之晳也。⓭　　細眉廣額白玉顏。
胡然而天也？——　　怎見得不似天仙來下凡？
胡然而帝也？⓮　　怎見得不似帝子在人間？
瑳兮瑳兮，⓯　　鮮明喲清麗，
其之展也。⓰　　穿着見客的白禮衣。
蒙彼縐絺，⓱　　透明的縐紗外面披，
是紲袢也。⓲　　裏面的褻衣更貼體。

子之清揚，⑲　目清眉秀有精神，
揚且之顏也。　額豐容煥好風韻。
展如之人兮，⑳　這樣的人兒喲啥身份？
邦之媛也！㉑　說道是全國第一大美人！

【註釋】❶君子：原指貴族，其後亦爲對丈夫之稱。偕老：夫婦一起活到老死。朱熹謂有共生同死意，故夫死則妻稱未亡人，言僅待死而已。❷副：覆也。用頭髮編成蓋在頭上的首飾。笄：音基ㄐㄧ，橫插在頭頂安髮的簪子。珈：音加ㄐㄧㄚ，古音讀居何切，加於副笄之上的玉製飾物，乃笄飾之最盛者，所以別尊卑。或謂侯伯夫人六珈，以六物爲副飾，卽笄以安副，珈爲副之飾物。鄭箋謂珈之言加也。副既笄而飾，如漢代之步搖。釋名：「步搖，上有垂珠，步則搖也。」清姚際恆謂珈猶今之釵頭。續漢志以熊虎等六獸實六珈，不可信。❸委：音威，佗：音駝。委委佗佗，義同召南羔羊篇的委蛇委蛇，形容走路緩慢從容之貌。屈萬里先生說：原來大概是委佗委佗，古疊字往往不重書，但於首字下記略小之「二」字，「委二佗二」卽「委佗委佗」，後遂誤爲「委委佗佗。」❹描寫其氣象，如山之安重，如河（黃河）之弘廣。❺象服：貴族制服上畫有日月鳥羽等文彩的叫象服。宜：古音讀牛何切，與珈、佗、河、何等字押韻。❻不淑：舊解爲不善，卽不賢良。王國維等解釋爲不幸，此句意謂宜妻早寡。❼玼：音此ㄘˇ，鮮盛貌。❽翟：音狄（ㄉㄧˊ入聲）卽闕狄，王后六服之一，乃畫雉翟爲飾之衣，馬瑞辰說。❾鬒：音診ㄓㄣˇ毛傳訓黑髮，說文引詩訓稠，高本漢謂二義均可證成，而此處以訓黑較合乎「如雲」的比喻。❿髢：音替ㄊㄧˋ，假髮。⓫瑱：音ㄊㄧㄢˋ，田去聲，塞耳之玉器。⓬象之揥：象牙所製搔頭簪，揥音替ㄊㄧˋ。⓭揚：眉上（卽額頭）很寬廣。

且：音居ㄐㄩ，語助詞。晳：音析ㄒㄧ入聲，潔白。⑭今人汪中詩經朱傳斠補：「胡然，甚不然之辭。也：讀爲邪。」而字通如。天與瑱音近，帝與揥音近，借音爲義，宣姜佩瑱與揥，有如天神與帝子，而其德不稱，故問以「何以見得不像天神？何以見得不像帝子？」來諷刺她。⑮瑳：搓上聲ㄘㄨㄛˇ鮮白貌。⑯展：音戰ㄓㄢˋ，展衣，亦王后六服之一，色白，馬瑞辰說。⑰蒙：覆蓋。絺：音蚩ㄔ，葛布。縐：毛傳訓爲絺之靡者，說文謂絺之細者，都是細緻的葛布之意。鄭箋：縐絺，絺之蹙蹙者，指有皺紋的葛布。高本漢採納後一說，謂說文縐又訓蹴，可以引申爲「使縐」，而中國一向通行縐紗就是有力的證據。⑱紲：音泄ㄒㄧㄝˋ入聲。說文引詩作褻；袢：音煩ㄈㄢˊ，說文訓爲衣無色。朱傳訓紲袢爲束縛；高本漢謂毛詩的紲爲褻的假借字。紲袢指貼身的素淨內衣，較朱傳爲長。⑲清揚：眉目清明。⑳展如：誠然。㉑媛：音院ㄩㄢˋ，美女。

〔評　解〕

君子偕老，鄘風十篇的第三篇。分三章，一章七句，一章九句，一章八句，有五個五字句，共得一〇一字。

詩序：「君子偕老，刺衞夫人也，夫人淫亂，失事君子之道，故陳人君之德，服飾之盛，宜其與君子偕老也。」鄭箋：「夫人，宣公夫人惠公之母也，人君，小君也。或者小字誤作人耳。」三家詩無異義。朱傳從之。姚際恆亦曰：「序謂刺衞夫人宣姜，可從。」近人解此篇，亦無大出入。

此詩舊解，可以朱熹引呂祖謙的話爲代表：「首章之末云：『子之不淑，云如之何？』責之也。二章之末云：『胡然而天也？胡然而帝也？』問之也。三章之末云『展如之人兮，邦之媛也！』惜之也。辭益婉，而意益深矣。」

宣姜的身世本來是值得同情的。齊國將她許嫁給衞宣公的太子伋，宣公以宣姜貌美，因築新台於河上邀之，據爲己妻，以子媳爲夫人，所以邶風新臺詩說：「燕婉之求，得此戚施。」可憐她本是許嫁少年郎，而結果却是陪伴醜老公。現在宣公死了，而要責成宣姜與君子偕老之義，也就未免太苛求了。（更苛求的甚至責宣姜應自殺於强邀至新台之日的。）所以首章既寫其侯夫人嚴妝時服飾之盛，儀態之得體，則章末「子之不淑」，應該是惋惜宣姜死了丈夫的第二次不幸，（第一次不幸的延續）不是責她的品德不善，不稱其服的意思，而是同情她不幸遭遇的話。所以近人王國維將「不淑」爲「不善」的舊解，改爲「不幸」，而全章的意思也就變了。僅就君子偕老這一婚姻關係來看，解「不淑」爲「不幸」是對的。

第二章再從寫宣姜服飾之盛中，帶寫到她的天然之美來，美得像天仙，像帝子，才有微責其「冶容誨淫」之意。

第三章表面上讚美她一身白衣淡妝的素淨，格外顯出她的美麗來，尊她爲邦國的美女；

但寫她褻衣外露以見賓客，骨子裏實在是以「邦之媛也」(國色)猛刺她一下了。

此詩大概作於周桓王二十一年（公元前六九九年）頃，卽衞宣公旣死，公子頑尚未烝於宣姜之時。其三章舊解爲「責之」「問之」「惜之」，現在倒轉其次序爲「惜之」「責之」「刺之」，這樣更見詩的有深度。詩人防微杜漸，用此詩來諷刺宣姜，可惜宣姜仍不自檢點，終於又演出「公子頑烝於宣姜」的醜劇來。衞詩中有關宣姜的三篇技巧高超的諷刺詩「新台」「君子偕老」「鶉之奔奔」，對宣姜的觀感是由同情到醜詆，這一篇君子偕老居其中，「辭婉而意深。」是其應得的評語，而其描寫宣姜「盛服」與「淡妝」各極其妙，又成爲三百篇中描寫美女與「碩人」並稱的名作。

其他評語之可供參考的，抄錄兩節於下：

㈠方玉潤曰：「愚謂此詩，的刺宣姜無疑，但讀首一句，卽知其爲宣姜，不可移刺他人。詩全篇極力摹寫服飾之盛，而發端一語，忽提君子偕老，幾與下文詞義不相連屬，諸儒雖多方爲之解說，終覺勉强難安，非的然不易理也。豈知全詩題眼，卽在此句。」（詩經原始）

㈡姚際恆曰：「此篇爲神女、感甄之濫觴。「河、山」「天、帝」，廣攬遐觀，驚心動

魄；傳神寫意，有非言辭可釋之妙。」（詩經通論）

㈢高葆光曰：「詩一起就點明夫人應與她的丈夫偕老。是詩的正面評判。以後又叙她穿着禮服上朝的時候，外表是那樣莊嚴穩重。可惜你不幸竟是個寡婦，不是命運的關係，是你自己甘心樂意。隨後故意誇稱她穿祭服時，是那樣漂亮，頭髮是那樣黑，首飾是那樣好，臉蛋是那樣的白嫩。同時又反詰一句，你是一國夫人，人們拿天帝來尊敬你；可是因爲長像的關係嗎？這一語令人想到，人們尊敬她的原因，絕不是因爲她的漂亮。將諷刺之意，微微一露。詩人狡獪，隨卽將筆轉去，仍就服飾上贊美。並且稱贊說：『你眞是個大美人呀！』稱贊一個萬人之上的君夫人，不說到她的道德好，才智出衆；却一再地稱頌她長像美；衣服穿得時髦，並且誇稱她是個美人，誇的愈甚，罵的愈重，文情十分詼詭。」（詩經新評價）

五三、鶉之奔奔

宣姜是衞宣公的夫人，公子頑是衞宣公的庶子，宣公死了，宣姜的兒子太子朔立，是爲惠公。這時宣姜却又嫁給公子頑爲妻，這是惠公的耻辱。但惠公怎好指責他母親宣姜和異母兄頑，只好忍而不言。可是詩人却看不過去，便用惠公的口吻，代他作詩來宣洩心中的隱痛了。

原詩　**今譯**

鶉之奔奔，　鵪鶉拍翅奔奔響，
鵲之彊彊；❶　喜鵲拍翅聲姜姜；
人之無良，　人無廉耻呀連飛禽也趕不上，
我以爲兄。❷　我却要把他尊爲兄長。

鵲之彊彊，　喜鵲拍翅姜姜響，
鶉之奔奔；　鵪鶉拍翅聲奔奔；
人之無良，　人無廉耻呀還不及飛禽，
我以爲君。❸　我却要把她尊爲小君。

【註釋】❶鶉：音純ㄔㄨㄣˊ，鳥名，卽鵪鶉。奔奔、彊彊：韓詩謂乘匹之貌。蓋皆狀聲詞，狀雄鳥乘雌鳥之背交尾時拍翅之聲。鄭箋謂寫居有常匹，飛則相隨之貌，以刺宣姜與頑非匹偶而相從。彊音姜，禮記引此詩作「鵲之姜姜，鶉之賁賁。」❷我：詩人以惠公口吻作詩，故「我」爲惠公自稱，而兄則指惠公之異母兄公子頑，卽昭伯。❸毛傳：「君：國小君」，蓋國君之夫人爲小君，亦稱君。鄭箋云：「小君謂宣姜。」宣姜爲衛宣公之夫人，惠公之母。

〔評解〕

鶉之奔奔是鄘風十篇的第五篇，分兩章，章四句，句四字，全詩三十二字。兩章成連環式，僅末句「兄」與「君」的一字不同，並將首句與次句地位互換以協韻而已。

詩序：「鶉之奔奔，刺衞宣姜也，衞人以爲宣姜鶉鵲之不若也。」鄭箋：「刺宣姜者，刺其與公子頑爲淫亂，行不如禽鳥。」宣姜爲衞宣公之夫人，公子頑宣公之庶子，烝於宣姜，鶉鵲禽鳥，尙各有其匹偶，宣姜與公子頑非其匹偶，穢行亂倫，則禽鳥之不若也。左傳襄公二十七年鄭七卿享趙孟，伯有賦鶉之賁賁，趙孟曰：「牀笫之言不踰閾。」可知春秋時已解此詩爲刺淫穢也。或以爲刺宣公，則與「我以爲兄」句不符，故以刺惠公之兄公子頑烝於宣姜的亂倫穢行爲長。

鵪鶉喜鵲是無知的飛禽，牠們雖公開地在人前交尾，但鵪鶉只配鵪鶉，喜鵲只配喜鵲，決不至非其類而相配。現在宣姜與公子頑的穢行，簡直禽獸之不如，其可耻可歎，還有什麼話好說？此詩以鶉鵲起興，似甚平淡，實在諷刺得很厲害，而且連惠公也被嘲弄了。比相鼠篇深刻了不少。

五四、定之方中

衞國本來建立在黃河北面的朝歌，公元前六六〇年北方的狄人打來，把衞國滅了。衞國的遺民渡過黃河，暫避於漕邑，兩年後衞文公得齊桓公的幫助，才得在漕邑附近的楚丘重建宮室而復國中興。這篇定之方中便是衞人歌詠衞文公經營楚丘的記事詩。既有歷史價值，寫來也很有技巧，堪稱佳作。

原詩	今譯
定之方中，❶	營室星黃昏中天現，
作于楚宮。❷	就在楚丘把廟建。
揆之以日，❸	量度日影定方向，
作于楚室。❹	建造宮室有陰陽。
樹之榛栗；❺	榛樹栗樹都栽植；
椅桐梓漆，❻	還有椅桐和梓漆，

爰伐琴瑟。⑦　將來砍下把琴瑟製。

升彼虛矣，⑧　登上丘陵往遠看，

以望楚矣。⑨　看到楚丘在那邊。

望楚與堂，⑩　看到楚丘和堂城，

景山與京；⑪　看到大山和高嶺；

降觀于桑。⑫　下山觀察桑林很茂盛。

卜云其吉，⑬　卜得此地最吉祥，

終然允臧。⑭　果然是個好地方。

靈雨既零，⑮　祥瑞的雨水遍地洒，

命彼倌人，⑯　命令小臣駕車馬，

星言夙駕，⑰　戴着星光早出發，

說于桑田。⑱　停息在桑田勸耕稼。

匪直也人，⑲　那人秉性很正直，
秉心塞淵，⑳　心地深遠又誠實，
騋牝三千。㉑　擁有大馬三千匹。

【註釋】❶定：星名，卽營室星，古人以定星方中，可以經營宮室，故謂之營室。定之方中：謂定星正在中天。定星爲北方之星宿，於十月小雪時黃昏而中天。馬瑞辰謂定星於夏曆十月望後至十一月初猶爲昏中。春秋經僖公二年春王正月城楚丘。周正月，卽夏十一月。❷于：當讀曰爲；同章下于字同。謂作爲此宮室。經義述聞說。楚宮：楚丘之宮。宮謂宗廟。❸揆：音奎ㄎㄨㄟˊ：度量。揆之以日：謂樹立臬木，以測量日出入之影，以定東西；參日中之影，以正南北。❹室：居室。❺樹：種。榛、栗：二種樹名。❻椅、桐、梓、漆：四木之名，可作琴瑟。❼爰：曰，語詞。伐：斬伐。言宮中樹此六木，其四可伐作琴瑟，非並榛栗言之。❽虛：大丘；亦同墟，故城曰墟。蓋上古城邑，均建於丘上，此或係指漕墟。姚際恆直以虛爲地名，誤。❾楚：楚丘。❿堂：楚丘附近邑名，或云：今山東堂邑。然地遠，疑非是。⓫京：古晉疆，高丘。景：毛傳訓大。朱熹集傳則以景可作影字解，謂測日影以正方位，與公劉篇「既景迺岡」之景同，景山亦山名，見商頌殷武篇「陟彼景山。」而於「測影」與「山名」二者採用測影義。故「景山與京」句，不作大山和高邱講，而作用日影測量山邱講。高本漢以上一句「望楚與堂」望字是動詞，則此句景字也是動詞，兩句方完全平行。故採朱傳以影測量說。普賢按：毛義爲長，景訓大爲常義。此處第二章爲倒敘法，倒敘第一章日影測方位築室前的觀察地勢，升望降觀，不用測量日影，此「景山與京」係承接上句「望楚與堂」，而謂楚與堂，一爲大山，一爲高丘，都是選擇的對象。又下觀桑林，並加占卜，才決定建都之地。景字如採朱傳說，則一二章兩說測影，旣與程序不合，文亦累贅。⑫降：由高處下而至平地。與公劉篇「復降在原」之降同義。觀：觀察。桑：當謂桑林。方玉潤謂桑或水名，升望山勢，降觀流泉，如公劉篇之「觀其流泉」，可備一說。蓋水以桑名，則其地多桑可知也。下文有「桑田」，可證。桑葉飼蠶，觀之以視生產之情況。⑬卜云其吉：言卜之乃得吉辭。⑭然：或作焉。允：信。臧：善。言終而知其信爲美地。⑮靈：善，瑞祥。零：落。⑯倌：音官ㄍㄨㄢ，說文：「倌人，小臣。」主駕者。⑰星：正字應作姓，古晴字，馬瑞辰說。說文：「姓，雨而夜除星見也。」星與夙連用，則見星之早之義卽星晨也。言：語詞，無義。夙：早。駕：駕車。此句言星尚未落，則早起而駕，勤勉之狀也。⑱說：音稅ㄕㄨㄟˋ，舍息。⑲匪：彼。直：正直。⑳秉：持。秉心：存心。塞：實。淵：深。秉心塞淵謂文公持心塞實而淵深。㉑騋：音來ㄌㄞˊ，馬七尺以上曰騋。牝：音聘ㄆㄧㄣˋ，母獸。馬瑞辰云：「言牝以該牡，故傳言：『騋馬與牝馬也。』；非謂騋牝卽專指騋馬之牝者。」文開按：「騋牝三千」恐非當時實有，詩中但言其有此計劃，舉來做文公「秉心塞淵」之例耳。

〔評　解〕

定之方中是鄘風十篇的第六篇，分三章，章七句，句四字，全篇共八十四字。

這是衞人歌詠衞文公遷都於楚丘的記事詩。毛詩序：「定之方中，美衞文公也。衞爲狄所滅，東徙渡河，野處漕邑。齊桓公攘夷狄而封之。文公徙居楚丘，始建城市，而營宮室，得其時利，百姓說之，國家殷富焉。」鄭箋：「春秋閔公二年，多，狄人入衞，衞懿公及狄人戰于熒澤而敗，宋桓公迎衞之遺民渡河，立戴公以廬於漕。戴公立一年而卒。魯僖公二年，齊桓公城楚丘而封衞，於是文公立而建國焉。」三家無異義，朱傳從之。姚論：「左傳曰：『文公大布之衣，大帛之冠，務財訓農，通商惠工，敬敎勸學，授方任能。元年，革車三十乘；季年乃三百乘。』與此詩合。」季年謂晚年，衞文公卒於魯僖公二十五年，故杜注：「季年在僖二十五年。」此詩之作，當在城楚丘之年，而其寫定，或在若干年後。按魯僖公二年城楚丘爲周惠王十九年，卽公元前六五八年，僖公二十五年衞文公卒，爲周襄王十七年，卽公元前六三五年。楚丘與漕，都在今河南省滑縣東。

此詩採用現代小說一樣的倒叙法，頗具匠心，爲詩經叙事詩中不可多得的佳作。而且是值得與公劉、靈台等篇，同樣重視的史詩。

首章先寫夜觀星象，晝測日影，正式動工建築宮室，並植樹以符立國之制。「定之方中，作于楚宮」與「揆之以日，作于楚室」，似駢句而互文，依開工程序寫應作「定之方中，揆之以日。作于楚宮，作于楚室。」並以日室與下三句末字協韻。二三兩句更換位置，便顯得曲折有致，而用韻法也改變了，成爲前兩句「中」「宮」一韻，以下換韻以「日」「室」「栗」「漆」「瑟」一韻到底。

次章補寫動工前復國地點的選定。先登高察看地勢，再落地檢視土宜，最後卜吉而定案。朱子所謂：「此章本其始之望景觀卜而吉」也。首章每句用韵，此章略變，前兩句「虛」「楚」一韵，後五句「堂」「京」「桑」「臧」換一韵，而第六句無韵。

末章叙楚丘既開發營建，春雨既降，到了農桑之時，文公夙夜匪懈，宵旰勤勞，常早起勞民勸農。於是衞人讚美他秉心正直，而且做事切實而有中興衞國的遠大計劃。「騋牝三千」，就是他富國强兵的一個目標，一個口號，左傳記其「秉心塞淵」的詳情，除詩中所寫牧馬訓農外，更有通商惠工敬教勸學等諸多項目。所以方玉潤說「秉心」句是全詩主腦，爲文公致治根原，確有見地。此章亦用兩韵，但又與次章略變，改爲第三句第五句無韵。前兩句「零」「人」一韵，後五句「田」「淵」「千」換一韵。（註：顧炎武詩本音本章用一韵而兩「人」字亦均標爲韵。）

衞文公名燬（史記集解謂賈誼書載文公原名辟疆，周之行人告以啓疆、辟疆乃天子之號，諸侯弗得用，遂更名曰燬。而今本賈子審微篇，燬作熸）他出生於淫亂的衞國，身世並不光明，遭遇也不幸運。他是宣公的孫子，他的祖母夷姜原是宣公的庶母，宣公烝於夷姜，生了他父親昭伯，和他的伯父伋與黔牟。而他的母親宣姜却原是齊國女兒嫁給他伯父伋做妻子而給他祖父宣公覇佔爲夫人，（故稱宣姜）後來他祖父死了，齊國又強迫他父親昭伯與宣姜配爲夫婦的。昭伯和宣姜生了兩男三女，大兒子叫申，小兒子就是他。所以他祖母原是他的曾祖母，他的母親又原是他的祖母，這樣亂糟糟的身世，很不光明。就爲他祖父宣公的亂搞，他是在衞國的內亂外患中出生的，國內就不住，他只得逃亡到齊國去避亂，所以他的遭遇也不幸運。

他母親宣姜的遭遇也不幸運。但她爲人不正派，給衞國種下了大禍的根源。她和宣公生了兩個兒子，大的叫壽，小的叫朔。她想奪取原應做她丈夫的伋的太子之位，就和小兒子朔一起向宣公說太子伋的壞話，宣公便設計叫强盜去襲殺太子。她的大兒子壽知道了，勸太子避禍，太子不肯，壽便搶先去替死，結果伋與壽兩兄弟都被强盜殺了。這樣兄弟爭死的壯烈事蹟，感動了衞國人，因此宣公死後由朔繼立爲惠公，大家出來反對，衞國便開始內亂，並引起了外患，惠公卒，由惠公的兒子——好鶴無度，令鶴乘軒的懿公——繼立，衞國竟亡在狄人手裏。

衞文公雖然身世不光明，遭遇不幸運，可是他爲人正直，心地光明，眼光遠大，刻苦勤勞，做事切實，終於在他手裏挽回了衞國的國運。狄人殺懿公滅衞，衞國只有遺民七百三十人渡過黃河，立他的哥哥申爲戴公，一起暫避於漕邑，戴公不久便死了，於是才輪到他從齊國回來主持國政。他得到齊桓公的援助，幫他打退狄人，在楚丘重建宮室，復國中興。史記也載其事曰：「文公初立，輕賦平罪，身自勞，與百姓同苦，以收衞民。」張其昀中華五千年史春秋前編第三章衞史國君的標題，只有「衞武公文公」一節，對文公勤政的結論是：「可謂十年生聚，十年敎訓，終收救亡圖存，轉弱爲强之效。」不但如此，我們看衞文公從收集到的遺民七百三十人着手，二十年間，走上了人民富庶，國防鞏固的大道，其季年便得兵車三百乘。八十餘年後孔子到了衞國，所見仍是一片熙熙攘攘的熱鬧情景，不禁驚歎道：「庶矣哉！」（論語子路）而小小的衞國，自文公復國以後，在七國爭戰之時，尙能獨存，一直延續到秦始皇併呑六國之後，文公再造之功眞不小。

文公母子，同爲不幸者，其不同只在一念之差。宣姜一念讒太子伋，而衞以滅亡；文公一念的「秉心塞淵」，而衞國復興，延續了四百五十年的國運。（史記考證，衞君角廢於二世元年，衞祀絕。）方玉潤曰：「愚於是嘆人生自有秉彝，非關氣類。衞之亡也，以其母；而其興也，在其子。雖曰天道，福善禍淫，本自無常，亦足見人君撥亂反正，尤宜有要。不禁反覆咏嘆，三致意於其際焉！」

衛國歷史上最有名的國君是武、文二公，史記衛世家述贊曰：「暨武能修，從文始約，」詩經中描寫衛君加以讚美的也只有淇奧和定之方中兩篇。

五五、賓之初筵

這詩是記叙周代射禮宴飲情形的寶貴資料，也是描寫賓客醉態十分細緻而生動的精彩作品。

原詩	今譯
賓之初筵，❶	賓客入席盛筵開，
左右秩秩。❷	左右揖讓登堂來。
籩豆有楚，❸	筵席上面籩豆滿，
殽核維旅。❹	蔬果菜殽陳眼前。
酒既和旨，❺	酒性柔和味香醇，
飲酒孔偕。❻	飲時和諧好氣氛。
鐘鼓既設，	鐘鼓樂器已設好，

舉醻逸逸。❼　賓主酬酢有禮貌。
大侯既抗，❽　大侯皮鵠既高掛，
弓矢斯張。　張開弓弦把箭拿。
射夫既同，❾　比射的人兒已聚齊，
獻爾發功。❿　就要發箭顯本事。
發彼有的，⓫　祈求箭發中鵠的，
以祈爾爵。⓬　罰酒對方慶勝利。
籥舞笙鼓，⓭　文舞伴着笙鼓響，
樂既和奏。　音樂諧和聲悠揚。
烝衎烈祖，⓮　爲了娛樂功烈的祖先，
以洽百禮。⓯　各種禮儀都齊全。
百禮既至，⓰　各種禮儀都行過，
有壬有林。⓱　儀式盛大又繁多。

錫爾純嘏，⑱　神賜大福在你身，
子孫其湛。⑲　子孫歡樂無窮盡。
其湛曰樂，　子孫的歡樂無盡窮，
各奏爾能。⑳　各人獻技逞大能。
賓載手仇，㉑　賓客擇伴比箭術，
室人入又。㉒　主人隨後來協助。
酌彼康爵，㉓　把那大爵滿滿斟，
以奏爾時。㉔　奏樂賀勝來罰對方飲。

賓之初筵，　賓客起初入筵席，
溫溫其恭。㉕　溫文和善有禮儀。
其未醉止，㉖　當他還沒喝醉前，
威儀反反。㉗　儀態莊重行爲端。
曰既醉止，　當他既然已喝醉，

威儀幡幡。㉘　儀態可就不大對。
舍其坐遷，　紛紛離座他處遷，
屢舞僊僊。㉙　頻頻起舞飄飄然。
其未醉止，　當他還沒喝醉時，
威儀抑抑。㉚　儀態莊重又愼密。
曰既醉止，　當他既然已喝醉，
威儀怭怭。㉛　儀態輕慢不恭謹。
是曰既醉，　這是眞的喝醉酒，
不知其秩。　不知再把秩序守。

賓既醉止，　賓客喝得醉醺醺，
載號載呶，㉜　大呼小叫鬧紛紛，
亂我籩豆，　搞得我籩豆亂糟糟，
屢舞僛僛。㉝　怪模怪樣儘擺搖。

是曰既醉，　　已經喝得昏昏醉，
不知其郵。㉞　　不知自己是不對。
側弁之俄，㉟　　頭上皮帽歪一邊，
屢舞傞傞。㊱　　頻頻起舞沒個完。
既醉而出，　　醉了就該快離去，
並受其福。㊲　　大家也好享清福。
醉而不出，　　醉了賴着不肯走，
是謂伐德。㊳　　才眞敗德又現醜。
飲酒孔嘉，㊴　　飲酒本來也很好，
維其令儀。㊵　　只須謹守儀節不胡鬧。

凡此飲酒，　　大凡飲酒宴友朋。
或醉或否。　　有人喝醉有清醒。
既立之監，㊶　　監酒之官既設立，

或佐之史。㊷　又佐史官來記事。
彼醉不臧，㊸　他們醉了不知醜，
不醉反耻。　反說不醉才蒙羞。
式勿從謂，㊹　不要勉强多勸飲，
無俾大怠。㊺　別使失態更丟人。
匪言勿言，㊻　不當說的不要說，
匪由勿語。㊼　無理之言別談論。
由醉之言，　喝醉之後亂說話，
俾出童羖。㊽　說出公羊無角鬧笑話。
三爵不識，㊾　三爵喝下已昏昏，
矧敢多又！㊿　那敢勸他再多飲！

【註釋】❶筵：席。初筵：初入席。❷左右：謂折旋揖讓。秩秩：有序。鄭箋云：「先王將祭，必射以擇士。大射之禮，賓初入門，登堂即席，其趨翔威儀甚審知，言不失禮也。射禮有三，有大射，有賓射，有燕射。」馬瑞辰曰：「大射先行燕禮」，斷此篇為詠大射之詩。姚際恆曰：「毛傳謂『燕射』；鄭氏謂『大射』，按君唯大射，射必以燕，即燕射也；燕必以賓，即賓射也。」故不必分別諸名。文開案：大射禮可統有燕射賓射，而燕射賓射未必為大射，故宜從馬氏斷為大射。❸籩：音邊，竹製之豆，祭祀時用以盛棗栗脩脯等供品。豆：古盛肉之器，以木為之。楚：盛也。有楚，卽楚然，並與楚楚同，盛貌。高本漢說。馬瑞辰訓楚為多，亦通。❹殽：肉，盛於豆中。核：有核之果，盛於籩中，指桃杏棗栗之類。馬瑞辰謂核為覈之假借，亦指肉之有骨者。旅：陳列。❺和：調也。旨：美也。❻馬瑞辰訓偕為嘉，好義。高本漢訓偕為皆，引申為多義。屈萬里以偕為諧之假借，和諧之意。此處屈高二說可用。❼醻：音仇ㄔㄡˊ，或作酬，主人復酌賓為醻。舉醻：謂舉醻爵。逸逸：毛傳謂往來有序。高本漢採逸之本義，作安逸講。❽侯：張皮或布以為射者之鵠的。抗：舉，謂張設大侯也。鄭箋：「將祭而射謂之大射。下章言『烝衎烈祖』，其非祭歟？」儀禮大射篇鄭目錄亦云：「大射者，諸侯將有祭祀之事，與其群臣射以觀其禮，數中者得與於祭；不數中者，不得與於祭。」❾射夫：衆射者。同：會聚。❿獻：猶奏。發功：發矢之功。⓫彼：指矢。經傳釋詞謂有：于也。的：侯中之標的。此句謂發矢中的。⓬祈：求。射之禮，勝者飲不勝者以酒。以祈爾爵：我以此祈求你的爵杯，祈求已勝而飲不勝者以酒也。鄭箋解「爾爵」為「爵汝」，爾作受詞，爵成為動詞，則清楚地說罰人喝酒。⓭籥：音月ㄩㄝˋ，樂器，管之屬。籥舞為秉籥而舞之文舞。笙鼓：謂以笙鼓伴奏。馬瑞辰謂「籥舞笙鼓，樂旣和奏」兩句寫以樂節射。⓮烝：語詞。衎：音看ㄎㄢˋ，樂也。烈：功業。烈祖：有功業之先祖。馬瑞辰謂第二章寫祭，可證此詩為「將祭而射」之大射。⓯洽：合。⓰至：猶備。卽周至全備。⓱毛傳：「壬，大也。」馬瑞辰謂：「壬林承上百禮言。有壬，狀其禮之大；有林，狀其禮之多。」⓲錫：賜。爾：指主祭者。純：大。嘏：福。⓳湛：音耽ㄉㄢ，樂。⓴奏：猶獻。馬瑞辰云：「古以善射者為能，詩言『各奏爾能』者，仍謂射也。」㉑載：則。手：取。仇：匹耦，指同射之人。此句言賓則擇射伴而共射。㉒室人：指主人。入又：謂加入協助。㉓毛傳：「酒所以安禮也。」康：大也。馬瑞辰說。㉔毛傳：「時，中者也。」高本漢解此句為「奏樂慶賀你射中的人。」很有見地。如此第二章以「

籥舞笙鼓，樂既和奏」起，以此「以奏爾時」終，首尾呼應，均爲以樂節射也。㉕鄭箋：「溫溫，柔和也。」㉖止：語尾詞。㉗反反：韓詩作昄昄，馬瑞辰謂反反即昄昄之省借。高本漢解威儀反反爲「他們的容止壯大。」屈萬里據毛傳「反反，言重愼也」解作重愼貌。㉘幡幡：反覆貌。屈萬里謂此當狀其不安於坐。㉙遷：徙。僊僊：輕舉貌。㉚抑抑：愼密貌。㉛怭：音弼ㄅㄧˋ。怭怭：媟慢不恭貌。㉜號：呼號。呶：音鐃ㄋㄠˊ，喧嘩。㉝僛：音欺。高本漢謂僛即倛，又作倛，訓醜。倛爲面具，漢人以倛頭逐疫，即戴周禮所載醜怪可怕的面具「方相」舞蹈以逐疫。故訓「屢舞僛僛」爲「他們屢屢像帶假面具的舞者跳舞。」並舉淮南子精神篇：「視毛嬙西施猶倛醜」句爲證。文開案：一般學者考平劇之臉譜，係假面具之變相，而溯源於西域傳入之蘭陵王入陣曲之假面却敵，此尙未得源，更應追溯至周禮之方相逐疫也。㉞郵：過失。㉟俄：傾側貌。㊱傞：音娑ㄙㄨㄛ，傞傞：舞不止。㊲言既醉即離席，則可不失儀而得福。㊳說文：「伐，敗也。」㊴孔：甚。嘉：善。㊵令：善。儀：威儀。㊶監：飲酒之監督者。馬瑞辰曰：「按鄉射禮立司正，注：『懈倦失禮者，立司正以監之。』是監即司正之屬也。」㊷史：記事者也。馬瑞辰曰：「古者，飮酒皆立之監，以防失禮；惟老者有乞言之典，更佐以史，少者則否。」㊸臧：善。㊹式：語詞。謂：有勸勉之義，「式勿從謂」言勿從而勸勉之使多飮也。馬瑞辰說。㊺俾：使。大：讀爲太。㊻不當言者則不言。㊼馬瑞辰云：「方言、廣雅並曰：『由，式也。』式，猶法也。」此句言不合法者則勿語。㊽童：秃；羖：音古ㄍㄨˇ，牡羊。醉後致說出牡羊無角的笑話。㊾識：猶省。不識：不省人事。㊿矧：音審ㄕㄣˇ，況且。又：侑之假借。侑酒：勸飮也。或謂「多又」爲「又多」之倒裝語。

〔評 解〕

賓之初筵是小雅甫田之什的末篇，朱傳列爲桑扈之什的第六篇，詩分五章，章十四句，句四字，全篇共二百八十字。

朱傳曰：「衞武公飲酒悔過而作此詩。毛氏序曰：『衞武公刺幽王也。』韓氏序曰：『衞武公飲酒悔過也。』今按此詩意，與大雅抑戒相類，必武公自悔之作。當從韓義。」馬瑞辰毛詩傳箋通釋則舉三證以斷此爲詠大射之詩。並謂古射禮均三射。初射禮略，故詩不言。首章言「射夫既同，獻爾發功」，乃大射再射，二章「籥舞笙鼓，樂既和奏」者，大射之三射，以樂節射也。前二章爲陳古，舉初筵以見賓之始終皆敬。三章以下刺今，舉初筵以刺始敬終怠。非有異禮也。屈萬里詩經釋義從之。蓋此詩朱、韓謂衞武公作，無據；毛詩謂衞武公入爲王卿士作此刺時。攷武公入相在平王世，王先謙否定其爲刺幽王。惟謂此爲「刺時」詩，與詩本文符合，卽馬瑞辰所謂前二章陳古，三章以下刺今。蓋酒以成禮，酒醉失態，則敗禮矣。此詩必作於射禮失儀，酣飲無度之世，故詩人陳古以刺今也。方玉潤詩經原始從朱傳，定此詩爲「衞武公飲酒悔過」，我們雖不必相信，但中間一段說得很得當，他說：「詩本刺今，先陳古義以見飲酒原未嘗廢，但須射祭大禮而後飲，而飲又當有節，不至失儀，乃所以爲貴。古之飲也如是，今之飲酒則不然，飲必至醉，醉必失儀，不至伐德不止，其無禮也又如是。兩義對舉，曲繪無遺，其寫酒客醉態，縱令其醒後自思，亦當發笑，忸怩難安。

此所以善爲諷諫也。」

此詩爲記叙周代射禮宴飲情形寶貴資料。其篇法整飭而不呆板，首次兩章寫三射，略去初射；三四兩章寫醉態，却從溫恭有禮寫起；末章提出立監佐史，才以勸告作結。三四兩章描寫賓客醉態，十分細緻而生動，尤爲本詩的特色。方玉潤所謂：「描摹醉客失儀，可謂窮形盡相。」姚際恆更評論之曰：「始曰『舍其坐遷，屢舞僊僊』，猶是僅遷徙其坐處耳。再曰『亂我籩豆，屢舞僛僛』，則且亂其有楚之籩豆矣。終曰『側弁之俄，屢舞傞傞』，甚至冠弁亦不正矣。由淺入深，備極形容醉態之妙。昔人謂唐人詩中有畫，豈知亦原本于三百篇乎！三百篇中有畫處甚多，此醉客圖也。」詩本來寫得好，一經姚氏分析點染，更覺層次分明，躍然紙上，妙趣無窮！

五六、日　月

這是一篇怨婦哭訴之詩。

古代婦女沒有社會生活，她們的生活圈就在自己的家庭之內。出嫁的女子，一切幸福，都寄託在丈夫一人身上。衞國有一女子，驟然失去了丈夫的愛，丈夫對她簡直不予理睬，使她像處身於寒冷的冰窖之中，不再有一點人生的溫暖，而且她的苦痛，無處可以訴說，於是只好呼日月而哭訴之，以宣洩她的怨情，而詩人寫其辭如下：

原詩	今譯
日居月諸，❶	太陽呀月亮呀，
照臨下土。❷	你的光芒照大地，
乃如之人兮，❸	可是這個人兒呀，
逝不古處，❹	却不和我在一起。
胡能有定？❺	怎知他三心又二意，
寧不我顧！❻	竟然不把我睬理？
日居月諸，	太陽呀月亮呀，
下土是冒。❼	大地被你所籠罩。
乃如之人兮，	可是這個人兒呀，
逝不相好。	却不和我再相好。

胡能有定？　　那能心無主見意志搖，
寧不我報！❽　　竟然對我沒好報！

日居月諸，　　太陽呀月亮呀，
出自東方。　　你從東方升上來。
乃如之人兮，　　可是這個人兒呀，
德音無良。❾　　信口雌黃眞正壞。
胡能有定？　　怎知他意志如此不堅定？
俾也可忘！❿　　對我竟會忘了情！

日居月諸，　　太陽呀月亮呀，
東方自出。　　天天你從東方起，
父兮母兮！⓫　　父親呀母親呀，
畜我不卒。⓬　　他爲何愛我不到底。

五六、日月

胡能有定？　怎可三心又二意？
報我不述。⓭　對我如此無道理。

【註釋】❶高本漢採取毛傳以「居」和「諸」是語助詞，譯爲「日乎月乎」。關於「居」，參看左傳成公二年：「誰居」（誰呀）這種用法常見。關於「諸」，以禮記祭義：「勿勿諸其欲饗之也。」句，禮器作「勿勿乎其欲饗之也」爲證。❷下土：地上。❸乃如：轉語詞。之人：是人，卽這個人。❹逝：發語詞。古處：以古時夫婦之道相處。古或訓故，謂相處如故。❺胡：何。此句謂其心志不定。❻寧：猶乃，馬瑞辰說。❼冒：覆蓋。❽報：報答。❾德音：稱他人之言爲德音，乃自謙之辭，非眞有德之意。無良：無善意。❿俾：使。此句謂使我成爲可忘却之人。⓫父兮母兮：卽父啊母啊！人們遇到痛苦，總是呼天呼父母。⓬畜：喜好。馬瑞辰說。卒：終。謂丈夫不能始終喜歡她，故呼父母而訴之也。⓭述：韓詩作術，道也。不述，卽不合正道。方玉潤謂：「不述，言不欲稱述。」以見敦厚，也很有見地。

【評　解】

日月是邶風九篇的第四篇，分四章，章六句，其中「乃如之人兮」三句五字，全詩共九十九字。

毛序：「日月，衞莊姜傷己也。遭州吁之難，傷己不見答於先君，以至困窮之詩也。」劉向列女傳卷七孽嬖之四衞宣公姜，載宣姜生壽及朔，宣姜欲謀害太子伋而立壽。結果壽代死，而伋仍爲盜所殺。此詩「乃如之人，德音無良」即指宣姜。陳喬樅謂此魯詩之說，與史記敘事合而與毛序迥異。朱傳用毛序而不採列女傳說，僅云：「莊姜不見答於莊公，故呼日月而訴之。」並在辯說中指出序謂遭州吁之難而作之不當，又以此詩篇次當提前置於「燕燕」之前。列女傳引此詩兩句，固不能即謂此篇爲責宣姜之詩，毛序朱傳，亦屬湊泊歷史之臆度，而顯得牽强的。所以今人只用孟子讀詩法以解此詩，放棄歷史事跡，不說宣姜，也不說莊姜，而泛指詩人詠婦人之自傷者。屈萬里詩經釋義即曰：「此詩當是婦人不得於其夫者所作。」

此詩之特點，在每章首句，呼日月而訴之，末章更呼及父母，以見其無可宣洩之沉痛。史記屈原列傳：「夫天者，人之始也；父母者，人之本也，人窮則反本。故勞苦倦極，未嘗不呼天也；疾痛慘怛，未嘗不呼父母也。」等於此詩的說明。方玉潤評曰：「一訴不已，乃再訴之；再訴不已，更三訴之；三訴不聽，則惟有自呼父母而歎其生我之不辰，蓋情極則呼天，疾痛則呼父母，如舜之泣于旻天，于父母耳，此怨極也。而篇終乃云「報我不述」，則用情又何厚哉！」

「日居月諸」句中「居」「諸」二字自爲韵。

五七、終　風

這是一篇女子遇人不淑的自傷之詩。

原詩	今譯
終風且暴，❶	一會兒像狂風暴雨般吼叫，
顧我則笑；	一會兒又看着我嬉笑；
謔浪笑敖，❷	那股胡鬧放蕩的勁兒，
中心是悼。	創痛的心兒眞受不了。
終風且霾，❸	像狂風捲沙土擊落我身上，
惠然肯來；	居然又和顏悅色地前來裝樣；
莫往莫來，	沒有往來倒也罷了，
悠悠我思。	免得我日夜癡心妄想。

終風且曀，❹　像狂飆突起昏天黑地，
不日有曀；　不見太陽眼前一片黑漆；
寤言不寐，❺　躺在床上睜眼呆想，
願言則嚏。❻　想着想着就打噴嚏。

曀曀其陰，　暗昏昏呀陰沉沉，
虺虺其靁；❼　克隆克隆雷陣陣；
寤言不寐，　躺在床上兩眼睜，
願言則懷。❽　思來想去好煩神。

【註釋】❶王念孫云：「終猶既也。」暴爲瀑之假借字。說文：「瀑，急雨也。」終風且暴：既狂風又暴雨。❷謔：音虐。謔浪笑敖：戲謔放浪，無敬愛之意。❸霾：音埋，雨土也，風揚沙土落如雨。❹曀：音益，陰而風也。❺寤言不寐：醒而不入眠。❻願：思也。嚏：音替，噴嚏。願言則嚏：謂思念之卽打噴嚏。與今俗他人念己則嚏相似。❼虺：音灰。虺虺：雷聲。靁卽雷字。❽懷：傷也。

【評解】

終風是邶風十九篇的第五篇，篇分四章，章四句，句四字，全詩共六十四字。前三章每句末一字用韵，末一章僅「雷」「懷」二字用韵。

詩序：「終風，衞莊姜傷己也。遭州吁之暴見侮慢而不能正也。」朱子辯說曰：「詳味此詩，有夫婦之情，無母子之意，若果莊姜之詩，則亦當在莊公之世，而列於燕燕之前，序誤矣。」蔣悌生則云：「朱子以日月終風二篇爲非因州吁之難而作。今觀詩文，所謂無良，所謂暴，所謂謔浪笑傲等語，又豈宜施於莊公者？」今人多但就詩原文玩味，定其爲婦人不得於其夫之詩。

這詩用象徵手法描摹出她丈夫的狂暴來，簡直是變態心理的虐待狂，使人不寒而慄，而她居然能忍受，還要眼睜睜地躺在床上想他，想得打起噴嚏來。她的打噴嚏，本是受到乍陰乍晴的生活，乍陰乍晴的天氣的影響所致，但她還以爲丈夫也在想她，而她才會打噴嚏呢。她這樣的死心眼，眞是溫柔敦厚之至。她的遇人不淑，令人覺得有無限的可憐。這詩刻劃夫婦兩人性格，差不多已塑造出典型來了。

五八、谷　風

小雅和國風很多類似之處。這篇棄婦怨訴之詩，形式與內容都與邶風的谷風完全相像，便是一個顯明的例證。

原詩

習習谷風，❶
維風及雨。
將恐將懼，
維予與女。
將安將樂，
女轉棄予。

習習谷風，
維風及頽。❷
將恐將懼，
寘予于懷。

今譯

大風陣陣吹向我，
風風雨雨的日子不好過。
從前艱苦恐慌難度日，
只有我做牛做馬陪伴你。
如今生活漸安逸，
你却轉而把我棄。

大風陣陣吹向我，
把我吹得倒地臥。
從前艱苦恐慌日難挨，
你就把我緊緊摟在懷。

將安將樂，　如今生活漸安逸，
棄予如遺。　你却存心把我棄。

習習谷風，　大風陣陣吹得兇，
維山崔嵬。　只有高山吹不動。
無草不死，　吹得青草拔了根，
無木不萎。　吹得樹木全凋零。
忘我大德，　你把我大恩大德忘乾淨，
思我小怨。　却專挑剔我小毛病。

【註釋】❶此句同邶風谷風篇首句，文義詳邶風篇註釋。❷頹：李巡爾雅註：風從上降；姚際恆則以爲暴風。

【評　解】

谷風是小雅谷風之什十篇的第一篇，朱熹集傳則列爲小旻之什的第七篇。篇分三章，章六句，句四字，全詩共七十二字。

詩序：「谷風，刺幽王也，天下俗薄，朋友道絕焉。」朱傳襲後句而棄前句，只說是：

「朋友相怨之詩。」近人以邶風谷風篇題材與此詩同，而朱熹定彼爲「婦人爲夫所棄」，而定此則爲「朋友相怨」，自相矛盾。況此詩中有「寘予于懷」句，所詠亦明明爲「婦人爲夫所棄」，故應改定爲「棄婦怨訴之詩。」屈萬里詩經釋義卽曰：「此與邶風之谷風相似，蓋亦棄婦之辭也。」這是詩的本旨，當然應用於君臣之間，朋友之中，都是可以的。

此谷風篇幅不及邶風谷風的一半長，而其技巧也相差很遠，但其題材和風格是相同的。我們試將邶篇谷風抽出幾句來，改組成一章，便會覺得簡直是此詩中的一章：

習習谷風，
以陰以雨。
昔育恐鞫，
及爾顚覆。
既生既育，
比予于毒。

而且如果我們將這六句揷在二章與三章之間，把這詩增加成四章來讀，也仍能一氣貫之，內容更加充實，而完全看不出來有什麼不妥之處的。由此觀之，小雅與國風之間的界限是難於嚴格分清的。無論句調風格題材主題，無論形式與內容，都可以有相同的地方。

五九、節南山

東周初年，執政者太師和尹氏用人不當，一時天災人禍相繼發生，國運危殆。國人雖憂心如焚，却都不敢直言，這時就有一位忠心耿耿的大夫——家父——大膽作詩，發出痛心疾首的呼喊，誠懇地希望他們有所悔悟，改變作風，得以化凶爲吉。詩人一片忠君愛民的赤忱，至足感人！

原詩	今譯
節彼南山，❶	那像柱頭般高聳的南山，
維石巖巖，❷	山石高大而巉巖。
赫赫師尹，❸	顯赫的太師和尹氏，
民具爾瞻。❹	人民都側目向你們看。
憂心如惔，❺	大家憂心似火燒，
不敢戲談。❻	但却不敢隨便談。

國既卒斬，[7]
何用不監！[8]

國祚既曾被斬斷，
爲何還不快察監！

節彼南山，
有實其猗。[9]
赫赫師尹，
不平謂何！[10]
天方薦瘥，
喪亂弘多。[12]
民言無嘉，[13]
憯莫懲嗟！[14]

高聳的南山眞巍峨，
樹木繁茂滿山阿。
顯赫的太師和尹氏，
爲政不平可奈何！
上天正在降災又降禍，
禍亂既六而又多。
人民沒有好話說，
曾不後悔快改過！

尹氏大師，
維周之氐；[15]

所謂尹氏和太師，
職掌周室爲國基；

秉國之均。⑯
四方是維；
天子是毗，⑰
俾民不迷。⑱
不弔昊天！⑲
不宜空我師。⑳

弗躬弗親，
庶民弗信；
弗問弗仕，㉑
勿罔君子？㉒
式夷式已，㉓
無小人殆。
瑣瑣姻亞，㉔

秉持國政握權衡，
四方邦土人民要維繫；
天子靠他來輔弼，
引導人民不迷失。
老天何其不憐恤！
不該使我萬民受窮苦。

政事不肯親自理，
人民自難信任你；
凡事不問也不做，
君上能不被你欺？
平心執政把壞人廢，
勿使壞人弄權國運危。
還有姻亞親戚小人羣，

則無膴仕。㉕　也就不得厚祿居高位。

昊天不傭，㉖　老天未免太不公，
降此鞠訩；㉗　降下這樣的大災凶；
昊天不惠，　老天何其不惠愛，
降此大戾。㉘　降下這樣的大災害。
君子如屆，㉙　如果在上親把政事理，
俾民心闋；㉚　人心才能獲平息；
君子如夷，　如果在上平心理政事，
惡怒是違。㉛　人民的惡恨才消失。

不弔昊天，　老天竟是不同情，
亂靡有定；　禍亂頻仍沒個停；
式月斯生，㉜　月月有呀月月生，

俾民不寧。　使得人民不安寧。
憂心如酲，㉝　憂心忡忡如醉酒，
誰秉國成？㉞　有誰公平秉國政？
不自爲政，　既不親把國事理，
卒勞百姓。㉟　勞弊百姓受苦痛。

駕彼四牡，　駕上那四匹大公馬，
四牡項領，㊱　四匹公馬肥又大。
我瞻四方，　我張望四方察地形，
蹙蹙靡所騁，㊲　地形狹小無處可馳騁。

方茂爾惡，㊳　當你們盛怒交惡時，
相爾矛矣；㊴　操矛動武也不惜；
既夷既懌，㊵　一旦氣消心歡喜，

如相醻矣。[41]　　就像賓主酬酢好客氣。

昊天不平，　　老天做事不公平，
我王不寧。　　使得我王不安寧。
不懲其心，　　不知悔過改前非，
覆怨其正。[42]　　反怨別人守正行。

家父作誦，[43]　　家父作詩用心深，
以究王訩。[44]　　王政凶亂究原因。
式訛爾心，[46]　　願你們洗心改面重思慮，
以畜萬邦。[46]　　好使天下人民沐君恩。

【註釋】[1]節：毛傳說是高峻貌。高本漢謂節本義爲竹節，指山形聳立像柱頭。[2]巖巖：積石貌。[3]赫赫：尊顯貌。師：太師；尹：尹氏，皆官名。舊謂尹其氏而師其官者，非是。古內史尹，作册尹，往往祇稱曰尹氏，其位尊顯，與太師同秉國政。說詳王國維書作册詩尹氏說。[4]具：俱。此二句言赫赫然尊顯之太師及尹氏

；民皆惟爾是視也。❺惔：音談ㄊㄢˊ，火焚。❻戲談：猶戲謔，經義述聞有說。❼卒：終。斬：絕。❽監：馬瑞辰謂監爲瞷之省，說文：瞷，視也。❾實：廣大貌，有實：實然也。猗：王引之經傳釋詞謂應作阿，曲隅。❿謂何，猶奈何。⓫薦：重。瘥：音嵯ㄘㄨㄛˊ：病。⓬喪亂：禍亂。弘：大。⓭嘉：善。言民衆對師尹之政，已無好話。⓮憯：音慘ㄘㄢˇ，爾雅釋言：憯，曾也。懲：戒。嗟：傷嘆。言曾不懲改亦不咨嗟。經傳釋詞謂：嗟爲句末語助詞，亦通。⓯氐：音抵ㄉㄧˇ，柢之省，根本。⓰均：平。⓱毗：音皮ㄆㄧˊ，輔助。⓲俾：使。⓳不弔：卽不淑，猶言不善，昊：音浩ㄏㄠˋ，元氣博大之貌。⓴空：窮。師：衆。㉑仕：事。㉒罔：欺。君子：揆諸上文，此「君子」當指君上而言，蓋與「庶民」相對成文。言君上委政師尹，而師尹却任用姻亞小人，不親理政事，故在下不得人民之信任，對上則有欺君之嫌。㉓式：馬瑞辰謂二式字與六章「式月斯生」之式，均爲語辭。高本漢支持其說。夷：平；已：止。王安石曰：「已，廢退也。孟子所謂士師不能治士則已之，與此已同義。」㉔瑣瑣：小貌。姻亞：兩壻相謂曰亞，壻之父曰姻。姻亞卽今所謂裙帶關係也。㉕膴：音武ㄨˇ，厚。膴仕：謂高官厚祿。㉖傭：說文：傭，均也，直也。㉗鞫：窮。訩，凶咎。㉘戾：乖違不順。㉙屈萬里先生謂此章二「君子」皆指師尹而言。朱傳：「屆，至。」至，謂親理政事，與上章「弗躬弗親」對言。㉚闋：音缺ㄑㄩㄝ，息。謂民心平息。㉛違：去，失。㉜式月斯生：卽按月而生。㉝酲：音呈ㄔㄥˊ，病酒。㉞成：平。㉟卒：馬瑞辰謂瘁之假借；音翠ㄘㄨㄟˋ，勞也。高本漢支持其說。㊱項：大。領：頸，項領，言馬肥大。㊲蹙蹙：縮小之貌。騁：馳騁，言國土日蹙，馬雖肥壯，亦無處馳騁也。㊳方：當。茂：盛。惡：惡感。㊴相：視。視爾矛，言欲相鬬。㊵夷：悅，謂和好。懌：音亦ㄧˋ，亦悅也。㊶醻：同酬。謂如飲酒互相酬酢。㊷覆：反。正：正道。㊸家父：周大夫，家氏父字，魯詩齊詩作「嘉父」，齊詩又作「嘉甫」。誦：可誦之辭，謂此詩。㊹究：推究。王訩：王政致凶之由。㊺訛：化，變。爾：謂師尹。㊻畜：養。

〔評　解〕

節南山爲小雅節南山之什的第一篇，朱傳改列爲祈父之什第七篇，共十章，六章章八句，四章章四句，共二五八字。舊說以爲幽王時詩，朱熹疑之曰：「春秋桓十五年，有家父來求車，於周爲桓王之世，上距幽王之終，已七十五年。」今更據詩中有「國既卒斬」之語爲證，則此詩當係東周初年之作。首章先以南山的巍峨高峻，以喻太師尹氏地位的顯赫，正因如此，遂使人民爲之側目，望而生畏，對其亂政雖憂憤塡胸，却都不敢輕易談論，而作者家父憤慨地直斥師尹的不當說：「國既卒斬，何用不監」，以期喚醒醉生夢死的執政者。二章承首章而言，對警戒之意更加深一層。先以山阿因樹多能平其凹處，以刺位高權重的師尹執政却不平，爲之奈何！人爲的不平，致上天降禍，人民遭殃，口出怨言，而太師和尹氏却仍不知後悔改過。三章敍明太師和尹氏的職權在執國政、維四方、輔天子、保人民，然而上天却不憐恤我民，而使受此窮苦，說是天意，却正是人爲。暗諷師尹的尸位素餐，不能盡責。四章接三章而言，擧出太師尹氏不盡責之事實，因不親理政事，致上欺下瞞。詩人針對其委任小人且多裙帶關係的錯誤措施，提出應平心執政，廢棄小人，不使姻親居高官厚祿的改良政策。五章言上天之降災害於人民，都是師尹所致，師尹如能平心親政，人民怨怒自消。六章再加深一層意思，太師尹氏終不親政，只有瘁勞百姓了。七章謂詩人在此無可奈何的情境下，只好遠蹈，以求清靜，然而舉目四望，竟無處可去，於是內心的痛苦，也就更爲深沉了。八章言師尹等的另一劣行，彼此之間只以私情好惡，不以國事爲重，眞所謂小人之交，反覆無常。九章言師尹等既不知痛自悔改，反怨別人之守正不阿，眞是可惡至極。末章揭出作詩目的，在追究禍亂原因，以期執政者有所悔悟而洗心改面，俾造福人羣。詩人一片忠君愛民的赤忱，充溢詩篇，感人至深。其感化人心轉禍成福，功效亦卓著。陸賈新語術事篇：「詩云：『式訛爾心，以畜萬邦』，言一心化天下而國治，此之謂也。」方玉潤讚之曰：「嗚呼！家父亦可謂爲人之所不能爲者矣，豈不壯哉！」

六〇、正　月

在幽王的暴虐政治下，憂國憂民的有識之士，發出痛苦的哀鳴，以期喚起在上者的注意，然而這聲音太微弱了，大勢已去，無濟於事。

原詩	今譯
正月繁霜，❶	四月的天氣下大霜，

我心憂傷。
民之訛言，❷
亦孔之將。❸
念我獨兮，
憂心京京。❹
哀我小心，
癙憂以痒。❺

父母生我，
胡俾我瘉？❻
不自我先，
不自我後。❼
好言自口，
莠言自口。❽

氣候反常我憂傷。
人民隨便造謠言，
謠言四起勢猖狂。
單單就我一個人喲，
內心的憂愁眞難當。
可憐我這脆弱心，
憂愁使我病纏身。

父母生我何不幸，
爲何使我受苦痛？
既不在我生之先，
也不在我死之後。
好話出自他們的口，
壞話也隨他們謅。

憂心愈愈，❾　　疾病纏身常憂愁，
是以有侮。❿　　對我的侮辱已受够。

憂心惸惸，⓫　　內心憂愁又痛苦，
念我無祿。⓬　　憂愁我一生沒幸福。
民之無辜，　　天下無辜老百姓，
并其臣僕。⓭　　都被驅使作臣僕。
哀我人斯，　　可憐我們苦命人，
于何從祿？　　幸福的生活那裏尋？
瞻烏爰止，⓮　　看那烏鴉要落足，
于誰之屋？⓯　　不知該落誰家屋？
瞻彼中林，⓰　　看那一片大樹林，
侯薪侯蒸。⓱　　粗柴細薪清楚分。

民今方殆，⑱　人民如今正危困，
視天夢夢，⑲　上天的眼睛却花昏。
既克有定，⑳　只要亂事肯平定，
靡人弗勝，㉑　沒人能把天力勝。
有皇上帝，㉒　我向皇天問一聲，
伊誰云憎！㉓　爲了恨誰亂不停！

謂山蓋卑，㉔　他們說山嶺何其低又平？
爲岡爲陵，㉕　却是高岡和大陵。
民之訛言，　人民如此亂說話，
寧莫之懲！㉖　竟然沒人禁止他。
召彼故老，㉗　找那元老來請教，
訊之占夢，㉘　又問占夢是何兆，
具曰「予聖」。㉙　都說「我就是聖者」。

六〇、正月

誰知烏之雌雄？㉚
「謂天蓋高，
不敢不局；㉛
謂地蓋厚，
不敢不蹐。」㉜
維號斯言，㉝
有倫有脊。㉞
哀今之人，
胡爲虺蜴？㉟
瞻彼阪田，㊱
有菀其特，㊲
天之抗我，㊳

烏鴉的雌雄誰知道？
「他們說上天何其高，
然而不敢不彎腰；
他們說地是何其厚，
我們却要小步輕輕走。」
人們喊出這些話，
確有道理不虛誇。
可憐今日老百姓，
爲何怕得像蛇蟲？
瞧那崎嶇磽薄地，
茂盛的禾苗也長起。
只是上天危害我，

如不我克。㊴
彼求我則，㊵
如不我得；
執我仇仇，㊶
亦不我力。㊷

心之憂矣，
如或結之。㊸
今茲之正，㊹
胡然厲矣！㊺
燎之方揚，
寧或滅之？㊻
赫赫宗周，㊼
褒姒烕之。㊽

唯恐不能把我制。
當他要求我法則，
唯恐不能把我得；
得我之後不希奇，
就此把我等閒棄。

我的憂愁沒個了，
就像繩子結得牢。
今日的政治一團糟，
爲何如此施殘暴！
燎原的野火正熾烈，
豈是有人能熄滅？
宗周煊赫又偉大，
褒姒却能毀滅它。

終其永懷，[49]
又窘陰雨。[50]
其車既載，
乃棄爾輔，[51]
載輸爾載，[52]
將伯助予。[53]

無棄爾輔，
員于爾輻。[54]
屢顧爾僕，[55]
不輸爾載。
終踰絕險，[56]
曾是不意！[57]

我的憂傷沒個完，
又困陰雨連緜天。
車上貨物已載滿，
竟而撤去你箱板。
箱板撤去貨物散，
「大哥助我」事已晚。

你的車箱別撤去，
更要加大你輪輻。
時而關照你車夫，
不會撒落你貨物。
終能渡過最險路，
這樣的辦法不思慮！

魚在于沼，[58]
亦匪克樂；[59]
潛雖伏矣，
亦孔之炤。[60]
憂心慘慘，
念國之爲虐。[61]

魚兒游在淺水塘，
不能快樂無災殃；
雖然潛伏在深淵，
形跡也是很明顯。
內心戚戚又慘慘，
國家的暴政令人煩。

彼有旨酒，[62]
又有嘉殽；[63]
洽比其鄰，[64]
昏姻孔云。[65]
念我獨兮，
憂心慇慇。[66]

他們有美酒可痛飲，
又有佳餚可大呑；
和樂宴享他四鄰，
還有親戚一大群。
可憐我無親無友孤獨身，
內心痛苦又憂悶。

仳仳彼有屋，⑥⑦　　華麗的房屋他們住，

蔌蔌方有穀。⑥⑧　　車輛並行在大路。

民今之無祿，　　如今的百姓無福祿，

天夭是椓。⑥⑨　　少壯之人受痛苦。

哿矣富人，⑦⓪　　富人歡樂享大福，

哀此惸獨！⑦①　　可憐這孤苦的人兒何處訴！

【註釋】❶正月：指正陽之月，即夏曆四月。繁：多。四月非降霜之時，而今多霜，是氣候反常，古人認爲是上天以此儆戒執政者。❷訛：音餓ㄜˋ。訛言：僞言，謠言。❸孔：甚。將：大。❹京京：憂不去。❺癙：音鼠ㄕㄨˇ，憂。與雨無正篇「鼠思泣血」之鼠同義。癙憂猶憂思。經義述聞說。痒：音羊一ㄤˊ，病。❻胡：何。俾：使。瘉：音愈ㄩˋ，病痛，指遭逢喪亂。❼言禍亂之興，不先不後，適逢其會。❽莠：音有一ㄡˇ，醜惡。❾愈愈：與爾雅之瘐瘐同義，病貌。馬瑞辰說。❿因憂傷時政而爲人嫉恨，故遭欺侮。⓫惸：音琼ㄑㄩㄥˊ，惸惸，憂思貌。⓬無祿：孔疏：「祿名本出於居官倉廩，得祿者是福慶之事，故謂福祐爲祿，雖民無福，亦謂之無祿也。」是「無祿」可解作「無幸福」。⓭陳奐云：「幷，古拼字，爾雅：『拼，使也。』」古者，有罪之人，則沒爲臣僕。此無罪之民，使爲臣僕，言政亂也。屈萬里先生說。⓮爰：於。⓯鄭箋：「視烏集於富人之室，以言今民亦當求明君而歸之。」孔疏：「此視烏於所止，當止於誰之屋乎？以與視我民人所歸亦當歸於誰之君乎？烏集於富人之屋以求食，喻民當歸於明德之君以求天祿也。言民無所歸以見惡之甚也。」⑯中林：林中。⑰侯：維。蒸：薪之細者。「瞻彼中林，侯薪侯蒸」是說林中之粗細薪柴可以分得出，反襯下文「天視夢夢」。⑱方：正。殆：危。⑲夢夢：爾雅訓夢爲亂，說文訓不明。高本漢釋此二句爲「民今方危殆疾痛，號訴於天，而視天反夢夢然，若無意於分別善惡者。」⑳克：能。定：謂定亂。㉑靡：沒。二句言天如肯定亂，則無人不能勝過，卽天定勝人之意。㉒皇：大。有皇：皇然。㉓伊：語詞，經傳釋詞云：「云，猶是也。」憎：惡。言天竟不肯定亂，是爲憎誰邪？㉔陳奐曰：「蓋讀同盍，鄭注檀弓蓋皆當爲盍。羣經音辨蓋音盍是也。爾雅曷，盍也。廣雅曷、盍，何也。謂山蓋卑，言山何卑也。謂天蓋高，謂地蓋厚，言天何高地何厚也。三蓋字，並與何字同義。㉕岡：山脊。陵，大阜。都有高意。山本高而訛言其卑，證其言之不實。㉖寧：乃。懲：止，禁遏。與左傳成公三年「各懲其忿」之懲意同。或云：懲，戒也。言聞訛言而猶不懲戒己之過惡，亦通。㉗故老：年高望重之人。㉘占夢：官名，掌占夢之吉凶者。㉙具：俱，言皆自謂聖哲。㉚烏之雌雄不易辨，此喻故老、占夢之言，也不易辨其是非也。孔叢子：子思謂衛君曰：「君之國事將日非矣。君出言自以爲是，而卿大夫莫敢矯其非；卿大夫出言自以爲是，而士庶人莫敢矯其非。君臣既自賢矣，而羣下同聲賢之。賢之則順而有福，矯之則逆而有禍。如此則善安從生，詩曰：『具曰予聖，誰知烏之雌雄。』抑亦似衛之君臣乎！」㉛局：曲身。㉜蹐：音積ㄐㄧˊ，說文云：「小步也。」姚際恆曰：「『謂天蓋高』四句，卽唐人詩曰：『出門卽有礙，誰云天地寬』也。此必古語，故承之曰『維號斯言』」。㉝號：呼。斯言，指上文局蹐等語。㉞倫：道。脊：理。㉟虺：音毀ㄏㄨㄟˇ，蜴：音易ㄧˋ。虺蜴，傳謂蜴螈也。鄭箋：「虺蜴之性，見人則走。哀哉今之人，何爲如是，傷時政也。」孔疏：「……時人有言謂此上天蓋實高矣，而有雷霆擊人，不敢不曲其脊以敬之，以喻己恐觸王之忌諱也。謂此下地蓋實厚矣，而有陷溺殺人，不敢不累其足以畏之，以喻己恐陷在位之羅網也。言上下可畏如天地然，此人心疾王政不敢指斥，假天地以比之，作者善其言故云維我呼號而發此言，實有道理。言王政實可畏，此辭非虛也。既上下可畏，民皆避之，故言哀哉今之人，何故而爲虺蜴也。虺蜴之性，見人則走，民聞王政，莫不逃避，故言爲虺蜴也。」是知人民戰戰兢兢，畏避暴政如虺蜴之畏人般。如此解釋，則全章詩意貫串完整。或釋虺蜴爲害人之物，謂今之人何爲毒害如虺蜴，則「哀」字不得其解。㊱阪田：崎嶇貧瘠之田。㊲菀：音玉ㄩˋ，有菀卽菀然，茂盛之貌。特：謂特出之苗。言崎嶇貧瘠之田地，尚有繁茂特出之苗，反襯朝廷中却無一賢臣。㊳杌：音兀ㄨˋ，杌從兀得聲，兀有危義，杌亦當有危義。屈萬里先生說。㊴克：勝，言天之危害我，有如不我勝者，謂無所不用其極也。㊵則：法。㊶仇仇：或作执执，廣雅曰：执执，緩也。㊷「彼求我則」四句，言彼求我之法則，唯恐不能得我，言求我之急也。既得我之後，則緩於用我。言其有用賢之名，無用賢之實。暴亂之君，不知尊賢用方，故有暴亂之政以至亡國。㊸結：憂不離心，如物之纏結。㊹正：政。㊺胡然：何以如此。厲：暴亂。㊻火焚田曰燎。揚：舉，謂火盛。鄭箋：「火田爲燎，燎之方盛之時，炎熾熛怒，寧有能滅息之者？言無有也。以無有喻有之者爲甚也。」高本漢釋此句謂「當火正（舉起）燒得很高，如何有人能滅息它？」㊼赫赫：顯盛貌。宗周：鎬京，西周之京都。㊽褒姒：幽王后，幽王寵之以致亂，西周遂爲犬戎所滅。烕，滅同義。「燎之方揚」四句，孔疏：「言燎火方奮揚之時，炎熾熛怒，寧有能滅息之者，以喻宗周方隆盛之時，王業深固，寧有能滅亡之者？言此二者皆盛不可滅亡也。然此燎雖熾盛而水能滅之，則水爲甚矣，以興周國雖盛終將褒姒滅之，則褒姒惡甚矣。此二文互相發明，見難之而能，所以爲甚也。」經義述聞：「以燎火之盛，而乃有滅之者，以赫赫之宗周，而乃爲褒姒所滅」，意謂燎原之火應滅掉，赫赫之周，不應滅掉，竟爲褒姒所滅，更見其滅之不該也。今採前說。㊾終：永久，高本漢釋此句謂：「經常的懷念是永久的。」㊿窘：困。(51)輔：車兩旁立版，卽今所謂車箱，所以載貨者，陳奐說。(52)輸：墮。棄其輔，所載之貨卽墮落。(53)將

：請。伯：長，呼人之敬詞，猶今言大哥。54員：益，猶大也，陳奐有說。輻：音福ㄈㄨˊ，支輪輞之細柱。55顧：視。僕謂御車者。56絕：極，最。經義述聞說。57言有賢臣輔佐，則可度過絕險。然汝却曾不以是為意。58沼：沼池。59匪：同非。克：能。60孔：甚。炤：音灼ㄓㄨㄛˊ，顯明。61虐：謂國家暴虐之政。62旨酒：美酒。63殽：同餚。64洽：融洽。比：親近。65昏姻：親戚。云為芸之省體。芸：多。此句為「他們的親戚很多」更顯出「我獨」之可憐，高本漢說。66慇：音殷ㄧㄣ，慇慇：痛貌。67佌：音此ㄘˇ，佌、泚、玼三字義相近，當解為鮮盛之貌。68蔌：音速ㄙㄨˋ，蔌蔌，磨穀之聲。蔌蔌方有穀，韓詩及後漢書蔡邕傳注引詩，皆無「有」字，釋文亦云：「本或作方有穀，非也。」是釋文本亦無「有」字。穀，蔡邕傳注作轂，李賢云：「方，並也，並轂而行也。」以上二句，謂彼小人既有華麗之屋，又蔌蔌然並轂而行，言其富奢也。69天夭：韓詩作夭夭。按作夭夭是。夭夭，少壯之貌。此謂少壯之人也，屈萬里先生說。椓：音卓ㄓㄨㄛˊ，害。言少壯之人都受椓害，老弱者可想而知。70哿音可ㄎㄜˇ，歡樂，經義述聞說。71惸獨：孤獨。

〔評　解〕

正月是小雅節南山之什的第二篇，計十三章，八章章八句，五章章六句，共三八二字。詩中有「不自我先，不自我後」「民今方殆」「哀今之人」「今茲之正」「民今之無祿」，當是傷時而非感舊之作。且根據詩的內容，應係西周末年褒姒禍國，西周滅亡已成定局之際的詩。至此直然揭出罪魁禍首的褒姒，因當時幽王寵信褒姒，欲殺太子，立伯服，又舉烽火以戲諸侯，朝中佞臣諂上欺下，賢臣疏遠。憂國憂民的詩人，遂發出這無可如何的痛苦呼號。而或以為東遷後詩，姚際恆駁之云：「此詩刺時非感舊也，若褒姒已往，鎬京已亡，言之何益？且與前後文意亦不相類是已。然鎬京未亡，何以遽言褒姒滅之？古人縱極戇直，亦不應狂誕若此！此必天下大亂，鎬京亦亡在且夕，其君臣尚縱飲宣淫，不知憂懼，所謂燕雀處堂，自以為樂，一朝突決，棟焚而怡然不知禍之將及也，故詩人憤極而為是詩，亦欲救之無可救藥時矣。」方玉潤也說：「此周大夫感時傷遇之作，非躬親其害，不能言之痛切如此。」皆頗有見地。

第一章以氣候的反常，作為總綱，以開啓下面的文章，並證人事禍亂的卽將來臨。史記周本紀幽王三年，西周三川皆震，伯陽甫曰：「周將亡矣。夫天地之氣，不失其序，若過其序，民亂之也。」古人認為天象與人事有密切關係。因為氣候反常，所以謠言四起，而令詩人憂傷不已。

二章慨歎自己生不逢時，遭此亂世，小人當道，可以信口雌黃，憂國憂民的詩人，反被嫉妬而遭受侮辱。

三章由悲歎個人遭遇，想到天下無辜的人民。可憐芸芸眾生，竟無可以投奔求助之人。

四章謂旣失望於人事，轉求助於天道，然而上天此時也糊塗昏憒，善惡不分，不能爲民除此禍亂，詩人至此眞是呼天不應，叫地不靈，痛苦絕望已極。

五章再反觀人事，是非莫辨，黑白顚倒，當權小人，自認「聖者」。

遂可倒行逆施，致天下之人無以容身，戰戰兢兢，躲躲藏藏，如虺蜴之畏人（六章）。

但際此亂世，並非無賢臣相輔，然有「用賢之名」而無「用賢之實」，爲之奈何？（七章）。

因不知用賢，遂有暴亂之政，詩人直然揭出褒姒禍國的危機。是知作詩者必爲極有骨力之人，故能直言若此（八章）。

至無可挽救之際，再想求助於賢臣，爲時已晚（九章）。

爲何不早用賢，共圖國是（十章）。

賢臣因不被信用，遂退居隱藏，然仍不免受其災殃（十一章）。

而禍國殃民的君臣，卻仍歌舞昇平，醇酒婦人，華屋金車，盡情享受，怎不令詩人痛心疾首！（十二、十三章）

全詩蕩氣迴腸，充滿無限悲憤傷痛之情。

六〇、正月

六一、雨無正

西周末年，在上者無道，一般大臣也荒廢職事，人民遭殃，做此詩的近侍小臣，哀傷時政，發出憤慨的呼聲。

原詩	今譯
浩浩昊天，❶	浩然廣大的老天，
不駿其德。❷	不能常施他仁德。
降喪饑饉，❸	降下災禍鬧饑荒；
斬伐四國。❹	傷殘人民遍四方。
昊天疾威，❺	老天懲罰施暴虐，
弗慮弗圖。❻	還不修明政治快補過。
舍彼有罪，	有罪的人們被赦免，
既伏其辜；❼	他們的罪過給隱瞞；
若此無罪，	無罪的人們何不幸，

淪胥以鋪。⑧　　也被牽連受罰遭苦痛。

周宗既滅，⑨　　周朝的聲勢既衰滅，
靡所止戾。⑩　　沒人止亂定王業。
正大夫離居，⑪　　執政的長官各散離。
莫知我勩。⑫　　我的憂勞沒人知。
三事大夫，⑬　　三公大夫也偷懶，
莫肯夙夜；⑭　　早早晚晚不值班；
邦君諸侯，　　邦國諸侯都棄職，
莫肯朝夕。⑮　　莫肯覲王在朝夕。
庶曰式臧，⑯　　本望在上遷善能改過，
覆出爲惡。⑰　　反而爲非又作惡。

如何昊天，　　老天爺呀把你問，

辟言不信？⑱
如彼行邁，⑲
則靡所臻。⑳
凡百君子，㉑
各敬爾身。㉒
胡不相畏？
不畏于天！㉓
戎成不退，㉔
饑成不遂。㉕
曾我暬御，㉖
憯憯日瘁。㉗
凡百君子，
莫肯用訊；㉘

為何正言不採信？
就像那道路走呀走，
沒有日子走到頭。
奉勸在朝諸君子，
你們自身要保全。
為何不知有所怕？
難道不怕遭天譴！
戰亂起了沒人平，
饑荒的年歲民不寧。
只有我這近侍臣，
憂傷勞瘁日煩神。
凡百在朝諸官員，
不肯向人問善言；

聽言則答，㉙　　順耳之言就回答，
譖言則退。㉚　　逆耳之言快躲閃。

哀哉不能言！　　可憐呀要盡忠言不能够！
匪舌是出，㉛　　忠言還沒說出口，
維躬是瘁。㉜　　我已受禍遭殃咎。
哿矣能言，㉝　　能說的人兒樂無憂，
巧言如流，　　巧言出口似水流，
俾躬處休。㉞　　幸福安樂他享受。

維曰予仕，㉟　　要說應該去做官，
孔棘且殆。㊱　　做官却是危又難。
云不可使，　　守住正道不從命，
得罪于天子；　　惹得天子不喜歡；

亦云可使，　趨附依隨順他意，
怨及朋友。㊲　又遭朋友出怨言。

謂爾遷于王都，㊳　要你搬家來王都，
曰：「予未有室家」　却說：「我沒房子住」。
鼠思泣血，㊴　嘔血帶淚苦苦勸，
無言不疾。㊵　無話不惹你討厭。
昔爾出居，　從前避難你還出，
誰從作爾室！　又誰跟你去蓋房屋！

【註釋】❶朱傳：「浩浩，廣大貌；昊亦廣大之意。」昊音浩ㄏㄠˋ。❷駿：長也；長猶常也。不長其德，猶云不恆其德耳。陳奐說。❸墨子七患篇：「一穀不收謂之饉……五穀不收謂之饑。」朱傳：「穀不熟曰饑，蔬不熟曰饉。」❹斬伐：傷害。❺疾威：暴虐。❻慮、圖皆謀意。謂當政者不思修明其政。❼經義述聞云：「伏者，藏也，隱也。」舍猶赦，謂赦彼有罪之人隱其罪而不治。❽淪：率。胥：相。以：及。鋪：徧處。❾周宗既滅：馬瑞辰說周宗是宗周的倒誤。左昭十六年引詩曰：「宗周既滅，靡所止戾。正大夫離居，莫知我肄。」可證周宗為宗周之誤。蓋周宗指周宗室，宗周指周宗廟所在之地，二者有別，鄭玄作箋時詩句尚未倒誤，故箋謂鎬京也，高本漢亦主此說，指出朱集傳所解「易姓之禍」的不確切。滅，即蔑。竹添光鴻左傳會箋：「戾定也。肄勞也。言周舊爲天下宗，今乃衰滅，亂無息定。執政大夫，離居異心，無有念民勞者也。」釋滅爲衰滅意。又左昭九年「自文以來，世有衰德，而暴滅宗周。」竹添光鴻會箋：「滅，石經宋本俱作蔑，可從。」左襄二十年「暴蔑其君，而去其親」。竹添會箋：「陵暴輕蔑……」又釋文：「蔑，猶滅也。」可證滅蔑古通。而蔑有輕慢、棄、小貌、精微、削等義，是「宗周既滅」應解爲「周室勢力既已衰微」，或「周天子已不被尊重」（被輕慢），所以才有下面「靡所止戾，正大夫離居……，三事大夫，莫肯夙夜，邦君諸侯，莫肯朝夕」等語。而在此情況下，本希望在上者有所警悟而遷善改過，反而更爲非作惡。如此詩意才能前後貫串。如果滅字解爲「滅亡」，則下面的詩意不相貫矣。而且既已「滅亡」，又何須再「盡忠」「勸諫」？又何來「得罪于天子」「謂爾遷于王都」等語？⑩戾：是。⑪正大夫：長官大夫。離：離散。居晉基，語詞。⑫勩：音益一丶，勞。左昭十六年引詩作「肄」。⑬三事指天地人三事，三公所掌三事，卽指三公而言。⑭夙夜：謂早晨及夜晚朝省於王。⑮朝夕：朝暮朝省王。⑯庶：庶幾，希冀之詞。式：語詞。臧：善。⑰覆：反。二句謂庶幾其可以向善矣，乃反出而爲惡也。⑱辟：法。辟言：法度之言。不信：不被信用。⑲行邁：邁亦行意，行邁卽行路。⑳臻：至。此二句謂我之言不見信如行而無所至也。㉑凡百君子：指在官位者言。下同。㉒敬：儆。言諸在官之人，當各儆戒爾身。㉓二句謂天災如此，何能不畏懼。豈並天亦不畏乎？㉔戎：兵亂。㉕遂：安。㉖曾：猶今語「只有。」暬：音褻ㄒㄧㄝˋ，暬御：近侍之臣。㉗憯：音慘ㄘㄢˇ，憯憯：憂貌。瘁：音翠ㄘㄨㄟˋ，病。㉘訊：問。言不肯詢善於人。㉙聽言：段玉裁曰：「聽猶順也」。廣雅：「聽，從也。」故聽言謂順從之言。對譖言而言。㉚譖：讀爲ㄗㄣˋ，馬瑞辰曰：「廣韻：『譖，毀也。』毀猶謗也。古以諫言爲誹謗，故堯有誹謗之木，譖言卽諫言，。」則退，謂退而不答。㉛匪舌是出：卽不能說出口，承上「不能言」意。㉜忠言尙未出口，已遭殃咎也是爲己身之病害。如此解釋，始與下文詩意連貫。此三句哀忠臣之苦悶，下三句寫佞臣之得意。㉝哿矣：

見正月註70。此言樂哉能言之人。㉞言因能巧言，遂使己身處於休美之境。㉟予：或作于，往也。㊱孔：甚。棘，猶今言棘手之棘，不順也。屈萬里先生說。殆：危。㊲方玉潤曰：「當今之時，直道者王之所謂不可使，而枉道者王之所謂可使者也。直道者，得罪於君；枉道者，見怨于友，此仕之所以難耳。」孔疏：「朋友之道，相切以善。今從君惡，故朋友怨之。」㊳謂：使。方玉潤曰：「此詩不惟非東遷後詩，且西京未破之作，故望諸臣還歸王都。若西京已破，王室東遷，則勤王又自有人，豈待暬御相召。且其立言，別是一番建功立業氣象，斷不作鼠思泣血等語。」此言頗爲有理，且與第二章詩意相合。㊴鼠思：猶言癙憂。參正月篇。無聲而流淚曰泣。泣血，謂淚盡而繼之以血。㊵謂己之言無不被疾惡也。

〔評　解〕

這是小雅節南山之什的第四篇。共七章，二章各十句，二章各八句，共二二四字 。三章各六句。朱傳列爲祈父之什的第十篇。朱熹集傳謂：「正大夫離居之後，暬御之臣所作。」並記元城劉安世之言曰：「嘗讀韓詩，有雨無極篇……比毛詩篇首多『雨無其極，傷我稼穡』八字。」屈萬里先生曰：「極，正也。雨無正卽雨無極；本篇旣名雨無正，是毛詩祖本，亦當有此二句，不知何時逸之。」是以雨無正乃因霪雨成災，當時在上者無道，致政治混亂，人民遭殃，正如雨之無極，傷我稼穡也。

首章是說上天爲懲戒無道的執政者而降下災殃，以期有所警惕，無奈上自天子下至羣臣，仍然執迷不悟，而不知修明政治遷善改過，以致善惡不分，有罪的反被赦免，可憐清白無辜的人，却遭受牽連，這正是亂世的反常現象。所謂是非顚倒，黑白莫辨也。

次章是說由於幽王的無道，致使周朝勢力衰滅，而滿朝大臣，竟沒有肯扶傾濟危、止亂安民的，反而避亂遠蹈，以求自保，只有詩人爲之煩神憂傷，然而又有誰知？內則三卿大夫，外則邦國諸侯，都廢棄職責，不知勸在上者遷善改過，於是在上者也就變本加厲地爲非作惡了。

三章寫詩人莫可奈何，只好呼天而問之，爲何在上者不知採納忠言，就像那走不完的道路，永遠達不到目的。轉而再提醒在朝官員，無國卽無家，難道不知爲了自身的安全而應有所畏懼？難道不怕遭上天的譴罰？寫出詩人無限沉痛之情。

四章承三章，謂當時天災人禍，民不聊生，而在朝官員却自私廢職，無人去平亂安民，只有詩人這種近侍小臣，終日爲國爲民憂傷勞瘁，然而又有何用？在上者只願聽諂佞的悅耳之言，對於正直的勸諫却避退不理。

第五章說可憐的詩人，雖然忠心耿耿，但忠言還未出口已遭壞人嫉妬而受殃咎；那些擅於諂媚的小人，却能安樂幸福，天下還有什麼是非可言？

六章謂士人總想爲國效力，但是在如此情況下做官又談何容易！如果守正不阿，就會被天子責怪；如果屈節依順，博得天子的滿意，却又爲友朋所怨。眞不知如何是好！

末章詩人勸那些遠蹈的大臣，遷回王都以輔王室，以期挽回國運，但皆以無屋可住爲辭而拒絕遷回。(這批人或者就是十月之交篇所指遷到向邑去的皇父等大臣)。詩人雖嘔盡心血苦勸，仍不爲所動，最後詩人只有憤慨地說：「從前你們遷出時，又有誰曾跟你去蓋房屋！」眞令人氣憤塡膺，然而却莫可奈何！

詩中雖然屢責「正大夫」「三事大夫」「邦君諸侯」「凡百君子」，實則無處不映射天子之昏憒無道，六章的「云不可使，得罪于天子」即一語道破。全詩充滿無限憂國憂民之情，雖曰有心，奈勢單力薄，大勢難回矣。

此詩爲幽王近侍小臣之作，眼見朝政紊亂，羣臣走避，人微言輕，挽救無力，因而憂思泣血，發爲詩歌，反覆申述，希冀感動大臣，悔悟王心，其一片忠忱，溢於言表。實在是小雅中不可多得的好詩。而此小臣，亦可謂後凋之松柏矣。

六二、小旻

邪謀詭計，迷惑王心；正道善謀，反被蔑棄，詩人憂心忡忡，提出警告，希望在上者有所鑒督。

原詩	今譯
旻天疾威，❶	蒼天憤怒施威力，
敷于下土。❷	威力降下佈大地。
謀猶回遹，❸	小人的詭計和邪謀，
何日斯沮！❹	不知那天才停止！
謀臧不從，❺	好的主意不聽從，
不臧覆用。❻	壞的計謀反而採用。
我視謀猶，	我看這些壞計謀，
亦孔之邛。❼	簡直是些大病毒。
潝潝訿訿，❽	時而和好時毀壞，
亦孔之哀。	這等人兒太可哀。

六二、小旻

謀之其臧，
則具是違；⑨
謀之不臧，
則具是依。
我視謀猶，
伊于胡底！⑩

我龜既厭，
不我告猶。⑪
謀夫孔多，
是用不集。⑫
發言盈庭，
誰敢執其咎？⑬
如匪行邁謀，⑭

妥善的計謀供他用，
他却一概不聽從；
那些邪僻壞主意，
全部採納來實施。
我看那些壞計謀，
究將做到啥地步！

卜龜都已嫌厭煩，
吉凶的徵兆不會再靈驗。
謀夫太多亂開口，
什麼事情都沒成就。
發言的人兒滿王庭，
惹出禍害誰敢來擔承？
像那路人隨便說，

是用不得于道。⑮　　不合正道不實用。

哀哉爲猶！　　當今的計謀可哀歎！
匪先民是程，⑯　　不把古人做規範。
匪大猶是經；⑰　　撇開大道不去管；
維邇言是聽，⑱　　只有淺見才聽從，
維邇言是爭。⑲　　只把淺見爭來用。
如彼築室于道謀，　　像是築室要向那路人去請教，
是用不潰于成。⑳　　所以房屋築不好。

國雖靡止，㉑　　國家雖然不安定，
或聖或否；　　仍分明哲和昏庸；
民雖靡膴，㉒　　人民的數目雖不多，
或哲或謀，　　仍有謀士和賢哲，

或肅或艾。㉓　肅敬治理共爲國。
如彼泉流，　像那泉水往下流，
無淪胥以敗。㉔　切莫同歸不得救。

不敢暴虎，㉕　猛虎不敢徒手搏，
不敢馮河。㉖　渡河不敢游泳過。
人知其一，　人們只知這一端，
莫知其他。㉗　不知其他險事可正多。
戰戰兢兢，　戰戰兢兢愼提防，
如臨深淵，　就像站在深淵旁，
如履薄冰。㉘　就像蹈在薄冰上。

【註釋】❶旻：音民ㄇㄧㄣˊ，朱傳謂幽遠之意。❷敷：音夫ㄈㄨˊ，布也。屈萬里先生謂：西周文字，多謂地爲土；下土即下地也。❸猶：謀，下同。回：邪；遹：音玉ㄩˋ，邪僻意。❹經傳釋詞云：「斯，猶乃也。」沮：音居ㄐㄩ，止。❺臧：善。❻覆：反。❼邛：音窮ㄑㄩㄥˊ，病。❽潝：音系ㄒㄧˋ，訿：音紫ㄗˇ。朱傳：「

潝潝，相和也，訿訿，相詆也。」略本漢書劉向說。⑨具：俱，下同。違：謂違背不用。⑩伊：發語辭；于：往：胡：何；底：至，到達。⑪二語謂卜龜已嫌厭煩，卜兆不再靈驗。蓋小人不尙德而好灼龜求吉，請問過度，渫瀆神靈，故不再告以吉凶之道。⑫集：就，陳奐謂集乃就之假借字。元鈔本韓詩外傳作「是用不就」。左傳襄八年引詩杜預注亦云：集，就也。集，就並與成同義。此句謂所謀無所成就。⑬毛傳：「謀人之國，國危則死之，古之道也。」此言發言者雖滿王庭，然謀之不善，則無人敢任其過咎。⑭匪：彼。行邁：行路之人，意謂如與路人計劃（國事）。⑮用：以，是用卽所以。道：正道。⑯程：法。⑰經：行，朱彬說。⑱邇：近。邇言：淺近之言。⑲爭：馬瑞辰以爲：爭謂「爭取其言」，言在上者維邇言是爭。屈萬里先生謂「爭爲邇言也」，上好邇言，故下之人爭爲邇言。⑳潰：遂。㉑止：定。㉒膴：音五ㄨˇ，厚，謂人衆多。㉓肅：恭肅；艾：通乂，音義ㄧˋ，治理。此詩「或聖或否」「或哲或謀」「或肅或艾」與尙書洪範篇之五德「肅、乂、哲、謀、聖」相似，僅次序不同。姚際恆謂此詩以「謀」爲主，以「聖、哲、肅、艾」連言陪之，有主客之分。高本漢則謂與洪範無關。如果有關係的話，是洪範的作者受詩的影響。㉔二句謂無如彼泉流，相率以敗。泉流挾泥沙俱下，以喩善惡同歸於盡。㉕暴虎：徒手搏虎。㉖馮河：馮同凴，馮河謂徒步涉水，不藉舟以渡河。㉗人但知暴虎馮河一端之危險，而不知更有其他危險之事。意謂小人禍國而人莫察。㉘戰戰兢兢：恐懼戒愼貌。蘇轍云：臨淵恐墜，履冰恐陷。

〔評　解〕

小旻是小雅節南山之什的第五篇，朱傳改列爲小旻之什首篇。全詩共六章，三章八句，三章七句，共一九四字。這詩的作者與時代不能確定。詩序謂「小旻，大夫刺幽王也」，鄭箋以爲刺厲王；朱傳僅云：「大夫以王惑於邪謀，不能斷以從善而作此詩。」不言何王。詩首句「旻天疾威」，何以篇名不曰「旻天」而曰「小旻」，朱傳引蘇氏曰：「小旻、小宛、小弁、小明四詩，皆以小名篇，所以別其爲小雅也。其在小雅者謂之小，故其在大雅者謂之召旻、大明，獨宛、弁闕焉，意者孔子刪之矣。」郝敬以頌有「小毖」而無「大毖」駁之。屈萬里則謂：「孔子刪詩之說不足信，而小宛、小弁兩詩，開首爲『宛彼』、『弁彼』等語，用爲篇名既不辭；如單用一宛字或弁字，則雖有氓、蕩、抑等例，然終感不協於口。意者因其次小旻之後，遂亦偶加『小』字爲名也。篇名本無深義，若求之過高，則鑿矣。」

首章就君臣兩方面寫足邪謀惑人之害，將無所止，而「謀猶回遹，何日斯沮」二語更爲全詩關鍵所在，也是詩人發出以下感慨的主因。次章寫詩人慨歎小人之態度曖昧，反覆無常，君上之是非顚倒，善惡不分。三章繼二章之「潝潝訿訿」而言，小人意見紛紜，不知修德，只知頻頻灼龜以求吉兆，故卜龜厭煩而不示以正確意見；大家只是不負責任信口雌黃，而在上者反而就聽從這些不以先民爲法的邪謀詭計，就像築屋謀於路人，如何能有所成？（四章）。但詩人並不完全灰心，尙有賢哲謀士，共同爲國，只望不與小人同流合汚（五章），且須謹愼防範。蓋人情多懼於近憂而忽於遠慮，暴虎馮河之患，顯而易見，故知有所戒懼，而其他隱於無形的危險，甚於暴虎馮河，却不知有所防範，是詩人深爲憂慮，特以「戰戰兢兢」，「臨深履薄」以警王（六章），可謂語重心長，一片忠忱！

此詩末章寫得最爲生動，姚際恆評曰：「末章別作寓言感歎，眞有呻吟不盡之意！」荀子臣道篇曾引此全章七句以喻爲臣之道。而最後三句，尤爲後人所樂引。最早的見於左傳宣公十六年，晉國之盜，逃奔于秦，羊舌職即引此三句以稱道「善人在上」；而引得最爲確切動人的是論語泰伯篇記曾子臨終的情景：「曾子有疾，召門弟子曰：『啓予足！啓予手！詩云：「戰戰兢兢，如臨深淵，如履薄冰。」而今而後，吾知免夫？小子！』」

六三、六月

允文允武的吉甫，輔佐宣王北伐玁狁，凱旋歸來，得到了厚賜，慰勞了僚屬，詩人遂作此詩以頌吉甫的風度和功績。賴此詩的翔實記載，留傳下來當時歷史文化的大事。

原詩	今譯
六月棲棲，❶	六月棲棲行不止，

戎車既飭。❷　兵車都已備整齊。
四牡騤騤；❸　四匹公馬壯有力，
載是常服。❹　載着戎服和戰衣。
玁狁孔熾。❺　玁狁的勢力正盛熾，
我是用急。❻　緊急戒備莫遲疑。
王于出征，❼　天王說聲去打仗，
以匡王國。❽　匡救王國上戰場。

比物四驪，❾　四匹黑馬同驅馳，
閑之維則。❿　步調閑熟又齊一。
維此六月，　正當六月好天氣，
既成我服。　已經完成我戰衣。
我服既成，　我的戰衣既完成，
于三十里。⓫　一天行軍三十里。

王于出征，　天王說聲去打仗，
以佐天子。　輔佐天子上戰場。

四牡脩廣，⑫　四馬高大又脩長，
其大有顒。⑬　高大的馬兒氣勢壯。
薄伐玁狁，⑭　討伐玁狁逞武勇，
以奏膚公。⑮　打敗玁狁建大功。
有嚴有翼，⑯　將帥威嚴又莊敬，
共武之服。⑰　威嚴莊敬服兵戎。
共武之服，　威嚴莊敬服兵戎，
以定王國。　安定王國天下寧。

玁狁匪茹，⑱　玁狁頑强不柔服，
整居焦穫。⑲　調集大軍駐焦穫。

六三、六月

侵鎬及方，[20]	侵我鎬地又侵方，
至于涇陽。[21]	更到涇水水之陽。
織文鳥章，[22]	建我鳥隼大軍旗，
白旆央央。[23]	絲帛飄帶閃閃亮。
元戎十乘，[24]	高大的兵車有十輛，
以先啓行。	前驅開路赴戰場。
戎車既安，	兵車安穩又方便，
如輊如軒。[25]	或低或高自如轉。
四牡既佶，	四匹公馬壯又健，
既佶且閑。	壯健的馬兒步熟練。
薄伐玁狁，	討伐玁狁逞武勇，
至于大原。[27]	追趕玁狁到太原。
文武吉甫，[28]	吉甫能文又能武，

萬邦爲憲。㉙　　正是萬國好典範。

吉甫燕喜，㉚　　吉甫凱旋眞歡樂，
既多受祉。㉛　　接受朝廷賞賜多。
來歸自鎬，　　打從鎬地回轉來，
我行永久。　　長久的日子路上過。
飲御諸友，㉜　　宴饗朋友進飲食，
炰鼈膾鯉。㉝　　炰鼈膾鯉都備齊。
侯誰在矣？㉞　　歡宴席中誰在座？
張仲孝友。㉟　　孝友的張仲是主客。

【註釋】❶棲棲：同栖栖，行不止。馬瑞辰有說。❷戎車：兵車。飭：整。❸牡：公馬。騤音揆ㄎㄨㄟˊ，騤騤：強貌。❹載：以車載之。常服：戎服，普賢按此處應指著戎服之兵士言。❺孔：甚。熾：盛。❻戴震毛鄭詩考正云：「鹽鐵論引此詩作我是用戒。戒猶備也。……急字與韵亦不合。」❼王：周王，即天子，此指周宣王。爾雅：于，曰也。王于出征即王曰出征。❽匡：正，救。❾比物：馬力相等。驪音離ㄌㄧˊ，黑色馬。❿閑：熟習。則：法。維則謂有法則。⓫謂師一日行三十里。⓬脩：長。廣：大。⓭顒：音庸ㄩㄥˊ大貌。⑭薄：語詞。⑮奏：作，成。膚：大。公：功。⑯金文中常見「嚴在上，翼在下」之語，嚴：威嚴；翼：護持。有嚴有翼卽嚴然翼然，謂將帥也。屈萬里先生說。⑰共：古與恭通用。服：事。言敬謹於武事。⑱匪：同非。茹：柔。⑲整：齊。焦穫：地名，在今陝西涇陽縣境。穫音護ㄏㄨˋ。⑳方：地名，王國維以爲卽宗周彝器習見之䓥，或䓥京，其地當在蒲（秦之蒲阪，後之蒲州）。鎬：當距方不遠，非周京之鎬也。王國維䓥京考有說。此推本玁狁入侵之始。㉑涇：水名，涇陽：謂涇水之北，指涇水下游入渭處言。蓋玁狁自今山西西部入侵至涇陽也，說詳王國維鬼方昆夷玁狁考。㉒鳥章：鳥隼之文。織：應作識，通作幟，古者大夫以上將鳥隼的文彩，著於旗上；軍中士卒則著於背。馬瑞辰有說。㉓旆：音沛ㄆㄟˋ。白旆：以帛繼旐下，猶今所謂飄帶，白爲帛之省借，馬瑞辰有說。央央：鮮明貌。㉔元：大。戎：兵車。㉕如：猶或。屈萬里先生說。輊：音至ㄓˋ，車後低。軒：車前高起。如輊如軒，言或低或昂。㉖佶：音吉ㄐㄧˊ，壯健貌。㉗大原：在漢河東郡（今山西西部）說詳䓥京考。大音太。㉘文武吉甫：謂能文能武之吉甫。大雅崧高，烝民，皆吉甫所作，此又將兵，是允文允武也。吉甫卽尹吉甫。王國維以爲吉甫卽作兮甲盤之兮甲，（字伯吉父），說詳兮甲盤跋。㉙憲：法。㉚燕：樂。㉛祉：福，此謂所得之賞賜。㉜御：進。指飲食言。㉝炰：音庖ㄆㄠˊ，煮。膾：音檜ㄎㄨㄞˋ，細切肉。㉞侯：維。㉟言既孝順父母又友愛兄弟之張仲。

〔評　解〕

六月是小雅南有嘉魚之什的第十篇，朱傳列爲彤弓之什的第三篇，共六章，章八句，全詩一九二字。寫宣王時征伐玁狁，主將吉甫輔佐天子，退敵凱旋歡宴朋友的詩。前三章叙述出征的原因及出征時陣容的强大，將帥的威儀，車馬士卒整齊壯盛，軍行紀律又嚴整從容，的確是王者之師。四五兩章敘明出征旨在禦侮，並非侵奪。因玁狁勢力猖狂，侵入內地，吉甫勇往直前，統帥大軍，浩浩蕩蕩作開路先鋒，結果一戰而勝。出征本在遏止侵略，所以只把敵人趕出境外即罷兵，充分表現了允文允武的吉甫儒雅大將的風度，誠可爲萬邦的典範。方玉潤評曰：「…故當其乘勝逐北也，車雖馳而常安，馬雖奔而恆閑，何從容而整暇哉！及其回軍止戈也，不貪功以損將，不黷武以窮兵，又何其老成持重耶！所謂有武略者尤須文德以濟之，非吉甫其孰當此？宜乎萬邦取以爲法也。」前皆追敘，末章方寫出作詩本意。敘吉甫凱旋歸來的歡樂，得到朝廷厚賜，備佳餚大宴賓客，以慰勞出征同僚。詩人遂作此詩以美之。而賓客中特提孝友的張仲，因求忠臣必於孝子，是作詩者寓有深意。

六月是一篇最可寶貴的史詩，宣王征伐玁狁爲周室中興大事，賴有此詩，將當時作戰的時、地等都有清楚的記載留下。用典雅的文字，寫出了主將吉甫的風度，更令後世的讀者對允文允武爲民族文化立下典範的吉甫，油然生出無限的景仰之心。吉甫可說是我國歷史上第一位有史實可考的文武兼備的儒將，他勤王禦侮，維護中原文化，而又充分表現了我民族愛好和平，反侵略禦強蠻的偉大精神，這精神灌輸在我們民族的命脈裡，造成歷史上若干可歌可泣，感天地動鬼神的壯烈事蹟，和一些保國衞民，爲正義、爲自由而發動的神聖戰爭。因此在精神上，我們和二千七百多年前的吉甫，又是多麼接近啊！

六四、蕩

這是西周詩人，根據周初聲討殷商的史料寫成用以警戒周室的詩。

原詩	今譯
蕩蕩上帝，❶	蕩蕩偉大的上帝，
下民之辟。❷	下民之君衆所依。
疾威上帝，❸	一旦震怒發威力，
其命多辟。❹	命令也就多怪僻。
天生烝民，❺	上天生下萬民來，
其命匪諶。❻	所得命運難信賴。
靡不有初，❼	開頭小心沒有不昌隆，
鮮克有終。❽	却很少能善始而善終。

文王曰：「咨！⑨　　文王說話發歎聲，
咨女殷商。⑩　　「殷商啊殷商你細聽。
曾是彊禦，⑪　　你們做事太強橫，
曾是掊克；⑫　　聚斂人民使困窮；
曾是在位，　　任用壞人在高位，
曾是在服。⑬　　任用壞人理朝政。
天降滔德，⑭　　上天降你壞品德，
女興是力。」⑮　　你就盡力去作惡。」

文王曰：「咨！　　文王說話發歎聲，
咨女殷商。　　「殷商啊殷商你細聽。
而秉義類，⑯　　你用善人理朝政，
彊禦多懟，⑰　　強橫之臣怨懟生，

流言以對，⑱
寇攘式內。⑲
侯作侯祝，⑳
靡屆靡究。」㉑

文王曰：「咨！
咨女殷商。
女炰烋于中國，㉒
斂怨以爲德。㉓
不明爾德，㉔
時無背無側；㉕
爾德不明，
以無陪無卿。」㉖

製造謠言來應答，
是把盜寇藏在家。
惹得國人發詛咒，
無窮無極無日休。」

文王說話發歎聲，
「殷商啊殷商你細聽。
咆哮中國太驕氣，
聚斂怨恨以爲了不起。
要是不修你品德，
就沒良臣來輔佐；
你的品德不修好，
就沒忠心的大臣來效勞。」

文王曰：「咨！
咨女殷商。
天不湎爾以酒，[27]
不義從式。[28]
既愆爾止，[29]
靡明靡晦。[30]
式號式呼，[31]
俾晝作夜。」[32]

文王曰：「咨！
咨女殷商。
如蜩如螗，[33]
如沸如羹。[34]
小大近喪，[35]

文王說話發歎聲，
「殷商啊殷商你細聽。
上天沒有用酒沉醉你，
你就不應喝個不停止。
你的行爲既然沒節制，
不分黑夜和白日，
高聲叫喊瞎胡鬧，
白天當作黑夜熬。」

文王說話發歎聲，
「殷商啊殷商你細聽。
人們的歎息似蟬鳴，
人心的憂亂像羹湯在沸騰。
老老少少眼看就喪亡，

人尙乎由行。㊱　　還是作惡照舊樣。
內奰于中國，㊲　　怨怒之情遍全國，
覃及鬼方。」㊳　　遠方的蠻邦也遭禍。」

文王曰：「咨！　　文王說話發歎聲，
咨女殷商。　　「殷商啊殷商你細聽。
匪上帝不時，㊴　　不是上帝不合理，
殷不用舊。㊵　　是你不用舊章和舊制。
雖無老成人，㊶　　老成之人雖凋謝，
尙有典刑。㊷　　尙有法則供你學。
曾是莫聽，　　你却不聽也不睬，
大命以傾。」㊸　　國運自然要傾敗。」

文王曰：「咨！　　文王說話發歎聲，

咨女殷商。　　殷商啊殷商你細聽。

人亦有言：　　古人曾說這樣的話：

『顚沛之揭，㊹　　『大樹倒下連根拔，

枝葉未有害，　　並不是枝葉有傷殘，

本實先撥。』㊺　　只因樹根先折斷。』

殷鑒不遠，㊻　　殷人的借鑒不算遠，

在夏后之世！」㊼　　夏朝的教訓在眼前！」

【註釋】❶蕩蕩：偉大之貌。❷辟：音壁ㄅㄧˋ，訓君。❸疾威：猶言暴虐。❹辟：音僻ㄆㄧˋ，邪僻。❺其命：謂天命。烝民：衆民。❻諶：音忱ㄔㄣˊ，信賴。❼❽鮮：少。二句謂國運初始無不隆盛，但卻很少能善其終。❾咨：嗟歎之詞。❿女：同汝。⓫經傳釋詞云：「曾，猶乃也。」高本漢謂作起句助詞用。彊禦：強橫。⓬掊：音抔ㄆㄡˊ，掊克：聚斂。⓭服：事。在服即在位。⓮滔：朱傳作慆，慆：慢。滔德：慆慢不恭之品德。⓯興：作。力：用力。意謂盡力爲惡。⓰秉：用。義類：善類，即好人。⓱懟：音隊ㄉㄨㄟˋ，怨。⓲流言：浮浪無根之言，即謠言。⓳寇攘：盜竊。式：語詞。⓴侯：維。作：朱傳讀爲，祝音呪。詛祝：怨謗。㉑屆：極。究：窮。㉒炰：音庖ㄆㄠˊ。烋：音哮ㄒㄧㄠ。炰烋：同咆哮，志驕而氣健。㉓斂：聚。此句謂聚斂人之怨恨以爲己之美德。㉔明：修明。㉕時：是。無背：無側，謂身旁及背後無善臣，指小臣而言。㉖陪：副。卿：卿士，指大臣而言。㉗湎：音免ㄇㄧㄢˇ，沉迷其中。㉘義：宜。式：用。謂不宜從而用酒。㉙愆：過。止：容止。㉚明：晝。晦：夜。㉛式：語詞。㉜俾：使。使晝作夜，　，正所謂靡明靡晦也。㉝㉞蜩：音條ㄊㄧㄠˊ，蟬。螗：音唐ㄊㄤˊ，蟬之大而黑者。馬瑞辰云：「謂時人悲歎之聲，如蜩螗之鳴；憂亂之心，如沸羹之熟。」㉟小大謂老少。近：幾乎。㊱言人尙由此而行，不改舊惡。㊲奰：音避ㄅㄧˋ，怒。㊳覃：音潭ㄊㄢˊ，延及。鬼方：殷周間西北狄國之名。王國維觀堂集林：「鬼方、混夷、獯鬻、玁狁、匈奴：皆同種。覃及鬼方：謂惡行延及遠方之蠻邦，亦引起怨怒之情。㊴時：是。㊵舊：舊章。㊶老成人：指舊臣。㊷典刑：法則。㊸大命：國運。㊹顚：仆倒。沛：拔。揭：樹根蹶起之貌。㊺本：根。撥：絕。以上三句謂樹之仆倒，樹根蹶起，枝葉並未有病害，實因其根本先已斷絕，故樹必死。㊻㊼鑒：鏡。二句謂殷人之借鏡並不遠，就在夏后之世。夏桀暴虐無道，而致亡國，足以爲殷之鑒戒。

〔評　解〕

蕩是大雅蕩之什十一篇的第一篇，分八章，章八句。其中九個五字句，兩個六字句，餘均四字句，全詩共二百六十九字。

此詩相傳是周厲王時召穆公所作。毛序曰：「蕩，召穆公傷周室大壞也。厲王無道，天下蕩蕩無綱紀文章，故作是詩也。」三家無異義。唐孔穎達疏曰：「傷者，刺外之有餘哀也。其恨深於刺也。」宋人范處義申序義曰：「是詩，意其作於厲王監謗益嚴之時，故所陳八章，皆不敢斥厲王。首章假上帝之蕩蕩以爲言，後七章則皆假文王之歎商以寓意，明乎此，則所謂天下蕩蕩無綱紀文章，乃序詩者發明言外之意也。」朱熹詩集傳僅云：「詩人知厲王之將亡，故爲此詩，託於文王所以嗟歎殷紂者。」而不言召穆公作。但其辯說亦僅引蘇氏言：「蕩之名篇，以首句有蕩蕩上帝耳。序說云云，非詩之本意也。」而未明言作詩者非召穆公。故清人姚際恆方玉潤亦仍以此詩爲召穆公作，而僅論詩旨。姚氏曰：「此詩託言文王歎商，特借秦爲喻耳。或謂傷者，傷嗟而已，非諫刺之比。如此，殆類後世詞人弔古之作，非當時臣子惓惓之義也。」又曰：「作文王咨殷商之辭，猶後世指時事作詩而題爲詠史也。」方玉潤曰：「蕩，召穆公託古傷周也。」

現代詩經學者，大多推考詩篇原文及參攷歷代主張，加以推論，而定其主旨、作者和作詩時代，意見未能一致。就我們手頭所有材料，列舉如下：❶屈萬里「詩經釋義」曰：「此疑周初之詩，假文王語氣，以章殷人之惡，而明周人得國之正也。」❷李長之「詩經試譯」以爲此乃周對殷之討伐詞，周人保存此史料，亦用以警戒自己。由此可知如何消滅殷人之反抗，爲周初之大事。❸李一之「詩三百篇今譯」以爲「周初聲討殷商的歌。」❹王靜芝「詩經通釋」則曰：「此周之詩人引殷商之覆亡，以警當世，而假文王之言以咏之者也。詩序以此爲召穆公作，傷厲王之無道者。然無據也。揆其詞是懷古傷今，咏以警戒之義。當必在周之衰世，其時其人，未可遽定也。」

我們考察以上意見，大概可以推定此詩係根據周初聲討殷商的史料改寫爲詩歌以自警者，即姚際恆所謂詠史詩。其作者與時代難於確定，惟召穆公作於厲王監謗之時，也可備一說。

此詩第二章至末章，每章均以「文王曰咨，咨女殷商」開始，第二章相連四句均用「曾是」二字開始，以及最後以「殷鑒不遠，在夏后之世」的警句來結束全篇等等，形成了一種動人的特殊風格。而第五章中「俾晝作夜」句造語之妙，亦別具風味。姚際恆引毛稚黃（先舒）曰：「『俾晝作夜』，不曰『俾夜作晝』，造語妙甚。此與『綢直如髮』同，非倒句，乃倒意也。」

六五、斯　干

這只是一篇祝賀新屋落成的詩，但寫來層次分明，內容充實，文筆生動而細緻，非一般應酬之作可比。詩中反映的周人生活觀念，對後世影響很大。

原詩

秩秩斯干，❶
幽幽南山；❷
如竹苞矣，
如松茂矣。❸
兄及弟矣，
式相好矣，❹
無相猶矣。❺

似續妣祖，❻
築室百堵，❼
西南其戶。❽
爰居爰處，❾
爰笑爰語。

今譯

澗流清澈而潺湲，
南山高大又深遠；
綠竹稠密叢叢生，
松林茂盛鬱葱葱。
兄弟骨肉同根生，
相親相愛樂融融，
互不怨尤無紛爭。

子孫嗣續承先祖，
選這吉地蓋大屋，
或西或南開門戶。
從此卜居而長住，
有說有笑有樂趣。

約之閣閣，⑩　　築牆木板緊緊綁，
椓之橐橐。⑪　　夯打地基橐橐響。
風雨攸除，⑫　　不怕風來不怕雨，
鳥鼠攸去，　　野鳥老鼠都避去，
君子攸芋。⑬　　君子所住好屋宇。
如跂斯翼，⑭　　氣勢宏偉翼然而竦立，
如矢斯棘；⑮　　四隅好像飛箭直；
如鳥斯革，⑯　　屋簷像鳥展兩翼，
如翬斯飛。⑰　　又像雉鷄飛舞起。
君子攸躋。⑱　　君子住進好安逸。
殖殖其庭，⑲　　庭院平坦又方正，
有覺其楹。⑳　　楹柱挺直而堅硬。

噲噲其正，㉑　　前廳寬敞又明亮，
噦噦其冥。㉒　　內室幽靜而深廣。
君子攸寧。　　君子住進保安康。

下莞上簟，㉓　　蒲席之上鋪竹席，
乃安斯寢。㉔　　睡在上面很安適。
乃寢乃興，㉕　　一覺睡到好夢醒，
乃占我夢。㉖　　趕快請人占兆徵。
吉夢維何？　　試問好夢見何物？
維熊維羆，　　有熊有羆來相遇，
維虺維蛇。㉗　　又有虺蛇來湊趣。

大人占之：㉘　　圓夢大人細占斷：
維熊維羆，　　有熊有羆來出現，

男子之祥；㉙
維虺維蛇，
女子之祥。

乃生男子，
載寢之牀，
載衣之裳，
載弄之璋。㉚
其泣喤喤。㉛
朱芾斯皇，㉜
室家君王。

乃生女子，
載寢之地，

這個預兆是生男；
有虺有蛇地上爬，
預兆就要生女娃。

要是生了個大男孩，
睡在床上有鋪又有蓋，
穿好衣裳保溫暖，
拿出圭璋讓他玩。
哭聲洪大皇皇響。
紅色的蔽膝眞漂亮，
一家之主由他當。

要是生個小妮子，
睡在地上就可以，

載衣之裼，㉞　　小被包裹身體暖，
載弄之瓦。㉟　　就把紡錘給她玩。
無非無儀，㊱　　不要違拗不專制，
唯酒食是議。㊲　　一心一意辦酒食。
無父母詒罹。㊳　　勿使父母心憂戚。

【註釋】❶爾雅：「秩秩，清也。」干：澗。斯：語中助詞。❷幽幽：深遠貌。❸「如竹苞矣」「如松茂矣」之「如」字，王質詩總聞說：「如，非喻，乃枚舉焉爾。」朱彬經傳考證，如與而通，言有竹之苞，有松之茂。爾雅：「苞，稹也」茂密義。❹式：語詞。好：和好。❺猶，尤古通用。尤：怨恨。❻似同嗣，續：繼。似續猶言祖孫相承，指繼續先祖之祀事言。屈萬里先生云：「古者祖母以上皆謂之妣，祖父以上皆謂之祖；故西周之書，及甲骨文與早期金文，皆祖妣對稱。堯典（僞古文舜典）始有考妣對稱之文，足證其書晚出。爾雅有『母死曰妣』之語，殆據堯典爲說也。」❼凡築垣牆，長一丈，高二尺曰一版。疊五版爲一堵。百堵形容其所築房屋之廣且多。❽門戶或向西或向南。❾爰：於是。❿約：捆紮。毛傳謂閣閣猶歷歷。蓋形容泥水匠築牆時用繩捆束木板一道一道之狀。⓫椓：音灼ㄓㄨㄛˊ朱傳：「椓，築也。」謂以杵擊土。⓬橐：音沱ㄊㄨㄛˊ，橐橐：以杵擊土之聲。⓬攸：以。下同。⓭芋：宇之假借。經義述聞謂：「芋當讀爲宇；宇，居也。」⓮跂：企脚抬起上望貌。斯：猶其。翼謂兩手附身，如鳥之翼附體，乃恭敬之狀。言宮室之大勢，如人企立翼然恭敬。⓯棘：急。矢行緩則枉，急則直。喻四隅之廉正。⓰革：古讀如棘ㄐㄧˊ，訓翼。此謂鳥張翼之狀。⓱翬：音輝ㄏㄨㄟ，雉。飛：謂飛之狀。以上二語形容飛簷之狀。⓲躋：升，謂升入宮室。⑲殖殖：平正。⑳覺：直。有覺：覺然。宮室四周有柱，其門前之二柱曰楹。㉑噲：音快ㄎㄨㄞˋ，噲噲：明亮貌。馬瑞辰有說。正：向明之處。㉒噦：音慧ㄏㄨㄟˋ，噦噦：狀昏暗，猶昧昧。馬瑞辰說。又噦噦；水多貌，有深廣義。冥：謂暗處。以上二句高本漢謂：「（向明之處）前面的屋子舒暢，深暗之處廣大。」㉓莞：音官ㄍㄨㄢ，蒲草席。簟：音店ㄉㄧㄢˋ，竹席。蒲席在下，上覆竹席，故云下莞上簟。㉔經傳釋詞云：「斯，亦乃也。」斯寢：乃寢。㉕興：起。㉖占夜寢時所作之夢。以下皆假設之辭。㉗熊、羆、虺、蛇，皆所夢之物。羆似熊而大。虺：音悔ㄏㄨㄟˇ，小蛇。又，毒蛇。蛇古音陀。㉘大音太，大人：謂占夢之官。㉙祥：先兆。㉚弄：玩，半圭曰璋。正義引王肅云：「群臣之從王行禮者曰奉璋。」弄璋，預祝其為顯官。㉛朱傳：「喤，大聲也。」㉜芾：音沸ㄈㄟˋ，蔽膝，天子純朱，諸侯黃朱。皇猶煌煌，鮮明貌。㉝猶言一家之主。㉞裼：音替ㄊㄧˋ，褓，包裹嬰兒之小被。㉟瓦：紡錘，用以撚線。㊱非：違。儀：專制。此句謂於人所言，不持異議，而已又不作主張。古者女子以「順從」為美德，故云。馬瑞辰有說。㊲議：談論。唯酒食是議。卽女子主中饋也。㊳罹：憂。此句謂勿貽父母憂慼。

【評解】

斯干是小雅鴻雁之什的第九篇（朱傳列為祈父之什的第五篇）共九章，四章章七句，五章章五句，每句四字，全篇共二一二字。

這是一篇王侯公族祝賀新屋落成的詩。姚際恆曰：「小序謂『宣王考（成）室』朱鬱儀謂『成王營洛時作。』何玄子踵之。鄒肇敏又謂武王。按南山自是終南山，在鎬京，則謂武王、宣王者近是。若謂在洛，則南山無着落。何氏因以『南面所對之山』解之，則其非顯然矣。然謂武王者，武王詩不應廁于宣王諸詩中；而下無羊篇亦有『大人占之』語，其非武王益可見；故不若依序謂宣王也。集傳但曰：『此築室既成，而燕飲以落之』，不言何王。然則篇中『室家君王』者，豈民間語耶！」詩中無燕飲之辭，故朱傳言「燕飲」無據。但姚氏以篇次斷此詩為宣王則不如朱傳之闕疑不言何王較為妥愼。

此詩首章先從房屋座落的地勢寫起：近處有清澈的流水，遠處有高大的南山。而水旁有綠竹叢生，山麓有蒼松高聳，眞是環境清幽，氣象萬千，正是聚族卜居的好處所。而在這樣一個美好的環境裡，家人必須謙沖為懷，和睦相處，室內人為的和樂氣氛，才能和外界的自然景象相配合，而構成一種和諧的情調。所以第二章就寫出在此居住的人有承先啓後的責任，使子孫綿延，族人繁殖，房屋自然也就因之而擴建增多。最後兩句更令人有如見其族人和樂融融，如聞其笑語洋溢屋外之實感。

三章描寫建築房屋時之精密認眞，所以房屋堅厚牢固，既不怕狂風暴雨之侵襲，野鳥也不能飛來築巢，老鼠更無法穿穴聚居，是為君子所當住的好房屋。

四章形容房屋的外貌：遠看氣勢宏偉，以箭之急逝形容房屋的稜角，用鳥雉展翼形容飛簷之姿態，眞是逼眞而鮮活，妙絕！最後一句更使我們好像已經看見那彬彬君子在雍容穩重地拾級而上了。前四句是形容房屋之靜態美，加以「君子攸躋」就把這房屋寫活了。好像我們拍風景照，必須有人物在其中，方覺有生氣。

五章是近觀，看到方正平坦的庭院，襯以圓直堅固的楹柱，外廳寬敞明亮，內室幽靜深廣，空氣旣暢通，光線又充足，內室更能享幽靜之趣，君子住着，自然寧靜而康泰了。

六、七兩章再進而觀察內室，有舒適的床褥，因而引出下文吉夢與占夢之事：熊羆虺蛇本是可怕的動物，但經占夢官一解說，則熊羆正是雄壯的象徵，宜爲生男；而虺蛇則是柔順的象徵，宜爲生女。能生男育女，才更增加家庭的生氣與樂趣，而子孫也就代代繁昌了。

八、九兩章分別說明對生男生女不同的待遇，以及不同的期望，此後數千年中國人重男輕女的觀念及對男女不同的期望也就植基於此了。

全詩寫來層次分明，由遠而近，由大而小，由靜而動，由實而虛，自首章至六章之前半章，皆屬寫實，以後則純屬推想期望之意。而三章寫牆垣堅固，則謂「君子攸芋」，四章寫房屋氣勢，則謂「君子攸躋」，五章寫內室居寢，則謂「君子攸寧」，描寫細緻而生動，用字更是精鍊恰當。各章多用排句，亦本詩之特點。對生男育女的觀念，雖不正確，但這是時代使然，不足爲病。

或以爲此詩又名新宮，朱熹云：「或曰：『儀禮下管新宮，春秋傳宋元公賦新宮，恐卽此詩。』然亦未有明證。」錄此以備一說。

六六、閟　宮

魯僖公修復宗廟，廟貌一新，詩人借此頌揚僖公，誇大其功業。

原詩	今譯
閟宮有侐，❶	幽邃的神廟好清靜，
實實枚枚。❷	殿宇堅固工程精。
赫赫姜嫄，❸	姜嫄顯赫有大名，
其德不回。❹	品德完善無疵病。
上帝是依，	上帝把她來依憑，
無災無害；	無災無害無病痛；

彌月不遲，　　懷孕十月滿了期，
是生后稷。　　就把后稷生下地。
降之百福，　　上天降下百福祿，
黍稷重穋，　　黍稷先後都成熟，
稙穉菽麥。❺　　豆麥依次種下土。
奄有下國，❻　　擁有天下衆邦國，
俾民稼穡。　　使得人民會稼穡。
有稷有黍，　　既已有稷又有黍，
有稻有秬。　　還有稻米和黑秬。
奄有下土，　　種遍天下廣大土，
纘禹之緒。❼　　大禹的功業來繼續。
后稷之孫，　　后稷的子孫傳世長，
實維大王，　　傳世十餘到太王，

居岐之陽，　　遷居岐山山南方，
實始翦商。[8]　　眞正開始翦削商。
至于文武，　　到了文武這兩代，
纘大王之緒。　　太王的餘業接過來。
致天之屆，[9]　　代替上天誅兇殘，
于牧之野：　　就在牧野把軍令宣：
「無貳無虞，[10]　　「不懷二心不疑慮。
上帝臨女。」　　上帝把你來監護。」
敦商之旅，[11]　　殺伐殷商衆兵員，
克咸厥功，[12]　　才能奏凱把功建。
王曰「叔父，[13]　　成王對他叔父說：
建爾元子，[14]　　「把你長子封大爵，
俾侯于魯。　　就在魯地建侯國。
大啓爾宇，[15]　　大大開拓您疆域，

為周室輔。」　　做為周室好輔助。」
乃命魯公，[16]　　就命伯禽號魯公，
俾侯于東；　　封爵稱侯長居東；
錫之山川，[17]　　賜他名山和大川，
土田附庸。[18]　　還有附庸和良田。
周公之孫，　　傳到了周公之孫，
莊公之子，[19]　　傳到了莊公之子，
龍旂承祀，[20]　　擧着龍旂奉祭祀，
六轡耳耳。[21]　　六根繮繩眞華麗。
春秋匪解，[22]　　四季致祭不怠惰，
享祀不忒。[23]　　神靈享祀無差錯。
皇皇后帝，[24]　　按照時令祭天帝，
皇祖后稷，　　皇祖后稷也一起，

享以騂犧。㉕
是饗是宜，㉖
降福既多。
周公皇祖，㉗
亦其福女。

秋而載嘗，㉘
夏而楅衡。㉙
白牡騂剛，㉚
犧尊將將。㉛
毛炰胾羹，㉜
籩豆大房。㉝
萬舞洋洋，㉞
孝孫有慶。㉟

紅色犧牲供享祀。
神明饗用很合宜，
既已降下多福祉。
周公魯公齊祭祀，
也把福祉降給你。

秋天來到行嘗祭，
夏天就把牛角先攔起。
白色牡牛紅色犅，
獸尊的樣子也堂皇。
裹毛燒肉煮羹湯，
盛在籩豆和大房。
萬舞盛大鬧洋洋，
孝孫有福慶吉祥。

俾爾熾而昌，　　使你興盛又繁昌，
俾爾壽而臧。㊱　使你長壽又安康。
保彼東方，　　　保護那東方，
魯邦是常。㊲　　魯國就久常。
不虧不崩，　　　既不虧損不分崩，
不震不騰。㊳　　不受震動不侵凌。
三壽作朋，㊴　　三壽元老相比並，
如岡如陵。　　　壽命永長似岡陵。

公車千乘，　　　擁有公車一千乘，
朱英綠縢，㊵　　紅色英飾綠色繩。
二矛重弓。㊶　　又有兩矛和雙弓。
公徒三萬，㊷　　公家徒衆有三萬，
貝冑朱綅，㊸　　頭盔綴貝紅線穿，

烝徒增增。[44]　大隊人馬眞浩繁。
戎狄是膺，[45]　打擊戎狄武力强，
荊舒是懲，[46]　懲罰荊舒聲威揚，
則莫我敢承。[47]　沒人敢把我抵擋。
俾爾昌而熾，　使你昌大又興旺，
俾爾壽而富。　使你長命富貴享。
黃髮台背，[48]　黃髮台背的大國老，
壽胥與試。[49]　大福大壽相比高。
俾爾昌而大，　使你宏大又盛昌，
俾爾耆而艾。[50]　使你長壽壽無疆。
萬有千歲，[51]　享年一萬幾千歲，
眉壽無有害。　享年萬歲無災殃。

泰山巖巖，[52]　泰山高大勢巍巖，

魯邦所詹。[53]
奄有龜蒙，[54]
遂荒大東，[55]
至于海邦。
淮夷來同，[56]
莫不率從，
魯侯之功。
保有鳧繹，[57]
遂荒徐宅，[58]
至于海邦。
淮夷蠻貊，
及彼南夷，
莫不率從。

魯國上下共仰瞻。
又有龜山和蒙山，
掩有遙遠最東邊，
東邊到海相接連。
淮夷之人齊會同，
莫不相率來服從，
都是魯侯之大功。
保有鳧山和繹山，
徐人的居處也統管，
一直到達東海岸。
還有淮夷和蠻貊，
以及那南夷諸部落，
莫不相率來服我。

莫敢不諾，(59)　沒有那個敢不應，
魯侯是若。(60)　魯侯的命令都順從。
天錫公純嘏，　天賜我公大福祚，
眉壽保魯，　益壽延年保魯國。
居常與許，(61)　收回了常地和許邑，
復周公之宇。(62)　恢復了周公舊土地。
魯侯燕喜，(63)　魯侯安居又歡娛，
令妻壽母，　還有賢妻和壽母，
宜大夫庶士，(64)　大夫衆士也安舒，
邦國是有。(65)　常保邦國有領土。
既多受祉，　既已多受福和祿，
黃髮兒齒。(66)　歷時久遠又鞏固。

徂來之松，67　徂來山上有松樹，
新甫之柏，68　新甫山上有柏木，
是斷是度，69　把它砍來把它鋸，
是尋是尺。70　或長或短都合度。
松桷有舄，71　松木棟梁粗又長，
路寢孔碩。72　建築的正寢很雄壯。
新廟奕奕，73　新廟氣象眞巍峩，
奚斯所作。74　公子奚斯之傑作。
孔曼且碩，75　既很曼長又高碩，
萬民是若。76　全國人民都服悅。

【註釋】❶閟：音秘ㄅㄧˋ，朱傳謂深閉也。屈萬里先生謂當是邃秘之義。宮：廟。閟宮，指魯之宗廟。侐：音洫ㄒㄩˋ，寂靜貌。有侐即侐然。❷朱傳：「實實，鞏固也。」正義云：「枚枚，細密之意。」明人鄒泉曰：「實實，言下之盤基固也；枚枚，言上之結構密也。」❸姜嫄：姜，姓；嫄，名。姜嫄爲后稷之母。❹回：邪。❺孔穎達曰：「重穋稙稺，生熟早晚之異稱，非穀名。」蓋穀類後熟曰重，先熟曰穋。穋音路ㄌㄨˋ。禾之早種者曰稙，晚種者曰稺。稙音陟ㄓˋ，稺，稚之或體。❻奄：爾雅訓覆，即掩蓋義，引申爲籠蓋。

奄有下國卽領有天下邦國。❼纘：音纂ㄗㄨㄢˇ，繼。緒：業。禹平洪水，得播種百穀，故云。❽翦：猶割，謂侵削也。翦商者武王，爲何說「實維太王」？因太王自豳遷岐，有仁人之稱，從之者如歸市，是周之得民自岐始。是說周之勢自此漸大，後來之能滅商，實奠基於此時。❾屆：殛，誅殺。❿貳：二心；虞：慮。無虞：不疑慮。⓫敦：當讀爲譈ㄉㄨㄟˋ，亦卽周書「憝國」之憝，殺伐也。屈萬里先生說。⓬咸：備，備猶成也。馬瑞辰說。⓭王：成王。叔父謂周公。⓮建：立。元子：長子，指伯禽。⓯啓：開拓。宇：居，謂魯之疆域。⓰魯公：伯禽。⓱錫：賜。⓲附庸：附屬於大國之小國。⓳莊公之子，一爲閔公，一爲僖公。此謂僖公，因閔公在位僅二年，未有可頌。⓴龍旂：旂上繪交龍，故曰龍旂。爲上公（大國諸侯）所用之旂。承：奉。㉑耳耳：華盛貌。馬瑞辰有說。陳奐解作衆多義，然六轡並不算衆多。㉒春秋：猶言四季。解：通懈。㉓忒：音特ㄊㄜˋ，差錯。㉔皇皇后帝：謂天。㉕犧：純色之牲。騂犧：純赤色之牲。㉖馬瑞辰云：「凡神歆饗其祀，通謂之宜。」㉗皇祖：謂伯禽。㉘載：則。秋祭曰嘗。㉙楅：音福，又音逼。楅衡：以橫木架在牛角上，以防其觸人。秋祭所用之牛，夏日卽預先將橫木架在牛角上防其觸人，以免不吉。㉚白牡：白色牡牛。毛傳謂祭周公所用之牲。剛：犅之假借字，牡牛。毛傳謂祭魯公所用之牲。㉛犧尊：外形似獸，中間可以盛酒之酒具。將將：嚴整貌。㉜炰：音匏ㄆㄠˊ，正字應作炮。炮：燒。毛炮：連毛用泥裹起燒。胾：音自ㄗˋ，已切之肉。㉝籩：音邊ㄅㄧㄢ，祭時盛器，竹製曰籩，木製曰豆。大房爲盛半體牲之俎，足下有跗如堂房。㉞萬舞：兼文武之舞的總名。洋洋：衆多貌，謂舞數之衆多。陳奐說。㉟孝孫：謂僖公，慶：福。㊱臧：善。㊲常：常守不墜。㊳高本漢釋此二句謂「你們不受震動，不被淩駕。」蓋謂魯國甚安定之意。㊴三壽：謂上壽，中壽，下壽。上壽百二十歲，中壽百歲，下壽八十歲。馬瑞辰說。此三壽卽三老之意，謂國家元老也。此句謂僖公之壽可與三壽之人相齊等。㊵正義云：「朱英，矛飾，蓋絲纏而朱染之，以爲矛之英飾也。」綠縢：用以纏弓之綠繩。㊶謂一車之上有二矛二弓。㊷三萬：

舉大國三軍之數。三軍謂車三百七十五乘，三萬七千五百人。今舉其成數謂三萬。㊸胄：盔。貝胄：以貝飾胄。綅音纖ㄒㄧㄢ，謂綴貝之線。㊹烝：衆。增增：衆多貌。㊺戎：本謂西戎；狄：本謂北狄，此蓋指淮夷言，孟子趙注云：「膺：擊也。」膺擊戎狄，當指鹹之會及淮之會而言。魯僖公十三年，爲淮夷侵杞國，魯國曾從齊桓公會於鹹；十六年，淮夷侵鄫國，僖公又從齊桓公會於淮。（此處所謂會，如同現代之國際會商，用以制裁侵略，扶助弱小。）春秋經傳雖未提及戰爭，但以當時情勢度之，必有兵事。㊻荆：楚之舊稱；春秋於僖公元年始稱荆曰楚。舒：楚之與國，故地在今安徽合肥一帶。是懲：使受到打擊。按僖公四年，魯公會齊桓公侵蔡，蔡敗，遂伐楚，盟於召陵。此詩所言「荆舒是懲」當指此。㊼承：當（擋）。㊽黃髮台背：皆老壽之象。黃髮：髮白而復黃。台背謂背皮如鮐魚（即河豚），老人消瘦之狀。㊾背：相；試：比。馬瑞辰說。按此二句句法與上章「三壽作朋，如岡如陵」同。㊿耆、艾：皆老壽意。(51)有：古通又，萬有千歲，即可活一萬又幾千歲之意。(52)巖巖：山石層疊之貌。(53)詹：通瞻，（韓詩外傳及說苑俱引作瞻）視。(54)龜：山名，在今山東泗水縣。蒙：亦山名，在今山東蒙陰縣。(55)荒：大。擴大即奄有意。大東：魯東一帶。(56)同：會同，謂淮夷歸服，來朝魯國。(57)鳧：山名，在今山東魚臺縣。繹：即嶧山，在今山東嶧縣。(58)宅：居。徐宅：徐人之居處，謂徐國。(59)諾：應諾，不違。(60)若：順從。(61)居：住。意謂復爲魯人所居住。國語齊語：「反其侵地棠潛。」管子小匡篇作「常潛」。兪樾以爲常即棠，在今山東魚臺縣。晏子春秋雜上篇「景公伐魯，傅許，得東門無澤。」是魯有許邑，但不知在今山東何地。二邑皆曾爲齊所侵佔，至是復反於魯。(62)宇：居，謂疆域。周公之子伯禽始封魯地，故曰「復周公之宇」。(63)燕：安。(64)言使大夫衆士皆安適。(65)有：保有。(66)兒齒：兒童之齒，言其整固。(67)徂來：山名，在今山東泰安縣東。(68)馬瑞辰疑新甫即梁甫山，在今山東新泰縣。(69)斷：橫截。度：剫之省，判也。（中分曰判）馬瑞辰說。是斷是度：謂將松柏等木材加以裁製，以供建築宮廟之用。(70)八尺曰尋。言其長度或一尋或一尺。71桷：音角ㄐㄩㄝˊ方形屋椽。舄：大貌。有舄卽舄然。72路寢：正寢。碩：大。73新廟：謂閟宮。奕奕：大貌。74奚斯：魯大夫公子魚之字。言此廟爲奚斯所作。韓詩據此文，遂謂魯頌爲奚斯所作，非是。75曼：長。76言國人皆順從魯侯。

〔評　解〕

閟宮是魯頌四篇的最後一篇。共九章，四章十七句，一章十六句，二章章十句，二章章八句，共一百二十句，其中十二句爲五字句，餘均四字句，全詩共計四百九十二字，爲三百篇中第一長詩。

毛詩序：「閟宮，頌僖公能復周公之宇也。」三家無異義。「復周公之宇」句係採用本詩原文，但考之失實，魯僖公無如此大功，蓋僖公僅修復魯宗廟，詩人乘機作諛詞，誇大其功耳，閟宮卽指魯宗廟，毛傳以爲姜嫄之廟，非是。魯僖公修復魯宗廟，廟貌一新，故曰：「新廟奕奕。」鄭康成所謂「修舊曰新」也。「奚斯所作」者，奚斯所監修也。韓詩以爲奚斯作此詩固誤解，姚際恆謂奚斯監造新廟，故以閟宮爲新造之莊公廟，亦無據。方玉潤曰：「新之云者，或以爲作新之，或以爲修舊而新之，似皆可通。朱氏公遷曰：『但曰姜嫄廟，則不當及大王以下，曰閔公廟，則不當及周公皇祖以上，曰僖公廟，則詩正爲公祝頌之，僖固未嘗薨也。』姚氏主閔公廟（筆者註：姚氏實主莊公廟，此處方玉潤誤），集傳以爲魯之羣廟，都不可考。唯嚴氏粲云：『春秋不書，則知其非大工役，止爲僖公能修寢廟，史臣張大其事而爲頌禱之辭耳。』斯言也，差爲得之。不然，魯有大工役，豈無可考歟？竊意其爲魯舊有之廟，至僖公始命奚斯葺而新之，詩人於是鋪張揚厲，發爲兹頌，以致後之儒者，多方考證，毫無實據焉。」其言，可供吾人參考。至於詩中「戎狄是膺，荆舒是懲」，孟子以爲周公之事，周公懲荆舒，無可考證，難予採信。且此詩明言所頌係「周公之孫，莊公之子」，蓋魯僖公曾參與齊桓公霸業的鹹之會、淮之會、召陵之盟，故詩人借齊桓之功，爲僖公鍍金耳。

此篇首二章歷敘周之源流，推本所自，先由周之始祖后稷之母姜嫄敘起，並敘魯受封之始，是爲總冒。三章落到僖公，而入正文。又因魯用天子禮樂，得以郊祀天神，故在此特別提出，爲魯生色不少。四五兩章，一寫僖公祭祀之誠而能受福，一寫僖公征伐之勞，能以昌大，皆極其稱揚，無中生有。六七兩章，又就魯國土地之廣大，四方服從，誇耀一番。八章「復周公之宇」一句總束僖公功業，並順祝其家人臣庶，可謂周備之至。九章點清詩意，並應篇首閟宮，說明作廟取材於徂來新甫二山，命重臣監修，其規模之宏大，建築之雄偉，執事之鄭重，由此可知。

全詩冗長而多浮誇，辭句更多重複，開揚、馬漢賦虛夸之先聲，是爲頌中之變格。

六七、武

這是讚美武王武功的頌歌。朱熹以爲是大武樂的第一樂章。

原詩	今譯
於皇武王，❶	哦，武王偉大而輝煌，
無競維烈。❷	功業無人比得上。
允文文王，	文王文德眞隆昌，
克開厥後。	後代的基業他開創。
嗣武受之，❸	繼繩步武重任當，
勝殷遏劉，❹	戰勝殷紂止殺傷，
耆定爾功。❺	武功奠立名聲揚。

【註釋】❶於：音烏，感歎詞。皇：大也。❷烈，業也。此句謂其功業之大，人莫與競也。❸武：迹也；受：承受。❹遏：止也；劉：殺也。馬瑞辰以遏劉爲同義字，訓滅殺。❺耆：致也。此句魯詩爾作武。

〔評　解〕

武是周頌臣工之什的第十篇，一章七句，每句四字，共二十八字，不用韻。

武是讚美武王武功的頌歌。這頌歌的演奏，有音樂，有歌辭，也有舞蹈的配合，總稱爲大武舞樂。一般說來，武篇是大武的部分歌辭，但今則以武篇代表大武。其製作的時代在西周初年，作者是周公姬旦。但還有些紊亂的頭緒，須待爬梳；混淆的地方，須待澄清。

現在我們試臚列歷代的重要文獻整理如下：

㈠左傳宣公十二年載：「楚子（莊王）曰：『非爾所知也。夫文，止戈爲武，武王克商，作頌曰：「載戢干戈，載櫜弓矢，我求懿德，肆于時夏，允王保之。」又作武，其卒章曰：「耆定爾功」；其三曰：「鋪時繹思，我徂惟求定」；其六曰：「綏萬邦，屢豐年。」夫武：禁暴、戢兵、保大、定功、安民、和衆、豐財者也。故使子孫，無忘其章。』」

楚莊王所引「載戢干戈」五句爲清廟之什時邁篇十五句的末五句；「耆定爾功」一句，就是這臣工之什武篇七句的末一句；「鋪時繹思」二句爲閔予小子之什賚篇六句的中二句；「綏萬邦」二句爲閔予小子之什桓篇九句的首二句。

這是最早有關武篇的記載與解釋。武詩既有三章六章，又有卒章，似乎至少有七章，今本的武篇只是武詩的一章。但今本的詩經周頌，都以章爲篇，分此三章爲三篇，除武篇保留原名外，其三章六章，就另給了「賚」和「桓」的篇名，而且排列的次序既顚倒，而相隔的距離也與三六之數不符。又，孔穎達對「卒章」二字另有解釋，他說：「頌皆一章，言『其卒章』者，謂終章之句也』，所以朱熹以爲「耆定爾功」是首章，而武詩的章數，也就可能是六章了，但我們查杜預注左傳，是主張「其三」「其六」非章次而係篇次的，蓋以「卒章」之章字指「樂章」，又說：「此三六之數，與今詩頌篇次不同，蓋楚樂歌之次第也。」而日人竹添進一郎左傳會箋，則謂杜預以三六之數爲楚樂歌次第，「亦未必然」。可是我們却要說：「亦未必不然」。蓋孔子當時雅頌的次序已混亂，故孔子正樂，而「雅頌各得其所」，詩經雅頌的排列次序，是經過孔子的校訂的，因此與楚莊王所言就不同了。而雅頌的次序經過孔子校訂後，大約遭受秦火之災，又有些零亂了。至於大武包括那些頌詩？排列的次序怎樣？我們將根據何楷魏源等的主張，另作討論。

㈡毛詩序：「武，奏大武也。」鄭玄箋：「大武，周公作樂所爲舞也。」唐孔穎達疏：「武詩者，奏大武之樂歌也。謂周公攝政六年之時，象武王伐紂之事作大武之樂，既成而於廟奏之，詩人覩其奏而思武功，故述其事而作此歌焉。」

左傳無「大武」之稱，毛詩序「大武」的名稱，始見於公羊、周禮與禮記。公羊傳昭公二十五年：「朱干玉戚，以舞大夏，八佾以舞大武，此皆天子之禮也。」周禮春官大司樂：「以樂舞敎國子，舞雲門、大卷、大咸、大磬、大夏、大武。」禮記明堂位：「升歌清廟，下管象，朱干玉戚，冕而舞大武。」而呂氏春秋古樂篇記大武製作經過曰：「武王卽位，以六師伐殷，六師未至，以銳兵克之於牧野，歸乃薦俘馘於京太室，乃命周公作爲大武。」鄭玄箋與呂覽符合。孔疏云「周公攝政六年之時」，後儒因之定此年爲周公製禮作樂之年。

㈢宋朱熹詩集傳：「周公象武王之功爲大武之樂，言武王無競之功，實文王開之，而武王嗣而受之，勝殷止殺，以致定其大功也。」又曰：「春秋傳以此爲大武之首章也。大武，周公象武王武功之舞，歌此詩以奏之。禮曰：『朱干玉戚，冕而舞大武。』然傳以此詩爲武王所作，則篇內已有武王之謚，而其說誤矣。」

朱子提出了武詩作者問題，否定了作者是武王而肯定是周公。但沒有論及孔顥達不說武王，也不說周公，却泛指詩人作此歌。於是武詩作者是⑴武王⑵周公⑶周公攝政時的詩人三說，我們得加以硏判。硏判的結果，朱子定爲周公之說是對的。但他說：「傳以此詩爲武王所作」乃是誤解左傳傳文。因爲左傳說：「武王克商，作頌曰……又作武。」本可解釋作作詩時間是於武王克商之後，而非指武王作此詩。這可將呂氏春秋古樂篇作證，在那裡已經有很清楚的補充資料供我們採擇。至於孔穎達不說作者是武王，也不說是周公，而泛指說詩人作歌，這是孔氏的細心處。因爲周公定禮樂，參與的人當然很多，周公雖主其事，但此詩不一定由周公自己起草，故孔疏泛指詩人。但我們以爲像這種大典所用的歌辭，大半是周公所自作，卽使先由別人起草，最後的修改核定，還是周公。我們知道，古代集體創作的作品，其名常歸諸主持人，唐代玄奘譯經卽其例。（五經正義之稱孔疏，孔穎達不過因年老望重，故列名最前，後代也就把孔穎達作爲這集體創作的代表人了。）所以此詩作者定爲周公是不錯的。反之，孔疏以爲既奏大武的舞樂，詩人才補寫歌辭，那是不合情理的。

㈣宋李樗毛詩解：「案禮記，總干而山立，武王之事也；發揚蹈厲，太公之志也；武亂皆坐，以象周召之治。言大武始則持盾正立，以待諸侯；既而戰鬬，既而又使行列皆坐，以見爲止戈之武也。大武之舞，在於止戈；大武之詩，在於止殺，其類一也。」

這是對大武舞容的推測。我們從禮記與公羊傳的記載中，已確定大武的舞容是由六十四人排成八行（八佾）手持赤盾（朱干）玉斧（玉戚），由冕服者指揮，作戰鬬狀態的動作，以象牧野之戰的。這裏又將舞容詳述爲(1)持盾正立，列陣如山，(2)斧伐盾禦的戰鬬場面，(3)

解甲息兵，行列皆坐的三個階段。

(一)清陳喬樅魯詩遺說考：「蔡邕獨斷：『武一章七句，奏大武，周武所定一代之樂之所歌也。』今考春秋繁露言：『文王受命作武樂，制文禮以奉天；武王受命作象樂，繼文以奉天；周公輔成王受命成文武之制，作汋樂以奉天。』直以武爲文王樂者，按白虎通義禮樂篇：『周樂曰大武，象；周公之樂曰酌；合曰大武。象者，象太平而作樂，示已太平也；合曰大武者，天下始樂周之征伐行武，故詩人歌之：「王赫斯怒，爰整其旅」，(大雅皇矣)當此之時，天下樂文王之怒以定天下，故樂其武也。』據此，是文王已作武樂，及武王克殷繼文而卒成武功，又定大武之樂，故魯詩序云：『周武所定一代之樂』。不言周武所作者，明文王已作武樂也。大武爲武王所定，卽傳爲武王樂，猶咸池本黃帝所作樂，堯增修而用之曰「大咸」，而咸池亦得爲堯樂也。」王先謙詩三家義集疏引之，並作案語曰：「愚案：大武者，祀周武王所定一代之樂歌，周公作也。大武之樂，亦爲象，象用兵時刺伐之舞，禮仲尼燕居鄭注：『武，象武王之大事也。』明堂位鄭注：『象，謂周頌武也。』繁露言『文王受命作武樂』，是武王未克殷時已祀文王而作武樂，但未制象舞耳。」

這裡對春秋繁露的解釋，陳喬樅的意思是：武樂始作於文王之時，武王克殷，卒成武功，增修而為大武之樂，故蔡邕獨斷文說大武為武王所定，而不曰作。王先謙則綜合前代的文獻，說大武是祭祀周武王所定的樂歌，為周公所作。他的意見可以整理成這樣：繁露所言「文王受命作武樂」，是武王未克殷時祀文王所作，未配舞；「武王受命作象樂」，是武王既克殷，將武樂增加了象用兵時刺伐之舞；最後周公輔政時又增加了「酌樂」的部分，合稱為「大武」。而「武樂」「象樂」「酌樂」的作者，都是周公。但現在周頌的武篇，只是大武歌辭的一部分，係武王克殷後所增，並非最初的「武樂」。

最後我們簡單的結論是周頌武篇是讚美武王武功的頌歌，係周公所作大武舞樂的一部分。其製作年代，可假定為孔疏所說的周公攝政的六年（即成王六年）。大武的舞容，則為朱干玉戚，八佾而舞。

六八、酌

這是讚美武王功業的頌歌，何楷以為是大武樂的第二樂章。

原詩	今譯
於鑠王師，❶	呀！大王的軍隊眞盛美，

遵養時晦。❷　能够順時以養晦。
時純熙矣，❸　時機純熟光照耀，
是用大介。❹　大奮神威的日子就來到。
我龍受之，❺　我邀天寵受大業，
蹻蹻王之造。❻　赳赳武夫都來應號召。
載用有嗣，❼　後代子孫把功業承，
實維爾公允師。❽　只有你才眞正是準繩。

【註釋】❶於：音烏，歎詞。鑠：音朔ㄕㄨㄛˋ，美盛。❷毛傳：遵：率；養：取；晦：昧，指商紂而言。孔疏云：率此師以取是闇之君，謂誅紂以定天下。朱傳：遵：循也。謂退自循養，與時皆晦。❸純：大；熙：光。❹朱傳：介，甲。爾雅：介，善也。❺龍：寵。❻蹻：音矯。蹻蹻，猶赳赳，武貌。❼載：乃。❽爾，謂武王；公：事；允師：言信可師法。

【評解】

酌是周頌閔予小子之什十一篇的第八篇。一章八句，每句四字，僅第六句爲五字，第八句爲六字，全詩共三十五字。或將一章分上下兩節。顧亭林詩本音曰：「此章上下俱以平去通爲一韻。」蓋以詩經用韻，平聲與去聲可互協。此詩中去聲之「嗣」與平聲之「師」爲韻卽其例。今不予分節，何字協韵，亦不予詳論。

酌是周公所作讚美武王功業的頌歌之一，可能是大武的第二樂章。大武樂有九章與六章的兩種主張，孔穎達主九章之說，朱熹何楷魏源等只說大武樂共六章。六章之說因有樂記大武六成的根據，爲大家所採信。禮記樂記論大武之樂曰：「且夫武，始而北出，再成爲滅商，三成而南，四成而南國是疆，五成而分周公左，召公右，六成復綴以崇天子。」樂曲以一終爲一成，則大武爲六成之樂也。明人何楷，據樂記與左傳，求大武六成之詩於周頌，定一成爲武，二成爲酌，三成爲賚，四成爲般，五成爲時邁，六成爲桓。清人魏源則認可何氏之說，惟以左傳列時邁在武之外，故六成之詩闕其第五成，以爲已亡失。日人仁井田好古毛詩補傳又以執競篇補爲第五成。可是執競是昭王時詩，故其說不予考慮。我們已知周頌「武」詩爲「大武」樂的基本歌辭，依孔穎達朱熹之說，列爲大武之首章，卽第一成，大致不錯。今再試考察歷來對酌詩之記載，以觀是否可證成列爲大武第二成之說，更次第及於三成四成等之其他各篇。

六八、酌

毛序：「酌，告成大武也。言能酌先祖之道，以養天下也。」三家詩魯說曰：「酌，告成大武，言能酌先祖之道，以養天下之所敬也。」齊說曰：「周公作勺，勺言能勺先祖之道也。」毛魯都說酌是大武，齊詩則酌作勺，說係周公所作。這與我們在前面周頌武篇的評解中所述以武樂酌樂合爲大武正相符。考二詩內容，武詩言武王承文王基業，勝殷遏劉，酌詩言武王整軍經武，仍順時養晦，而終於大奮神威，一舉成功，誅紂以定天下。與樂記：「始而北出，再成而滅商」的記載亦大略相同。所以何楷魏源的以武與酌爲大武的一成二成，我們是可以認可的。

但宋儒朱熹不言酌詩爲大武之一章，而僅假設篇名之由來曰：「酌，卽勺也。（禮記內則十三舞勺，卽以此詩爲節而舞也。然此詩與賚、般，皆不用詩中字名篇，疑取樂節之名，如曰武宿夜云爾。」不過其同時之嚴粲卽補充說：「朱氏謂桓、賚二篇皆大武篇中之一章，然則酌與賚、般一體，亦大武篇中之一章明矣。」今人屈萬里氏亦同意嚴氏的主張解此詩曰：「朱傳：『此亦頌武王之詩。』酌，宣公十二年左傳引作汋，亦卽儀禮、禮記舞勺之勺。嚴粲疑亦武之一章，蓋是。」

只有清人姚際恆反對此說曰：「小序謂『告成大武』。按左宣十二年隋武子曰：『汋曰：「於鑠王師，遵養時晦。」』武曰：「無競惟烈。」』明分酌之與武，不得以此詩爲大武也。」他因隋武子以酌與武並舉，遂駁毛序不得以此詩爲大武，那是不明「大武」雖以「武」

爲基本，有時雖以「武」代表「大武」，但僅以「武」作爲「大武」的一章或一成來說時，仍可將「武」與「酌」並舉，正如周頌之並列「武」與「桓」「賚」，各以一章爲一篇，仍不礙「桓」「賚」之爲「大武」之一章或一成也。

六九、賚

這是周武王克商，歸告於文王之廟的頌歌。朱熹以爲是大武樂的第三樂章。

原詩	今譯
文王既勤止，❶	文王創業很辛勤，
我應受之，❷	我把遺志來繼任，
敷時繹思。❸	依照德意佈大恩。
我徂維求定，	我去求謀天下安，
時周之命。❹	周室天命才得傳。
於繹思！❺	哦！努力尋求得保全。

【註釋】❶勤：勤勞；止：語詞。❷應：膺之假借。應受即膺受，接受也。❸敷：展布；時：是（此）；繹：尋繹

；思：語詞。謂布此文王之德而尋繹之。馬瑞辰說。❹此二句謂我往求天下安定者，此周之所以受天命而王也。❺於：音烏，感歎詞。

〔評　解〕

賚是周頌閔予小子之什十一篇的第十篇。一章六句，第一第四句五字，第六句三字，餘三句均四字，是三四五字雜言詩，共二十五字。此詩或以止、之、思爲韻，顧炎武斷爲無韻曰：「詩無全用語助爲韻者。」

毛序：「賚，大封於廟也。賚，予也。言所以錫予善人也。」鄭箋：「大封，武王伐紂時，封諸臣有功者。」

三家詩魯說：「賚一章六句，大封於廟，賜有德之所歌也。」

朱熹集傳：「此頌文武之功，而言其大封功臣之意也。春秋傳以此爲大武之三章。」

姚際恆詩經通論：「小序謂『大封於廟』，以此篇名「賚」字而爲言也。按此等篇名，實不知何人作，亦不知其意指所在，乃據此以釋詩可乎！詩中無大封之義也。乃曰：『賚，予也，言所以錫予善人也。』則直本論語『周有大賚，善人是富』爲辭矣，則其依篇名說詩何疑乎！集傳曰：『此頌文武之功而言其大封功臣之意。』其言『大封功臣』固不能出序之範圍，而云『頌文武之功』尤謬。此篇與下般詩皆武王初有天下之辭。二篇皆無『武王』字，故知為武王；又以詩中皆曰『時周之命』，是武王語氣也。此篇上言『文王』，下言『我』者，武王自我也。此武王初克商，歸祀文王廟，大告諸侯所以得天下之意也。」

賚篇原為武王克商歸告於文王廟之詩，據左傳所載，編為大武樂的一章，則是後來成王時的事了。

七〇、般

這是巡狩祭祀河嶽的歌，何楷以為是大武樂的第四樂章。

原詩	今譯
於皇時周，❶	哦！這周王眞偉大，
陟其高山。	登遍高山巡天下。
嶞山喬嶽，❷	高峻的山嶽狹又長，
允猶翕河。❸	沿途的黃河湍急淌。
敷天之下，	普天之下諸王公，

裒時之對，❹　都來此地齊揚頌，

時周之命。　應驗了周王的獲天命。

【註釋】❶於：音烏，歎詞；皇：大；時周：當時之周，即此周也。❷嶞：音惰，狹長之山；喬：高。❸允：順；猶與猷通，亦順。馬瑞辰說。翕：音系，潝的省體，水疾聲。高本漢解此句爲：「順着湍急的河。」❹敷：普也；裒：音掊ㄆㄡ，馬瑞辰曰：「裒，聚也。」對，猶答也，謂諸侯皆聚於是以答揚天子之休命也。或謂時周之命，仍解此周室獲受天命。

〔評　解〕

般是周頌閔予小子之什十一篇的末篇。一章七句，句四字，共二十八字。

毛序：「般，巡守而祀四嶽河海也。」鄭箋：「般，樂也。」

三家詩魯說：「般一章七句，巡狩祀四嶽河海之所歌也。」或以爲三家詩般篇有八句，末句「時周之命」下尚有「於繹思」一句，與賚篇同。但魯說明言只七句，不可取。宋嚴粲以此詩亦武之一章，何楷魏源均列爲大武之第四章。

方玉潤詩經原始：「般，武王巡守祀嶽瀆也。篇名諸家多未詳。或曰『般樂也』（鄭玄）或曰『遊也』（蘇轍）又或以爲『般旋』（曹粹中）取盤旋之義，謂巡守而徧乎四岳，所謂盤旋也。皆以篇名解詩意，與上篇（賚）同蹈一弊。然此猶稍近焉。姚氏（際恆）曰：『

小序謂巡守而祀四嶽河海近是。此亦武王之詩，時邁亦武王巡守，意彼之巡守，封賞諸侯；此則初克商巡守柴望嶽瀆，告所以得天下之意，固在時邁之先也。詩原無次第，不得拘求之。』」柴謂燔柴祭天，望謂望祭山川，此詩僅祀河嶽，不及海。

七一、時邁

這是祭武王之詩，何楷以爲是大武樂的第五樂章。

原詩	**今譯**
時邁其邦，❶	巡行邦國有定時，
昊天其子之，	上天視之如其子，
實右序有周。❷	眞正助周繼王職。
薄言震之，	周王威嚴人震懼，
莫不震疊。❸	諸侯沒有不懾服。
懷柔百神，❹	周王美行慰百神，
及河喬嶽，	河嶽之靈也歡欣，

允王維后。❺　眞不愧爲天下君。
明昭有周，　有周的光明照四方，
式序在位。❻　承受天命爲天王。
載戢干戈，❼　收好干戈不再戰，
載櫜弓矢。❽　袋子裝起弓和箭。
我求懿德，❾　我們努力求美德，
肆于時夏，❿　美德施布遍中國，
允王保之。　天王眞能保天祚。

【註釋】❶邁：行也。謂武王按時巡行於邦國也。❷右，佑之省。序，卽緒，承繼也。高本漢解「實右序有周」爲：「天眞的助惠周而使它承繼王位。」❸薄言：句首助詞。毛傳：震：懾；疊：懼。此二句言王震懾他們，沒有一個不受震懾而駭怕。❹懷柔：慰安。❺允：信；后：君。言信哉王不愧爲君也。❻式：語詞。此句言承繼而在王位。❼載：則，乃；戢：聚。❽櫜：音高，盛弓矢於囊。以上二句言不復用兵。❾懿：美。❿肆：布陳；夏：大，指中國諸夏而言。時夏：此中國。又鄭箋以樂歌之大者亦稱夏。孔疏周禮有九夏，知此夏爲樂歌也。春官鍾師，凡樂事以鐘鼓奏九夏：王夏、肆夏、昭夏、納夏、章夏、齊夏、族夏、祴夏、鰲夏。杜子春曰：「王出入奏王夏，尸出入奏肆夏，牲出入奏昭夏，四方賓來奏納夏，臣有功奏章夏，夫人祭奏齊夏，族人侍奏族夏，客醉而出奏陔夏，公出入奏驁夏。」國語曰：金奏肆夏，樊、遏、渠，天子以饗元侯也。韋昭注云：肆夏一名樊，韶夏一名遏，納夏一名渠，即周禮九夏之三也。呂叔玉云：「肆夏、繁、遏、渠，皆周頌也。肆夏，時邁也；繁遏，執競也；渠，思文也。」則此詩因「肆于時夏」句，又名肆夏，爲九夏樂之一。

〔評解〕

時邁是周頌清廟之什十篇的第八篇，一章十五句。除第二三兩句五字外，餘均四字句，共六十二字，不用韵。姚際恆分爲兩章，第一章八句，第二章七句。而方玉潤以其章法長短不齊，文氣亦覺緊緩不順，仍從舊不分章。

毛序：「時邁，巡守告祭柴望也。」鄭箋：「巡守告祭者，天子巡行邦國，至於方嶽之下而封禪也。書曰：『歲二月東巡守，至于岱宗柴望秩于山川，徧于群神。』」孔疏曰：「時邁詩者，巡守告祭柴望之樂歌也。謂武王既定天下，而巡行其守土，諸侯至于方岳之下，乃作告至之祭，爲柴望之禮，柴祭昊天，望祭山川。巡守而安禮百神，乃是王者盛事。周公既致太平，追念武王之業，故述其事而爲此歌焉。宣公十二年左傳云：「昔武王克商作頌曰：『載戢干戈』，明此篇武王事也。國語稱周文公之頌曰：『載戢干戈』，明此詩周公作也。」

三家詩魯說：「時邁一章十五句，巡狩告祭柴望之所歌也。」齊說：「時邁者，太平巡狩祭山川之樂歌。」韓說：「美成王能奮舒文武之道而行之。」蓋韓詩以時邁爲成王巡守，王先謙曰：「三家大恉無相違者。此詩似不合，而實非也。武王克殷周公始作此歌以頌武王。及成王巡狩，乃歌此詩以美成王。與清廟頌文王，仍兼祀武王，又祀周公相同。」

朱熹集傳：「此巡守而朝會祭告之樂歌也。此詩乃武王之世，周公所作。」

姚際恆詩經通論：「周禮：『鍾師九夏：王夏、肆夏、昭夏、朝夏、章夏、齊夏、族夏、祴夏、驁夏。』予曰：九夏卽襲左傳『肆夏』及『三夏，天子所以享元侯』而附會爲說，以三作九；肆夏襲左傳、禮記諸篇；王夏、昭夏、納夏、章夏、齊夏、族夏，俱杜撰；祴夏襲燕禮『賓醉而出，奏陔；陔作』，以『陔』作『祴』，取音近；驁夏襲大射儀『公入驁』其二『夏』字皆增。計九夏惟一肆夏，餘杜撰者六，又本非『夏』名而妄加者二，則周禮九夏，可置而弗道矣。惟左傳云：『金奏肆夏之三』，國語云：『夫先樂，金奏肆夏，繁遏、渠』，玉藻云：『行以肆夏』，郊特牲云：『賓入大門而奏肆夏』，又云：『大夫之奏肆夏，自趙文子始也』，儀禮大射、燕禮皆云『奏肆夏』，則肆夏者，春秋時用之；或卽此詩與否，不可知。然係後來所用，與初製此詩之旨原無交涉，可不必論。」

凡詩篇必先就本文及可靠記載，求得其最初製作之由，然後明其應用之演變，姚際恆、王先謙均有此見地。何楷之列此詩爲大武的第五樂章，係成王既治，周公製禮作樂時採武、酌、賚、般、時邁、桓諸詩合成大武舞樂之考察。誠如王先謙所云，此詩成王巡守時採用之，故其樂記記其舞容爲分周公左召公右也。其所用樂器，參考左傳國語等書所記「金奏肆夏」，及周禮的「以鐘鼓奏九夏」則大概是配的鐘鼓之樂。

七二、桓

這是周成王時讚美武王的頌歌。朱熹以爲是大武樂的第六章。

原詩	今譯
綏萬邦，	底定萬邦天下安，
婁豐年，❶	又獲豐收慶連年，
天命匪解。❷	天命的眷顧不間斷。
桓桓武王，❸	赫赫武王眞勇武
保有厥士，	又有卿士來輔助，
于以四方，❹	分置四方齊效力，

克定厥家。　周室才能得穩固。
於昭于天，　啊！光明照耀達上天，
皇以閒之。❺　皇天命代大統傳。

【註釋】❶綏：安也；婁：屢也。左傳引作屢。孔穎達曰：「僖十九年左傳云：『昔周飢，克殷而年豐』，是伐紂之後，卽有豐年也。」朱熹曰：「大軍之後，必有凶年，而武王克商，則除害以安天下，故屢獲豐年之祥。」❷解：同懈。❸桓桓：武貌。❹士：指卿士，言保有此卿士，以用於四方也。❺於：音烏，感歎詞；皇：皇天；閒：代也，言皇天以武王代殷也。

〔評　解〕

桓是周頌閔予小子之什十一篇的第九篇，一章九句，除首次兩句三字外，餘均四字句，共三十四字。顧炎武詩本音以四、六句「王」「方」，八、九句「天」「閒」爲韻。或以首句「邦」字亦與「王」「方」爲韻。

毛序：「桓講武、類、禡也。桓，武志也。」鄭箋：「類也，禡也，皆師祭也。」孔疏：「桓詩講武、類、禡之樂歌也。謂武王將欲伐殷，陳列六軍，講習武事，又爲類祭於上帝，爲禡祭於所征之地，治兵祭神，然後克紂。至周公成王之太平之時，詩人追述其事，而爲此歌焉。」

三家詩魯說：「桓一章九句，師祭講武類禡之所歌也。」

朱熹集傳：「此亦頌武王之功。春秋傳以此爲大武之六章。」何楷魏源亦以此詩爲大武之六成。

鄒肇敏詩傳闡曰：「『於昭于天，皇以間之』，蓋儼然以武配天也。愚意桓詩卽明堂祀武之樂歌。」

姚際恆通論曰：「小序謂『講武、類、禡』，純乎杜撰，又云：『桓，武志也。』亦泛混。」

方玉潤原始曰：「小序謂『講武、類、禡』，亦未盡非，但不若鄒肇敏云：『祀武王於明堂』之說較爲切耳。」總之，此詩爲成王時頌武王之詩也。

現在我們已將何楷指爲大武六成的武、酌、賚、般、時邁、桓六詩均加欣賞而考察之。我們覺得和樂記所記舞容尚可配合。「始而北出，再成而滅商」，一二兩成可一起看，是武王滅商的階段，武、酌二詩可以當之。「三成而南，四成而南國是疆」，是克商後告祭又巡狩的階段，賚的歸告，般的巡狩，可以當之。「五成而分周公左，召公右，六成復綴以崇享。」是成王致治而追崇武王的階段，時邁的襲用和桓篇的新詩可以當之。至於大武所配音樂，第五樂章時邁，既推測爲鐘鼓之樂，則描寫克商的刺伐戰鬭，應該也用鐘鼓，而三成四成，可能也採用磬管之屬。我們讀九夏之執競篇中有「鐘鼓喤喤，磬筦將將」，可以推想而知。

一、孔子刪詩問題的論辯

糜文開

孔子刪詩問題，在我國經學史上，是一個聚訟紛紜，爭持了一千多年的大問題。到現在，本來已是不成問題的問題了。但還有許多人認爲這是一個問題，所以筆者覺得還有提出來一談的需要。

孔子刪詩之說，起自西漢。司馬遷著史記，於孔子世家載孔子正樂與刪詩之事曰：

孔子之時，周室微而禮樂廢，詩書缺。……孔子語魯大師：「樂其可知也。始作，翕如、皦如，縱之，純如、繹如也，以成。吾自衞返魯，然後樂正，雅頌各得其所。」古者，詩三千餘篇，及至孔子，去其重，取可施於禮義，上采契、后稷，中述殷周之盛，至幽厲之缺，始於衽席……三百五篇，孔子皆弦歌之，以求合韶武雅頌之音。

以上所載，孔子與魯大師語正樂一段，到「以成」二字爲止的上半段，見論語八佾篇，字句略有出入。「吾自衞反魯」以下的下半段，見論語子罕篇，字句完全相同，但論語僅冠以「子曰」二字，沒有說是和魯大師說的話。可是古詩三千餘經孔子删定爲三百篇的一段，在論語中無所據，故後人疑之，以爲孔子弟子無述及孔子删詩者，司馬遷史記所載孔子因㈠去其重複，及㈡僅選取其可施於禮義者，而删詩之事，乃西漢初年的傳說，誤以爲孔子正樂亦卽删詩耳。連西漢初年的傳詩者魯齊韓毛四家，也都未說孔子删詩啊！但是當時也並沒有人提出來反對。

到東漢時班固著漢書，於藝文志中又有這樣的記載：

> 古有采詩之官，王者所以觀風俗，知得失，自考正也。孔子純取周詩，上采殷，下取魯，凡三百五篇。遭秦而全者，以其諷誦，不獨在竹帛故也。

這是承襲司馬遷的孔子删詩之說，並補充史記所稱：「古者詩三千餘篇」的來源，以爲歷代采詩之官所蒐集。

關於古代采詩之制，漢書食貨志有較詳的記載：

> 孟春之月，群居者將散，行人振木鐸徇于路以采詩，獻之大師，比其音律，以聞于天子。

班固的采詩之說，到清朝時侯，崔述也曾予以懷疑，（關於崔述懷疑采詩之制，與對崔說的駁復，可參看劉大杰中國文學發展史）但早於漢書的書，也有許多類似的記載。

禮記王制篇，稱爲陳詩：

天子五年一巡守……覲諸侯……命大師陳詩以觀民風。

國語周語則曰獻詩：

爲民者宣之使言。故天子聽政，使公卿至於列士獻詩。

左傳亦有木鐸徇於路的記載：

遒人以木鐸徇於路，官師相規，工執藝事以諫。（襄公十四年引夏書，後爲僞古文尚書輯入胤征篇）

後於漢書的有公羊傳何休注所記：

男年六十，女年五十無子者，官衣食之，使之民間求詩，鄉移于邑，邑移于國，國以聞於天子。

除這許多史料以外，孟子也有「王者之迹熄而詩亡」的話爲其佐證，所以采詩之說相當可靠。古代采詩之制，可信其有，但並不一定是歷來嚴格執行的制度。

可是孔子刪詩之說，除史記漢書所記外，無其他史料以爲佐證。雖然東漢的經學家鄭玄箋毛詩，已採司馬遷班固之說，在他的詩譜序中也說：「故孔子錄懿王夷王時訖於陳靈公淫亂之事，謂之變風變雅。」三國時陸璣作毛詩草木蟲魚疏亦云：「孔子刪詩授卜商。」到唐朝孔穎達爲鄭玄詩譜作疏，就提出了異議說：

> 案書傳所引之詩，見在者多，亡逸者少，則孔子所錄，不容十分去九，馬遷言古詩三千餘篇，未可信也。

詩凡三百十一篇，而史記漢書云三百五篇，闕其亡者，以見在爲數也。這樣說來，孔子之時，詩無三千餘篇，而孔子之後，又有亡佚，司馬遷所說三千多篇固未可信，說三百零五篇，數字也不正確。

此後歷代經學家對孔子刪詩之說，或予支持，或力加反對，各抒己見，反復論辯，相持不決，成爲經學史上一個大問題。主張孔子未刪詩者，孔穎達之後，宋有鄭樵、呂祖謙、朱熹、葉適等，明有黃淳耀、清有汪琬、江永、朱彝尊、王士禛、趙翼、崔述、李惇、魏源、皮錫瑞、方玉潤等，民國以來有胡適、梁啟超、顧頡剛、錢玄同、張壽林、陸侃如屈萬里等。支持孔子刪詩之說者，宋有歐陽修、邵雍、王應麟等，清有顧炎武、范家相、王崧、趙坦等，民國以來仍有章炳麟、謝无量等。玆述其重要論據於後。

歐陽修的答辯說：

「馬遷謂古詩三千餘篇，孔子刪存三百，鄭學之徒，以遷爲謬。予考之，遷說然也，今書傳所載逸詩何可數也？以詩譜推之，有更十君而取一篇者，有二十餘君而取一篇者，由是言之，何啻三千？又刪詩云者，非止全篇刪去，或篇刪其章，或章刪其句，句刪其字。如『唐棣之華，偏其反而。豈不爾思？室是遠而！』此小雅常棣之詩，夫子謂其以室爲遠，害於兄弟之義，故篇刪其章也。『衣錦尚絅』文之著也，此鄘風君子偕老之詩，夫子謂其盡飾之過，恐其流而不返，故章刪其句也。『誰能秉國成？不自爲政，卒勞百姓。』此小雅節南山之詩，夫子以能字爲意之害，故句刪其字也。」

歐陽修以鄭氏詩譜隔十君二十餘君而取一篇情形推之，以證孔子刪詩可能是十去其九，古詩可能不止三千，以答孔穎達的非難。而又提出孔子刪詩有㈠全篇刪去，㈡篇刪其章，㈢章刪其句，㈣句刪其字四種，以充實刪詩之說。

於是鄭樵更提出孔子未刪詩的另一有力證據說：

季札聘魯，魯人以雅頌之外所得十五國風盡歌之。及觀今三百篇，於季札所觀與魯人所存，無加損也。若夫子有意刪詩，則當刪環轍之時，必大搜而備索之，奚止十五國乎？（六經奧論）

季札觀樂，載於左傳，事在魯襄公二十九年，那時孔子才八歲，魯國所存風詩，原只有十五國風，孔子未刪一國亦未旁蒐他方，增加風詩單位，足見孔子未曾做過詩經的蒐集刪輯工作。

鄭樵並提出對歐陽修的答辯云：

鄭樵曰：「上下千餘年，詩纔三百五篇，有更十君而取一篇者，皆商人所作，夫子併得之於魯太師，編而錄之，非有意於刪也。刪詩之說，漢儒倡之。」（朱彝尊經義考）

朱熹也附和鄭樵說孔子未刪詩，只有編錄刊定之功。

朱子曰：「人言夫子刪詩。看來只是采得這許多詩，夫子不曾訓去，只是刊定而已。」

又曰：「當時史官收詩時，已各有編次，但經孔子時已經散失，故孔子重新整

理一番，未見得刪與不刪。」（朱彝尊經義考）

與朱子同時的呂祖謙，提出三百篇中仍有鄭衞淫詩，以爲孔子未刪詩之證。稍後於朱子的葉適，又提出論語稱詩三百，爲孔子時原只有詩三百篇，而證孔子未嘗刪詩。於是南宋時孔子未刪詩之說，已有壓倒刪詩說之勢。到明代像黃淳耀撰詩劄，已直斷孔子有正樂之功，而無刪詩之事。

關於論語稱詩三百，及三百篇中仍有淫詩問題，清代學者，大多與呂祖謙葉適抱相同的看法。玆節錄李惇羣經識小與崔述讀風偶識中語以爲代表：

論語一則曰：「詩三百」，再則曰：「誦詩三百」，詩不止於三百，而三百是其大數，夫子豈敢取旣刪之後爲言，而曰人誦我所刪之三百乎？必不然矣。（羣經識小）

孔子刪詩，孰言之？孔子未嘗自言之也，史記言之耳。孔子曰：「鄭聲淫」，是鄭多淫詩也。孔子曰：「誦詩三百」，是詩止有三百，孔子未嘗刪也。學者不信孔子所自言，而信他人之言，甚矣，其可怪也！（讀風偶識）

孔子之言，詩止三百，未嘗言刪，這是有力的證據。更證之以墨子、莊子、荀子等書，都只說詩三百，從無人說詩原有三千的，足見詩三百爲春秋戰國時的成語，詩僅三百，孔子未曾刪削。但孔子如刪詩，不應不刪淫詩問題，清初顧炎武却另有見解。他說：

> 孔子刪詩，所以存列國之風也，有善有不善，兼而存之，猶古之太師，陳詩以觀民風，而季札聽之，以知其國之興衰，正以二者並陳，可以觀，可以聽。世非二帝，時非上古，固不能使四方之風有貞而無淫，有治而無亂也。……桑中之篇，溱洧之作，夫子不刪，志淫風也。「叔于田」爲譽段之辭，「揚之水」「椒聊」爲從沃之語，夫子不刪，著辭本也。淫奔之詩，錄之不一而止者，所以志其風之甚也。一國皆淫，而中有不變者焉，則亟錄之。「將仲子」畏人言也；「女曰鷄鳴」相警以勤生也；「出其東門」不慕美色也；「衡門」不願外也。選其辭，比其音，去煩且濫者，此夫子之所謂刪也。後之拘儒，不拘此旨，乃謂淫奔之作，不當錄於聖人之經，是何異唐太子弘，謂商臣弒君，不當載於春秋之策乎？（日知錄）

其實所謂「淫奔之詩」，乃朱熹集傳的解釋，孔子既未視鄭風爲淫詩，孔子前後，也無人目鄭風衞風爲淫詩。姚際恆詩經通論辯之曰：「夫子曰『鄭聲淫』，聲者，音調之謂；詩者，篇章之謂；迥不相合。世多發明之，意夫人知之矣。且春秋諸大夫燕享，賦詩贈答，多集傳所目爲淫詩者，受者善之，不聞不樂，豈其甘于淫佚也？季札觀樂，于鄭衞皆曰「美哉」，無一淫字，此皆足證，人亦盡知。」

清朝康熙乾隆年間，學者考據之風極盛，是以孔子删詩問題，也有嚴密精到的考證，趙翼、崔述、朱彝尊三人足可代表。例如趙翼考論史記古詩三千之非曰：

司馬遷謂古詩三千餘篇，孔子删之爲三百五篇，孔穎達朱彝尊皆疑。古詩本無三千，今以國語、左傳二書所引之詩校之。國語引詩凡三十一條，惟衞彪傒引武王飫歌，及公子重耳賦河水二條是逸詩。而河水一詩，韋昭註又以爲河當作沔，卽「沔彼流水」，取朝宗於海之義。然則國語所引逸詩僅一條，而三十條皆删存之詩，是逸詩僅删存詩三十之一也。左傳引詩共二百十七條，其間有邱明自引以證其議論者，猶曰邱明在孔子後，或據删定之詩爲本也。然邱明所述，仍有逸詩，則非專守删後之本也。至如列國公卿所引，及宴享所賦，皆在孔子未删以前也。乃今考左邱明自引及述孔子之言所引者，共四十八條，而逸詩不過三條，（文開註：⑴成九年「雖有絲麻」六句；⑵襄五年「周道挺挺」四句；⑶襄卅年「淑愼爾止」二句）其餘列國公卿自引詩，共一百一條，而逸詩不過五條；（文開註：⑴莊二年「翹翹車乘」

四句；(2)襄八年「俟河之清」四句；(3)昭四年「禮義不愆」二句。(4)昭十二年祈招之詩；(5)昭廿六年「我無所監」四句，）又列國宴享歌詩贈答七十條，而逸詩亦祇五條。（文開註：(1)芳鴟，(2)桑林，(3)轡之柔矣，(4)河水，(5)新宮。或謂河水、新宮係沔水，斯干之異名）。是逸詩僅删存詩二十之一也。若使古詩有三千餘，則所引逸詩，宜多於删存之詩十倍，豈有古詩十倍於删存詩，而所引逸詩，反不及删存詩二三十分之一？以此而推，知古詩三千之說，不足憑也。（陔餘叢考）

崔述有删詩問題的總述，並詳論古詩存少逸多的原因。他說：

世家云：「古者詩三千餘篇，及至孔子去其重，取可施於禮義，上采契后稷，中述殷周之盛，至幽厲之缺，三百五篇。」康成之徒多非其說，孔氏穎達云：「書傳所引之詩，見在者多，亡逸者少，則孔子所錄，不容十分去九；遷言未可信也。」而宋歐陽氏修云：「以詩譜推之，有更十君而取一篇者，有二十餘君而取一篇者；由是言之，何啻三千！」邵氏雍亦云：「諸侯千有餘國，風取十五；西周十有二王，雅取其六。」則又皆以遷言爲然。余按：國風自二南豳以外，多衰世之音，小雅大半作於宣幽之世，夷王以前寥寥無幾，如果每君皆有詩，孔子不應盡删其盛，而獨存其衰。且武丁以前之頌，豈遽不如周？而六百年之風雅，豈無一二可取？孔子何爲而盡刪之乎？子曰：「詩三百，授之以政不達，使於四方不能專對，雖多，亦奚以爲！」子曰：「詩三百，一言以蔽之，曰『思無邪』。」玩其詞意，乃當孔子之時，已止此數，非自孔子刪之而後爲三百也。春秋傳云：「吳公子札來聘，借觀於周樂」，所歌之風，無在今十五國外者，是十五國之外本無風可采；不則有之，而魯逸之，非孔子刪之也。且孔子所刪者何詩也哉？鄭衞之風，淫靡之作，孔子未嘗刪也。「絲麻管蒯」之句，不遜於「縞衣茹藘」之章，「棣華室遠」之言，亦何異於「東門不卽」之意：此何爲而存之？彼何爲而刪之哉？況以論、孟、左傳、戴記諸書考之，所引之詩，逸者不及十一，則是顯達之言，左券甚明；而宋儒顧非之，甚可怪也。由此論之，孔子原無刪詩之事，古者風尙簡質，作者本不多，而又以竹寫之，其傳不廣，是以存者少而逸者多。國語云：「正考父校商之名頌十二篇於周太師，以那爲首」。鄭司農云：「自考父至孔子又亡其七篇」，是正考父以前頌之逸者已多，至孔子又二百餘年，而又逸其七。故世愈近則詩愈多；世愈遠則詩愈少。孔子所得止有此數，或此外雖有而缺略不全，則遂取是而釐正次第之以教門人，非刪之也。尙書百篇，伏生僅傳二十八篇，逸者七十餘篇，孔安國得多十餘篇，逸者尙數十篇。禮之逸者尤多。自漢以來易竹以紙，傳布最多，其勢可以不逸，然其所爲書亦代有逸者。逸者，事勢之常，不必孔子刪之而後逸也。（洙泗考信錄）

趙氏作實際統計數字，對孔穎達的話予以驗證，已見淸人爲學工夫的嚴密。崔氏提出許多論證來否定孔子刪詩之說，並進而推究「逸多存少」之因。第一，他作歷史的考察，得出古尙簡質，作者不多，而呈「世愈近則詩愈多，世愈遠則詩愈少」的自然現象，以答歐陽修詩譜之問。第二，以竹寫易逸，紙寫多存來解釋古書多逸的原因。最後以「逸者事勢之常，不必孔子刪之而後逸」作爲總的結論。這更顯現了具有歷史眼光的考證學家之考證的精到，其結論就成爲至理名言。

但主張孔子未刪詩的集大成者，仍當推朱彝尊，他的論證最爲詳密。其原文並見於經義考與曝亭詩論，茲節錄其經義考卷九十八如下：

詩者，掌之王朝，頒之侯服，小學大學之所諷誦，多夏之所教，莫之有異。故盟會聘問燕享，列國之大夫賦詩見志，不盡操其土風，使孔子以一人之見取而刪之，王朝列國之臣，其孰信而從之者？詩至於三千篇，則輶軒之所采定，不止於十三國矣，而季札觀樂於魯，所歌風詩，無出十三國之外者。又子所雅言，一則曰詩三百，再則曰誦詩三百，未必定爲刪後之言，況多至三千，樂師矇瞍，安能徧其諷誦？竊疑當日掌之王朝，頒之侯服者，亦止於三百餘篇而已。

且如「行以肆夏，趨以采齊。」樂師所教之樂儀也，何不可施於禮義，而孔子必刪之，——俾堂上有儀，而門外無儀何也？凡射，王以騶虞爲節，諸侯以貍首爲節，大夫以采蘩爲節，士以采蘋爲節。今大小戴記載有貍首之辭，未嘗與禮義悖，而孔子於騶虞、采蘩、采蘋則存之，於貍首獨去之，——俾王與大夫士有節，而諸侯無節，又何也？燕禮：「升歌鹿鳴，下管新宮」。大射儀：「乃歌鹿鳴三終，乃管新宮三終。」而孔子於鹿鳴則存之，於新宮則去之，——俾歌有詩，而管無詩，又何也？肆夏、繁、遏渠，天子所以享元侯者，故九夏掌於鐘師，而大司樂，王出入奏王夏，牲出入奏昭夏。鄉飲酒之禮，賓出奏陔；鄉射之禮，賓興奏陔；大射之儀，公升卽席奏陔；賓醉奏陔，公入驁。此又何不可施於禮義，而孔子必刪之，——俾禮廢而樂缺，又何也？正考父校商之名頌十二篇於周太師，歸以祀其先王。孔子殷人，乃反以先世之所校歸祀其祖者刪其七篇，而止存其五，又何也？穆王欲肆其心，周行天下，祭公謀父作祈招之詩，以止王心，詩之合乎禮義者莫此若矣。孔子既善其義，而又刪之，又何也？

至歐陽子謂刪詩云者，非止全篇刪去，或篇刪其章，或章刪其句，或句刪其字，此又不然。詩云：「唐棣之華，偏其反而。豈不爾思，室是遠而。」惟其詩孔子未嘗刪，故爲弟子雅言之也。詩曰：「衣錦尚絅」，惡其文之著也。惟其詩孔子亦未嘗刪，故子思舉而述之也。詩云：「誰能秉國成」，今本無能字，猶夫「殷鑒不遠，在于夏后之世」，今本無于字。非孔子去之也，流傳既久，偶脫去耳。昔子夏親受詩於孔子矣，其稱詩「巧笑倩兮，美目盼兮，素以爲絢兮。」惟其句孔子亦未嘗刪，故子夏所受之詩，存其辭以相質，而孔子亟許其可與言詩，初未有以素絢之語有害於義而斥之也。由是觀之，非孔子之刪之可信已。

然則詩何以逸也？曰：一則秦火之後，竹帛無存，而口誦者偶遺忘。一則作者章句長短不齊，而後之爲章句者，必比而齊之，於句之重出者去之故也。一則樂師矇瞍止記其音節，而亡其辭，竇公之於樂，惟記周官大司樂六篇，而其餘不知，制氏則僅記其鏗鏘鼓舞，而不能言其義，此樂章之所闕獨多也。

朱氏文甚長，我們試爲分段節錄，其論點仍待分析排比而標出之，才能淸楚地顯現在讀者眼前：

第一段他說：當日掌之王朝，頒之侯服的詩大概只有三百餘篇，如果三百餘篇是孔子從三千之數刪剩的，那末：

㈠王朝列國之臣，怎會都信從他？

㈡何以季札觀樂於魯，沒有十三國以外的風詩？

㈢孔子雅言，一再說「詩三百」「誦詩三百」，不像刪詩的話。

㈣樂師矇瞍，那裏學得會記得牢三千餘篇詩？

第二段他從反面證明孔子不刪詩的理由是：

㈠不應刪肆夏采齊；

㈡不應刪貍首；

㈢不應刪新宮；

㈣不應刪繁遏渠；

㈤不應刪商頌七篇；

㈥不應刪祈招之詩。

第三，他駁斥歐陽修所舉孔子刪詩之例，均為錯誤的判斷：

㈠篇刪其章之例的「唐棣之華」四句，是孔子對弟子所說的「雅言」，孔子怎會刪除？

㈡章刪其句之例的「衣錦尚絅」句，孔子之孫子思還舉而述之，可見孔子未刪。

㈢句刪其字之例的「誰能秉國成」句，今本無能字，不是孔子所刪，是流傳既久，而偶然脫去。

㈣章刪其句之例的「素以為絢兮」，非孔子所刪，因為子夏舉以相質，孔子還稱許他「可與言詩」呢！

第四，那末，詩怎會逸失許多的呢？朱彝尊的答復是：

㈠由於秦火之後，竹帛無存，口誦者偶爾遺忘；

㈡由於原詩章句長短不齊，後世為章句之學者比而齊之，將句之重出者去掉了；

㈢由於樂師矇瞍止記其音節，而亡其辭，故樂章所闕獨多。

於是范家相雖主孔子刪詩之說，以為聖人述而不作，六經皆折衷以垂萬世者，若於詩一無刪定於其間，那麼三百五篇，簡直不是聖人的經了。但也承認肆夏、采齊、新宮、貍首諸詩，皆亡佚於孔子未刪之先，而非刪之於所存的。孔子刪詩，對施之於禮義而不可缺的，必不刪去。像商頌十二篇，孔子也不會刪去其七，所缺七篇，也是早佚於未刪之前。

大概孔子刪詩之說，自唐初孔穎達提出疑問以後，經宋儒論辯，已難於立足，再經清代康熙乾隆諸儒一番詳密的考證，孔子未刪詩已成定論，是以嘉慶道光之世，已無熱烈論爭。例如王崧雖仍持刪詩之說，然已謂「太師所爲」，司馬遷歸之孔子，乃屬辭未密，其言不如歐、顧之堅定，實已爲調停之舉。王氏之言曰：

> 史記之書，謬誤固多，皆有因而然，從無鑿空妄說者。考漢書食貨志：「孟春之月，行人振木鐸詢於路，以采詩獻之，太師比其音律，以聞於天子」云云。史記所謂古詩三千餘篇者，蓋太師所采之數。迨比其音律，聞於天子，不過三百餘篇。何以知之？采詩非徒存其辭，乃用以爲樂章也。音律之不協者棄之，即協者尚多，而此三百篇於用已足，其餘但存之太史，以備所用之或闕。詩三百，誦詩三百，皆孔子之言，前此未有綜計其數者，蓋古詩不止三百五篇，東遷以後，禮壞樂崩，詩或有句而不成篇者，無與於弦歌之用。孔子自衞反魯而正樂，釐訂汰黜，定爲此數

，以教門人，於是授受不絕。設無孔子，則此三百五篇，亦胥歸泯滅矣。故詩所傳之逸詩，有太師比音律時所棄者，有孔子正樂時所削者。所采既多，其原作流傳誦習，後人得以引之，是則古詩三千餘篇，去其重，取其可施於禮義，乃太師所爲，司馬遷傳聞孔子正樂時，於詩嘗有所删除，而遂以歸之孔子，此其屬辭之未密，或文字有所脫誤耳。

但此後主張孔子未删詩的學者，也往往採取王崧的路線。例如同治時著詩經原始的方玉潤是支持孔子未删詩之說的，他在自序中說：

孔子未生以前，三百之編已舊，孔子既生而後，三百之名未更。吳公子季札來魯觀樂，詩之篇次，悉與今同，其時孔子年甫八歲。迨杏壇設教，恒雅言詩，一則曰：「詩三百」，再則曰：「誦詩三百」，未聞有三千說也。厥後自衞反魯，年近七十，樂傳既久，未免殘缺失次，不能不與樂官師摯輩審其音而定正之，又何嘗删詩哉？

他在詩旨中又指出史記删詩之說，乃正樂之誤解。他說：

夫子反魯在周敬王三十六年，魯哀公十一年丁巳，時年六十有九，若云删詩，當在此時，乃何以前此言詩皆曰三百，不聞有三千說耶？此蓋史遷誤讀正樂爲刪詩云耳。夫曰正樂，必雅頌諸樂固各有其所在，不幸歲久年湮，殘闕失次，夫子從而正之，俾復舊觀，故曰「各得其所」，非有增刪於其際也。奈何後人不察，相沿以至於今，莫不以正樂爲刪詩？何不卽論語諸文而一細讀之也？

而同時他又說：

論語「詩三百，一言以蔽之，曰『思無邪』。」此聖人教人讀詩之法，詩不能有正而無邪，三百雖經刪正，而其間刺淫諷世與寄託男女之詞，未能盡汰，故恐人誤認爲邪而以爲口實，特標一言以立之準，庶使學者讀之，有以得其性情之正云耳。

這裏說「三百雖經刪正」，那末，詩經還是經人刪正過的。是誰刪的呢？他推想着是失傳的「高名盛德之士」。他說：

吾意陳靈世去孔子尚五六十年，其間必有博學閒人高名盛德之士應運挺生，獨能精採六義，分編四始，以成一代雅音，上貢朝廷，垂爲聲教，故列國士大夫莫不風雅相尙。

他的話和王崧很接近。只是毫無佐證，憑空想像，實在不如王崧所提「乃太師所爲」高明得多了。

至於趙坦仍認定孔子刪詩只是史記所說的「去其重」，着意在「去其重」三字上求證。他說：

刪詩之旨可述乎？曰，去其重複焉爾。今試舉羣經諸子所引詩，不見於三百篇者一證之。如大戴禮用兵篇引詩云：「魚在在藻，厥志在餌，鮮民之生矣，不如死之久矣，校德不塞，嗣武丁孫子。」今小雅之魚藻、蓼莪，商頌之元鳥等篇，辭句有相似者。左傳襄八年引詩云：「兆云詢多，職競作羅。」今小雅之小旻篇句，有相似者。荀子臣道篇引詩云：「國有大命，不可以告人，妨其躬身。」與今唐風揚之水篇亦相似。凡若此類，複見叠出，疑皆爲孔子所刪也。若夫河水卽沔水，新宮卽斯干，昔人論說，有足取者。然則史遷所云：「去其重，可施於禮義」者，直千古不易之論。

這種話，已成主張刪詩之說的强弩之末。

民國以來，支持孔子刪詩之說的雖仍不乏人，但已提不出有力的論證。章炳麟的議論同於歐陽修，謝无量的理論，只引證顧炎武的話，而說：「吾輩不能不相對的承認孔子曾經刪詩，不能不承認現在流傳的詩經，就是經孔子刪定後貽留下來的了。」「孔子不過就當時所存諸國之詩，略加以刪修罷了。」（詩經研究）

而主張孔子未刪詩的屈萬里則說：

不過，孔子雖未曾刪詩，但對它確曾用過一番重編或整理的工夫。論語子罕篇：「子曰：『吾自衞返魯，然後樂正，雅頌各得其所』」。孔子自己既然這樣說，這是最可信的史料。或者以爲這只是「正樂」，而非「正詩」；但既說「雅頌各得其所」，則雅和頌篇第，必經孔子整理過，是絕無可疑的。（詩經釋義敘論）

細察謝屈二氏主張，比王崧方玉潤更爲接近，謝氏「略略加以刪修」的「刪定」和屈氏「用過一番重編或整理的工夫」的「無刪詩之事」，實在相差無幾。總之，孔子並非把詩從三千餘篇刪剩三百餘篇，不過就當時所存仍然完整的詩三百餘篇，加以整理編定而已。至於那些雖仍流傳而已不完整的斷章、殘句，他就不錄入了。因此三百篇演論的作者蔣善國，也就會說：「我認孔子並未刪詩，也未嘗不刪詩」。因爲孔子在編定詩經時，刪去衍文贅詞，勢所難免，但如果只是這樣「略加刪修」，便不得稱爲「刪詩」了。

最後，我們還得把漢書藝文志所說「孔子純取周詩」這句話予以討論一下，以爲本文的補充。前人以爲殷代詩的商頌，今天我們經過嚴密的考證，已考定商頌五篇，都是周朝宋國的詩，而雅和風中公劉、七月等篇歌詠周代祖先時事的詩，可能創作於周朝以前，但全部詩經作品，包括魯頌在內，都是有關周代的詩，正合於藝文志說的「純取周詩」。那末依照藝文志的話，這部周朝詩集，就是孔子所編定。藝文志所說：「孔子純取周詩，上采殷，下取魯，凡三百五篇」。我們也可全部接納。但這樣問題也就來了。

或者有人會說，詩經既是孔子編定的周代詩集，那末，周代以前流傳下來的唐虞夏商歷代詩歌，除在尙書裏保留了舜帝君臣賡和的股肱歌，夏代的五子之歌等作品外，其餘的詩，孔子是全部放棄了，也等於是被刪了，孔子刪詩之說還是對的。他所刪的詩，就是周朝以前歷代的詩，襄公二十九年季札到魯國觀樂，舜樂韶箾，禹樂大夏，湯樂韶濩，還都演奏過，孔子竟把牠們刪了，這許多詩篇因而失傳，殊爲可惜。

這一問題的提出，看似合理，其實對左傳所記，沒有仔細考察，把韶箾、大夏、韶濩三樂章失傳的責任，加在孔子身上，尤其不公平。孔子是我國保存古代文化而予以發揚光大的聖人，像舜樂韶箾等，他決不肯刪去的。

我們試再讀一遍季札觀樂的原文：『吳公子札來聘，請觀於周樂。（杜注：魯以周公故，有天子禮樂）使工爲之歌周南召南……爲之歌邶鄘衞……爲之歌王……爲之歌鄭……爲之歌齊……爲之歌豳……爲之歌秦……爲之歌魏……爲之歌唐……爲之歌陳，曰：『國無主，其能久乎？』自鄶以下無譏焉。爲之歌小雅……爲之歌大雅……爲之歌頌，曰：『至矣哉！……節有度，守有序，盛德之所同也。』見舞象箾南籥者，（杜注：文王之樂）曰：『美哉！猶有憾。』見舞大武者，（杜注：武王樂）曰：『美哉！周之盛也其若此乎！』見舞韶濩者，（杜注：殷湯樂）曰：『聖人之弘也，而猶有慚德，聖人之難也。』見舞大夏者，（杜注：禹之樂）曰：『美哉！勤而不德，非禹其誰能脩之？』見舞韶箾者，（杜注：舜樂。孔穎達正義：箾卽簫也。尚書曰『簫韶九成，鳳凰來儀』，此之韶箾，卽彼之簫韶是也，蓋韶樂兼簫爲名，簫字或上或下耳。）曰：『德至矣哉！大矣，如天之無不幬也，如地之無不載也。雖甚盛德，其蔑以加於此矣。觀止矣，若有他樂，吾不敢請已。』」

首先我們要注意到的，以上季札所聞所見都是周樂，所以開頭便說：「請觀於周樂」。韶濩、大夏、韶箾的所以得稱「周樂」，是因爲周朝的祭典採用之故。依周禮所載：舞大韶（卽韶箾，簡稱韶）以祀四望，舞大夏以祭山川，舞大濩（卽韶濩）以享先妣，舞大武（簡稱武）以享先祖。魯用周天子禮樂，故舜樂韶箾，禹樂大夏，湯樂韶濩均備。孔子編定詩經時，如果這三樂的歌辭尙存，孔子也一定作爲有關周代禮樂之詩而編入，決不刪除。而尙書所載的股肱歌五子之歌等不在周樂範圍之內的詩，孔子就不編入詩經了。

但是現在詩經中沒有大韶、大夏、大濩之詩，是什麼原因呢？

現在先將季札觀周樂的次第和現行詩經的次第作一比較，也就可以推知當時孔子編定詩經情形的大概。

季札觀樂次第：周南、召南、邶、鄘、衞、王、鄭、齊、豳、秦、魏、唐、陳、鄶、鄶以下、小雅、大雅、頌。

現行詩經次第：周南、召南、邶、鄘、衞、王、鄭、齊、魏、唐、秦、陳、檜、曹、豳、小雅、大雅、周頌、魯頌、商頌。

其不同之處，是季札所觀周樂，十五國風把豳、秦二風提前放在齊魏之間，及頌未分別周魯商名稱的兩點而已。有人以爲魯商二頌是孔子所增，但左傳季札觀周樂原文，季札對頌的讚美最後一句說：「盛德之所同也」，杜注便說：「頌有殷魯，故曰盛德之所同」，則當時魯商二頌詩篇已在頌詩之中，不過沒有另立名稱而已。

以上是魯樂工所歌季札所聞部分，下面再說魯樂工所舞季札所見部分。季札所見之舞，文王之樂的象箾歌辭或即今周頌維清篇，武王樂大武的歌辭有好幾章，可以確知現存於周頌中的只有武、賚、桓三章。孔穎達云：「歌在堂而舞在庭。魯爲季札先歌諸詩，而後舞諸樂，其實舞時堂上歌其舞曲也。」就是說有象箾、大武等舞曲的歌辭，就是前面所記「爲之歌頌」的頌詩，所以韶濩、大夏、韶箾三舞曲的歌辭，也應該是列入頌詩之內的，但是現在詩經頌詩中無此三曲歌辭，那便是失傳了。但決不是孔子所刪，而是相隔六十餘年間孔子編定詩經當時已經失傳了。不過舜樂韶箾，在魯國雖失傳，孔子却在齊國發現了。所以論語有關於韶樂的兩則記載：

一、述而：子在齊聞韶，三月不知肉味，曰：「不圖爲樂之至於斯也！」（史記亦載此事，於「三月」上有「學之」二字）

二、八佾：子謂：「韶，盡美矣，又盡善也」；謂：「武，盡美矣，未盡善也。」

那末當時孔子發現了韶箾，一定把他補入詩經了。大概後來經過秦火又散失了。試想，詩經中就是大武的歌辭也已不全，而且各章散見在頌詩中的次第也紊亂了，風雅篇第也有紊亂跡象。這就是孔子正樂編定詩經後經過秦火再造成散亂的現象。

經過以上觀察的推論，孔子編定周詩三百餘篇，大概就是根據魯國周樂的所存，並略加補充與訂正，並無刪削，只有次第的校正。豳秦二風次第的更動，周魯商三頌名稱的標舉，大約都出諸孔子。孔子編定頌詩時，於周魯商三頌名稱之外，也可能另列「古頌」一目，韶樂歌辭，即屬之古頌之下。後來，歌辭失傳了，就連「古頌」的名目也取消了。

民國五十三年八月草於馬尼拉

附記：檢閱此舊稿，對於將孔穎達列入主張孔子未刪詩者陣容中，實爲一時大意，因爲孔穎達雖疑史記所載古詩三千之數，但並未說孔子未刪詩，而是認爲孔子刪詩不多。左傳正義季札觀樂「爲之歌秦」句下他說：「爲季札歌詩風有十五國，其名皆與詩同，唯其次第異耳。則仲尼以前，篇目先具，其所刪削，蓋亦無多。記傳引詩亡逸甚少，知本先不多也。史記孔子世家云：『古者詩三千餘篇，孔子去其重，取三百五篇』，蓋馬遷之謬耳。」

民國五十七年十月文開補記

二、論語與詩經

麋文開

一、前言

儒家以詩書禮易春秋爲五經。詩經雖列五經之首，詩經內容實係一部周代的詩歌總集，並非儒家著作。只因儒家自孔孟以來，採用詩經爲教導弟子的課本，曾對詩經有所評論，且常引詩以爲其立言論證，並從詩句去悟道，所以詩經地位日增，漸被儒家尊爲經典，而列於五經之首。

現在我們欣賞詩經，固應把它當作一部文學作品來誦讀，我們研究詩經，也可分開兩條路線來進行。第一條路線是文學的路線，從文學欣賞的態度來觀察詩經的內容和形式，以及詩經在中國文學史上所發生的影響。第二條路線是經學的路線，從儒學發展的觀點來考察詩經的內容和對儒學發展史上所扮演的種種臉相。當然，研究詩經還可有第三第四條路線，但這是最重要的兩條。筆者今天所要提出來研究的是第二條路線的一部分。以往學者研究經學史的，大多着重於漢宋和清代。好像經學史自西漢才開始似的，研究詩經學，也從西漢的三家詩和毛詩敘起。關于西漢以前的，只是追溯詩經傳授人的一連串不可靠的姓名而已。其實我們若要客觀地認識詩經與儒家的關係，應該從儒學的基本典籍論孟學庸四書以及左傳禮記荀子等書來詳細考察。論語所記爲孔子及其弟子的原始儒學，孟子荀子以及禮記中的大學中庸禮運等篇，所記爲戰國以至西漢初年的發展儒學。發展儒學的大學中庸及禮運等所記，託名於孔子及其弟子，亦猶印度發展佛學之大乘經典，仍託名於釋迦及其弟子。至於孔子以前有關詩經的一般情況，從左傳國語禮記等書中，也可以考察到一些。

這種在詩經本身以外，從古籍中考察詩經在漢代以前學術文化史上的影響及其演變，是不太艱難的工作。現在筆者試從輯錄四書中有關詩經的章句入手。本文即四書中論語之部。先將論語中涉及詩經的章句輯錄在一起，再加以考察，試加論述。

二、論語中有關詩經章句的輯錄

這裏所輯錄的，是論語中直接涉及詩經或詩經專用名稱或引證詩經中詩句的十九處，依照在論語中的前後次序排列，其他間接與詩經有關的，則在論述時加以補充。

（一）子貢曰：「貧而無諂，富而無驕，何如？」子曰：「可也。未若貧而樂，富而好禮者也。」子貢曰：「詩云：『如切如磋，如琢如磨，』其斯之謂與？」子曰：「賜也，始可與言詩已矣！告諸往而知來者。」（學而）

（二）子曰：「詩三百，一言以蔽之，曰，『思無邪』。」（爲政）

（三）三家者以雍徹。子曰：「『相維辟公，天子穆穆』，奚取於三家之堂？」（八佾）

（註）雍，周頌篇名，「相維辟公」兩句，雍篇詩句。

（四）子夏問曰：「『巧笑倩兮，美目盼兮，素以爲絢兮』，何謂也？」子曰：「繪事

後素。」曰：「禮後乎？」子曰：「起予者商也！始可與言詩已矣！」（八佾）

（註）「巧笑倩兮」三句爲逸詩。

（五）子曰：「關雎樂而不淫，哀而不傷。」（八佾）

（六）子所雅言，詩書執禮，皆雅言也。（述而）

（七）曾子有疾，召門弟子曰：「啓予足！啓予手！詩云：『戰戰兢兢，如臨深淵，如履薄冰。』而今而後，吾知免夫？小子！」（泰伯）

（註）詩云三句引小雅小旻篇句。

（八）子曰：「興於詩，立於禮，成於樂。」（泰伯）

（九）子曰：「師摯之始，關雎之亂，洋洋乎盈耳哉！」（泰伯）

（十）子曰：「吾自衞反魯，然後樂正，雅頌各得其所。」（子罕）

（十一）子曰：「衣敝縕袍，與衣狐貉者立，而不恥者，其由也與？『不忮不求，何用不臧？』」子路終身誦之。子曰：「是道也，何足以臧？」（子罕）

（註）「不忮不求」兩句衞風雄雉篇詩句。

（十二）「唐棣之華，偏其反而，豈不爾思？室是遠而！」子曰：「未之思也夫？何遠

之有？」（子罕）

（註）「唐棣之華」四句爲逸詩。

（十三）南容三復白圭，孔子以其兄之子妻之。（先進）

（註）白圭指大雅抑篇第五章。原詩有云：「白圭之玷，尚可磨也；斯言之玷，不可爲也。」

（十四）子曰：「誦詩三百，授之以政，不達；使於四方，不能專對；雖多，亦奚以爲？」（子路）

（十五）子擊磬於衞，有荷蕢而過孔子之門者，曰：「有心哉，擊磬乎！」既而曰：「鄙哉，硜硜乎！莫己知也，斯已而已矣！『深則厲，淺則揭。』」子曰：「果哉！末之難矣。」（憲問）

（註）「深則厲」二句，引衞風匏有苦葉篇詩句。

（十六）〔孔子曰：〕「齊景公有馬千駟，死之日，民無德而稱焉。伯夷叔齊餓于首陽之下，民到于今稱之。〔『誠不以富，亦祇以異。』〕其斯之謂與？」（季氏）

（註）「誠不以富」兩句引小雅我行其野篇詩句。

（十七）陳亢問於伯魚：「子亦有異聞乎？」對曰：「未也。嘗獨立，鯉趨而過庭，曰

：『學詩乎？』對曰：『未也。』『不學詩，無以言！』鯉退而學詩。他日，又獨立。鯉趨而過庭，曰：『學禮乎？』對曰：『未也。』『不學禮，無以立！』鯉退而學禮。聞斯二者。」陳亢退而喜曰：「問一得三：聞詩、聞禮、又聞君子之遠其子也。」（季氏）

（十八）子曰：「小子！何莫學夫詩？詩可以興，可以觀，可以群，可以怨；邇之事父，遠之事君；多識於鳥獸草木之名。」（陽貨）

（十九）子謂伯魚曰：「女爲周南召南矣乎？人而不爲周南召南，其猶正牆面而立也與？」（陽貨）

以上第十六條「誠不以富，亦祇以異」八字，原爲顏淵篇「子張問崇德」章孔子答語中所引詩經，程子以爲錯簡，當在「齊景公有馬千駟」章首。今依朱子將此二句移「民到于今稱之」下，章首並加「孔子曰」三字。

又，第十一條漢人舊解自「不忮不求」句以下另分一章。今合爲一章解，「不忮不求，何用不臧」爲孔子引詩讚子路語。子路聞譽自喜故終身誦之。若依另分一章解，則僅爲子路自愛此二詩句，故終身誦之，而遭孔子批評也。

三、論語所記詩經十九條的意義

現在就論語所記涉及詩經的十九條考察之，首先，我們可以發見下列各項意義：

（一）春秋末年，非但孔子及其弟子都熟習詩經，當時詩經也普遍流行於朝野。執政貴族們因禮樂的應用，固與詩經發生關係，例如魯三家的僭用周頌雍（見第三條），就是荷蕢的隱者，也喜歡引詩以諷示人。（見第十五條）

（二）論語中涉及五經的各章，以詩經的十九條爲最多，涉及尚書和易經的都只有兩三處，可以推知原始儒學中詩經地位的確特別重要。古文經學家的列詩爲五經之首是接近原始儒學的實際情形的。

（註）論語中涉及尚書者三處：⑴爲政篇「子曰：『書云：孝乎。』」⑵子罕篇：「子曰：『譬如爲山，未成一簣，止，吾止也。』」此乃本諸尚書旅獒之「爲山九仞，功虧一簣」語。⑶憲問篇：「子張曰：『書云：「高宗諒陰，三年不言。」何謂也？』」據伏勝尚書大傳，語見說命篇，但今本無此二句。論語中涉及易經者二處：⑴述而篇：「子曰：『加我數年，五十以學易，可以無大過矣。』」⑵子路篇：「不恆其德，或承之羞。」此易恆卦九三爻辭。

（三）十九條中雖每條與孔子有直接或間接的關係，但孔子本人却很少詩句的引證，更不像後來儒家的動輒引詩以爲辭句的修飾，來裝點門面。

（四）更值得我們注意的是十九條中孔子論詩的共占十條之多，其他因評論禮樂而涉及詩的也有三條，而論詩的十條中，也有三條兼及禮樂。此可見在孔子心目中詩與禮樂關係的密切，論語中孔子論詩各條，是孔子原來對於詩經的眞正意見。孔子的詩教，應以此爲根據來研究。

（註）論語中詩書並稱的只有第六條子所雅言一處，但同時仍與禮並提。

（五）論語一書是有關孔子生平言行最可靠的記錄，史記孔子世家記孔子删詩之說是否可信，也該把論語爲依據，作審愼的考察，才能得允當的解答。

（六）從論語的記載所示，孔子非但用詩經爲教材來教育他的弟子，並藉以觀察他弟子的學養和才能。南容一日三復白圭，就將姪女嫁他；子路滿足於不忮不求，就再用話來激勵他更求上進。孔子對於子貢、子夏、子游的賞識，也都和詩經有關。

四、孔子和詩經關係的叙述

考察論語中有關詩經的材料，我們知道孔子和詩經有着密切的關係。現在筆者更試作較詳的叙述於下：

第一　孔子對詩經有甚深的愛好，平常他說魯國的方言，但讀起詩經來，卻用周朝的國語雅言來讀。

第二　孔子採用詩經作爲他敎導弟子的敎材，論語中除前舉十九條中指導他弟子學詩各條外，述而篇的「子以四敎：文、行、忠、信」中的文即指詩書禮樂等而言。孔門十哲文學科的子游子夏，就是學習詩經最有心得的兩人。孔子對子夏固有「起予者商也！」的稱許，而子游更有弦歌之聲的政績。論語陽貨篇載：

子之武城，聞弦歌之聲，夫子莞爾而笑曰：「割鷄焉用牛刀？」子游對曰：「昔者，偃也聞諸夫子，曰：『君子學道則愛人，小人學道則易使也。』」子曰：「二三子，偃之言是也，前言戲之耳。」

這裏的弦歌之聲，便是子游敎導武城人民學習詩經的記載。史記孔子世家曰：「三百五篇，孔子皆弦歌之，以求合韶武雅頌之音。」孔子弦歌三百五篇來敎學生，子游更推廣而弦歌三百五篇來敎人民，這是學詩，而學詩也就是學道。

第三　孔子的所以把姪女嫁給南容，是因爲南容三復白圭之詩的原故。大雅抑篇第五章，最主要的一句，只是「愼爾出話」四字，「白圭之玷，尙可磨也；斯言之玷，不可爲也。」四句，只是「愼爾出話」四字的申述。南容三復白圭，孔子知其愼言，可以免禍，故託以姪女的終身。此記其事，論語中另有記載，則記其意：

子謂南容邦有道不廢，邦無道免於刑戮，以其兄之子妻之。（公冶長）

孔子說南容可以「不廢」和「免於刑戮」，就是從他三復白圭之詩上所下的判斷。

第四　根據論語所載孔子曾正樂而未刪詩。前擧第十條子曰：「吾自衞反魯，然後樂正，雅頌各得其所。」孔子正樂的結果，是雅頌各得其所，那是雅頌次序的凌亂給改正了，並未刪詩。而且當時所傳誦的詩經已經只有三百多篇，所以第二條和第十四條，孔子都只說「詩三百」。而且所擧十九條，其中兩條所引是逸詩，孔子批評「唐棣之華」詩而予以刪除，還說得過去，子夏問「素以爲絢」，經孔子指點，因悟「禮後」之道，這是論詩的要點所在，孔子重視「素以爲絢兮」之句，如果刪詩，決不刪這句。可見逸詩非孔子所刪，乃因別種的原故而失傳。關於孔子刪詩問題，唐宋以來，經學家曾有幾次三番的論辯，筆者另撰「孔子刪詩問題的論辯」一文詳論之。

五、孔子論詩

最後要談的是孔子論詩，這是孔子和詩經的關係中最重要的部分。因爲孔子對於詩經有特別的研究，他是詩經學的開山祖，後人討論詩經，一以孔子爲依歸。誤解了孔子的意思，失之毫釐，便會偏差千里。更何況假託孔子，魚目混珠，則更應細加辨認了。

論語所記孔子論詩，可分三方面來談：

（一）詩與禮樂的關係

論語爲政：「子曰：『道之以政，齊之以刑，民免而無恥；道之以德，齊之以禮，有恥且格。』」這是孔子禮治的主張。這裏所謂「道之以德，齊之以禮」，也就是顏淵篇顏淵問仁，孔子所答的「克己復禮爲仁」。政治的淸明，要從個人修養的「克己復禮」入手。一個人能够節制自己的感情，做到「非禮勿視，非禮勿聽，非禮勿言，非禮勿動」的地步，才有所卓立，故曰：「不學禮，無以立」。孔子「十有五而志於學，三十而立」。學可作學禮解，孔子十五歲有志於學禮，到三十歲而有所卓立。論語一開頭便記孔子的話：「學而時習之，不亦說乎？」學而時習的東西主要是禮，學的目標也就是「立於禮」。甚至可以說整部論語之所蘄尚，在於禮治的實現。個人修養表現於外的是禮之立，而蘊蓄於內的却是仁之德。這仁之德便是情感發而皆中節的中庸。詩歌是感情的興發，故曰：「詩言志」，誦詩可以培養純正的感情，所以復禮的君子，宜先誦習詩經，更宜伴以音樂的陶冶而完成之。是以孔子論詩，常與禮樂關聯着，而曰：「興於詩，立於禮，成於樂。」教他兒子伯魚，先使學詩，而再使學禮。子夏論詩而知禮後，孔子大加賞識。而且詩與禮樂在應用上本來也有連帶的關係，所以孔子批評魯三家的僭用天子之禮，便是指斥他們不該在禮成時奏雍樂，而以雍詩中有「天子穆穆」之不稱以責之。

（二）詩的功用

從左傳等書的記載中，我們知道春秋時代在孔子以前詩經本來已很流行。當時貴族所以學詩，其最大的功用在朝會聘問時應酬上的運用，一般大多是斷章取義的賦詩以表意。這種借詩以代言的風氣，盛極一時，就是被稱爲荆蠻的楚國君臣，也是如此。所以孔子敎伯魚學詩，簡單的說一句是：「不學詩，無以言！」

但孔子旣觀察到學詩有關個人品德的修養，關連着政治的隆汚，所以他又說：「誦詩三百，授之以政，不達；使於四方，不能專對；雖多，亦奚以爲？」

再進一步，孔子對詩經還有更細密的評論，那就是：「詩可以興，可以觀，可以羣，可以怨。邇之事父，遠之事君。多識於鳥獸草木之名。」這一條分三段論詩。第一段是興觀羣怨的四可；第二段是邇遠君父的兩事；第三段是動植的多識。

四可的可以興，就是感情的興發；可以觀是民情風俗以及個人的觀察；可以羣是培養與人相處之道，而融合成民族文化的共同情感；可以怨是個人感情的節制。即「怨而不怒」之意。也包括「樂而不淫，哀而不傷」「譎而不虐」等在內。總之，可以怨之意，就是「發乎情，止乎禮義」。蓋舉怨以為例耳。興與怨之別，興是感情的發動，而怨是感情的終極。故一為四可之始，而一為四可之終。

兩事的事父事君，即就四可的可以羣而特論之。君父乃五倫之二倫，亦所以舉二倫以為五倫之例。

至於多識鳥獸草木之名，只是詩學的餘緒。詩經最大的價值，固不在能言專對，而在興觀羣怨的四可，而四可之中，尤以倫常的羣育意義最為重大，因為五倫秩序的建立，就是「立於禮」啊！詩經的提倡，其目的在推進羣育，以建立禮治的社會，所以詩經的教學也稱為「詩教」。

（三）詩經的分論與總論

於是我們再看孔子分別論詩經的一章一篇或某一單位。

孔子論國風之二南曰：「女為周南召南矣乎？人而不為周南召南其猶正牆面而立也與！」孔子論周南的關雎，則曰：「關雎樂而不淫，哀而不傷。」」又曰：「師摯之始，關雎之亂洋洋乎盈耳哉！」」可見孔子的重視二南，而對關雎尤為讚美。錢賓四先生「論語新解」解「

師摯之始，關雎之亂」兩句曰：「師摯，魯樂師，名摯。關雎，國風周南之首篇。始者，樂之始。亂者，樂之終。古樂有歌有笙，有間有合，爲一成。始於升歌，以瑟配之。如燕禮及大射禮，皆由太師升歌。摯爲太師，是以云師摯之始也。升歌三終，繼以笙入，在堂下，以磬配之，亦三終，然後有間歌。先笙後歌，歌笙相禪，故曰間，亦三終。最後乃合樂。堂上下歌瑟及笙並作，亦三終。周南關雎以下六篇，乃合樂所用故曰關雎之亂也。合樂言詩，互相備足之。」錢解所稱：「周南關雎以下六篇」，實爲周南之關雎、葛覃、卷耳三篇，與召南鵲巢、采蘩、采蘋三篇。那末，關雎之亂，實包括周南召南各三篇。所以「洋洋乎盈耳哉」的讚美，也是包括了二南的讚美的。孔子爲什麼特別重視二南，不但因爲二南的歌聲洋洋盈耳，更因爲周南十一篇，言夫婦男女者九，召南十五篇，言夫婦男女者十一。二南皆言夫婦之道，人若並此而不知，將如面牆而立，一物不可見，一步不可行了，孔子的論關雎之樂而不淫，哀而不傷，亦所以重視夫婦的愛情之結合，應該如此，以爲人倫之始而已。

孔子舉詩一章來討論的，有子罕篇對逸詩唐棣之華中「豈不爾思，室是遠而」兩句的批評。他說：「未之思也夫？何遠之有？」這裏孔子指出此詩的作者無眞情，若是眞的思念他，當不辭跋涉而往，雖千里萬里，有什麼遠呢？這就是說好詩出於眞摯的感情。

末了，我們談孔子對於詩經的總論。他論詩三百篇，只用一句話來表達，那便是魯頌駉第三章的「思無邪」三字。錢賓四先生論語新解說：「無邪，直義。三百篇之作者，無論其爲孝子、忠臣、怨男、愁女、其言皆出於至情流溢，直寫衷曲，毫無僞託虛假，此卽所謂詩言志，乃三百篇之所同也。故孔子舉此一言以包蓋三百篇之大義也。惟詩人性情，千古如昭，故學於詩而可以興觀羣怨。駉詩本詠馬，馬豈邪正？詩中思字乃語辭，本不作思維解。」此與程子所言：「思無邪者，誠也，」相合。亦卽易文言：「修辭立其誠」之意。此說與孔子對逸詩唐棣之華的批評，正可互爲印證。

以上論語所記孔子論詩大要，至於「溫柔敦厚」的詩敎，見於小戴禮記經解篇：

孔子曰：「入其國，其敎可知也。其爲人也，溫柔敦厚，詩敎也。」

這裏雖也稱係孔子所說，禮記到西漢才由戴德、戴勝輯成，書中所稱「孔子曰」，已不盡可靠，但我們研究了論語中孔子的論詩，則此話雖不出於孔子，確也是從論語裏孔子的意見推衍出來。論語載子游在武城以三百篇弦歌敎人民，可以得到「君子學道則愛人，小人學道則易使」的效果，那末，這裏入其國而見其人溫柔敦厚，可說是三百篇弦歌之敎應有的政績了。

發展儒學如果沒有遇到特別的衝激，本來是應該循着原始儒學的路線發展下去的。

至於子夏的因詩悟道（悟「禮後」之道）子貢的引詩證悟（證學貴問疑之悟）也可以讓我們領會孔子啓發教學法的一斑。

民國五十三年八月草于馬尼拉

三、孟子與詩經

糜 文 開

一 孟子七篇的特色

從論語一書所涉及詩經的材料來考察，可以推斷孔子與詩經的關係和孔子時代詩經的地位。同樣的，從孟子七篇中所涉及詩經的材料來考察，可以推斷孟子與詩經的關係和孟子時代詩經的地位。

史記孟子荀卿列傳所記孟子事蹟很簡單，只有百多字，其文如下：

孟軻，騶人也；受業子思之門人。道既通，游事齊宣王，宣王不能用；適梁，梁惠王不果所言；則見以爲迂遠而闊於事情。當是之時，秦用商君，富國彊兵；楚魏用吳起，戰勝弱敵；齊威王、宣王用孫子、田忌之徒，而諸侯東面朝齊：天下方務於合從連衡，以攻伐爲賢，而孟軻乃述唐、虞、三代之德，是以所如不合：退而與萬章之徒，序詩、書，述仲尼之意，作孟子七篇。

這百多字頗爲扼要，前段記其游事齊梁，所如不合，後段記其著書經過。其中提示孟子時代背景的話佔了五十多字，用以說明孟子之所以「所如不合」。而記其著書經過，僅「退而與萬章之徒，序詩、書，述仲尼之意，作孟子七篇」，二十字而已。但司馬遷在這二十字中已把孟子七篇的內容告訴我們，是：「序詩、書，述仲尼之意。」這八字的內容，「述仲尼之意」五字是孟子著書的目的，「序詩、書」三字，則是他著書方法的特色。

何謂「序詩、書」？梁玉繩曰：「七篇中言書凡二十九，援詩凡三十五，故稱敍詩書。」趙岐亦云：「孟子言五經，尤長于詩、書。」從這裏，我們可以知道孟子和詩經的關係是怎樣的密切，詩經對於孟子是何等的重要。這時，五經的地位，顯然以詩經爲第一位，尙書爲第二。詩經與尙書的重量，差不多是五與四之比。漢初今文經學家，排列六藝次序，還因襲着孔孟以來首詩次書的地位，要到古文經學家得勢，始改以易經領先，以易、書、詩、禮、樂、春秋的排列法，替代今文家詩、書、禮、樂、易、春秋的次序。

二　孟子七篇中有關詩經文字的輯錄

梁玉繩說孟子七篇中援詩凡三十五。這是說孟子一書引述三百篇詩句或涉及詩經之處共有三十五處，但其中有四處不只引一篇之詩，而是連引兩篇詩句在一起的。這四處每一處引詩兩次，所以梁玉繩所稱援詩三十五，實際涉及詩經的次數，却是三十九次。

孟子書中涉及詩經三十九次的分佈情形是：（一）梁惠王篇八次，（二）公孫丑篇三次，（三）滕文公篇七次，（四）離婁篇八次，（五）萬章篇六次，（六）告子篇四次，（七）盡心篇三次，合計三十九次。

現在依照書中出現次序的先後，輯錄如下：

（一）梁惠王篇八次

(1)孟子答梁惠王問時引大雅靈台篇第一第二章各全章六句，以證「古之人（文王）與民偕樂，故能樂也。」其原文爲：

詩云：「經始靈台，經之營之，庶民攻之，不日成之。經始勿亟，庶民子來。王在靈囿，麀鹿攸伏。麀鹿濯濯，白鳥鶴鶴。王在靈沼，於牣魚躍。」文王以民力爲台爲沼，而民歡樂之，謂其台曰靈台，謂其沼曰靈沼，樂其有麋鹿魚鼈。古之人與民偕樂。故能樂也。

（註）：孟子引詩「白鳥鶴鶴」句毛詩作「白鳥翯翯」。魯詩作「白鳥皜皜」。

(2)齊宣王引小雅巧言篇兩句以讚美孟子，原文爲：

（齊宣）王說，曰：「詩云：『他人有心，予忖度之。』夫子之謂也。」

(3)孟子對齊宣王引大雅思齊篇第二章六句之後三句，以證「推恩足以保四海」。原文爲：

（孟子曰：）「老吾老，以及人之老；幼吾幼，以及人之幼；天下可運於掌。詩云：『刑于寡妻，至於兄弟，以御于家邦。』言舉斯心，加諸彼而已！故推恩足以保四海；不推恩無以保妻子。」

(4)孟子引周頌我將篇末「畏天之威，于時保之」兩句，以證畏天保國之義。原文：

齊宣王問曰：「交鄰國有道乎？」孟子對曰：「有。惟仁者爲能以大事小，是故湯事葛，文王事昆夷。惟智者爲能以小事大，故大王事獯鬻，勾踐事吳。以大事小者，樂天者也；以小事大者，畏天者也。樂天者，保天下；畏天者，保其國。詩云：『畏天之威，于時保之。』」

(5)孟子引大雅皇矣篇第五章十二句之末五句，以證王者之勇，一怒而安天下之民。原文：

（接上文「于時保之」）王曰：「大哉言矣，寡人有疾，寡人好勇。」對曰：「王請無好小勇。夫撫劍疾視，曰『彼惡敢當我哉？』此匹夫之勇，敵一人者也。王請大之！詩云：『王赫斯怒，爰整其旅，以遏徂莒，以篤周祜，以對于天下。』此文王之勇也。文王一怒而安天下之民。」

（註）孟子引詩「以遏徂莒，以篤周祜」，毛詩遏作按，三家詩作「以按徂旅，以篤于周祜」，篤下又多一于字。

(6)孟子引小雅正月篇結尾兩句，以證王政之必先施仁於鰥寡孤獨。原文：

（齊宣）王曰：「王政可得聞與？」（孟子）對曰：「昔者文王之治岐也，耕者九一，仕者世祿，關市譏而不征，澤梁無禁，罪人不孥。老而無妻曰鰥，老而無夫曰寡，老而無子曰獨，幼而無父曰孤。此四者，天下之窮民而無告者，文王發政施仁，必先斯四者。詩云：『哿矣富人，哀此煢獨。』」

（註）孟子引詩「哀此煢獨」句與魯詩同，毛詩作「哀此惸獨。」

(7)孟子引大雅公劉篇第一章十句之後七句，以證公劉好貨，與百姓同之，則好貨無害。原文：

（接上文「哀此煢獨」）王曰：「善哉，言乎！」曰：「王如善之，則何為不行？」王曰：「寡人有疾，寡人好貨。」對曰：「昔者公劉好貨，詩云：『乃積乃倉，乃裹餱糧，于橐于囊，思戢用光，弓矢斯張，干戈戚揚，爰方啓行。』故居者有積倉，行者有裹糧也，然後可以爰方啓行。王如好貨，與百姓同之，於王何有？」

（註）孟子引詩「思戢用光」，毛詩作「思輯用光。」

(8)孟子引大雅緜篇第二章全章六句，以證太王好色，與百姓同之，則好色無害。原文：

（接上文「于王何有」）王曰：「寡人有疾，寡人好色。」對曰：「昔者大王好色，愛厥妃，詩云：『古公亶父，來朝走馬，率西水滸，至于岐下。爰及姜女，聿來胥宇。』當是時也，內無怨女，外無曠夫。王如好色，與百姓同之，於王何有？」

（註）孟子引詩「來朝走馬」，韓詩作「來朝趣馬」。

（二）公孫丑篇三次

(9)孟子引大雅文王有聲篇第六章五句之中間三句，以證王不待大，惟在以德服人。

原文：

孟子曰：「以力假仁者霸；霸，必有大國。以德行仁者王；王，不待大。湯以七十里，文王以百里。以力服人者，非心服也；力不贍也。以德服人者，中心悅而誠服也。如七十子之服孔子也。詩云：『自西自東，自南自北，無思不服。』此之謂也。」

（註）孟子引詩「自西自東」，韓詩作「自東自西」。

⑽孟子引豳風鴟鴞篇第二章全章五句，並引孔子評語，以證「仁則榮，不仁則辱」之義，及「明其政刑」之效。原文：

孟子曰：「仁則榮，不仁則辱。今惡辱而居不仁，是猶惡溼而居下也。如惡之，莫如貴德而尊士，賢者在位，能者在職，國家閒暇，及是時，明其政刑，雖大國必畏之矣！詩云：『迨天之未陰雨，徹彼桑土，綢繆牖戶；今此下民，或敢侮予？』孔子曰：『為此詩者，其知道乎！能治其國家，誰敢侮之？』」

（註）桑土韓詩作桑杜。

⑾孟子引大雅文王篇中兩句，並尚書四句，以證禍福之由自求。原文：

（接上文「誰敢侮之」）「今國家閒暇，及是時，般樂怠敖，是自求禍也。禍福無不自己求之者！詩云：『永言配命，自求多福。』太甲曰：『天作孽，猶可違；自作孽，不可活。』此之謂也。」

（三）滕文公篇七次

⑿孟子答滕文公問爲國，引豳風七月篇第七章十一句之後四句，以證民事之不可緩。原文：

滕文公問爲國，孟子曰：「民事不可緩也。詩云：『晝爾于茅，宵爾索綯，亟其乘屋，其始播百穀。』民之爲道也，有恆產者有恆心，無恆產者無恆心；苟無恆心，放辟邪侈，無不爲已。及陷乎罪，然後從而刑之，是罔民也。焉有仁人在位，罔民而可爲也？」

⒀孟子引小雅大田篇「雨我公田，遂及我私」兩句，以證周雖行徹法，什一而稅，但仍有助法，八家助耕中央公田之井田制存在。原文：

（孟子曰：）「夏后氏五十而貢，殷人七十而助，周人百畝而徹，其實皆什一也。徹者，徹也。助者，藉也。……詩云：『雨我公田，遂及我私。』惟助爲有公田，由此觀之，雖周亦助也。」

⒁孟子引大雅文王篇中兩句，來說明舊邦力行，可得新國氣象，以勸導滕文公。原文：

（孟子曰：）「詩云：『周雖舊邦，其命維新。』文王之謂也。子力行之，亦以新子之國。」

⒂⒃孟子引小雅伐木篇「出自幽谷，遷于喬木」兩句及魯頌閟宮篇「戎狄是膺，荊舒是懲」兩句，來說明用夏變夷，而非變於夷之義，以責陳相背其師陳良而從許行。原文：

（孟子曰：）「吾聞用夏變夷者，未聞變於夷者也。……吾聞『出於幽谷，遷于喬木』者，未聞下喬木而入於幽谷者。魯頌曰：『戎狄是膺，荊舒是懲。』周公方且膺之，子是之學，亦爲不善變矣！」

（註）孟子引「出於幽谷」毛詩作「出自幽谷」，「戎狄是膺，荊舒是懲」韓詩作「戎狄是應，荊荼是懲。」

⒄御者王良引小雅車攻篇中「不失其馳，舍矢如破」兩句，以說明驅馳有法，孟子因引王良語，以說明不可「枉道以從人」來開導其學生陳代。原文：

（孟子曰：）「昔者，趙簡子使王良與嬖奚乘，終日而不獲一禽。嬖奚反命曰：『天下之賤工也』。或以告王良，良曰：『請復之』。彊而後可，一朝而獲十禽。嬖奚反命曰：『天下之良工也』。簡子曰：『我使掌與女乘』。謂王良，良不可。曰

：『吾爲之範我馳驅，終日不獲一；爲之詭遇，一朝而獲十。詩云：『不失其馳，舍矢如破。』我不貫與小人乘，請辭！』御者且羞與射者比，比而得禽獸，雖若丘陵，弗爲也。如枉道而從彼，何也？且子過矣！枉己者，未有能直人者也。」

⒅孟子再次引魯頌閟宮篇「戎狄是膺」等三句，以說明他有承三聖以距楊朱墨翟而正人心的抱負。原文：

（孟子曰：）「昔者，禹抑洪水而天下平；周公兼夷狄驅猛獸而百姓寧；孔子成春秋而亂臣賊子懼。詩云：『戎狄是膺，荆舒是懲，則莫我敢承。』無父無君，是周公所膺也，我亦欲正人心，息邪說，距詖行，放淫辭，以承三聖者，豈好辯哉？予不得已也。能言距楊墨者，聖人之徒也。」

（四）離婁篇八次

⒆孟子引大雅假樂篇中「不愆不忘，率由舊章」二句，以明應遵先王之法。原文：

孟子曰：「離婁之明，公輸子之巧，不以規矩，不能成方員。師曠之聰，不以六律，不能正五音。堯舜之道，不以仁政，不能平治天下。今有仁心仁聞而民不被其澤，不可法於後世者，不行先王之道也……詩云：『不愆不忘，率由舊章。』遵先王之法而過者，未之有也。」

（註）「不愆不忘」句，齊詩作「不騫不忘。」

⑳孟子引大雅板篇中「天之方蹶，無然泄泄」二句，以說明非先王之道，則言多而失，宜深戒之。原文：

（孟子曰：）「詩曰：『天之方蹶，無然泄泄。』泄泄，猶沓沓也。事君無義，進退無禮，言則非先王之道者，猶沓沓也。故曰：『責難於君謂之恭，陳善閉邪謂之敬，吾君不能謂之賊。』」

（註）「無然泄泄」句與毛詩同，魯詩泄作洩，齊詩韓詩作呭。

㉑孟子引大雅蕩篇篇末「殷鑒不遠，在夏后之世」二句，欲後人更以幽厲為鑒，知所警戒。原文：

孟子曰：「欲為君，盡君道；欲為臣，盡臣道。……孔子曰：『道二，仁與不仁而已矣。』暴其民甚，則身弒國亡；不甚，則身危國削。名之曰「幽」「厲」，雖孝子慈孫，百世不能改也。詩云：『殷鑒不遠，在夏后之世』，此之謂也。」

（註）鑒魯詩作監。

㉒孟子再次引大雅文王篇中「永言配命，自求多福」二句以勉人。原文：

孟子曰：「愛人不親，反其仁；治人不治，反其智；禮人不答，反其敬。行有不得者，皆反求諸己；其身正而天下歸之。詩云：『永言配命，自求多福。』」

㉓孟子引大雅文王篇第四章八句之後四句，第五章八句之前四句，以申師文王可以爲政於天下之意。原文：

孟子曰：「……莫若師文王。師文王，大國五年，小國七年，必爲政於天下矣。詩云：『商之子孫，其麗不億，上帝既命，侯于周服。侯服于周，天命靡常。殷士膚敏，祼將于京。』」

㉔孟子引大雅桑柔篇中「誰能執熱，逝不以濯」二句，以申欲無敵於天下，必以仁之理。原文：

（接上文「祼將于京」）「孔子曰：『仁不可爲衆也』。夫國君好仁，天下無敵。今也欲無敵於天下而不以仁，是猶執熱而以濯也。詩云：『誰能執熱，逝不以濯。』」

㉕孟子引大雅桑柔篇中「其何能淑？載胥及溺」二句，以證當時諸侯不能爲善，相偕陷

於亂亡而已。原文：

孟子曰：「……今天下之君有好仁者……雖欲無王，不可得已……苟不志於仁，終身憂辱，以陷於死亡。詩云：『其何能淑？載胥及溺。』此之謂也。」

(26)孟子推崇孔子所作春秋，比之於詩經，以提高春秋的價值與地位。原文：

孟子曰：「王者之迹熄而詩亡，詩亡然後春秋作。晉之乘，楚之檮杌，魯之春秋，一也。其事，則齊桓、晉文；其文，則史。孔子曰：『其義，則丘竊取之矣！』」

（五）萬章篇六次

(27)孟子弟子萬章疑舜之不告而娶，與齊風南山篇中「娶妻如之何？必告父母」二句不合，執經問難，孟子答以舜不告而娶的道理。原文：

萬章問曰：「詩云：『娶妻如之何？必告父母。』信斯言也，宜莫如舜；舜之不告而娶，何也？」孟子曰：「告則不得娶。男女居室，人之大倫也。如告，則廢人之大倫，以懟父母，是以不告也。」

（註）孟子引「娶妻如之何」與韓詩同，毛詩作「取妻如之何」。

(28)
(29)孟子弟子咸丘蒙問瞽瞍不臣舜與小雅北山篇第二章六句之前四句義不合。孟子答話，告以「說詩者不以文害辭，不以辭害志」而「以意逆志」的讀詩方法，並舉大雅雲漢篇中「周餘黎民，靡有孑遺」二句爲例以說明之。原文：

咸丘蒙曰：「舜之不臣堯，則吾既得聞命矣。詩云：『普天之下，莫非王土；率土之濱，莫非王臣。』而舜既爲天子矣，敢問瞽瞍之非臣如何？」曰：「是詩也，非是之謂也。勞於王事而不得養父母也。曰：『此莫非王事，我獨賢勞也。』故說詩者，不以文害辭，不以辭害志，以意逆志，是爲得之。如以辭而已矣，雲漢之詩曰：『周餘黎民，靡有孑遺。』信斯言也，是周無遺民也。」

（註）引詩「普天之下」句與三家詩同，毛詩作「溥天之下」。

(30)孟子舉大雅下武篇中「永言孝思，孝思維則」二句，以說明孝義。原文：

（接上文「是周無遺民也」）「孝子之至，莫大乎尊親，尊親之至，莫大乎以天下養。爲天子父，尊之至也。以天下養，養之至也。詩曰：『永言孝思，孝思維則』，此之謂也。」

（註）引詩「孝思維則」句魯詩維作惟。

(31)孟子答弟子萬章問，引小雅大東篇第一章八句的中間四句，借以說明惟君子能由義之路。原文：

（孟子曰：）「欲見賢人而不以其道，猶欲其入而閉之門也。夫義，路也。禮，門也。惟君子能由是路，出入是門也。詩云：『周道如厎，其直如矢，君子所履，小人所視。』」

（註）引詩「周道如厎」句毛詩作「周道如砥」。

(32)孟子告訴萬章尙友之道：誦詩讀書是上友古人之法。讀了古人的詩書，更要進一步知道他的爲人和時世。原文：

孟子謂萬章曰：「一鄉之善士，斯友一鄉之善士；一國之善士，斯友一國之善士；天下之善士，斯友天下之善士。以友天下之善士爲未足，又尙論古之人。頌其詩，讀其書，不知其人可乎？是以論其世也；是尙友也。」

（六）告子篇四次：

(33)孟子引大雅烝民篇第一章八句之前四句及孔子的讚語，作爲他性善說的依據。原文：

（孟子曰：）「詩云：『天生蒸民，有物有則；民之秉夷，好是懿德。』孔子曰：『爲此詩者，其知道乎！』故有物必有則；民之秉夷也，故好是懿德。」

（註）引詩「民之秉夷」句與魯詩同，「天生蒸民」句與韓詩同，毛詩夷作彝，蒸作烝。

(34)孟子引大雅既醉篇篇首「既醉以酒，既飽以德」二句，言「飽乎仁義」的重要。原文：

孟子曰：「詩云：『既醉以酒，既飽以德』，言飽乎仁義也；所以不願人之膏粱之味也。令聞廣譽施於身，所以不願人之文繡也。」

(35)(36)孟子弟子公孫丑引高叟評小雅小弁篇爲小人之詩，以質疑於孟子。孟子因告以：「小弁之怨，爲親親之仁，非小人之詩。」公孫丑就再問邶風凱風篇，何以不怨？孟子答以：「凱風，親之過小者；小弁，親之過大者。」並以說明孝子之道。原文：

公孫丑問曰：「高子曰：『小弁，小人之詩也。』」孟子曰：「何以言之？」曰：「怨」。曰：「固哉，高叟之爲詩也！有人於此，越人關弓而射之，則己談笑而道，無他，疏之也。其兄關弓而射之，則己垂涕泣而道之，無他，戚之也。小弁之怨，親親也；親親，仁也。固矣夫，高叟之爲詩也！」曰：「凱風何以不怨？」曰：「凱風親之過小者也；小弁，親之過大者也。親之過大而不怨，是愈疏也；親之過小而怨，是不可磯也。愈疏，不孝也；不可磯，亦不孝也。」

（七）盡心篇三次

(37)公孫丑引魏風伐檀篇中「不素餐兮」一句，詢孟子以君子不耕而食之義。孟子答以君子有大功於世，不是吃白飯。原文：

公孫丑曰：「詩曰：『不素餐兮！』君子之不耕而食，何也？」孟子曰：「君子居是國也。其君用之，則安富尊榮；其子弟從之，則孝弟忠信。『不素餐兮』，孰大於是！」

(38)(39)孟子答貉稽引邶風柏舟篇中「憂心悄悄，慍于羣小」二句以況孔子，又引大雅緜篇中「肆不殄厥慍，亦不隕厥問」二句詠文王的詩以說明多口之訕，聖人所不免，故無傷。原文：

貉稽曰：「稽大不理於口」。孟子曰：「無傷也。士憎茲多口。詩云：『憂心悄悄，慍于羣小』，孔子也。『肆不殄厥慍，亦不隕厥問。』文王也。」

三　孟子引詩的考察

根據上面孟子書中涉及詩經三十九次原文的輯錄，我們可以試作對孟子與詩經關係的考察。

首先，我們統計這涉及詩經的三十九次，可以看到其中是孟子書中引詩特別多，引三百篇詩句共三十五次，其他是❶涉及詩經兩篇篇名而不引詩句，和❷用「詩」字代表詩經，以及❸用「詩」字包括詩經的，共只四次而已。所以我們考察孟子與詩經的關係，可從孟子引詩入手。

我們對孟子引詩，可作（甲）三十九次引詩係何人所引？（乙）所引詩句長短如何？（丙）所引詩的類別如何？（丁）引詩時有何習慣用語等多方面的考察。

（甲）引詩者的統計：

1. 孟子本人引詩三十次。
2. 前人御者王良引詩一次。
3. 時人齊宣王引詩一次。
4. 孟子弟子萬章、咸丘蒙、公孫丑等三人各引詩一次。

論語中引詩的情形是：

1. 孔子本人引詩三次。
2. 時人荷蕢者引詩一次。

3.孔子弟子子貢、子夏、子路、曾子四人各引詩一次。

論語所記孔子論詩甚多，而引三百篇詩句則僅三次（註一），加上時人與弟子等所引五次，全書引詩僅只八次。而孟子引詩十倍於孔子，相反的論詩的次數則很少，分量很輕。書中所記時人與弟子等引詩次數，則與論語相等。可見儒家引詩風氣由孔子及其弟子開其端，到孟子向這方面有了迅速的發展。

（乙）引詩長短統計：

1.所引三百篇詩句，最長的是孟子本人引大雅靈台篇兩整章共十二句，一口氣引了四十八字。

2.次之是孟子本人引大雅緜篇第二章整章的六句二十四字，和豳風鴟鴞篇第二章整章的五句二十二字。但實際句數字數比這多的是，孟子本人引大雅文王篇兩個半章的第四章後半章，連接第五章前半章的共八句三十二字。

3.其餘引詩不滿一章的，句數最多是七句，那是孟子本人引大雅公劉篇第一章十句的後七句，共二十八字。

4.再其次是孟子本人所引大雅皇矣篇的五句二十一字。

5.再其次是引詩四句四次，計孟子本人引豳風七月篇十七字，小雅大東篇和大雅烝民篇各十六字。另外孟子弟子咸丘蒙引小雅北山篇四句十六字。

6.再次是孟子本人引詩三句三次，所引是大雅思齊十三字，大雅文王有聲十二字，和魯頌閟宮十三字。

7.引詩句數最常見的是二句，計共二十一次。二十一次中孟子本人所引十八次，另外三次是齊宣王、王良、萬章各一次。其中二句八字者十八次，二句九字者二次，二句十字者一次。

8.引詩最短只一句，那是公孫丑所引魏風伐檀篇的「不素餐兮」四字。

這統計顯示孟子時引詩，大家喜歡只引兩句，孟子本人雖也常引兩句，他引詩三十次中引兩句的多至十八次，但其他十二次則引自三句長至十二句不等，往往一引便是一整章，連一口氣引兩整章也不嫌其煩，而且引來仍顯得生氣勃勃。孟子引詩可說長短不拘，活潑有致。論語引詩無長者，也大多是兩句，最多不過四句。一章兩章引詩，可說是孟子的特色（註二）。

（丙）引詩類別統計：

又，孟子引詩與論語大不同的是孟子本人偏向大雅，獨佔其引詩次數的三分之二，所引其他國風、小雅、周頌、魯頌等四種詩，合算起來只佔大雅一種次數的一半。相反的，孟子本人以外五人所引詩，却都屬國風和小雅，連一篇大雅也沒有。

1. 孟子所引大雅二十次爲：文王四次，桑柔、緜，各二次，文王有聲、靈台、思齊、皇矣、公劉、假樂、下武、雲漢、既醉、烝民、板、蕩，各一次。其中文王篇四次有兩次都是引「永言配命，自求多福」兩句。

2. 孟子引小雅共四次，是正月、大田、伐木、大東各一次。另外齊宣王引小雅巧言一次，王良引小雅車攻一次，咸丘蒙引小雅北山一次。孟子書中引小雅共七次。

3. 孟子引國風共三次，是豳風的七月、鴟鴞各一次，邶風柏舟一次。另外萬章引齊風南山一次，公孫丑引魏風伐檀一次。孟子書中引國風共五次。

4. 孟子引魯頌二次，引的都是閟宮第五章十七句中「戎狄是膺，荆舒是懲」等句。

5. 孟子引周頌一次，爲我將篇中二句。

我們檢查論語引詩八次，爲孔子引周頌、小雅、逸詩各一次，時人荷蕢者引衞風一次，孔子弟子子貢子路各引衞風一次，曾子引小雅一次，子夏引逸詩一次，而無引大雅者。可見孟子本人獨愛引大雅詩句是其特色。而孟子書中未引及逸詩，亦爲可注意之點。

（丁）引詩習慣用語及所形成之公式

「子曰」「詩云」是科舉時代作文說話時的常用語，一般人總以爲是受論語的影響。其實論語中固到處是「子曰」，但「詩云」只有二處，而且不是孔子的話。一處是「子貢曰：『詩云：「如切如磋，如琢如磨。」……』」一處是「曾子曰：『……詩云：「戰戰兢兢，如臨深淵，如履薄冰。」……』」（註三）「詩云」成爲習慣用語，開始於孟子。孟子引詩的習慣用語是「孟子曰……詩云……」不標篇名。（僅一次標篇名稱「雲漢之詩曰」）舉例如下：

1. 孟子曰：「詩云：『既醉以酒，既飽以德。』……」（告子）
2. 孟子曰：「民事不可緩也，詩云：『晝爾于茅，宵爾索綯，亟其乘屋，其始播百穀。』……」（滕文公）
3. 孟子曰：「無傷也，士憎多口。詩云：『憂心悄悄，慍于羣小。』孔子也；『肆不殄厥慍，亦不隕厥問。』文王也。」（盡心）

今統計孟子本人引詩三十次，用「詩云」習慣用語的凡二十四次，例外的只有離婁篇的

「詩曰：『天之方蹶，無然泄泄。』……」和萬章篇的「詩曰：『永言孝思，孝思維則。』……」兩次都改用了「詩曰」二字，另外用「雲漢之詩曰」一次，「魯頌曰」一次，還有一次引小雅伐木的「出自幽谷，遷于喬木」，不標出於何處，只冠以「吾聞」二字以代之，其他五人引詩，四人均用「詩云」，只有孟子弟子公孫丑用了一次「詩曰」。

孟子書中引詩出現的新習慣用語，是「此之謂也」四字。舉例如下：

1. 孟子曰：「……詩云：『殷鑒不遠，在夏后之世』，此之謂也。」（離婁）
2. 孟子曰：「……詩云：『其何能淑？載胥及溺，』此之謂也。」（離婁）
3. 孟子曰：『……詩云：『自西自東，自南自北，無思不服』，此之謂也。」（公孫丑）
4. 孟子曰：『……詩云：『永言配命，自求多福。』太甲曰：『天作孽，猶可違；自作孽，不可活。』此之謂也。」（公孫丑）
5. 詩曰：「永言孝思，孝思維則。」此之謂也。（萬章）

在孟子書中只用了五次「此之謂也」，到荀子書中就有大批的「此之謂也」出現，到漢朝則「詩云……此之謂也」已成公式化。劉向列女傳八卷，即其例證，讓我們讀了覺得已成濫調。這可說是從孟子引詩用語發展下去，形成公式所生的流弊。

四　孟子論詩的考察

孟子書中涉及詩經的三十九次，除却引詩的三十五次，餘下的四次，都可歸入論詩的範圍來考察。玆分述於次：

（甲）詩亡然後春秋作

前面輯錄中第二十六「詩亡然後春秋作」一節，是孟子把詩經與春秋相提並論，強調詩經與春秋時代使命的銜接，暗示地位相等，以提高春秋地位的言論，論詩經時代終止的原因，不過是副題。

孟子說：「王者之迹熄而詩亡；詩亡然後春秋作。」其中「詩亡」兩字，有三種不同的解釋：漢趙岐注曰：「王者謂聖王也。太平道衰，王迹止熄，頌聲不作，故詩亡。春秋撥亂，作於衰世也。」宋朱熹注曰：「王者之迹熄，謂平王東遷，而政教號令，不及於天下也。詩亡，謂黍離降爲國風而雅亡也。春秋魯史記名，孔子因而筆削之，始於魯隱公之元年，實平王之四十九年也。」趙岐解詩亡指詩經裏的周頌不再作，朱熹則以爲指美刺朝政的大雅小雅的亡絕。今人則以爲周室盛時有采詩之官，蒐集各國風詩，上之太師，得以考察各國政教之得失，平王東遷後，政令不行於諸侯，采詩之官廢，故詩經所存國風，至春秋中葉而止。孔子作春秋，記各國史實，寓褒貶之意，所以說「詩亡然後春秋作」。這把「詩亡」解成「風亡」。詩經時代的終止是因爲王政的衰歇。但以上三種解釋，各據詩經風、雅、頌三者之一以立說，都能言之成理，而不免偏而不全。我們只要採前二說以補充第三說，意思便周全了。在周朝的盛世，詩經的風雅頌各有其時代的使命，後來漸趨衰亂，先是盛世的頌聲不作，繼而美刺王政的雅詩斷絕，終於國風的採集也終止了。到孔子時，詩經時代早已全部終止，孔子便負起了時代的使命，作春秋以撥亂世而反之正。

從這一節的考察，我們可以看得出，在孟子的心目中，詩經是負有時代使命的（客觀地說是王者之迹的表現與記錄），地位極高，說孔子作春秋來接替詩經的時代使命，所以提高春秋的地位。孟子以前沒有人講到春秋的，從孟子開始才推崇春秋，所以要與大家重視的詩經來比附。孟子書中另一推崇孔子春秋之處，是用禹抑洪水和周公兼夷狄的功績來烘托（見前面輯錄第十八）。那末，孟子推崇詩經的程度，我們也就可以想見了。

（乙）小弁之怨和凱風的不怨

前面輯錄中第卅五、卅六孟子評高叟論詩的不當。高叟因小弁詩是有怨意，指小弁爲小人之詩。孟子糾正這錯誤的觀念，說小弁之怨是應有的親親之仁的表現。但是凱風詩何以不怨？那是因爲凱風詩只是親有小過，做子女的不致於怨痛，不像小弁詩親有大過，做子女的不得不有所怨痛。孟子的意思，兩詩都得性情之正，所以都是好詩。孔子論詩主張感情的中和，要得中庸之道，才可興觀羣怨，事父事君。孟子論小弁凱風，便是繼承孔子詩論，把握原則加以說明的實例。

（丙）知人論世

前面輯錄中第卅二孟子說，誦讀古人的詩書，應該知道他的爲人和時世。這裏「頌（誦）其詩」，包括詩經以及詩經以外的逸詩，和詩經以後孔子時代的「鳳兮」歌「滄浪之水」歌等。孟子「知人論世」的指示是對的。「誦其詩，讀其書，不知其人可乎？是以論其世也。」這兩句話很重要。現在我們研究文學要重視文學家傳記年譜和時代背景，就是孟子主張的實踐。但漢儒研究詩經，受孟子這話的影響，却走上了偏差的道路。因爲誦其詩要知其人，便把詩經的風雅頌分別依各篇編定前後的順序，來一一訂其作詩時代的先後，排在前面的一定是文武成康時代盛世之詩，排在後面的則是厲王幽王以來衰世的變雅變風。再把左傳國語等古書所載人物，附會爲各詩的作者。毛詩小序和鄭玄詩譜便是明顯的例子。我們查閱十三經注疏中這一章趙岐的注，便可窺見其消息的一斑。「頌其詩讀其書者猶恐未知古人高下，故論其世以別之也。在三皇之世爲上，在五帝之世爲次，在三代之世爲下。」這便是漢人對詩書「論世」觀念的記錄。衞宏詩序，鄭玄詩譜，正是反映這種「論世」觀念的作品。

除此之外，在引詩的卅五次中，還有涉及孟子論詩的話一處，也得一併在這裏提出。那是前面輯錄中廿八、廿九答咸丘蒙問難的一節。

（丁）以意逆志的讀詩法

那一節中孟子論詩的要點是：「故說詩者，不以文害辭，不以辭害志。以意逆志，是爲得之。」孟子要我們從原詩的一個字一個詞到一句一章一篇地仔細玩味，來體會出作詩者的原意來。宋朝朱熹、清朝崔述，都曾努力這樣做過。

接着孟子舉大雅雲漢篇中，「周餘黎民，靡有孑遺」描述旱災慘重的兩句作爲例子加以說明。照字面講，旱災已慘重到周朝的老百姓沒有半個留存的了。但實際情形，不致如此，這只是誇大的形容，以强調災情的慘重而已。孑，無右臂，孓，無左臂，但孑遺，不解爲無右臂者的留存，要活用作「半個人的留存」講，這叫做「不以文害辭」。而知道「靡有孑遺」，只是形容災情的慘重，這叫做「不以辭害志」。玩味全篇文意，全篇雖未用一「雨」字，這兩句話只是天子祈雨時要天老爺和始祖后稷垂憐災情慘重，賜降甘霖而已，這叫做「以意逆志，是爲得之。」

孟子指示的這種詩經讀法，眞正是度人的金針。可惜後世的詩經學者，很少能夠澈底奉行的。詩經原始的作者方玉潤曰：「詩辭多隱約微婉，不肯明言，或寄託以寓意，或甚言而驚人，皆非其志之所在。若徒泥辭以求，鮮有不害志者。孟子斯言，可謂善讀詩矣！然而自古至今，能以己意逆詩人志者誰哉！」他的話我全部同意，只有「以己意逆詩人志」的「己」字應改爲「文」字，因爲原詩之志，我們不能隨便用「己意」去推求，而是應該玩味全篇的「文意」去推求的。小雅北山篇「普天之下，莫非王土，率土之濱，莫非王臣」四句，咸丘蒙不曾用全篇文意去推求詩人之志，所以就犯了「以辭害志」之病，而變成斷章取義了。

五　孟子引詩可注意的幾點

當然，孟子引詩書，主要是作爲他主張的論證，其中可爲我們特別注意的幾點，分述於下：

（甲）性善說的溯源

孟子引詩中有一節是他性善說的溯源，那是大雅烝民篇中四句。在論語中，孔子對人性的善惡，沒有明白的說明，於是孟子的性善說，不得不溯源於詩經。烝民詩一開頭便說：「天生烝民，有物有則；民之秉彝，好是懿德。」譯成現代語便是：「上天生我們人類，有事物就有法則；人類所秉賦的常性，是喜歡這美好的道德。」烝民詩是周宣王時吉甫所作。吉甫比孔子要早上三百年，吉甫成爲中國最早主張性善的人。孟子在詩經中找到了性善說的根據，當然表示他的性善說是有來歷的。但孟子並不以此爲滿足，他在引這四句詩後，緊接着便說：「孔子曰：『爲此詩者，其知道乎！』」來表示人類性善雖是吉甫的發現，但要經孔子權威的指證，才成爲定論。於是他的性善說也成爲孔子的傳授。現在，我們從這裏可以看出，論語所載孔子的原始儒學中沒有性善的明確表示，孟子性善說的發展儒學便不得不溯源到儒家所重視的古籍詩經中去。因此我們也懷疑孔子並未說「爲此詩者其知道乎」這句話，只是孟子的想當然之辭，以提高他性善說的地位的。

（乙）詩經學上的貢獻

孟子論詩在詩經學上有很大的貢獻，尤以「以意逆志」的讀詩法，頗有澄清紛歧異說之功，北山篇的糾正，卽其一例。北山篇在戰國時代，便有很多人以爲是虞舜之詩，到戰國末年，仍多信此說者，呂氏春秋孝行覽謂舜「登爲天子，賢士歸之，萬民譽之，丈夫女子，振振殷殷，無不戴說，舜自爲詩曰：『普天之下，莫非王土，率土之濱，莫非王臣。』所以見盡之也。」韓非子書中也說：「詩云：『普天之下，莫非王土，率土之濱，莫非王臣。』信是言也，是舜出則臣其君，入則臣其父，妻其妾也。」但漢儒得孟子的糾正，即均以孟子「勞於王事而不得養父母」之義釋北山。毛詩序曰：「北山，大夫刺幽王也，役使不均，已勞於從事而不得養其父母焉。」三家詩無異義，此可證戰國時說詩者的紛歧，甚多離奇的附會，經孟子的糾正，至漢而已澄清。其他引詩地方，像對靈台的指出係歌詠文王之詩，鴟鴞的指出係用禽言來象徵人事，都很有價值，對後人研究詩經也是有貢獻的。清人崔述曾因靈台詩中有「王在靈囿」「王在靈沼」之句，係對時王之稱，而文王生前只是西伯，故疑此詩非詠文王事。但經今人考證（見筆者與內子普賢合著詩經欣賞與研究初集第四五頁）文王已及身稱王，故知孟子的話確是有來歷的。還有顧頡剛等判斷鴟鴞詩只是一篇原始的禽言詩，但我們玩味詩中「今此下民，或敢侮予」之語，明明牽涉到人類政治方面來了，所以孟子會特舉孔子「能治其國家，誰敢侮之」的話來指證這詩「綢繆牖戶」等句所喻爲「明其政刑」，而告訴我們鴟鴞篇是假禽言以喻政事的象徵詩，寓意極爲深長，價值很高。我們可以不信孔子確曾對鴟鴞篇有此評語，但我們用孟子「以意逆志」的方法來讀此詩，就可得此結論。這些都是孟子對詩經研究上的貢獻。

但是孟子引詩，有時也採「斷章取義」之法的。例如他借用小雅大東篇「周道如厎，其直如矢；君子所履，小人所視」四句以說明君子之道。詩中「君子」原是指政治上的統治者，並非品德方面的君子，含義不同。詩中周道，也是實際上的大路，並非「君子之道」的道。我們應該明白，這只是一種借用，並非孟子不知原詩的解釋。

（丙）以詩經爲考古的材料

詩經是周朝所遺留下的最寶貴的史料，孟子評論古代歷史，像推崇文王的政治，固然引詩如靈台、皇矣等篇爲證，而且也用詩經作爲考證古代文物制度的材料，周朝是行什一而稅的徹法的，但他看到大田詩中有「雨我公田，遂及我私」兩句，便舉以爲證而指出了周亦有助法的存在。孔子說讀詩經可以觀，這裏孟子給了我們觀的實例。我們也可說這是孟子「知人論世」的實例，他從靈台等篇知文王之爲人，從大田之詩以論西周之時世。而且，更爲我們開闢了一條從詩經中去考古的路。

（丁）以時語釋詩

孟子說：「詩曰：『天之方蹶，無然泄泄。』泄泄，猶沓沓也。」朱熹注：「沓沓卽泄洩之意，蓋孟子時人語如此。」蔣伯潛曰：「『泄泄』古語；『沓沓』孟子時語。此以『沓沓』釋『泄泄』，猶以『洪水』釋『洚水』也。」按孟子滕文公篇：「孟子曰：『……當堯之時，水逆行氾濫於中國，蛇龍居之，民無所定。下者爲巢，上者爲營窟。書曰：「洚水警余。」洚水者，洪水也。……』」也是孟子以當時流行語釋古語。孟子以時語釋詩書，爲漢儒注經之濫觴。

六　孟子與詩經關係總述

孟子與詩經的考察，到此爲止。現在試將考察所得，以條舉方式，作一簡單的總述，來結束全文。

一、從論語的記載，我們知道孔子以詩經敎弟子的情形，孔子本人多論詩而甚少引詩，從孟子書中屢載孟子弟子引詩問難於孟子，可見孟子也以詩經敎其弟子，一仍孔子之舊。但所載孟子論詩不多，而孟子本人引詩三十次之多，可見引詩爲孟子偏好，而引詩的風氣，也到孟子而始盛。

二、論語引詩大多爲兩句，最多不過四句，孟子書中引詩長短不拘，自一句兩句三句，以至十二句。亦以引二句爲常規，而一章兩章地整章引詩，可說是孟子本人引詩的特色。孟子引詩另一特色是孟子偏愛引大雅之詩。又，孟子書中未引及逸詩，亦爲可注意之點。

三、論語引詩冠以「詩云」二字者僅二見，爲孔子弟子子貢曾子所引，孔子引詩三次，均未冠「詩云」。孟子書中引詩冠以「詩云」者多達廿八次，其中孟子本人所用凡廿四次。引詩冠「詩云」的風氣大盛。而引詩用「詩云，此之謂也」的風氣也自孟子開其端，其後漸成公式，至漢而發展爲引詩用語的濫調。

四、孟子時詩經仍高居六藝之首，地位最崇高。六藝中孟子最重視詩書，春秋的提倡見於文獻者以孟子爲最早。

五、孟子論詩觀點，大體繼承孔子，「知人論世」與「以意逆志」的讀詩法是孟子的新發展，對後世詩經學的影響極大。

六、孟子發展儒學的性善說，他自己溯源於詩經的烝民篇。

七、孟子指證大雅靈台詩係詠文王之事，小雅北山詩係勞於王事而不得養父母者之詩，豳風鴟鴞詩係假禽言以喻政事，對詩經的研究上都有貢獻。

八、孟子以詩經爲史料，藉以研究文王以來的歷史，作爲他政治主張的依據；他用大田詩「雨我公田，遂及我私」兩句，以證明西周稅制，雖行徹法，仍有助法的存在，更爲我們開闢了一條從詩經中去考古的路。

九、孟子引詩字句多異文，往往與後世所傳四家詩均不同，亦有與齊魯韓三家詩同而與毛詩不同者，亦有與毛詩同而與齊魯韓三家均不同者，亦有僅與三家中之一家二家不同者。這種現象可推想爲孟子時詩經似早有異文，至漢而紛歧更多，各據師承作不同之傳授。

十、孟子用當時流行語以釋詩書，爲漢儒注經的濫觴。

(註一)另左傳中載孔子引詩共五則。

(註二)左傳引詩最長者亦達四十八字，爲昭公廿八年成鱄引大雅皇矣第四章全章十二句，惟無引兩章者。

(註三)左傳引詩的習慣用語是「詩曰」，很少用「詩云」，孔子引詩五則中，曾一次用「詩云」。

民國五十六年六月草於臺北

四、荀子與詩經

裴溥言

一、荀子與詩經的關係

荀子與詩經的關係很密切，對後世詩經學的影響也很大。漢代詩經齊、魯、韓、毛四家的傳援，相傳毛，魯都傳自荀卿，韓詩與荀卿關係亦密切。劉向校讎書錄序云：「孫卿善爲詩、禮、易、春秋。」胡元儀郇卿別傳曰：「郇卿，善爲詩、禮、易、春秋，從根牟子受詩，以傳毛亨，號毛詩；又傳浮丘伯，伯傳申公，號魯詩。」汪中荀卿子通論曰：「荀卿之學出於孔氏，而尤有功於諸經。（陸德明）經典（釋文）敍錄毛詩：徐整云：『子夏授高行子，高行子授薛倉子，薛倉子授帛妙子，帛妙子授河間人大毛公。毛公爲詩故訓傳于家，以授趙人小毛公。一云子夏傳曾申，申傳魏人李克，克傳魯人孟仲子，孟仲子傳根牟子，根牟子傳趙人孫卿子，孫卿子傳魯人大毛公。』由是言之，毛詩，荀卿子之傳也。漢書楚元王交傳：『少時嘗與魯穆生、白生、申公，同受詩於浮邱伯。伯者孫卿門人也。』鹽鐵論云：『包邱子與李斯俱事荀卿（包邱子卽浮邱伯）。』劉向敍云：『浮邱伯受業爲名儒。』漢書儒林傳：『申公魯人也，少與楚元王交俱事齊人浮邱伯受詩。』又云：「申公卒，以詩、春秋授，而瑕邱江公盡能傳之。』由是言之，魯詩，荀卿子之傳也。韓詩之存者，外傳而已，其引荀卿子以說詩者四十有四。由是言之，韓詩，荀卿子之別子也。」

荀子三十二篇，統計其引詩經詩句共八十二次，不引詩句而論詩者十四次，荀子書中涉及詩經者共計九十六次。今卽據之以考察荀子與詩經的關係。

二、荀子三十二篇引詩輯錄

荀子三十二篇中引詩次數，依原書篇次統計爲：（一）勸學篇三次，（二）修身篇三次，（三）不苟篇三次，（四）榮辱篇一次，（五）非相篇二次，（六）非十二子篇二次，（七）仲尼篇一次，（八）儒效篇六次，（九）王制篇一次，（十）富國篇六次，（十一）王霸篇一次，（十二）君道篇四次，（十三）臣道篇四次，（十四）致仕篇二次，（十五）議兵篇四次，（十六）彊國篇二次，（十七）天論篇二次，（十八）正論篇二次，（十九）禮論篇三次，（二十）樂論篇無，（廿一）解蔽篇四次，（廿二）正名篇三次，（廿三）性惡篇無，（廿四）君子篇三次，（廿五）成相篇無，（廿六）賦篇無，（廿七）大略篇十二次，（廿八）宥坐篇四次，（廿九）子道篇一次，（三十）法行篇二次，（卅一）哀公篇無，（卅二）堯問篇一次。三十二篇中，五篇未引詩，廿七篇引詩共計八十二次。

茲將荀子書中八十二次引詩原文輯錄於下：

㈠勸學篇三次

（1）引小雅小明篇末章全章六句二十四字，以喻勸學：

詩曰：「嗟爾君子，無恆安息，靖共爾位，好是正直。神之聽之，介爾景福。」神莫大於化道，福莫長於無禍。

（註）齊時「無恆」作「毋常」，「共」作「恭」；韓詩「靖共」作「靜恭」。

(2)引曹風鳲鳩篇首章全章六句廿四字，以明君子結於一之義：

詩曰：「尸鳩在桑，其子七兮；淑人君子，其儀一兮。其儀一兮，心如結兮。」故君子結於一也。

(註)齊、魯、韓、毛四家「尸」均作「鳲」。

(3)引小雅采菽篇二句八字，以明君子謹愼其身之道：

故未可與言而言謂之傲，可與言而不言謂之隱，不觀氣色而言謂之瞽。故君子不傲、不隱、不瞽，謹愼其身。詩曰：「匪交匪舒，天子所予。」此之謂也。

(註)齊、魯、韓、毛四家「舒」均作「紓」，齊、韓、毛「匪交」均作「彼交」。

㈡修身篇三次

(4)引小雅小旻篇第三章八句之前六句二十四字，以喩小人之行徑：

諂諛者親，諫爭者疏；修正爲笑，至忠爲賊，雖欲無滅亡得乎哉？詩曰：「噏噏呰呰，亦孔之哀。謀之其臧，則具是違；謀之不臧，則具是依。」此之謂也。

(註)齊詩、魯詩、毛詩「噏噏呰呰」作「潝潝訿訿」。韓詩「噏噏」作「翕翕」。

(5)引小雅楚茨篇二句八字以證禮儀之重要：(此條所引與(50)所引同)

故人無禮則不生，事無禮則不成，國家無禮則不寧。詩曰：「禮儀卒度，笑語卒獲。」此之謂也。

（註）韓詩「儀」作「義」。

（6）引大雅皇矣篇二句八字以喻師法暗合天道，如文王雖未知，已順天之法則也：

故學也者，禮法也。夫師，以身爲正儀而貴自安者也。詩云：「不識不知，順帝之則。」此之謂也。

（註）魯詩「不」作「弗」。

㈢不苟篇三次

（7）引小雅魚麗篇末章全章共二句八字，言雖有物亦須得其時，以喻當之爲貴：

故曰君子行不貴苟難，說不貴苟察，名不貴苟傳，唯其當之爲貴。詩曰：「物其有矣，唯其時矣。」此之謂也。

（註）「唯」與魯詩同，毛詩作「維」。

（8）引大雅抑篇二句八字，以證君子之至文：（此條與（14）（32）所引同）

君子寬而不慢，廉而不劌，辯而不爭，察而不激，寡立而不勝，堅彊而不暴，柔從而不流，恭敬謹愼而容，夫是之謂至文。詩曰：「溫溫恭人，惟德之基。」此之謂矣。

(9)引小雅裳裳者華末章前四句十六字，以明能應變，則左右無不得宜之理：

君子……參於天地……與時屈伸……以義變應，知當曲直故也。詩曰：「左之左之，君子宜之；右之右之，君子有之。」此言君子能以義屈信變應故也。

㈣榮辱篇一次

(10)引殷頌長發篇第五章中二句十字，謂湯執小玉大玉，大厚於下國，言下皆賴其德也：

故曰斬而齊，枉而順，不同而一，夫是之謂人倫。詩曰：「受小共大共，爲下國駿蒙。」此之謂也。

(註)毛詩「蒙」作「厖」，魯詩兩「共」作「珙」或「拱」，齊詩「駿」作「恂」。

㈤非相篇二次

(11)引小雅角弓第七章全章四句十六字，謂雨雪瀌瀌然見日氣而自消，以喻欲爲善則惡自消矣：

人有三不祥，幼而不肯事長，賤而不肯事貴，不肖而不肯事賢……人有三必窮，爲上則不能愛下，爲下則好非其上……人有此數行者，以爲上則必危，爲下則必滅。詩曰：「雨雪瀌瀌，宴然聿消；莫肯下隧，式居屢驕。」此之謂也。

（註）毛詩異文五字：「宴然聿」作「見晛曰」，「隧」作「遺」，「屢」作「婁」；韓詩異文六字：「瀌瀌」作「麃麃」，「宴然」作「曣晛」，「隧」作「隤」，「屢」作「婁」；魯詩異文三字：「瀌瀌」作「麃麃」，「屢」作「婁」。

(12) 引大雅常武篇二句八字，謂君子容物，亦猶天子之同徐方也：

故君子賢而能容罷，知而能容愚，博而能容淺，粹而能容雜，夫是之謂兼術。詩曰：「徐方既同，天子之功。」此之謂也。

㈥非十二子篇二次

(13) 引大雅蕩篇第七章之後六句二十六字，以明服人之道：

無不愛也，無不敬也，無與人爭也……如是則賢者貴之，不肖者親之，如是而不服者，則可謂訞怪狡猾之人矣。雖則子弟之中，刑及之而宜。詩云：「匪上帝不時，殷不用舊。雖無老成人，尚有典刑。曾是莫聽，大命以傾。」此之謂也。

（14）再引大雅抑篇二句八字，以證所謂「誠君子」之意（此條與（8）（32）所引相同）：

故君子恥不修，不恥見汙……率道而行，端然正己，不為物傾側，夫是之謂誠君子。詩云：「溫溫恭人，維德之基。」此之謂也。

㈦仲尼篇一次

（15）引大雅下武篇第四章共四句十六字，以明臣事君亦猶武王之繼祖考也：

福事至則和而理，禍事至則靜而理，富則施廣，貧則用節，可貴可賤也，可富可貧也，可殺而不可使為姦也。是持寵處位，終身不厭之術也。雖在貧窮徒處之埶，亦取象於是矣。夫是之謂吉人。詩曰：「媚茲一人，應侯順德；永言孝思，昭哉嗣服。」此之謂也。

（註）魯詩「順」作「慎」。

㈧儒效篇六次

（16）引大雅文王有聲篇三句十二字，以證人師之四海歸心：（此條與（29）（41）所引同）

秦昭王問孫卿子曰：「儒無益於人之國？」孫卿子曰：「……儒者在本朝則美政，在下位則美俗……」王曰：「然則其爲人上何如？」孫卿曰：「……故近者歌謳而樂之，遠者竭蹶而趨之，四海之內若一家，通達之屬莫不從服，夫是之謂人師。詩曰：『自西自東，自南自北，無思不服。』此之謂也。」

（註）韓詩「西東」作「東西」。

（17）引小雅何人斯篇末章全章六句二十四字，以喻狂惑之愚人（此條與（59）所引同）

而狂惑戇陋之人，乃始率其羣從，辯其談說，明其辟稱，老身長子不知惡也，夫是之謂上愚。曾不如相鷄狗之可以爲名也。詩曰：「爲鬼爲蜮，則不可得；有靦面目，視人罔極，作此好歌，以極反側。」此之謂也。

（18）引小雅鶴鳴篇二句九字，以喻聲遠之意：

故君子務修內而讓之於外，務積德於身而處之以遵道。如是則貴名起如日月，天下應之如雷霆。故曰君子隱而顯，微而明，辭讓而勝。詩曰：「鶴鳴于九皋，聲聞于天。」此之謂也。

（19）引小雅角弓第四章全章四句十七字，以明鄙夫不責己而怨人之患：

（接上條）鄙夫反是，比周而譽俞少，鄙爭而名俞辱，煩勞以求安利，其身俞危。詩曰：「民之無良，相怨一方；受爵不讓，至于已斯亡。」此之謂也。

（20）引小雅采菽篇第四章末兩句八字，以明上下不相亂之義：

故明主譎德而序位，所以爲不亂也；忠臣誠能，然後敢受職，所以爲不窮也。分不亂於上，能不窮於下，治辯之極也。詩曰：「平平左右，亦是率從。」是言上下之交不相亂也。

（註）韓詩「平」作「便」。

（21）引大雅桑柔篇第十一章全章六句二十四字，以明君子與小人之別：

凡人莫不欲安榮而惡危辱，故唯君子爲能得其所好，小人則日徼其所惡。詩曰：「維此良人，弗求弗迪；維彼忍心，是顧是復；民之貪亂，寧爲荼毒！」此之謂也。

㈨王制篇一次

（22）引周頌天作篇前四句十五字，以明大神之意：（此條與（46）所引同）

故天之所覆，地之所載，莫不盡其美，致其用，上以飾賢良，下以養百姓而安樂之，夫是之謂大神。詩曰：「天作高山，大王荒之；彼作矣，文王康之。」此之謂也。

㈩富國篇六次

(23)引大雅棫樸篇末章全章四句十六字，以證先王綱紀四方：

古者先王分割而等異之也……爲之宮室臺榭，使足以避燥溼養德辨輕重而已，不求其外。詩曰：「雕琢其章，金玉其相，亹亹我王，綱紀四方。」此之謂也。

(註)「雕」與魯詩同，毛詩作「追」。「亹亹」與魯詩、韓詩同，毛詩作「勉勉」。

(24)引小雅黍苗篇第二章全章四句十六字，以明百姓不憚勤勞以奉上：

故仁人在上，百姓貴之如帝，親之如父母，爲之出死斷亡而愉者，無它故焉，其所是焉誠美，其所得焉誠大，其所利焉誠多。詩曰：「我任我輦，我車我牛；我行既集，蓋云歸哉。」此之謂也。

(25)引大雅抑篇二句八字，以證「自取」之意：(此條與(39)所引同)

是以臣或弒其君，下或殺其上，粥其城，信其節，而不死其事者，無它故焉，人主自取之。詩曰：「無言不讎，無德不報。」此之謂也。

（註）魯詩「讐」亦作「醻」「酬」，韓詩作「酬」。

（26）引周頌執競篇後七句二十八字，以證儒術行而天下足：

夫天下何患乎不足也，故儒術誠行，則天下大而富，使而功，撞鐘擊鼓而和。詩曰：「鐘鼓喤喤，管磬瑲瑲，降福穰穰，降福簡簡，威儀反反，既醉既飽，福祿來反。」此之謂也。

（註）「喤喤」與毛詩同。三家「喤喤」皆作「鍠鍠」。「管磬瑲瑲」與魯詩同，毛詩作「磬筦將將」。齊詩「瑲瑲」作「鏘鏘」，韓詩作「鎗鎗」。魯詩「穰」作「瀼」，「反反」作「板板」。

（27）引小雅節南山篇第二章下半章四句十六字，以證墨術行而勞苦無功：

（接上文）故墨術誠行，則天下尚儉而彌貧，非鬭而日爭，勞苦頓萃而愈無功，愀然憂戚非樂而日不和。詩曰：「天方薦瘥，喪亂弘多；民言無嘉，憯莫懲嗟。」此之謂也。

（註）「瘥」字與毛詩同，三家作「暛」。

（28）引曹風尸鳩篇第三章六句之後四句十六字，以證仁人用國之效：（此條與（42）（62）所引同）

故仁人之用國，非特將持其有而已也，又將兼人。詩曰：「淑人君子，其儀不忒；其儀不忒，正是四國。」此之謂也。

㈡王霸篇一次

(29) 再引大雅文王有聲篇三句十二字，以明其道足以齊一人而四方皆歸之：(此條與(16)所引同)

故百里之地，足以竭埶矣。致忠信，箸仁義，足以竭人矣。兩者合而天下取，諸侯後同者先危。詩曰：「自西自東，自南自北，無思不服。」一人之謂也。

㈢君道篇四次

(30) 引大雅常武篇二句八字，以證四海至平之效：(此條與(43)所引同)

故上好禮義，尚賢使能。無貪利之心，則下亦將綦辭讓，致忠信，而謹於臣子矣。……敵國不待服而詘；四海之民，不待令而一，夫是之謂至平。詩曰：「王猶允塞，徐方既來。」此之謂也。

(註) 齊詩「來」作「俫」。

(31) 引大雅板篇二句八字，以證人君愛民好士之效：(此條與(44)所引同)

故君人者，愛民而安，好士而榮，兩者無一焉而亡。詩曰：「介人維藩，大師維垣。」此之謂也。

（註）「介」字與魯詩同，毛詩作「价」。「維」字與毛詩同，魯詩作「惟」。

（32）三引大雅抑篇二句八字，以證天子之大形：（此條與（8）（14）所引用）

故天子不視而見，不聽而聰，不慮而知，不動而功，塊然獨坐而天下從之如一體。如四胑之從心，夫是之謂大形。詩曰：「溫溫恭人，維德之基。」此之謂也。

（33）引大雅文王篇二句八字，以證多士之重要：

故人主無便嬖左右足信者，謂之闇；無卿相輔佐足任者，謂之獨；所使於四鄰諸侯者非其人，謂之孤；孤獨而晻，謂之危。國雖若存，古之人曰亡矣。詩曰：「濟濟多士，文王以寧。」此之謂也。

㈢臣道篇四次

（34）引逸詩三句十三字，以明事聖君之道：

事聖君者，有聽從……則崇其美，揚其善，違其惡，隱其敗，言其所長，不稱其所短，以為成俗。詩曰：「國有大命，不可以告人，妨其躬身。」此之謂也。

(35)引小雅小旻篇末章全章七句二十八字，以證仁者之臨深履薄：仁者必敬人，凡人非賢，則案不肖也；人賢而不敬，則是禽獸也；人不肖而不敬，則是狎虎也。禽獸則亂，狎虎則危，災及其身矣。詩曰：「不敢暴虎，不敢馮河；人知其一，莫知其他。戰戰兢兢，如臨深淵，如履薄冰。」此之謂也。

(36)引大雅抑篇二句八字，以證仁人之一舉一動均可為則：若夫忠信端慤而不害傷，則無接而不然，是仁人之質也。……喘而言，臑而動，而一可以為法則。詩曰：「不僭不賊，鮮不為則。」此之謂也。

(37)引商頌長發篇第四章中二句十字，以明湯武取天下權險之平為救下國者也：不卹是非，不論曲直，偷合苟容，迷亂狂生，夫是之謂禍亂之從聲，飛廉惡來是也。傳曰：「斬而齊，枉而順，不同而壹。」詩曰：「受小球大球，為下國綴旒。」此之謂也。

㈣致仕二次

(38)引大雅民勞篇二句八字，以明自近及遠之理：刑政平而百姓歸之，禮義備而君子歸之。故禮及身而行脩，義及國而政明。能以禮挾而貴名白，天下願令行禁止，王者之事畢矣。詩曰：「惠此中國，以綏四方。」此之謂也。

（39）再引大雅抑篇二句八字，以明爲善則物必報之意：（此條與（25）所引同）

師術有四……而博習不與焉。水深而回，樹落則糞本，弟子通利則思師。詩曰：「無言不讎，無德不報。」此之謂也。

㈤議兵篇四次

（40）引殷頌長發篇四句十七字，以證仁人用國之效：

故仁人用國日明，諸侯先順者安，後順者危。慮敵之者削，反之者亡。詩曰：「武王載發，有虔秉鉞，如火烈烈，則莫我敢遏。」此之謂也。

（註）「載發」「遏」均與魯詩韓詩同，毛詩作「載旆」，作「曷」。郝懿行曰：「毛詩本出荀卿，不應有異。說文引詩又作「載坺」，然則「坺」「發」蓋皆「旆」之同音叚借字耳。

（41）三引大雅文王有聲篇三句十二字，以證人師之得人從服：（此條與（16）（29）所引同）

孫卿子曰……故近者歌謳而樂之，遠者竭蹶而趨之，無幽閒辟陋之國，莫不趨使而安樂之；四海之內若一家，通達之屬莫不從服，夫是之謂人師。詩曰：「自西自東，自南自北，無思不服。」此之謂也。

（42）再引曹風尸鳩篇二句八字，以證盛德之化天下：（此條與（28）與（62）所引用）

荀卿子曰……故近者親其善，遠方慕其德；兵不血刃，遠邇來服。德盛於此，施及四極。詩曰：「淑人君子，其儀不忒。」此之謂也。

（註）陳奐曰：其下尚有「其儀不忒，正是四國」二句，今脫之也。

（43）再引大雅常武篇二句八字，再證盛德之化天下：（此條與（30）所引同）

故民之歸之如流水，所存者神，所爲者化，而順暴悍勇力之屬爲之化而愿。……夫是之謂大化至一。詩曰：「王猶允塞，徐方既來」此之謂也。

㉖彊國篇二次

（44）再引大雅板篇二句八字，以證人君愛民好士之效：（此條與（31）所引同）

故君人者，愛民而安，好士而榮，兩者無一焉而亡。詩曰：「价人維藩，大師維垣。」此之謂也。

(45)引大雅烝民篇二句九字，以明積微至箸之功：
霸者之善，箸焉可以時託也；王者之功名，不可勝日志也。財物貨寶，以大爲重，政教功名反是，能積微者速成。詩曰：「德輶如毛，民鮮克舉之。」此之謂也。

㈦天論篇二次

(46)再引周頌天作篇前四句十五字，以明吉凶由人，如太王之能奪大岐山也。(此條與(22)所引同)
治亂天邪？曰日月星辰瑞厤，是禹桀之所同也。禹以治，桀以亂，治亂非天也。時邪？……治亂非時也。地邪？……治亂非地也。詩曰：「天作高山，大王荒之；彼作矣，文王康之。」此之謂也。

(47)引逸詩一句六字，以言荀守道不違，何畏人之言也：
天不爲人之惡寒也輟冬……天有常道矣，地有常數矣，君子有常體矣。君子道其常，小人計其功。詩曰：「何恤人之言兮。」此之謂也。

(註)俞樾曰：「何恤」上本有「禮義之不愆」五字，而今奪之。

㈧正論篇二次

（48）引大雅大明篇一句四字，以文王之德證主道明則下安：（此條與（56）所引上一句同）

故主道明則下安，主道幽則下危……故主道莫惡乎難知，莫危乎使下畏己……詩曰：「明明在下。」

（49）引小雅十月之交四句十六字，以言下民相爲妖孽，災害非從天降，噂噂沓沓然相對談語，背則相憎，爲此者蓋由人耳：

堯舜者，天下之善敎化者也。……故作者不祥，學者受其殃，非者有慶。詩曰：「下民之孽，匪降自天；噂沓背憎，職競由人。」此之謂也。

（註）「噂」字與毛詩同，三家作「僔」。

（一九）禮論篇三次

（50）再引小雅楚茨篇二句八字，以明有禮，動皆合宜也：（此條與（5）所引同）

故厚者禮之積也，大者禮之廣也，高者禮之隆也，明者禮之盡也。詩曰：「禮儀卒度，笑語卒獲。」此之謂也。

（51）引周頌時邁篇二句八字，以喻聖人能並治之：

故曰天地合而萬物生，……天能生物，不能辨物也。地能載人，不能治人也。宇中萬物生人之屬，待聖人然後分也。詩曰：「懷柔百神，及河喬嶽。」此之謂也。

(註)魯詩「喬」作「嶠」。

(52)引大雅泂酌二句八字，以釋君之喪，所以三年之故：

故三年之喪，人道之至文者也。……君之喪所以取三年何也？曰：君者，治辨之主也，文理之原也，情貌之盡也。相率而致隆之，不亦可乎？詩曰：「愷悌君子，民之父母。」彼君子者，固有為民父母之說焉。

(註)「愷悌」與魯詩、韓詩同，毛詩作「豈弟」。齊詩作「凱弟」。

⑳樂論篇無

㉑解蔽篇四次

(53)引逸詩五句二十字，以堯能用賢不蔽，天下和平，故有鳳凰來儀巢於阿閣之福，證文王之至盛：

文王監於殷紂，故主其心而愼治之。……生則天下歌，死則四海哭，夫是之謂至盛。詩曰：「鳳凰秋秋，其翼若干，其聲若簫，有鳳有凰，樂帝之心。」此不蔽之福也。

(54)引周南卷耳篇首章全章四句十六字，以證情之至：

心者形之君也……故曰心容，其擇也無禁，必自見，其物也雜博，其情之至也不貳。詩云：「采采卷耳，不盈頃筐；嗟我懷人，寘彼周行。」

(註)魯詩「卷」亦作「菤」。

(55)引逸詩二句八字，以證接近小人之危險：

故君人者，周則讒言至矣，直言反矣，小人邇而君子遠矣。詩云：「墨以爲明，狐狸而蒼。」此言幽而下險也。

(56)再引大雅大明二句八字，以言上明而下化之意：(此條所引上句與(48)所引同)

君人者，宣則直言至矣，而讒言反矣，君子邇而小人遠矣。詩曰：「明明在下，赫赫在上。」此言上明而下化也。

㊂正名篇三次

(57)引大雅卷阿篇第六章全章五句二十字，以明聖人辨說之效：

正名而期，質請而喻……有兼德之明而無奮矜之容……說行則天下正，說不行則白道而冥窮，是聖人之辨說也。詩曰：「顒顒卬卬，如珪如璋，令聞令望；豈弟君子，四方爲綱。」此之謂也。

（58）引逸詩五句二十六字，以明士君子辨說之效：

故能道而不貳，吐而不奪，利而不流，貴公正而賤鄙爭，是士君子之辨說也。詩曰：「長夜漫兮，永思騫兮，大古之不慢兮，禮義之不愆兮，何恤人之言兮。」此之謂也。

（59）再引小雅何人斯篇末章全章六句二十四字，以喻狂惑之愚人：（此條與（17）所引同）

故知者之言也，慮之易知也……而愚者反是。詩曰：「爲鬼爲蜮，則不可得；有靦面目，視人罔極。作此好歌，以極反側。」此之謂也。

㉓性惡篇無

㉔君子篇三次

（60）引小雅北山篇第二章之前四句十六字，以證天子之至尊：

天子也者，埶至重，形至佚，心至愈，志無所詘，形無所勞，尊無上矣。詩曰：「普天之下，莫非王土；率土之濱，莫非王臣。」此之謂也。

（註）「普」字與三家同，毛詩作「溥」。

(61)引小雅十月之交篇第三章後六句二十四字，以喻天下之大亂：

以族論罪，以世舉賢，雖欲無亂，得乎哉？詩曰：「百川沸騰，山冢崒崩。高岸為谷，深谷為陵。哀今之人，胡憯莫懲！」此之謂也。

（註）韓詩「騰」作「滕」。

(62)三引曹風尸鳩篇第三章後四句十六字，以喻正身待物則四國皆化，恃才矜能則所得者小也：（此條與（28）（42）所引同）

備而不矜，一自善也，謂之聖。不矜矣，夫故天下不與爭能，而致善用其功。有而不有也，夫故為天下貴矣。詩曰：「淑人君子，其儀不忒；其儀不忒，正是四國。」此之謂也。

㉟成相篇無

㊱賦篇無

㉗大略篇十二次（其中五次爲孔子所引）

（63）引齊風東方未明篇二句八字，以證臣不俟駕而行之禮：

大略，君人者，隆禮尊賢而王……諸侯召其臣，臣不俟駕，顚倒衣裳而走，禮也。詩曰：「顚之倒之，自公召之。」天子召諸侯，諸侯輦輿就馬，禮也。

（64）引小雅出車首章頭四句十六字，以明諸侯奉上之禮：

（接上文）詩曰：「我出我輿，于彼牧矣。自天子所，謂我來矣。」

（註）「輿」字與魯詩同，毛詩作「車」。

（65）引小雅魚麗篇二句八字，以明聘好輕財重禮之義：

聘禮志曰：幣厚則傷德，財侈則殄禮。禮云禮云，玉帛云乎哉！詩曰：「物其指矣，唯其偕矣。」不時宜，不敬交（文之訛），不驩欣，雖指，非禮也。

（註）「指」字「唯」字與魯詩同，毛詩作「旨」「維」。

（66）引小雅緜蠻篇二句八字，以明教養之重要：

故家五畝宅，百畝田，……所以富之也。立大學……所以道之也。詩曰：「飲之食之，教之誨之。」

(67) 引大雅板篇四句十六字，以證博問之重要：

天下國有俊士，世有賢人。迷者不問路，溺者不問遂，亡人好獨。詩曰：「我言維服，勿用爲笑；先民有言，詢于芻蕘。」言博問也。

(68) 引衞風淇奧篇二句八字，以明爲學之道：

人之於文學也，猶玉之於琢磨也。詩曰：「如切如磋，如琢如磨。」謂學問也。

(註)「磋」字與三家同，毛詩作「瑳」。魯詩「切」亦作「齧」，韓詩「琢」作「錯」，齊詩「磨」亦作「摩」。

(69) 孔子引商頌那篇二句八字，以證事君之不可息：

子貢問於孔子曰：「賜倦於學矣，願息事君。」孔子曰：「詩云：『溫恭朝夕，執事有恪。』事君難，事君焉可息哉！」

(70) 孔子引大雅既醉篇二句八字，以證事親之不可息：（此條上句與（79）所引同）

(接上文) 然則賜願息事親。孔子曰：「詩云：『孝子不匱，永錫爾類。』事親難，事親焉可息哉！」

(71) 孔子引大雅思齊篇三句十三字，以證妻子之不可息：

(接上文) 然則賜願息於妻子。孔子曰：「詩云：『刑于寡妻，至于兄弟，以御于家邦。』妻子難，妻子焉可息哉！」

(72) 孔子引大雅既醉篇二句八字，以證朋友之不可息：

(接上文) 然則賜願息於朋友。孔子曰：「詩云：『朋友攸攝，攝以威儀。』朋友難，朋友焉可息哉！」

(73) 孔子引豳風七月篇四句十七字，以證耕之不可息：

(接上文) 然則賜願息耕。孔子曰：「詩云：『晝爾于茅，宵爾索綯，亟其乘屋，其始播百穀。』耕難，耕焉可息哉！」

(74) 引小雅無將大車篇二句八字，以明不可與小人處之理：

以友觀人，焉所疑。取友善人，不可不慎，是德之基也。詩曰：「無將大車，維塵冥冥。」言無與小人處也。

㈥宥坐篇四次

(75) 引邶風柏舟篇二句八字，以明小人成羣之可憂：

此七子者，皆異世同心，不可不誅也。詩曰：「憂心悄悄，慍于羣小。」小人成羣，斯足憂矣。

(76)引小雅節南山篇第三章前六句二十四字，以明用刑之道：

邪民不從，然後俟之以刑，則民知罪矣。詩曰：「尹氏大師，維周之氐，秉國之均，四方是維。天子是庳，卑民不迷。」是以威厲而不試，刑錯而不用，此之謂也。

(註)「氐」與毛詩同，魯詩作「底」，齊詩「均」作「鈞」。「庳」毛詩作「毗」，魯詩作「痺」。「卑」魯與詩同，毛詩作「俾」。

(77)引小雅大東篇首章八句之後六句二十四字，以言失其砥矢之道，所以陵遲，哀其法度墮壞：

今之世則不然，亂其教，繁其刑……數仞之牆，而民不踰也；百仞之山，而豎子馮而游焉。陵遲故也。今夫世之陵遲亦久矣，而能使民勿踰乎？詩曰：「周道如砥，其直如矢；君子所履，小人所視。眷焉顧之，潸焉出涕。」豈不哀哉。

(註)「眷焉」毛詩作「睠言」。

(78)引邶風雄雉篇第三章全章四句十六字，並證以孔子之評語：

（接上文）詩曰：「瞻彼日月，悠悠我思；道之云遠，曷云能來。」子曰：「伊稽首不其有來乎。」

（註）「悠悠」與毛詩同，魯詩作「遙遙」。

㉙子道篇一次

（79）再引大雅既醉篇一句四字，以明孝親之道：（此條與（70）所引上句同）

傳曰：「從道不從君，從義不從父」此之謂也。故勞苦彫萃而能無失其敬，災禍患難而能無失其義，則不幸不順，見惡而能無失其愛，非仁人莫能行。詩曰：「孝子不匱」此之謂也。

㉚法行篇二次

（80）引逸詩四句十六字，以明不愼其初，追悔無及之理：

刑已至而呼天，不亦晚乎？詩曰：「涓涓源水，不雝不塞，轂已破碎，乃大其輻。」事已敗矣，乃重大息，其云益乎！

（81）引秦風小戎篇二句八字，以證君子比德：

夫玉者，君子比德焉……故雖有珉之雕雕，不若玉之章章。詩曰：「言念君子，溫其如玉。」此之謂也。

㊁哀公篇無

㊂堯問篇一次

(82)荀子學生引大雅烝民篇二句八字，以證荀子之用心：

然則孫卿懷將聖之心，蒙佯狂之色，視天下以愚，詩曰：「既明且哲，以保其身。」此之謂也。

三、荀子引詩的統計與考察

現在再從荀子書中引詩八十二次，加以統計，以便作各種的考察。

(甲)引詩者的統計：

1. 記孔子引詩共五次(69 70 71 72 73)。但所引五次均不見於論語。
2. 第八十二次堯問篇中引烝民詩二句係荀卿弟子所引。
3. 其餘七十六次均爲荀子本人引詩，此七十六次中並有一次(78)引詩後，再以孔子評語爲證。

據外子文開「論語與詩經」及「孟子與詩經」二文的統計，論語二十篇中，孔子引詩僅三次；孟子七篇中，孟子本人引詩三十次；今荀子三十二篇中，荀子自引詩達七十六次之多，是知引詩之風至荀子而極盛。其實荀子記孔子五次引詩及一次評語，均不見於論語。嚴格說來，五次孔子引詩，其可靠性不大，也只能算在荀子的名下，那末，八十二次引詩，除去一次弟子所引外，八十一次都等於荀子自引的。

（乙）引詩長短統計：

1.所引三百篇詩句，引全章的共十五次：

（子）其中最長的是（35）小雅小旻篇末章共七句二十八字。

（丑）其次是全章六句二十四字共五次：（1）小雅小明、（2）曹風尸鳩、（17）小雅何人斯、（21）大雅桑柔、（59）小雅何人斯。

（寅）全章五句二十字一次是：（57）大雅卷阿第六章。

（卯）全章四句十七字一次即：（19）小雅角弓第四章。全章四句十六字六次即：（11）小雅角弓第七章、（15）大雅下武第四章、（23）大雅棫樸末章、（24）小雅黍苗第二章、（54）周南卷耳首章、（78）邶風雄雉第三章。

（辰）全章二句八字一次即：（7）小雅魚麗篇末章。

2. 所引不滿全章者，句數最多的是（26）引周頌執競篇七句二十八字。

3. 其次是六句的五次：一次是（13）引大雅蕩篇第七章的後六句廿六字；另四次是六句二十四字。那是（4）引小雅小旻第二章之前六句、（61）引小雅十月之交第三章後六句、（76）引小雅節南山第三章前六句，和（77）引小雅大東第一章後六句。

4. 再其次是引五句的二次：一次是（58）引逸詩的廿六字、一次是（53）引逸詩的二十字。

5. 其餘引四句的共十三次：其中十七字的二次，十六字的九次，十五字的二次。十七字的二次是（40）引商頌長發詩句、（73）引豳風七月詩句；十六字的九次是（19）引小雅裳裳者華詩句、（27）引小雅節南山詩句、（28）及（62）引曹風尸鳩篇第三章詩句、（49）引小雅十月之交詩句、（60）引小雅北山篇詩句、（64）引小雅出車詩句、（67）引大雅板篇詩句、和（80）引逸詩詩句；十五字的二次是（22）及（46）均引周頌天作篇詩句。

6.引詩較短者有三句的五次：其中二次十三字是（71）引大雅思齊篇詩句，和（34）引逸詩詩句；三次十二字是（16）（29）（41）引大雅文王有聲篇同樣的詩句。

7.更短者是引詩二句的三十七次：其中十字者二次，九字者二次，八字者三十四次。十字二次是（10）引商頌長發篇第五章詩句，（37）引商頌長發第四章詩句；九字的二次是（18）引小雅鶴鳴詩句、（45）引大雅烝民詩句；八字的卅四次是（3）（5）（6）（8）（12）（14）（20）（25）（30）（31）（32）（33）（36）（38）（39）（42）（43）（44）（50）（51）（52）（55）（56）（63）（65）（66）（68）（69）（70）（72）（74）（75）（81）（82）所引各詩。

8.最短的是引詩一句，共三次：其中一次六字，二次四字。六字的是（47）引逸詩一句；四字的是（48）引大雅大明一句及（79）引大雅既醉一句。

這統計顯示荀子引詩與孟子同樣是引兩句的爲最多，共計卅八次。引全章的雖也多至十五次，但仍不如孟子引兩全章至十二句四十八字之長。

（丙）引詩類別統計

如前所述，荀子書中引詩八十二次，其中七十六次爲荀子本人所引，五次爲孔子所引，一次爲荀子弟子所引。其弟子所引之一次是在最後一篇堯問，係大雅烝民篇中的二句。孔子所引五次是大雅三次、商頌一次、豳風一次。荀子本人所引七十六次中，大雅二十八次、小雅二十五次、國風十次、頌七次、逸詩六次。玆分述於下：

1. 荀子所引大雅二十八次爲：皇矣篇一次，抑篇六次，其中「溫溫恭人，維德之基」引三次；「無言不讎，無德不報」引二次；「不僭不賊，鮮不爲則」引一次。常武篇三次，其中「王猶允塞，徐方既來」二句引二次。蕩篇一次。下武篇一次。文王有聲篇三次（相同）。桑柔篇一次。棫樸篇一次。板篇三次，其中兩引「介人維藩，大師維垣」二句。文王篇一次。民勞篇一次。烝民篇一次。大明篇二次，一爲「明明在下」，一爲「明明在下，赫赫在上」。泂酌篇一次。卷阿篇一次。既醉篇一次，與孔子所引上句相同。

2. 荀子所引小雅二十五次爲：小明篇一次。采菽篇二次。小旻篇二次。楚茨篇二次（相同）。魚麗篇二次。裳裳者華篇一次。角弓篇二次。何人斯篇二次（相同）。鶴鳴篇一次。黍苗篇一次。節南山篇二次。十月之交篇二次。北山篇一次。出車篇一次。緜蠻篇一次。無將大車篇一次。大東篇一次。

3. 荀子引國風十次爲：曹風四次，均在鳲鳩篇，其中三次所引相同，均爲「淑人君子，其儀不忒；其儀不忒，正是四國」四句。周南一次。齊風一次。衞風一次。邶風二次。秦風一次。

4. 荀子引周頌四次爲：時邁篇一次，執競篇一次，天作篇二次，所引天作二次爲相同之四句。

5. 荀子引商頌三次均爲長發篇詩句。

6. 荀子引逸詩六次。

從上面統計中，我們見到荀子引詩也和孟子一樣，最愛引大雅。大雅在儒家受到的重視，可想而知。但荀子引詩，不似孟子之偏於大雅，引小雅也達廿五次之多，國風也有十次。國風共百六十篇，小雅也七十四篇；但大雅只有三十一篇，而引詩獨多，這大概與大雅詩多議論說理之句有關。

(丁) 荀子引詩異文考察

荀子引詩八十二次，頗多異文。非相篇引小雅角弓篇第七章四句曰：「雨雪瀌瀌，宴然聿消。莫肯下隧，式居屢驕。」此之謂也。將此四句與今本毛詩及王先謙詩三家義集疏對校，毛詩異文五字：第二句作「見晛曰消」，第三句「隧」作「遺」，第四句「屢」作「婁」。韓詩作「雨雪瀌瀌，曣晛聿消，莫肯下隤，式居婁驕。」六字異文。魯詩作「雨雪瀌瀌，宴然聿消。莫肯下隧，式居婁驕。」異文僅三字。郝懿行曰（見荀子集解註）：「毛詩本出荀卿，荀所引詩多與毛合。詩『見晛曰消』，韓詩『曣晛聿消』，毛云：『晛日氣也。』韓云：『曣晛日出也。』二說義相成」王先謙曰：「案此詩毛作見晛，韓作曣晛，魯作宴然。宴然，曣𣈶之渻文。宴燕古文通用字。廣雅：𣈶曣，煥也，正用魯訓。漢書劉向傳引詩『雨雪瀌瀌，見晛聿消。』顏注：『見，無雲也；晛，日氣也。』案見不得訓為無雲。據說文：薔姓，無雲也；晛，日見也。依顏注，是劉向引詩正作薔，顏所見本不誤，後人妄改作見耳。向用魯詩，尤可證合。玉篇廣韻皆云晛𣈶二形同，韓之曣晛，卽魯之𣈶曣耳。瀌，瀌渻文。屢、婁古今文之異。荀子傳詩浮邱伯，伯傳申公為魯詩之祖。荀書引詩異毛者，皆三家義，而郝氏强為毛傳合，失之遠矣。」

郝懿行主張荀子引詩大多與毛詩合，而王先謙駁之，以為魯詩係荀子所傳授，故荀子引詩異毛者，皆三家義。雙方各舉例證明，但皆偏而不全。筆者企圖用荀書引詩與四家詩分別核對，記其異文，加以統計考察。玆就荀子引詩八十二次字句，去其重複，統計各家所得異文字數如下：

(1) 荀子引詩中，毛詩異文三十三字。

(2) 荀子引詩中，韓詩異文二十四字。

(3) 荀子引詩中，魯詩異文二十二字。

(4) 荀子引詩中，齊詩異文十九字。

這統計的結果，似乎顯示了齊詩文字與荀子最爲接近。魯詩韓詩次之，而毛詩與荀子距離最遠。這似乎符合了王先謙的推斷。其實不然，照王氏推斷，三家中魯詩係荀學，應魯詩文字與荀子引詩最接近。而今統計結果却不然。依汪中毛詩、魯詩傳自荀子，而韓詩乃荀卿之別子，齊詩則毫無關係。今統計結果，發現四家文字與荀子引詩接近的程度，恰成相反的現象。我們雖知汪中所述四家詩與荀子的關係，但其可信程度並不太高。而所顯示相反的現象，也必有因素在。例如毛詩異文最多，或因毛詩係古文之故。三家詩異文較少，或係因其異文失傳，清人所輯僅其一部分的遺蹟之故。今毛詩全存，韓詩尚留有外傳，故此異文統計結果，以毛詩最多，而韓詩次之也。

因此筆者對荀子引詩異文雖有上列統計，但並不能據以推斷四家詩與荀子關係的密切或疏遠。

四、荀子論詩的考察

荀子書引詩八十二次外，尚有論詩之文十四次。（計大略篇四次、勸學篇樂論篇各三次，儒效篇二次、榮辱篇禮論篇各一次）茲加以考察於下：

（1）勸學篇論學之始終，以誦詩書始，以讀禮終，而以詩爲中聲，其文如下：

學惡乎始？惡乎終？曰：其數則始乎誦經，終乎讀禮。（楊倞注曰：數，術也。經謂詩書，禮謂典禮之屬也。盧文弨曰：典禮疑當是曲禮之誤）其義則始乎爲士，終乎爲聖人。……故書者政事之紀也，詩者中聲之所止也。（楊注：詩謂樂章，所以節聲音，至乎中而止，不使流淫也。王先謙曰：下文詩樂分言，此不言樂，以詩樂相兼也）禮者法之大分，類之綱紀也。故學至乎禮而止矣。

（2）勸學篇續論禮樂詩書春秋，以詩書爲博學，其文如下：

（接上文）夫是之謂道德之極。禮之敬文也，樂之中和也，詩書之博也。（楊注：

博謂廣記土風鳥獸草木及政事也。）春秋之微也，在天地之間者畢矣。

（3）勸學篇中又論學貴好其人，隆禮次之。若僅順讀詩書，則「故而不切」，不免爲陋儒、散儒而已。其文如下：

學莫便乎近其人。（楊注：謂賢師也）禮樂法而不說，詩書故而不切。（楊注：詩書但論先王故事而不委曲切近於人。故曰：學詩三百，使於四方，不能專對也。）春秋約而不速，方其人之習君子之說，則尊以偏矣，周於世矣。故曰：學莫便乎近其人。學之經，莫速乎好其人，隆禮次之，上不能好其人，下不能隆禮，安特將學雜識志，順詩書而已耳。則末世窮年，不免爲陋儒而已……不道禮憲以詩書爲之。（楊注：道，言說也。憲，標志也。王念孫曰：道者由也，言作事不由禮法，而以詩書爲之，則不可以得之也。）譬之猶以指測河也，以戈舂黍也，以錐飡壺也，不可得之矣。故隆禮，雖未明，法士也。不隆禮，雖察辯，散儒也。

（4）榮辱篇論詩書禮樂之分，在使人能節用御欲，而得長治久安，其文如下：

是何也？非不欲也，幾（豈）不長慮顧後而恐無以繼之故也。於是又節用御欲，收歛蓄藏以繼之也。是於已長慮顧後，幾不甚善矣哉！今夫偷生淺知之屬，曾此而不知也。……況夫先王之道，仁義之統，詩書禮樂之分乎？（楊注：分，制也）……夫詩書禮樂之分，固非庸人之所知也。

（5）儒效篇論詩書禮樂之歸與風雅頌之別。其文如下：

聖人也者，道之管也，天下之道管是矣。百王之道一是矣。故詩書禮樂之歸是矣。詩言是其志也；書言是其事也；禮言是其行也；樂言是其和也；春秋言是其微也。故風之所以爲不逐者，取是以節之也；（注：逐，流蕩也）小雅之所以爲小雅者，取是而文之也；（注：雅，正也。文，飾也）大雅之所以爲大雅者，取是而光之也；（郝懿行曰：光猶廣也）頌之所以爲至者，取是而通之也。（注：至謂盛德之極）天下之道畢是矣。（溥言按：荀子主張詩書禮樂皆以聖人之道爲歸依，故詩所言之志乃聖道之志，而分論風雅頌之節之、文之、光之、通之，則均係修道之語無疑。但參閱他處荀子「節用御欲」「感動人之善心」「心淫心莊」等論點以觀察，他的節之、文之、光之、通之，實出發自人之性情，修此「聖道之志」還應從性情入手。備宏完成的毛詩序，便是這方面的發展。）

（6）儒效篇論以知否隆禮義而敦詩書等以爲俗儒與雅儒之別。其文如下：

故有俗人者，有俗儒者，有雅儒者，有大儒者。不學問，無正義，以富利爲隆，是俗人者也。逢衣淺帶，解果其冠，略法先王而足亂世術，繆學雜舉，不知法後王而一制度，不知隆禮義而殺詩書。（郝懿行曰：殺蓋敦字之誤，下同。楊氏無注，知唐本猶未誤）其衣冠行僞，已同於世俗矣。然而不知惡者，其言議談說已無異於……子矣。……是俗儒者也。法後王，一制度，隆禮義而殺詩書，其言行已有法矣。……是雅儒者也。

（7）禮論篇論三年之喪的哭之不久，周頌淸廟之歌的僅一人倡而三人和，與懸一鐘而比於編鐘，皆爲禮之簡者，其文如下：

三年之喪，哭之不久也；淸廟之歌一倡而三歎也；縣一鍾尚拊之膈朱絃而通越也；一也。

（8）樂論篇論詩樂的關係曰：

夫樂者，樂也，人情之所必不免也。故人不能無樂。樂則必發於聲音，形於動靜。而人之道聲音動靜性術之變盡是矣，故人不能不樂，樂則不能無形。形而不爲道，則不能無亂。先王惡其亂也，故制雅頌之聲以道之，使其聲足以樂而不流；使其文足以辨而不諰；使其曲直繁省廉肉節奏足以感動人之善心；使夫邪汙之氣無由得接焉。是先王立樂之方也。

(9) 樂論篇論歌舞之配合曰：

故聽其雅頌之聲，而志意得廣焉；執其干戚，習其俯仰屈伸，而容貌得莊焉。

(10) 樂論篇論音樂歌舞之美善與否足以影響人心，其文曰：

姚冶之容，鄭衞之音，使人之心淫；紳端章甫，舞韶歌武，使人之心莊。

(11) 大略篇論人之相處，貴在一心而相信，不在言語與盟誓。其文曰：

不足於行者，說過；不足於信者，誠言；故春秋善胥命，而詩非屢盟；其心一也。（楊注：春秋魯桓公三年，齊侯衞侯胥命于蒲。公羊傳曰：相命也。何言乎相命，近正也。古者不盟結言而退。又詩曰：「君子屢盟，亂用是長。」言其一心而相信，則不在盟也。）（溥言按：此二句詩出自小雅巧言之篇。）

(12) 大略篇論善爲詩、易、禮者之極致，均可以不假言說。其文曰：

善爲詩者不說；善爲易者不占；善爲禮者不相：其心同也。（楊注：皆言與理冥會者，至於無言說者也。）

（13）大略篇論諷誦詩書之重要曰：

少不諷，壯不論議，雖可，未成也。（楊注：諷謂就學諷詩書也。）

（14）大略篇論國風與小雅之特點，其文曰：

國風之好色也，傳曰：盈其欲而不愆其止。其誠可比於金石，其聲可內於宗廟。小雅不以於汙上，自引而居下。疾今之政，以思往者，其言有文焉，其聲有哀焉。（溥言按：淮南王劉安「國風好色而不淫，小雅怨誹而不亂」之語，當襲此荀子論點。）

上列荀子書中論詩十四條，加以整理，可以歸納爲以下六項：

（一）詩經的功用：二、四、五、十諸條屬之。第二條「詩書之博也」，舉其有博學的功用與尚書同。第四條「於是又節用御欲，收斂蓄藏以繼之也。」舉其有節欲的功用與尚書禮樂同。第五條「詩言是其志也。」舉其作詩有言志的功用。第十條「使人心淫」「使人心莊」，則舉其歌詩有影響人心的功用。各條均不出孔子興、觀、羣、怨、事父、事君與多識的範圍。言志一點就是說的「可以興」「可以怨」。但儒家正式提出「詩言志」的實自荀子始。相傳子夏所作詩序的「詩者志之所之也，在心爲志，發言爲詩」的話，實完成於漢人衞宏之手；莊子天下篇中有「詩以道志」的話，則是漢人古注誤入正文者。（詳錢穆著莊子纂箋）；至於漢儒所輯禮記中孔子閒居篇託名於孔子說的「志之所至，詩亦至焉；詩之所至，禮亦至焉。」及樂記篇「詩言其志也」，也均記錄在荀子之後。只有尙書虞書的「詩言志，歌永言」和左傳襄公二十七年所載文子告叔向說的「詩以言志」早於荀子，可能係荀子所本，從此「詩言志」遂正式成爲儒家的主張。蓋據經典敍錄：左氏春秋亦係荀子所傳。荀子傳張蒼，蒼傳賈誼也。荀子的「詩言是其志也」，我們可以說，所言實爲「聖道之志」。詩序言志，「情動於中而形於言」「發乎情，止乎禮義。」則爲承襲荀子更引情性入於聖道之旨。唐宋以來「文以載道」的主張，實淵源於荀卿的「詩以載道」的觀念。淸人袁枚倡性靈之說，據虞書「詩言志」，指爲「性情之志」，則爲「詩以載道」的反動。

（二）詩經的地位：詩經的功用旣極廣大，則其地位自然也很重要。上舉第十三條「少不諷……雖可，未成也。」就是說詩經不可不讀。第一條「學惡乎始？……始乎誦經」，以讀經爲爲學的初步。第六條則以敦詩書爲成雅儒的條件。但在荀子心目中，詩經的地位不是最高，六經中地位最高的應該是禮。所以他在第三條中明言誦詩次於隆禮，而第一條「始乎誦經」之下爲「終乎讀禮」。

（三）詩經與其他五經的配合：荀子論詩常和其他五經配合着的。最簡單的配合是詩與樂（第八條），歌與舞（第九條），歌舞與樂（第十條）。而第八條論詩樂的關係，最爲精警；其次是常「詩書」合稱（第二第三第六各條）；再次是「詩、書、禮、樂」合稱（第四第五條），書、詩、禮並舉（第一條），詩、易、禮並舉（第十一條），而第二條第五條，也曾禮、樂、詩、書、春秋並舉。總之，六藝要配合起來運用，才得圓滿的結果，而隆禮爲其總綱。禮論篇（第七條）論清廟之歌，僅一倡而三歎，爲禮之簡者，也是談詩與禮之配合。

（四）風雅頌分論：荀子在儒效篇（第五條）論詩書禮樂之歸，指出詩言志、書言事、禮言行、樂言和、春秋言微五者的特徵後，特別將詩經的風雅頌作一次分論，指出風的作用在「節之」，小雅是「文之」，大雅是「光之」，而以頌爲最高成就的「通之」。但他在大略篇（第十四條）中只分論國風好色與小雅疾今，指出其特色爲「國風盈而不愆，小雅哀而不汙。」後來被西漢淮南王劉安襲取而有「國風好色而不淫，小雅怨誹而不亂」的名句，成爲一部詩經最扼要的評語。我們用文學欣賞的眼光來評論，詩經的精彩所在，就在國風的好色，小雅的疾今啊！

（五）論詩旨中聲說：自從孔子提出「中庸」兩字說：「中庸之爲德也，其至矣乎？民鮮久矣！」（論語雍也）。而對詩與樂也主張感情的中庸。像說：「關雎樂而不淫，哀而不傷」（論語八佾）荀子的中聲說，可以說是孔子主張的闡述。荀子勸學篇（第一條）僅只「詩者中聲之所止也」一句，也和孔子評關雎一樣，是兼論樂與詩的。樂論篇（第八條）的「使其聲足以樂而不流，使其文足以辨而不諰。」儒效篇（第五條）的「風之所以爲不逐者，取是以節之也。」大略篇（第十四條）的論國風與小雅，以及榮辱篇（第四條）論詩書禮樂的功用在使人節用御欲，都可作爲這中聲說的註脚。孔子評關雎，沒有明說詩樂的主旨在中庸，而荀子則已明白提出「詩者中聲之所止」的主張來了。

（六）詩貴意會，可以不假言說：大略篇（第十二條）論善爲詩、易、禮者之極致，均可以與理冥會而不假言說。

至於大略篇（第十一條）舉詩非屢盟，以證人貴一心，雖未將詩經小雅巧言篇的「君子屢盟，亂是用長」兩詩句明白引出，其實這不是論詩，而只是引詩的一種。

反之，引詩八十二次中的解蔽篇引卷耳（引詩第五四）以說情之至而不貳周行等，則爲引詩而論之，入於論詩範圍，茲不贅。

五、結　論

荀子書中有關詩經的字句，前面都已抄錄統計並加以考察，現在再整理出重要的七項來作爲本文的結論：

一、漢代齊、魯、韓、毛四家詩，相傳毛詩、魯詩都傳自荀卿，韓詩與荀卿關係亦密切。今將四家詩分別與荀子書中所引詩經字句比較其異文的結果，反爲齊詩異文最少，魯詩、韓詩次之，毛詩異文最多。此固不足以證毛詩、魯詩非荀子所傳授，但無論如何，毛詩魯詩與荀子的引詩文字，歧異之處甚多，這一點是可以確定的。

二、春秋時代，賦詩風氣很盛。春秋的賦詩，是卿大夫們在朝會聘問時酬酢的禮節，賦詩等於是一種外交辭令，並不在體察作詩者的情意，和欣賞詩篇的文學之美，而是「斷章取義」，藉以表達賦詩者的自己的情意或對人的情意。所以學習詩經是備專對之用，詩經之被重視，成爲貴族子弟必讀之書，這是主要原因。春秋末年，賦詩之風寖衰，論語所載孔子以詩敎其弟子，除備作專對的政治功用外，更用以爲修身的課本，並敎導弟子，用「觸類旁通」的方法，因詩以悟道，而開引詩以明道的風氣。戰國時代的孟子，最愛引詩以立論，引詩之風始盛，於是孟子雖發明了「以意逆志」的讀詩法，而他的引詩爲證，非但用「斷章取義」之法，且有「牽强附會」之處。到戰國末年的荀子，引詩之風更盛，他的引詩爲證，已遠有時只是引詩以裝點門面的地步。像孟子對梁惠王引靈臺詩以證「古之人與民偕樂」；對齊宣王引公劉詩以證公劉好貨；引緜詩以證太王好色，其作用都是重要的論證。不過公劉好貨，太王好色，已是牽强附會。而荀子對秦昭王引文王有聲以證人師之四海歸心，則可有可無，已近乎裝點門面，刪除了也無所謂。引詩發展到用以裝點門面，便走上濫調之路了。但荀子引詩也有青出於藍之處，有時活用經文，十分生色，確可稱爲引詩的傑作，如君子篇引十月之交詩的「百川沸騰，山冢崒崩，高岸爲谷，深谷爲陵」，以喻天下大亂，筆者最爲激賞。

三、孟子引詩共計三十五次，荀子引詩更達八十二次之多。孟荀引詩相同之處，爲孟子偏愛引大雅詩句，荀子引詩亦以大雅爲最多，共計二十八次，但不似孟子之偏。荀子引小雅亦達二十五次之多，國風十次，頌七次，逸詩亦有六次。又荀子所引詩句，亦以引二句的爲最多，共計三十七次，次多數是引四句的十三次。他也愛整章的引詩，引全章的達十五次之多，但所引最長的小旻篇末，也只有七句二十八字，仍大不如孟子引靈臺詩兩整章十二句四十八字之長。荀子引詩習慣用語，應用次數最多的是「詩曰」二字冠詞；達七十次之多。而「詩云」只用了十二次，其中五次還是屬於孔子引詩所用，成爲「孔子曰：詩云……」的公式。左傳引詩常用「詩曰」開頭，孟子則愛用「詩云」，到荀子又變爲「詩曰」，漢儒效之，也多用「詩曰」，而較少用「詩云」，韓詩外傳用「詩曰」最多，計一七七次，列女傳則用「詩云」最多，計八十次。荀子引詩結束語常殿以「此之謂也」四字，八十二次引詩中，用了五十二次之多，這是從孟子開其端而荀子襲用之，其風遂大盛，荀子書中七十次「詩曰」與五十二次「此之謂也」配合起來，「詩曰……此之謂也」共出現四十九次，成爲荀子引詩顯著的一個公式，到漢儒而廣泛應用，成爲濫調。

四、論語所載孔子論詩，偏重於詩的功用，承襲前代的是從政者誦詩增進政治知識和言語肆應之功，所以說：「不學詩，無以言」，「誦詩三百，授之以政，不達；使於四方，不能專對；雖多，亦奚以爲？」進一步便推廣爲興、觀、羣、怨、事父、事君的修身之功，和「多識」的附帶收穫。而修身之功的完成，在禮樂的配合，所以說：「興於詩，立於禮，成於樂。」學詩的語言肆應之功，前代朝會聘問時的賦詩專對，至孟子一變而爲游說時君時的引詩以對，進一步便推廣爲引詩以立論。這方面荀子承襲了孟子的作風（孟子性善說從詩經裏找到論證，荀子性惡篇却未引詩）但孟子論詩，已將重點轉移到讀詩的方法上去，那便是從「以意逆志」進而有「知人論世」的主張。至於荀子的論詩，再將重點回復到讀詩的修身之功用上去，而討論的中心便是孟子「以意逆志」的「志」字。孟子說「以意逆志」，荀子則說「詩言其志」，進而有「詩旨中聲」的主張。而「言志」與「中聲」也就是孔子所說「可以興」「可以怨」的功用。可以說是孔子原始儒學的發展。

五、儒家正式提出「詩言其志」之說始於荀子。相傳子夏所作詩序「詩者志之所之也，在心爲志，發言爲詩」的話，實完成於漢人衞宏之手；莊子天下篇也有「詩以道志」的話，則係漢人古注的誤入正文者；漢儒所輯禮記中孔子閒居篇託名於孔子說的「志之所至，詩亦至焉；詩之所至，禮亦至焉。」及樂記篇「詩言其志也」，也均記錄在荀子之後。只有虞書的「詩言志，歌永言」和左傳襄公二十七年所載文子告叔向說的「詩以言志」早於荀子，可能係荀子所本。荀子儒效篇論「聖人之道」是詩書禮樂之所歸依，「詩言是其志也」，是說詩之所言是「聖人之道」的意志。我們可說荀子的「詩言是其志也」所述是聖道之志，以下分論風雅頌的節之、文之、光之、通之，均係修道之語，所以最後，結以「天下之道畢是矣。」可是我們參閱荀子榮辱篇的論詩書禮樂之分，在使人「節用御欲」，樂論篇有「足以感動人之善心」，「使人心淫」「使人心莊」的話，則知國風的節之，乃情欲的節制，頌的通之，乃善心的感動以通達於聖道。故荀子詩言志說，其路線實爲引情入於聖道。而禮記樂記

：「詩言其志也，歌咏其聲也，舞動其容也。三者本於心，然後樂從之」數句之後，接以「是故情深而文明」之句，其前又有「先王本之情性」的話。於是衞宏的詩序便承襲荀子的學說而發揮之，更引「情」而言之曰：「詩者，志之所之也，在心爲志，發言爲詩。情動於中而形於言，言之不足故嗟歎之，嗟歎之不足，故永歌之，永歌之不足，不知手之舞之，足之蹈之也。」以至「發乎情，止乎禮義。」這樣詩序的言志，成爲引導情性入於聖道的詩學。從孔子原始儒學與觀羣怨的詩論，經過荀子「詩言是其志也」的聖道之志的提出，到毛詩序而完成引情性入於聖道的詩學。

六、荀子的詩旨中聲說，是孔子「中庸」之德的被採入詩論，至禮記中庸篇而更完成「中庸」之道的學說，論語雍也篇記載孔子讚美中庸之德說：「中庸之爲德也，其至矣乎？」而對詩與樂也主張感情的中庸。例如八佾篇中說：「關雎樂而不淫，哀而不傷」，於是荀子便在勸學篇說：「詩者，中聲之所止也。」中聲，即樂而不淫、哀而不傷之謂，也就是至乎中庸而止。他在樂論篇說：「使其聲足以樂而不流，使其文足以辨而不諰」　儒效篇的「風之所以爲不逐者，取是以節之也。」都可爲這中聲說作註脚。情感要節制，至於中庸而止，則荀子的詩旨中聲，可說是「詩言其志」更進一層的配合。至於荀子大略篇論國風好色與小雅疾今，指出其特色爲「國風盈而不慾，小雅哀而不汙」，也是「中聲之所止」，後來被西漢淮南王劉安襲取之改作「國風好色而不淫，小雅怨誹而不亂」，成爲一部詩經最扼要的評語。因爲我們用文學欣賞的眼光來考察，詩經的精彩所在，就在國風的好色與小雅的疾今兩部分。

七、在荀子的心目中，詩經的功用極大，其地位當然很重要，不可不讀，並以敎詩書爲成雅儒的條件。但詩經的地位並不是最高的。他在勸學篇中說：「不能隆禮，安特將學雜識志，順詩書而已耳。則末世窮年，不免爲陋儒而已。」荀子雖深於詩，喜歡引詩，但他認爲六經中地位最高的應該是禮。所以他說：「始乎誦經，終乎讀禮……故學至乎禮而止矣。」

民國五十六年十月溥言于臺北

五、學庸與詩經

糜文開

一、學庸的時代和引詩統計

大學中庸本來都只是漢儒小戴所輯禮記中的一篇，宋儒朱熹，特別重視，爲學庸兩篇重定章句，和他所集注的論語孟子編在一起，合稱四書，四書之名，遂與五經並稱。依照學庸兩篇本文所記，「子曰」都是孔子說的話，而筆錄這些話的人應該是孔子的學生。大學中的「曾子曰」則是孔子學生曾參的話，曾參的學生所記。這些孔子和他學生的話，應該歸入原始儒學去討論。朱熹則定大學爲曾子作，中庸爲曾子的學生子思作。他在大學章句裏說：「右經一章，蓋孔子之言，而曾子述之，其傳十章，則曾子之意，而門人記之也。」在中庸章句裏則說：「右第一章，子思述所傳之意以立言。……其下十章，蓋子思引夫子（指孔子）之言，以終此章之義。」「右第十二章，子思之言，……其下八章，雜引孔子之言以明之。」「右第二十一章，子思承上章夫子天道之意而立言也。自此以下十二章，皆子思之言，以反覆推明此章之意。」那末，大學全部是孔子及其弟子的話，屬於原始儒學，而中庸則是孔子再傳弟子本「所傳之意以立言」，同於孟子的「序詩書，述仲尼之意，作孟子七篇」，已從原始儒學進而發展爲發展儒學。

但是朱熹的話還是不可信。我們查考古代記載，史記孔子世家和孔穎達禮記正義引鄭玄目錄，都說中庸爲子思作，漢書藝文志諸子略儒家下有「子思子」一書，隋書音樂志引梁沈約的話說，小戴禮記中的中庸、表記、坊記、緇衣等篇，皆取自子思子。朱熹定中庸爲子思作，有這三個根據。但讀中庸學說，較孟子更爲精深而高超，所以清人崔述便說中庸必出孟子後；讀中庸文字，有「載華嶽而不重」句，袁枚以爲論語孟子言山都稱「泰山」，而中庸獨稱「華嶽」，疑出於西京（西漢）儒生所依託，近人更斷定中庸成書年代，至早在秦滅六國之後。因書中有「今天下車同軌，書同文，行同倫」之句，可證其非戰國時代的書，錢穆先生卽曾指證十餘條以證成此說，他說：「孟子之言，直承論語，而中庸立論，則針對老莊，若以爲出於子思，則思想義理之線索條貫亂矣。」又說：「『大德者必受命』乃晚周陰陽家鄒衍一派五德終始之論之所倡。中庸此等語，應在鄒衍之後。」並說：「莊老以虛無言天道與自然，而中庸易之以誠字，此爲中庸在思想史上之大貢獻。老子乃戰國晚出書，中庸當尤出其後，然無害中庸在學術思想史之地位。不必定以中庸出於子思，始爲尊中庸也。」

大學的作者爲誰？鄭玄禮記目錄中已付缺如，可見大學比中庸更晚出，只有虞松的刻石經於魏表中，曾引漢賈逵的話說：「孔伋窮居於宋，懼家學之不明，作大學以經之，中庸以緯之」。把學庸的作者，都歸之子思。朱熹以爲曾子作，淸人戴震卽指出其毫無憑證。近人以爲像大學這樣熔人生哲學與政治哲學於一爐來發輝「德治」，而又系統分明，組織完密的文章，已是代表發展儒學第一期晚年的結晶品，絕非孟荀以前的產物。並有疑其爲漢武帝時人所作者。錢穆先生亦指出大學中引秦誓「若有一個臣」等句爲秦誓晚出之證，大學引此，則成書當更晚，他在四書釋義的例言中概括地說：「據後代的考訂，毋寧說中庸乃秦時之書；要之，其書較孟子爲後出，殆無可疑。而大學非曾子作；尤成爲後代學術界之定論，其成書年代；或更晚於中庸。」

大學中庸都是發展儒學第二期的重要作品，而四書依時代先後排列，朱熹所定論語、大學、中庸、孟子的次序，我們可以更定爲論、孟、庸、學。學庸二書所引孔子曾子的話，我們只能說大多是作者得之於傳聞和自己推測所得，但書中所引詩經的字句，都有依據，是可與詩經原本核對的。

中庸大學引詩次數的比例，均較孟子更爲增多。計中庸引詩十六次，大學引詩十二次。中庸篇幅較大學略長，引詩次數也略多。但二書都僅努力引詩，而已絕無論詩之處。

以下分別將中庸和大學引詩的文字輯錄在一起。

二、中庸引詩的輯錄

(1)引詩大雅旱麓篇中「鳶飛戾天」二句，以說明化育流行，上下昭著。錄其原文如下：

詩云：「鳶飛戾天，魚躍于淵」。言其上下察也。君子之道，造端乎夫婦；及其至也，察乎天地。

(2)記孔子引詩豳風伐柯篇「伐柯伐柯」二句，以證道不遠人之義。其原文爲：

子曰：「道不遠人；人之爲道而遠人，不可以爲道。詩云：『伐柯伐柯，其則不遠』。執柯以伐柯，睨而視之，猶以爲遠，故君子以人治人，改而止。」

(3)引詩小雅常棣篇第七章全章四句，第八章四句前二句，及孔子評語，以明行遠自邇，登高自卑之意。其原文爲：

君子之道，辟如行遠必自邇，辟如登高必自卑，詩曰：「妻子好合，如鼓琴瑟；兄弟既翕，和樂且耽；宜爾家室，樂爾妻孥」。子曰：「父母其順矣。」

（註）孥字與魯詩同，毛詩作帑，耽字與齊韓同，毛詩作湛，魯詩作沈。

(4)記孔子引詩大雅抑篇中「神之格思」三句，論鬼神以喻道。原文：

子曰：「鬼神之爲德，其盛矣乎！視之而弗見，聽之而弗聞，體物而不可遺。使天下之人，齊明盛服，以承祭禮。洋洋乎如在其上，如在其左右。詩曰：『神之格思，不可度思，矧可射思！』夫微之顯，誠之不可揜如此夫！」

(5)記孔子引詩大雅假樂篇第一章全章六句以證大德者必受命。原文：

子曰：「……詩云：『嘉樂君子，憲憲令德。宜民宜人，受祿于天。保佑命之，自天申之。』故大德者必受命。」

（註）詩中嘉字、憲字、佑字與齊詩同，毛詩嘉作假，憲憲作顯顯，佑作右。

(6)引詩周頌維天之命篇全篇八句中開頭「維天之命」四句，而以「不已」兩字解釋之，以證天道之「不已」。原文：

詩云：「維天之命，於穆不已」。蓋曰：天之所以爲天也。「於乎不顯，文王之德之純。」蓋曰：文王之所以爲文也；純亦不已。

（註）韓詩維作惟。

(7)引詩大雅烝民篇中「既明且哲」二句，以釋「默足以容之意。」原文：

故君子尊德性而道問學，致廣大而盡精微，極高明而道中庸，溫故而知新，敦厚以崇禮。是故居上不驕，爲下不倍。國有道，其言足以興；國無道，其默足以容。詩曰：「既明且哲，以保其身。」其此之謂與！

(8)引詩周頌振鷺篇全篇八句中之後四句，以論君子。原文：

詩曰：「在彼無惡，在此無射；庶幾夙夜，以永終譽。」君子未有不如此，而蚤有譽於天下者也。

（註）射字與韓詩同，毛詩射作斁，但韓詩終作衆。

(9)引逸詩「衣錦尚絅」句，再論君子之道。原文：

詩曰：「衣錦尚絅」，惡其文之著也。故君子之道，闇然而日章；小人之道，的然而日亡。君子之道，淡而不厭，簡而文，溫而理，知遠之近，知風之自，知微之顯，可與入德矣。

(10)再引小雅正月篇中「潛雖伏矣」二句以論君子。原文：

詩云：「潛雖伏矣，亦孔之昭」。故君子內省不疚，無惡於志。君子之所不可及者，其唯人之所不見乎！

（註）昭字與齊詩同，毛詩昭作炤。

(11)再引大雅抑篇中「相在爾室」二句以論君子。原文：

詩云：「相在爾室，尚不愧於屋漏」。故君子不動而敬，不言而信。

(12)再引商頌烈祖篇中「奏假無言」二句以論君子。原文：

詩曰：「奏假無言，時靡有爭」。是故君子不賞而民勸，不怒而民威於鈇鉞。

（註）奏字與齊詩同，毛詩奏作鬷。

⒀再引周頌烈文篇中「不顯惟德」二句以論君子。原文：

詩曰：「不顯惟德，百辟其刑之」！是故君子篤恭而天下平。

⒁⒂⒃連引大雅皇矣篇之「予懷明德」二句，大雅烝民篇之「德輶如毛」一句，大雅文王篇之「上天之載」二句，以極贊君子之德，而結束中庸全文。原文：

詩曰：「予懷明德，不大聲以色」。子曰：「聲色之於以化民，末也。」

詩曰：「德輶如毛」，毛猶有倫；

「上天之載，無聲無臭」，至矣。

（註）魯詩文王篇載字作縡。

三、大學引詩的輯錄

(1)引詩衞風淇奧篇第一章全章九句，以釋「止於止善」之「至善」二字，其原文爲：

詩云：「瞻彼淇澳，菉竹猗猗！有斐君子，如切如磋，如琢如磨。瑟兮僩兮，赫兮喧兮，有斐君子，終不可諠兮。」如切如磋者，道學也；如琢如磨者，自脩也；瑟兮僩兮者，恂慄也；赫兮喧兮者，威儀也；有斐君子，終不可諠兮者，道盛德至善，民之不能忘也。

(註) 澳字喧字諠字與齊詩同，菉字斐字與魯詩同。毛詩澳作奧，菉作綠，兩斐作匪，喧作咺，諠作諼。魯詩澳作隩，喧作烜。韓詩竹作薵，斐作邲，琢作錯，喧作宣。齊魯韓三家磋均作瑳。

(2)引詩周頌烈文篇末「於戲前王不忘」一句，續釋「止於至善」。原文：

詩云：「於戲！前王不忘」。君子賢其賢而親其親，小人樂其樂而利其利，此以沒世不忘也。

(註) 毛詩「於戲」作「於乎」。

(3)引詩大雅文王篇中「周雖舊邦，其命維新」二句，以釋三綱領之「新民」。錄其原文如下：

湯之盤銘曰：「苟日新，日日新，又日新。」康誥曰：「作新民」。詩曰：「周雖舊邦，其命維新。」是故君子無所不用其極。

(4)(5)引詩商頌玄鳥篇中「邦畿千里」二句，及小雅緜蠻篇「緡蠻黃鳥」二句，以釋三綱領「止于至善」的止字。錄其原文如下：

詩云：「邦畿千里，惟民所止。」詩云：「緡蠻黃鳥，止于丘隅」。子曰：「於止，知其所止。可以人而不如鳥乎！」

(註)毛詩「緡蠻」作「緜蠻」，「惟」作「維」。

(6)引詩大雅文王篇中「穆穆文王」二句，續釋「止于止善」之「止」字。其原文爲：

詩云：「穆穆文王，於緝熙敬止。」爲人君，止於仁；爲人臣，止於敬；爲人子，止於孝；爲人父，止於慈；與國人交，止於信。

(7)(8)(9)引詩周南桃夭篇第三章全章四句，小雅蓼蕭篇中「宜兄宜弟」一句，曹風鳲鳩篇「其儀不忒」二句，以釋八條目之「齊家治國」。原文：

詩云：「桃之夭夭，其葉蓁蓁；之子于歸，宜其家人。」宜其家人，而后可以教國人。

詩云：「宜兄宜弟」。宜兄宜弟，而后可以教國人。

詩云：「其儀不忒，正是四國。」其爲父子兄弟足法，而后民法之也。此謂治國在齊其家。

(註)桃夭篇魯詩韓詩夭夭作枖枖。

(10)引詩小雅南山有臺篇中「樂只君子，民之父母」二句，以述爲民父母之道。原文：

詩云：「樂只君子，民之父母。」民之所好好之，民之所惡惡之，此之謂民之父母。

（註）魯詩「樂只」作「凱悌」。

(11)引詩小雅節彼南山篇第一章八句之前四句，以證有國者之不可不慎。原文：

詩云：「節彼南山，維石巖巖；赫赫師尹，民具爾瞻。」有國者不可以不慎，辟則天下僇矣。

（註）齊詩維作惟。

(12)引詩大雅文王篇第六章八句之後四句，以證失衆則失國之道。原文：

詩云：「殷之未喪師，克配上帝。儀監于殷，峻命不易。」道得衆則得國，失衆則失國。

（註）儀字峻字與齊詩同，毛詩儀作宜，監作鑒，峻作駿。魯詩亦作「宜鑒于殷。」

四、學庸引詩考察

（甲）引詩者的統計

㈠中庸引詩十六次中，引詩者僅二人，那是：

1. 孔子引詩三次。
2. 中庸作者引詩十三次，其中二次引詩後又引孔子評解之語。

㈡大學引詩十二次均爲大學作者一人所引，其中一次引詩後又引孔子評解之語。

我們看孟子七篇中無述孔子引詩者，只有兩次孟子本人引詩後，又引孔子評解之語。我們疑心這兩次孔子的話就不可靠。現在學庸作者引詩所加孔子評解三次，當然也不很可靠，只能承認是學庸作者傳聞所得，而孔子也有說這話的可能。中庸所記孔子引詩三次，均不見於論語，也同樣不可盡信。總之，他們引詩引孔子的話，都是要證成他們的理論，而他們自認他們的理論，是發揮孔子的學說。

（乙）引詩長短統計

㈠中庸所引十六次：

1. 以引詩二句共九次爲最多。其中二句八字者八次，二句十字者一次。
2. 次之爲引詩一句和引詩半章四句者各二次。所引一句均爲四字，所引半章之四句，均爲十六字。
3. 引詩六句二十四字的也有二次，但一次六句是一整章又半，另一次是一整章。
4. 次數最少的是引詩三句一次，共十二字。

㈡大學所引十二次：

1. 以引詩二句六次爲最多，其中二句八字的五次，二句九字的一次。

2. 其次引詩四句的三次，其中一次是一整章四句十六字，兩次是半章四句，兩次半章四句中一次是十七字，一次是十六字。

3. 引詩一句的共二次、一次是六字，一次是四字。

4. 次數最少的一次是引詩一整章九句三十七字。

從上面的統計觀察，引詩二句，是通常的習慣，不過只引一句的，也還流行。中庸引詩最長一次六句二十四字，大學引詩最長一次九句三十七字。雖已不及孟子引詩最長四十八字之多，但與荀子引詩最長二十八字却不相上下。而且整章引詩之風仍保持，中庸還有引一章半的。

(丙)引詩類別統計

㈠中庸所引分類統計爲：

1. 大雅八字，其中引烝民篇抑篇詩句各二次；

2. 周頌三次；

3. 小雅二次；

4. 國風一次；

5. 商頌一次；

6. 逸詩一次。

㈡大學所引分類統計爲：

1. 小雅四次；

2. 大雅三次，均爲引文王篇詩句；

3. 國風三次；

4. 周頌一次；

5. 商頌一次。

中庸引詩偏向大雅而不愛引小雅國風，其癖好與孟子相似。大學引詩，則小雅國風次數已見增多。

(丁) 引詩習慣用語

㈠中庸引詩用語的統計爲：

1. 冠以「詩曰」的九次：

2.冠以「詩云」的六次；

3.殿以「故君子……」者四次；

4.殿以「是故君子……」者二次；

5.殿以「其此之謂與」者一次。

㈡大學引詩用語的統計爲：

1.冠以「詩云」的十一次；

2.冠以「詩曰」的僅一次；

3.殿以「是故君子……」者一次。

大學引詩偏好用「詩云」似孟子，中庸冠以「詩曰」的次數大增，則似荀子。不過中庸記孔子引詩用「子曰……詩云……」的却有二次，用「子曰……詩曰……」的只一次。孟子記孔子兩次評詩，都用「詩云……孔子曰……」方式，而中庸記孔子解詩二次，却都是用「詩曰……子曰……」的專用曰字，沒有變化。所以四書中「子曰……詩云……」的習慣用語，只有中庸裏用過兩次，但並未公式化。大學中庸引詩的殿語，連一次「此之謂也」都未用，就是用「是故君子……」也未達公式化程度。

「子曰」本來是孔子弟子對孔子稱「老師」之用語，所以孟子荀子不稱「子曰」，而改稱「孔子曰」。但後儒襲用「子曰」以指孔子，則「子」字已變成「祖師」的意思了。孟荀引孔子語都稱「孔子曰」，而學庸引孔子語襲用論語的「子曰」，這也是發展儒學演變的標記之一。

（戊）引詩異文考察

㈠中庸引詩十六次，異文相當多，去其重複，統計各家所得異文字數如下：

1. 毛詩異文最多，計八字；
2. 魯詩異文次之，僅二字；
3. 韓詩異文亦僅二字；
4. 齊詩異文最少，無一字。

㈡大學引詩十二次異文多於中庸，去其重複，統計各家所得異文字數如下：

1. 毛詩異文最多，計十一字；
2. 魯詩異文次之，計八字；
3. 韓詩異文又次之，計六字；

4. 齊詩異文最少，計二字。

㈢孟子引詩三十五次，其異文較荀子中庸爲少，更少於大學。玆去其重複，補行統計各家異文字數如下：

1. 毛詩異文最多，計十字；
2. 韓詩異文次之，計八字；
3. 魯詩異文又次之，計五字；
4. 齊詩異文最少，計三字。

孟子與學庸引詩異文，均以齊詩爲最少，則似乎齊詩與孟子最接近，學庸之撰寫人，亦齊詩系統中人，惟內子普賢撰「荀子與詩經」一文中所作荀子引詩統計，其所得結果亦與孟子引詩異文相似，卽齊詩異文最少，而毛詩異文最多。據內子推斷是：「毛詩異文最多，或因毛詩係古文之故，三家詩異文較少，或係其異文失傳，淸人所輯僅其一部份的遺蹟之故。今毛詩全存，韓詩尙留有外傳，故此異文統計結果，以毛詩最多，而韓詩次之也。」這是對的，以此類推，齊詩最先失傳，所以所知異文最少，魯詩的失傳，早於韓詩，所以魯詩異文往往少於韓詩。引詩異文的統計，不足爲憑。

五、結　論

大學引詩十二次，中庸引詩十六次，前面均已加以輯錄統計並予考察，茲就考察所得，整理出結論四點如下：

一、孟子七篇荀子三十二篇是發展儒學第一期的產品，繼論語之後，對詩經仍有論詩的意見。大學中庸是發展儒學第二期的產品，已經只有引詩而不再有論詩出現於其間。這時，詩經絕對尊敬的崇高地位已建立，不容後儒再加以評論，後儒已只可努力於嘗試引詩以證成其自己的見解了。大學中庸在發展儒學第二期佔據很重要的地位，都有新的理論完成，所以引詩次數也特別多。而且提出一個論點，要反覆引詩以證成之。例如大學爲了解釋八條目的「治國在齊其家」，便連引周南桃夭「宜其家人」，小雅蓼蕭「宜兄宜弟」，曹風鳲鳩「正是四國」等詩句以證成之。爲了解釋三綱領「止于至善」的一個止字，除引詩商頌玄鳥「惟民所止」，小雅緜蠻「止于丘隅」兩個止字來作證，並外加用孔子釋詩的話來增加其份量。中庸贊美「君子之德」，也連引大雅皇矣、烝民、文王三篇詩句，並插入孔子的話來作證。這種現象，是大學中庸引詩的特點，也是儒家引詩的發展，已到達了極盛的地步。後此劉向列女傳等書的引詩，便走上公式化的濫調了。

二、中庸引詩十六次，半數引大雅，達八次之多，仍留孟荀引詩遺風。大學引詩十二次，小雅占四次，國風占三次，次數顯然增多，大雅亦三次，已不如小雅之盛，只與國風並肩。學庸引詩均以一次引二句爲最多。孟荀整章引詩之風仍保持，中庸引詩最長一次二十四字，大學三十七字，雖不及孟子引詩最長一次四十八字之多，但與荀子引詩最長二十八字不相上下。

三、大學引詩習慣冠以「詩云」似孟子，中庸多冠以「詩曰」似荀子。論語記孔子之言稱「子曰」，孟荀則改用「孔子曰」；學庸成書後於孟荀，却仍仿論語用「子曰」，此後學者作文，多用「子曰」而少用孟荀方式之「孔子曰」，此亦發展儒學演變史上值得注意的標誌之一。

四、「子曰……詩云……」爲後儒作文常用公式之一。或曰：此公式來自四書，考之四書，論語多「子曰」，孟子多「詩云」，但「子曰……詩云……」未嘗連用。連用始於中庸，凡二次。其一：子曰：「道不遠人；人之爲道而遠人，不可以爲道。詩云：『伐柯伐柯，其則不遠。』……」其二：子曰：「……詩云：『嘉樂君子，憲憲令德。宜民宜人，受祿于天。保佑命之，自天申之。』故大德者必受命。」惟四書中僅此二則，不成其爲公式。略早於中庸的孝經中用「子曰……詩云……」方式凡七次，當爲形成此一公式之始。

民國五十七年二月文開草於台北

六、齊詩學的五際六情

糜文開

漢代經學有一特色，是陰陽家學說的滲透。當時經學家都採取陰陽五行之說來闡發經義，且著成緯書以配經，春秋有春秋緯，詩經有詩緯，甚至已失傳的樂經也有樂緯。所以經只五部而緯却有六，有五經六緯之稱。陰陽家產生於齊地，盛行於齊地，所以詩經的齊魯韓三家詩，也以齊詩的陰陽家色彩爲最濃。齊詩早於三國時亡佚，其遺留的殘義，尚有五際六情等說。茲試加考訂，以見一斑。

齊詩倡五際六情者爲漢元帝時轅固生之三傳弟子翼奉。齊人轅固以治詩於景帝時爲博士，諸齊人以詩顯貴者皆固之弟子，因有齊詩之名，以別於魯之申培，燕之韓嬰。轅固生弟子以夏侯始昌爲最著，東海郯人后蒼事始昌，通詩禮。翼奉字少君，東海下邳人，與東海承人匡衡同師后蒼，均以治齊詩名於時。匡衡弟子尤以琅邪人師丹伏理爲優秀，由是齊詩稱盛，有翼匡師伏之學。此齊詩傳授大概。

漢書翼奉傳，奉奏封事曰：「易有陰陽，詩有五際，春秋有災異，皆列終始，推得失，考天心，以言王道之安危。」應邵注五際爲：「君臣、父子、兄弟、夫婦、朋友。」孟康注則曰：「詩內傳曰五際卯酉午戌亥也。陰陽終始際會之歲，於此則有變改之政也。」清皮錫瑞詩經通論斷之曰：「詩之五際，亦陰陽災異之類」，則應邵以五倫爲五際非齊詩義，孟康之說是也。

漢書翼奉傳又曰：「奉竊學齊詩，聞五際之要，十月之交篇，知日蝕地震之效，昭然可明，猶巢居知風，穴居知雨，亦不足多，適所習耳。」王先謙補注：詩正義引汜歷樞曰：「卯、天保也；酉、祈父也；午、采芑也；亥、大明也。然則亥爲革命，一際也；亥又爲天門，出入候聽，二際也；卯爲陰陽交際，三際也；午爲陽謝陰興，四際也；酉爲陰盛陽微，五際也。」文開案：此以一日十二時爲例，以言陰陽終始際會，而配之以詩篇也。亥終子始，另成一日，而有新命，故亥爲革命；卯時日出，夜終晝始，故爲陰陽交際；午時日中而昃，陽初謝而陰始興也；酉時日落，陰大盛而陽已微也。天保之詩曰：「如日之升」，以配卯也；祈父之詩曰：「胡轉予于恤，靡所止居」，日暮無所止以配酉也；采芑之詩曰：「如霆如雷」，雷霆興雨而陽謝，以配午也；大明之詩曰：「有命自天，命此文王」，以殷周革命配亥也。

可是這樣齊詩五際，實際上只有卯酉午亥四際，而缺戌之一際，故皮錫瑞曰：「齊詩內傳五際數戌，據郎顗傳注宋均云：『天門，戌亥之間』，則亥爲革命當一際，出入候聽，應以戌當一際也。」上舉詩篇，也只有天保、祈父、采芑、大明四篇，缺了一篇，翼奉所舉十月之交篇反未列入，後人因以十月之交篇配戌際，而五時五詩補全。或以十月爲夏正之亥，仍爲亥際。（馬瑞辰通釋謂梁虞劇唐傅仁均及一行，並推算幽王六年乙丑歲建酉月辛卯朔日辰時日蝕，則此十月爲周曆非夏正）是則齊詩內傳以戌當一際，詩緯氾歷樞無戌際而有兩亥際，兩說有不同，並五倫爲五際之說，詩經五際之說有三也。

詩含五際六情者，與觀羣怨之謂也。觀與羣，所以察風俗而正人倫，故五際卽五倫也；興與怨，所以抒哀怨而正性情，故六情乃喜怒哀樂好惡，析情爲六，欲其發而皆中節也。齊詩則六情亦與十二支相配，更轉演爲廉貞、寬大、公正、姦邪、陰賊、貪狠六德。漢書翼奉傳載翼奉之言曰：「知下之術，在於六情十二律而已。北方之情好也，好行貪狼（狠），申子主之；東方之情怒也，怒行陰賊，亥卯主之。貪狼必待陰賊而後動，陰賊必待貪狼而後用，二陰並行，是以王者忌子卯也。禮經避之，春秋諱焉。南方之情惡也，惡行廉貞，寅午主之；西方之情喜也，喜行寬大，己酉主之。二陽並行，是以王者吉午酉也。詩曰：『吉日庚午』。上方之情樂也，樂行姦邪，辰未主之；下方之情哀也，哀行公正，戌丑主之。辰未屬陰，戌丑屬陽，萬物各以其類應。今陛下明聖虛靜以待物主，萬事雖衆，何聞而不諭？豈況乎執十二律而御六情，於以知下參實，亦甚優矣。萬不失一，自然之道也。迺正月癸未日加申有暴風從西南來，未主姦邪，申主貪狼，風以大陰下抵足前，是人主左右邪臣之氣也。……故曰：察其所由，省其進退，參之六合五行，則可以見人性知人情。詩之爲學，情性而已。五性（行）不相害，六情更興廢。觀性以歷，觀情以律。」

觀於翼奉之倡五際六情，誠如皮錫瑞所云：「亦陰陽災異之類」，所以憑之說人主耳。無怪其牽强附會，語涉怪誕也。惟當時學風所尚，思潮所趨，非特識之士，鮮克自拔者。一旦强不知以爲知，遂入迷途而莫返也。

齊詩四始，亦與毛魯異。史記孔子世家：「關雎之亂以爲風始，鹿鳴爲小雅始，文王爲大雅始，清廟爲頌始」，此魯詩義，韓詩無大異。毛詩四始，卽指風、小雅、大雅、頌四者。毛詩序曰：「是爲四始，詩之至也。」鄭箋曰：「始者，王道興衰之所由。」孔疏云：「四始者，鄭答張逸云：『風也，小雅也，大雅也，頌也。此四者，人君行之則爲興，廢之則爲衰。』又箋云：『始者，王道興衰之所由』，然則此四者是人君興廢之始，故謂之四始也。『詩之至』者，詩理至極盡於此也。」故陳啓源毛詩稽古編云：「風雅頌正是始，非更有風雅頌之始者。」齊詩則又用詩緯汜歷樞陰陽五行之說，以大明在亥爲水始，四牡在寅爲木始，嘉魚在巳爲火始，鴻雁在申爲金始。魏源詩古微云：「習詩者多通樂，此蓋以詩配律，三篇一始，亦樂章之古法，特又以律配曆，分屬十二支而四之，以爲四始。」

孔廣森解釋三篇一始，以律配曆曰：「始際之義，蓋生於律。大明在亥者，應鐘爲均也。四牡則太簇爲均；天保夾鐘爲均；嘉魚仲呂爲均；采芑蕤賓爲均；鴻雁夷則爲均；祈父南呂爲均。漢初古樂未湮者如此。故翼奉曰：『詩之爲學情性而已，五性不相害，六情更興廢，觀性以曆，觀情以律。』律曆迭相治，天地稽三期之變，亦於是可驗。古之作樂，每三詩一終，說始際者，則以與三期相配。」四始之說爲：「文王爲亥孟，大明爲亥仲，緜爲亥季。其水始獨言大明，猶三期之先仲，次季而後孟也。故鹿鳴、四牡、皇華同爲寅宮，舉四牡以表之，魚麗、嘉魚、南山有臺，同爲巳宮，舉嘉魚以表之。吉日、鴻雁、庭燎，乃申也。」（經學卮言）

可是這樣解釋，對於五際的天保、祈父、采芑、大明四詩，便已不通。孔廣森强爲之說曰：「卯不言伐木，而言天保者，容三家詩次不盡與毛同。以次推之，采薇之三，正合辰位，唯采芑爲午，似蓼蕭之三，彼倒在六月、采芑、車攻之後，而爲未也。祈父非酉之中，又篇次之異。且其戌、子、丑爲何篇，不可推測矣。」（經學卮言）强爲之說，仍然不通，最後還是只好放棄。

至於蔣子瀟七經樓文鈔並指齊詩六情五際爲孔門之樂譜，其理論更難取信於人。

民國五十三年五月於馬尼拉

跋

潘琦君

糜文開伉儷合著的「詩經欣賞與研究」一書，鎔文學趣味與學術研究於一爐，深入淺出，對愛好文藝與向往古典文學的青年，啓廸尤多。適宜於青年學子自修或大學教授採作教本。故此書自民國五十三年由三民書局出版迄今，已銷售至三版。博得學術界前輩們一致的讚譽與推崇。張其昀、邢光祖、蘇雪林、戴培之諸先生都曾著文推介。邢光祖先生具體地提出四點優點：

「一、於文字音韻，文法章法，藉旁證博覽，比較歸納，純採現代的科學方法；二、孤證不立，反證姑存，不勦拾舊說，不標新立異。辯詰尊重他人意見，詞旨篤實，文體簡潔，不盛氣凌轢，不支離牽附，有雕孤的餘緒；三、除科學的訓詁考覈外，尤能時時不忘詩本身的文學價值與鑑賞；四、治學題材範圍狹而精，與一般泛而無所得者不同。」

邢先生的話是非常確切中肯的評介。

筆者與糜先生伉儷相識有年。對兩位學人治學態度之認眞嚴肅、研究方法之周詳精到，萬分欽佩。他倆回國三年來，時常得向他們請益。今年五月間，糜先生又出使泰國，他留下半學期的「詩經研究與欣賞」一課暫由我代授。臨行前，他倆將趕寫完成的「詩經欣賞與研究續集」付印，囑我代校第三校。去泰後來函說我既已將初續集都重溫一遍，一定要我寫一篇跋文附後，我實在不敢當此重任。可是再三固辭不獲，只得把個人讀初續集的心得，作個報告：

一、研讀方法的正確：於初集鄭風風雨篇，作者論詩經讀法，謂朱熹與崔述的讀詩經，都是非常得法而徹底的，但他們仍引朱子自己的話：「被舊說一局局定，便看不出了。」批評朱崔二氏有時仍不免囿於舊說成見，因而解風雨篇爲一首淫詩。他們則認爲此詩是描寫妻子於風雨之夜，苦盼夫婿。而夫婿乃於風雨中歸來的快慰心情，眞是別有見地。

又如續集鄭風「女曰鷄鳴」篇，作者擺脫了毛序的「刺不德」，朱傳的「賢夫婦相警戒」等道學先生的說法，並認爲姚際恆的「夫婦幃房之詩」的說法亦有未妥。而旁證博引了聞一多屈萬里諸氏的釋義，細細玩味詩文本意，解釋此詩爲一對未正式結婚的青年情侶，補行贈佩、委禽、合卺等禮的情態。全詩以對話方式，寫出他們密月愛情生活的興奮快樂。這解釋既有根據，又合情理，並重視了古代社會的生活形態，古代民族的文學趣味，賦予此詩以嶄新的面貌，也許就是它的本來面貌。實在是難能可貴。

全書中似這樣卓越的見地，精闢的解釋，隨處都是，足見他們研讀的客觀與深入。主要的是他們能全部擺脫門戶之見，就原詩虛心熟讀，徐徐體味出詩文本意來，並辨別各篇各類以至一字一句的異同，以求其特徵與共相。同時仍得覆核以前各家舊說，作客觀的研判，是則從之，非則正之。若一意標新立異，縱使可以聳動視聽於一時，到底還是站立不住。

於初集自序中，他們介紹了瑞典漢學家高本漢的科學方法兩步驟（見初集第四頁），認爲第一步驟的工作，馬瑞辰高本漢二氏有最高的成就，可作爲參考，第二步驟的工作，則在清代學者中，以姚際恆方玉潤二氏用力最勤。麋氏夫婦就是遵循高本漢的科學方法，綜合朱崔馬高姚方六人之業績而獲得新成就者。

於續集所收麋先生的「孟子與詩經」一文，對孟子的讀詩法「故說詩者，不以文害辭，不以辭害志，以意逆志，是爲得之。」加以闡述說：「孟子要我們從原詩的一個字一個詞到一句一章一篇地仔細玩味，以體會出作詩者的原意來。」（見續集四〇九頁，讀者可以參閱。）他們並在雲漢的評解中，予以補充說：「所以我們讀詩，重在玩味原詩字句，以推求詩意。至於前人成說，如詩序所提供的各篇時代與作者以及詩旨等，我們要小心求證，無證不信。沒有佐證，寧可闕疑。求證則要向鄭玄以前的古籍中去探尋。魏晉以來新發現的材料可靠性較弱，不可輕易採信。這是我們研續詩經所要遵守的方法。」於此可以知道麋氏夫婦研讀詩經的工作，是何等的嚴正有方。他們於反覆玩味，小心求證之際，工夫細而且深。讀這續集的七十二篇欣賞，當更可以體味得出來了。

二、五部式著述法：初續集都仿傚方玉潤詩經原始的五部式⑴小序⑵原詩⑶主文⑷註釋⑸標韻改爲⑴小序⑵原詩⑶今譯⑷註釋⑸評解（初集稱主文），對於讀者的研習，極爲便利。小序兼採戈提斯(Dr. Robert Gordis)英譯雅歌題後詩前的開場白式，先把原詩作個簡明扼烟的介紹，繼之以活潑風趣的今譯，詳盡的註釋。尤其可貴的是評解（主文）內容之豐富，見解之精闢。例如初集生民篇主文談希臘印度中國史詩和神話，噫嘻篇主文將舊約雅歌、印度吠陀讚歌和詩經的國風作一比較。以研究印度哲學文學專家的眼光，分析詩經，對我國這部偉大的史詩，貢獻更多。又如續集第五篇雲漢評解對寫作技巧的研究與欣賞，可說已至登峯造極之境，予學者以無窮的啓廸。廿九篇桑中，三十篇伐柯評解，對諸家註釋的批評取捨，證之以周代社會禮俗，最後對桑中篇下結論說：「故此詩非刺奔刺淫，乃刺自誇美女期我要我送我者之妄想耳。」否定了毛序朱傳的成說，恢復此篇「里巷歌謠」，與「男女相與歌詠」的本來面目。於伐柯篇，推翻了「美周公」的舊說，將首次兩章都解作比與賦，確定爲詠婚姻描寫新娘進門時一片喜氣揚揚的景象。這種新的欣賞觀點，越發顯出了詩經的時代意義。

三、今譯工夫：在三千年前，詩經原應該是當時的口語文學，（尤其是國風之部），可是到了三千年後的現代人心目中，却是古典文學。許多難字難句，費了歷代學者多少考證揣測，却因爲時地的變遷，究竟是什麼意義，無法起古人而問之。所以自漢儒以下，解經都未免有牽强附會之處。卽以朱熹的善疑，尙不能全部擺脫舊說。糜氏夫婦乃遵照高本漢的科學方法，參酌各家註釋，更依據先秦時代的社會風俗，心理人情，轉婉體會，然後採取民間歌謠，五七言長短句，五四以來流行的白話詩體，惟妙惟肖地翻譯出原詩的奧妙精微之處。以口語文學還它口語文學的面貌。誠如蘇雪林教授所說的：「量體裁衣，按頭製帽，是以每首詩都翻譯得如初搨黃庭，恰到好處。並且常有出人意外的神來之筆。」

讀初續集的今譯，處處令人有身歷其境之感。例如桑中篇，就是採用民歌體的，玆抄錄原詩今譯第一段，以便欣賞：

爰采唐矣？（女聲問）你到那兒去採蒙菜啊？
沬之鄉矣。（男聲答）我到沬邦的鄉下採啊。
云誰之思？（女聲問）你想追的是誰家姑娘啊？
美孟姜矣。（男聲答）漂亮大姐她姓姜呀。

期我乎桑中，（衆聲合唱）她約我在桑中，

要我乎上宮，她邀我去上宮，

送我乎淇之上矣。她送我到淇水上啊。

糜氏非但把朱子所謂「男女相與歌詠」的民歌風格譯出，而且把桑中詩裡對約女郊遊者的嘲弄意味也活生生地表現在眼前，工夫的高超，可見一斑。

今日流行歌曲的曲子單調，歌詞膚淺貧乏，有識之士無不有此同感。而歌星却如雨後春筍，蓬勃地產生。爲了復興固有文化與推廣社會教育，作曲家與作詞家們，大可參考糜氏詩經今譯的美妙口語，鏗鏘的音調，表現出中國人自己的民情、風俗與感情，才是眞正屬於中國人的流行歌曲。這是我附帶的一點感想。

據我所知，糜氏伉儷寫詩經欣賞，有時各選一篇寫完後交換着修改潤飾，（有些兩人不同意見尙保留在註釋與評解中），有時選一篇兩人分工合作。他們爲一字一句的註釋或今譯的推敲思量，往往徘徊庭院，廢寢忘食。這種焚膏繼晷的治學精神，眞值得欽佩。

四、精確的統計：他們以狹而精的治學態度，發掘問題，以窄而深的筆觸，作精密的統計，從而獲得客觀的結論。這，從初集中糜夫人「周漢祓禊演變考」與「詩經兮字研究」二篇論文可以看出。她統計三百〇五篇中共有三百二十一個兮字，而李一之的卡片所得，只有二五六個兮字，少登記了六十五個之多，其精密與粗疏的程度極爲懸殊。

更值得一提的是她爲了澈底研究詩經疊句及其影響，自詩經、詩、詞、曲以迄於近代流行歌曲中，找出各種疊句形式，比較研究寫成十二萬字的「詩詞曲疊句欣賞」一書，爲疊句研究開闢了新天地。（此書由三民書局出版。）

他們又根據朱傳本與孔疏本，將詩經各句的字數作成「詩經字句統計表」，較美國漢學家金守拙教授（Prof. George A. Kenedy）的統計尤爲精確。其他如「詩經章句數統計表」「詩經各篇章數統計表」等，都極爲細密。

五、精闢的論述：糜先生的研究，著眼於基本問題，初集中的論文「詩經的基本形式及其變化，」精密地探討了詩經的形式，其結語云：「詩經是四言詩的代表，四字成句，四句成章，疊詠三章，然後樂成。」他認爲詩經無論用詞、造句、與章法，都趨向聯綿性的形式，所以他又稱詩經形式的特質是聯綿體。

現在，續集中詩經研究全是歷史性的論文，偏重於歷代儒學與詩經的考察，自孔子、孟、荀，以迄漢代，所收論文六篇，「論語與詩經」「孟子與詩經」，就論孟兩書中有關詩經的文字全部輯錄起來，將孔子孟子和詩經的關係一一考察，作扼要而精闢的論述。這樣依照時代先後考察下去，一一指陳其演變，直考察到漢代齊詩學中陰陽家的色彩。漢代的考察還只開其端。至於上溯到孔子以前，因糜夫人的「春秋與詩經」以文長未輯入，難窺全豹，令人有「書到快意讀易盡」之憾。幸「孔子删詩問題的論辯」一文，自司馬遷史記的孔子世家敍起，中經唐、宋、明、清各代學者的論辯，直敍到現代學者的主張，最後以己意加以論斷，見解精闢，可以補償讀者之不足。

六、一點意見：

糜氏伉儷的詩經欣賞是着重在文學興趣而避免長詩的困人。在初集中所介紹的，大雅生民已算長詩，最長的只有豳風七月一篇，那是全詩經中第五長詩。而這次續集，却一下子介紹了三首長詩，即全詩經的第一長詩魯頌閟宮，第二長詩大雅抑，第六長詩小雅正月。把大雅小雅與三頌的最長詩一口氣都介紹出來，我認爲還是太多了。應當循序漸進，速度不宜太快，以免國學基礎較差的讀者，或將因噎廢食。

初集中註釋，已接受讀者的提議，加用注音符號。但注音符號還是用得不多，現在續集中注音符號用得更少。許多難字的讀音，將令讀者自己去查國音字典，將來三集如能注意到這點，所有難字的註釋均兼用注音符號，那就更爲完善了。有人提議注音採用國際音標，但國際音標在國內還不普遍，我認爲以暫時不採用爲宜。

糜氏參考方玉潤的詩經原始，略去標韻，增加今譯是高明的措施。有人認爲略去標韻則詩經欣賞便顯得不很完備。不知詩經的上古音，不能像唐詩的中古音一樣標韻，因爲研究上古音是一種專門的學問，到現在上古音還不能整理得一淸二楚，所以詩經還無法有正確的標韻。如果仍像淸儒般用中古音爲詩經標韻，則仍是不準確的。

總之，糜氏伉儷撰寫的詩經研究，是科學方法的產品。而詩經欣賞，則是一種綜合的藝術，須有多方面的才能與經驗。撰寫時偶未兼顧周至，或不免有欹輕欹重之偏。我提出的意見只是求全的責備，不足爲病。他倆合譯泰戈爾詩集，前後費時十年。現在詩經欣賞與研究還續兩集，已花了他倆七年的時間。這次續集的成功，我們應該爲他倆也爲學術界慶賀。我初要預祝他倆繼續撰寫三集四集，完成全部三百零五篇的欣賞與研究，則讀者幸甚，學術界幸甚。

民國五十八年八月廿日於臺北。

讀糜文開伉儷合撰詩經欣賞與研究書後
十七年前余始於香港新亞書院獲交
糜文開先生知其沉思好學信為佳士未幾
回國服務外交部有守有為見重儕
輩復利用餘暇與其夫人裴普賢女士合撰
詩經欣賞與研究一書初集寫成於駐菲中華
大使館中續集則寫成於再回外交部工作

之暇益其能博學審問慎思明辨而又篤行
無家余作學術宗旨首在求真學者之研究任何
問題必須探討之至當而能得及之理性而能安於學
述所以問世者人所謂名山千載之業非大言
欺人也廖君伉儷此書其庶足稱之

中華民國五十八年十二月　梁寒操

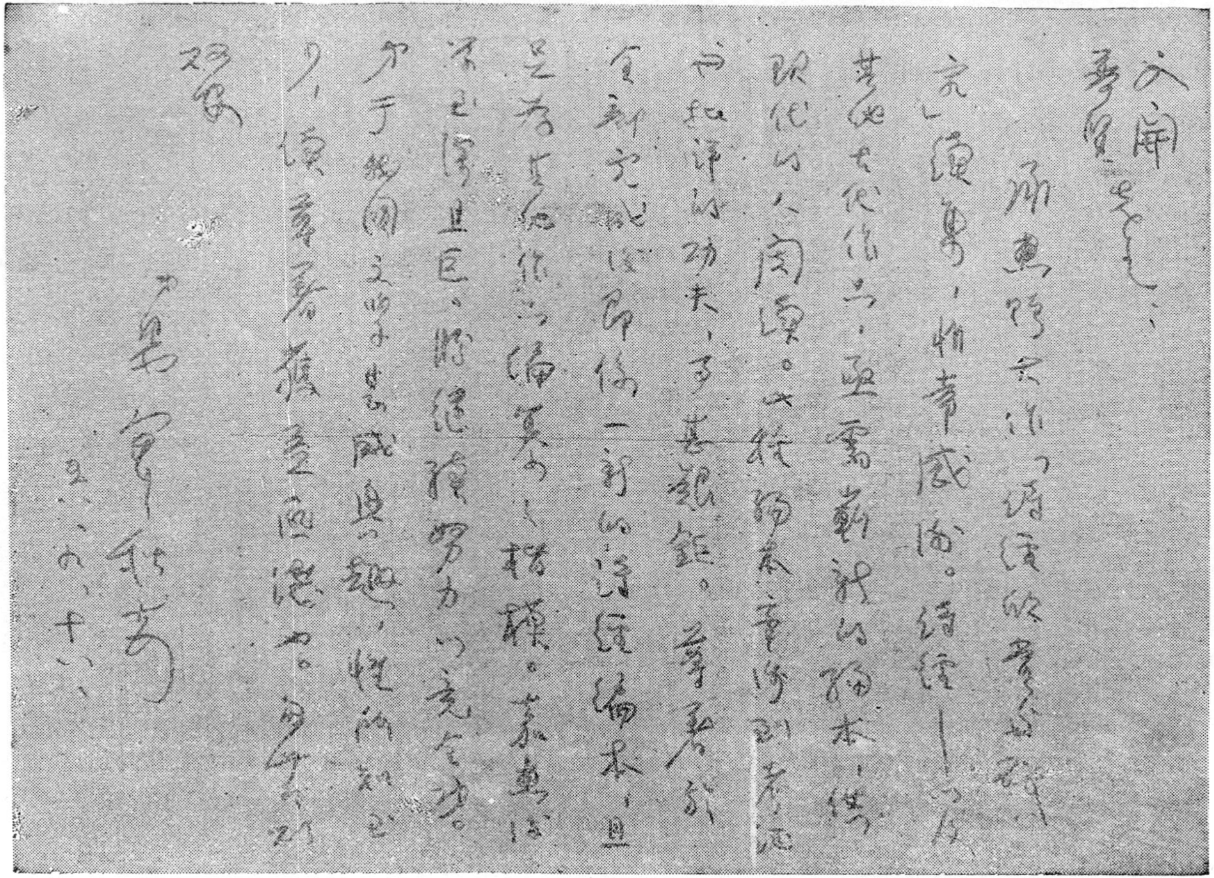

文開
普賢先生：
承惠贈大作詩經欣賞與研
究，讀畢，精湛感佩。詩經一書
其他古代作品，亟需新的翻本，供
現代的人閱讀。以往翻本常流於古
而欠評注功夫，多甚親矩。尊著就
全部完成以後，係一新的詩經讀本，且
足為其他作品論著之楷模。第鄙意以
不可過深重巨，將總結努力以完全功。
于于我國文學者感興趣，性向知己
的人，讀尊著獲益匪淺也。專此 敬頌
時安
弟 梁實秋
五、四、十八